ANNIE BURROWS

No confíes en un libertino

Editado por Harlequin Ibérica.
Una división de HarperCollins Ibérica, S.A.
Avenida de Burgos, 8B - Planta 18
28036 Madrid

© 2024 Harlequin Ibérica, una división de HarperCollins Ibérica, S.A.
N.º 79 - 20.3.24

© 2013 Annie Burrows
No confíes en un libertino
Título original: Never Trust a Rake
Publicada originalmente por Harlequin Enterprises, Ltd.

© 2012 Marguerite Kaye
Corazón de hielo
Título original: Rake with a Frozen Heart
Publicada originalmente por Harlequin Enterprises, Ltd.
Estos títulos fueron publicados originalmente en español en 2013

I.S.B.N.: 978-84-1180-677-0
Depósito legal: M-35532-2023
Impreso en España por: BLACK PRINT
Fecha impresión Argentina: 16.9.24
Distribuidor exclusivo para España: LOGISTA
Distribuidor para México: Distibuidora Intermex, S.A. de C.V.
Distribuidores para Argentina: Interior, DGP, S.A. Alvarado 2118. Cap. Fed./
Buenos Aires y Gran Buenos Aires, VACCARO HNOS.

Uno

Ya sabía que no iba a ser fácil, pero no había esperado que todos fuesen tan predecibles. Lord Deben salió a la terraza, que estaba vacía por la llovizna, y se apoyó en la balaustrada, donde tomó varias bocanadas de aire puro, que no estaba viciado con perfume, sudor o grasa para candiles.

A lady Twining, la anfitriona, casi se le salieron los ojos de las órbitas cuando vio del brazo de quién iba la viuda lady Dalrymple. Solo había estado una vez en un baile de presentación en sociedad y había sido en el de su propia hermana, un acontecimiento deslumbrante que celebró él hacía cuatro años. Pudo darse cuenta de que lady Twining se preguntaba por qué habría decidido acompañar a alguien tan estricto con las formalidades a un acontecimiento tan aburrido y que se celebraba en la casa de una familia que nunca aspiraría a formar parte de su... desvergonzado círculo. Mientras subían las escaleras lentamente, notó que le daba vueltas al dilema que planteaba su presencia allí. No podía impedir su asistencia porque había invitado a su madrina y él, evidentemente, estaba acompañándola. Aunque estaba deseándolo. Le parecía que si dejaba que se mezclara con las virtuosas damiselas que se amontonaban en sus pasillos, sería como si abriera la puerta del gallinero a un zorro. Sin embargo, no tuvo el valor de decir lo que estaba pensando y cuando llegó a saludarla, todo fueron cortesías y sorpresa por tener el honor de contar con su augusta presencia. En realidad, no dijo lo último, pero fue lo que quiso decir con sus halagos. Para ella, la presencia de un conde de su categoría era un éxito social tal que compensaba con creces el posible peligro para la decencia del festejo.

En cuanto a los invitados... hizo un gesto de desprecio. Estaban divididos claramente en dos grupos. Unos reaccionaron a su reputación y corretearon como gallinas asustadas para proteger a sus polluelos y otros vieron en él la posibilidad de medrar, lo miraron mientras entraba en la casa y susurraron entre ellos. ¿Qué hacía allí? ¿Por qué precisamente con lady Dalrymple? ¿Significaría que esa temporada, por fin, iba a cumplir con sus obligaciones familiares y buscarse una esposa? Ante la remota pero no descartable posibilidad de que el mujeriego más afamado de su generación, el conquistador más peligroso, estuviese buscando una mujer que lo acompañase en sociedad como su condesa consorte, las más ambiciosas habían empezado a darse codazos para que se fijara en sus insustanciales hijas. Que hubiesen acertado no quería decir que sus intentos fuesen menos repelentes. Por eso tendría que asistir a más actos como ese y tendría que soportar la palabrería vacua que llamaban conversación, los amaneramientos pretenciosos e, incluso, las caras con granos. ¿Cómo podía un hombre estar seguro de que su primer hijo, al menos, era suyo si no se casaba con una muchacha que acabase de terminar el colegio? La obligación que tenía hacia su orgulloso linaje hacía que eso fuese imperativo.

Sin embargo, ¿realmente creían que le pediría la mano a la primera chica que se encontrara en el primer festejo al que asistía desde que comprendió que tenía que rendirse al destino que su posición le había deparado?

Se inclinó hacia atrás y dejó que la lluvia le cayera en la cara. Le refrescaría la piel ya que no podía aliviar la amargura que le corroía las entrañas. Nada podría aliviársela. Salvo... Se quedó muy quieto ante la fantástica idea que había tenido. No creía que pudiera soportar muchas reuniones como esa y, al fin y al cabo, siempre se encontraría con las mismas muchachas sosas y ávidas. ¿Por qué no le pedía la mano a la primera chica con la que se cruzara cuando volviera a entrar? Así, por lo menos, acabaría rápidamente con ese asunto tan fastidioso. ¿Cuál sería el precio? ¿Un año de su vida? Le pediría la mano a una de esas muchachas que le habían presentado como si fuesen yeguas de pura raza, se harían las amonestaciones, se celebraría un simulacro de ceremonia, se acostaría con ella y seguiría acostándose hasta que estuviese embarazada, a ser posible, de un varón. Luego, una vez resuelta la sucesión, volvería a su existencia despreocupada y ella podría... Volvió a inclinar la cabeza al pensar en lo que podría hacer su esposa si la dejaba desatendida. Nadie sabía tan bien como él hasta dónde podían llegar las esposas aburridas para encontrar aventuras sexuales. Resopló, sacó el reloj del bolsillo del chaleco y se dio la vuelta para que la luz del salón de baile lo iluminara. Arqueó una ceja con incredulidad. ¿Solo llevaba media hora en esa casa? Pasarían horas antes de que lady Dalrymple quisiera marcharse. Querría ver el baile, cotillear y cenar.

Hizo una mueca de disgusto. Tenía que hacer algo para pasar el rato y no estaría mal seguir el impulso de afrontar su situación matrimonial lo antes posible. Volvería al salón de baile y le pediría a la primera chica que viese que bailara con él. Si aceptaba y no le parecía demasiado repelente, buscaría a su padre y empezaría a hablar del acuerdo. Todo ese asunto aborrecible quedaría resuelto. Ni siquiera tendría que poner un pie en ese sitio tan espantoso que era el club Almack's para que la flor y nata de la sociedad supiera cuáles eran sus intenciones.

Sin embargo, sus pies no dieron ni un paso cuando se metió el reloj en el bolsillo. Se quedó mirando al frente, pero no miraba el jardín que había debajo de la terraza, sino el vacío al que estaba a punto de arrojarse.

Daría igual que la muchacha anónima que lo esperaba dentro de la casa no llegara a gustarle siempre que pudiera acostarse con ella las veces necesarias para tener un heredero. Si no llegaba a gustarle, ella tampoco podría hacerle daño ni humillarlo. Vería cómo se dedicaba a sus aventuras amorosas con la misma indiferencia que habían mostrado todos los maridos a los que había engañado. Maridos cuyas esposas, insatisfechas y aburridas, habían buscado hombres más jóvenes y vigorosos que les proporcionaran el... condimento del que carecían sus matrimonios pactados. Dentro de ese acuerdo, incluso podría tolerar a los hijos de ella. Más aún, quizá los tratara con amabilidad y no los llamaría bastardos a la cara. Se considerarían hermanos, se querrían y se ayudarían en vez de... La música que salió repentinamente del salón de baile lo sacó bruscamente de la corriente dañina que se adueñaba de él cuando sus pensamientos escapaban de su reducto y se dirigían hacia su infancia.

Se dio la vuelta lentamente y molesto porque le hubieran interrumpido su breve momento de soledad, pero no había esperado ver la silueta de una mujer en la puerta del salón.

—¡Lord Deben...!

La chica se quedó boquiabierta y se llevó una mano al cuello. Él supuso que ese gesto tan exagerado quería indicar sorpresa.

—No creía que hubiese nadie aquí —siguió ella mirando a la terraza vacía.

—Claro, ¿quién iba a salir con un tiempo tan malo?

Ella, sin amilanarse por el tono irónico de él, se acercó un par de pasos y dejó escapar unas risitas.

—No debería estar a solas con usted, ¿verdad? Mi madre dice que es un hombre peligroso.

Pudo comprobar que era bastante guapa, que tenía unos rasgos bonitos y una piel muy blanca y que iba vestida lujosamente y a la moda. Además, estaba acostumbrada a las atenciones de los hombres a juzgar por cómo sobrellevaba que la observara sin disimulo y casi con insolencia.

—Su madre tiene razón. Soy peligroso.

—No me da miedo —aseguró ella acercándose más.

Se acercó tanto que pudo captar el perfume que

8

desprendía su pequeño cuerpo. Estaba emocionada y un poco nerviosa, pero, sobre todo, emocionada.

—Que se sepa, nunca le ha hecho nada a una joven virtuosa. Se ha ganado su reputación con esposas jóvenes o viudas.

—Su madre debería haberla advertido de que no está bien comentar los amoríos de un hombre con él.

Ella sonrió elocuentemente.

—Pero, lord Deben —murmuró ella pasándole una mano por la solapa de la chaqueta—, estoy segura de que querrá que su futura esposa sepa estas cosas, que sea comprensiva...

Él le tomó la mano y la apartó con repugnancia.

—Al contrario, eso es lo que menos quiero de la mujer con la que vaya a casarme.

Se parecía más a su padre de lo que se había imaginado. Aunque siempre tuvo mucho cuidado de no enamorarse de su esposa, no habría podido soportar que ella fuese... comprensiva, que esperara que él siguiera comportándose como si fuese soltero para que ella pudiera disfrutar de sus propias aventuras sexuales. En resumen, ser un cornudo.

—Será mejor que vuelva al salón de baile. Como usted misma ha dicho, es bastante inadecuado que esté aquí con un hombre como yo.

—Es absurdo que hable de lo que es adecuado

cuando todo el mundo sabe que nunca le ha dedicado ni un minuto a serlo... —replicó ella en tono quejoso.

Entonces, con un movimiento tan rápido que lo sorprendió completamente, le rodeó el cuello con los brazos.

—¿Puede saberse qué hace?

Él intento zafarse. Se soltó una mano, pero ella dejó caer al abanico para poder agarrarse mejor. Él retrocedió con firmeza, pero ella se aferró a él y la arrastró consigo.

—Suélteme, mujerzuela desvergonzada —gruñó él—. No sé qué se propone abalanzándose sobre mí, pero...

Se oyó un grito y la luz inundó la terraza cuando la puerta se abrió de par en par. La chica que había estado agarrándolo con todas sus fuerzas se derrumbó sobre él y apoyó la mejilla en su pecho.

—¡Lord Deben! —una mujer bastante rolliza se dirigió hacia él con los mofletes temblorosos por la indignación—. ¡Suelte a mi hija en este instante!

Él seguía agarrándole las muñecas y cuando quiso quitársela de encima, ella gimió y se inclinó teatralmente hacia atrás como si fuese a desmayarse. Instintivamente, la agarró para que no se cayera. Aunque le habría encantado que cayera como un fardo sobre el suelo mojado, también sabía que eso habría empeorado las cosas para él.

A otra persona podría ocurrírsele salir a la terraza y ¿qué vería? ¿Al depravado lord Deben sobre el cuerpo tumbado de una inocente medio deshonrada o al depravado lord Deben con la víctima de un intento de seducción entre los brazos? Fuera cual fuese la escena, el resultado sería el mismo. Esas dos mujeres esperarían que se casara con esa mujerzuela maniobrera para desagraviarla. Nunca había estado tan furioso. Lo habían atrapado con una trampa que hasta el más pardillo habría previsto. Además, ¡en su primera incursión en el mundo de la muchachas inocentes! ¿Cómo había podido infravalorar tan lamentablemente la naturaleza depredadora de las mujeres? Había etiquetado a esas chicas vestidas de blanco y casi idénticas como insulsas y sin cerebro, pero la que estaba allí pensaba muy deprisa y tenía una ambición inmensa. Él era el hombre más rico, de más categoría social y más joven que probablemente llegaría a conocer en su limitado entorno. Por eso había aprovechado implacablemente su momentánea falta de concentración para comprometerlo. Le daba igual cómo fuese él ni ponía reparos a casarse con un hombre al que consideraba incapaz de ser fiel. En realidad, le había dicho que se lo perdonaría.

Lo que era peor, ella no sabía que él estaba buscando una esposa. Para ella, seguía siendo un libertino empedernido y, aun así, había querido atraparlo a toda costa. Astuta, ambiciosa, despiadada, amoral... Si su madre viviera todavía, las habría considerado almas gemelas.

—Es evidente lo que ha pasado —siguió la madre de la chica poniéndose muy recta—. Tiene que desagraviarla —añadió ella como había previsto él.

—¿Quiere decir que me case con ella?

Le daba igual que esa mujer lo considerara descortés. Se desprendió de su hija con tanta energía que la chica se tambaleó, dio unos pasos y tuvo que agarrarse a su madre para no caerse.

¿Se había planteado la posibilidad de pedirle la mano a la primera mujer que se cruzara en su camino? ¿Estaba loco? Si se casaba con alguien así, la historia se repetiría, pero con el añadido de que nunca sabría quién era el padre de los hijos que tendría que mantener. Se apoyó de espaldas en la balaustrada y se cruzó de brazos. Estaba a punto de informarlos de que nada en el mundo lo obligaría a darle su nombre a esa muchacha cuando se oyó otra voz.

—¡Por favor, no es lo que parece!

Los tres se dieron la vuelta hacia el extremo de la terraza desde donde había llegado la voz. Él pudo ver la figura de una mujer esbelta que salía de entre dos enormes maceteros, donde, evidentemente, había estado escondiéndose.

—Para empezar —dijo la chica que todavía estaba en sombra mientras se agachaba para soltarse el vestido de algo que lo había enganchado—, he estado aquí fuera todo el tiempo y, por eso, la señorita Waverly no ha estado sola con lord Deben en ningún momento.

Se incorporó cuando se soltó el vestido y se acercó a ellos, pero no entró en la franja iluminada donde estaban ellos, como si no quisiera salir plenamente de las sombras. Él, sin embargo, pudo vislumbrar manchas de musgo en su vestido blanco y algo que parecían hojas secas en los rizos despeinados que le caían sobre los delgados hombros.

—Me parece muy bien —intervino la alterada madre de la señorita Waverly—, pero ¿por qué la tenía entre sus brazos?

La señorita Waverly seguía agarrada a su madre con aire de una reina de tragedia, pero él pudo percibir en su rostro los primeros signos de que estaba asustada.

—Bueno, ella...

La muchacha desaliñada vaciló, miró a la preocupada señorita Waverly y volvió a mirar a la mujer.

—Se le cayó el abanico, se... tambaleó y lord Deben, naturalmente, la agarró para que no se cayera.

Había presentado toda la secuencia de acontecimientos de tal forma que el asunto parecía distinto sin haber mentido abiertamente. Lo había hecho muy bien. Él se apartó de la balaustrada, dio dos pasos y recogió el abanico.

—Ningún caballero —dijo él siguiéndole el juego a esa muchacha que le recordaba al otoño en persona—, ni siquiera uno con una reputación como la mía, habría permitido que una criatura tan delicada se cayera.

Lord Deben le devolvió el abanico a la impasible señorita Waverly. No tenía ni idea de por qué el espíritu del otoño había decidido frustrar la treta de la señorita Waverly, pero no le iba a mirar los dientes a ese caballo regalado.

La madre miraba pensativamente las losas del suelo y su hija los miraba alternativamente a él y a la chica que había surgido de las sombras. Casi podía ver cómo le daba vueltas a la cabeza. Ya no era su palabra contra la de él. Había dos personas dispuestas a jurar que no había pasado nada incorrecto.

—Sir Humphrey debería hacer que revisaran estas losas, ¿no le parece? —preguntó él dirigiendo una sonrisa gélida a la muchacha que había intentado comprometerlo—. Alguien podría hacerse daño. Al menos, me queda la satisfacción de saber que a usted no le ha pasado nada en el pequeño encuentro de esta noche.

Ella levantó la barbilla y lo miró con rabia. Su madre, sin embargo, supo perder con más elegancia.

—Bueno, ya entiendo lo que pasó, claro, y le agradezco que acudiera a ayudar a mi hija, milord. Lo que no puedo entender es por qué estaba aquí fuera con la señorita Gibson. No es de ese tipo de personas, ni mucho menos...

La mujer miró con desprecio a la empapada ninfa. Él no estuvo seguro, pero le pareció que la muchacha se encogía, como si quisiera volver a desaparecer detrás de los maceteros.

—Tampoco puedo entender que mi Isabella haya intimado tanto con ella —la mujer se dirigió a su hija, quien tenía un gesto apesadumbrado—. No sé qué ha podido pasarte por la cabeza para que acompañaras a una persona así aquí fuera, donde podrías haberte manchado el vestido o haberte resfriado. ¿Puede saberse qué has hecho para convencer a mi hija para que saliera aquí? —preguntó a la desdichada señorita Gibson—. Además, ¿qué hacías escondida mientras mi hija estaba sola con un caballero? ¿No sabes lo inadecuado y lo egoísta que es eso?

Aunque no pudo evitar preguntarse cómo iba a contestar la señorita Gibson a esa ristra de preguntas, él también tenía una lista que era mucho más pertinente puesto que sabía lo que había pasado. Lo que más le extrañaba, sin embargo, era que no hubiera delatado a la señorita Waverly como la maniobrera que era si quería ponerle la zancadilla. Su descripción de la escena había sido tan hábil que la señorita Waverly saldría con la reputación intacta. Sin embargo, no creía que lo hubiese hecho para defender su reputación. Ella salió de su escondite antes de que él dijera que nunca le daría su nombre independientemente de lo que contaran. La reputación de él ya estaba por los suelos y no tenía nada que perder. Además, la señorita Waverly se habría llevado su merecido si esas dos maquinadoras hubiesen intentado cruzar sus espadas, en el aspecto social, con un hombre de su categoría.

Lo único que habría tenido que hacer la señorita Gibson, por sí misma, era permanecer escondida detrás de los maceteros hasta que todos se hubiesen marchado. Entonces, ¿lo había hecho por amistad? ¿Había querido salvar a su amiga de un matrimonio desastroso? No, tampoco lo creía. En ningún momento le había parecido que la señorita Waverly sintiera... amistad hacia la chica que le había frustrado su ambición. No había esperado que ella estuviese ahí fuera. Había mirado con detenimiento toda la terraza para comprobar si había algún testigo antes de intentar comprometerlo. Además, se puso furiosa cuando la señorita Gibson apareció y le estropeó su plan. ¿Eran enemigas? No. Según lo que había dicho su madre, se mezclaban muy poco en los mismos círculos sociales. Eso significaba que no habían tenido la oportunidad de ser ni amigas ni enemigas. Lo planteara como lo plantease, siempre volvía al mismo punto. Lo que había hecho no tenía nada que ver con la señorita Waverly, había intentado salvarlo a él.

Se apoyó otra vez en la balaustrada y la miró con fascinación. No intentaba defenderse mientras la madre de la señorita Waverly decía de todo contra ella. Parecía como si no se diera cuenta ni de la sarta de descalificaciones ni de las miradas envenenadas que le dirigía la señorita Waverly. Permanecía con los hombros caídos como si no le importara lo que pensaran o dijeran de ella, como si no le afectaran todas las maldades que vertían sobre su inocente cabeza. Hasta que la madre de la señorita Waverly dijo...

—Sin embargo, claro, ¿qué puede esperarse de alguien que tiene una familia como la tuya?

Entonces, ella levantó la cabeza y avanzó. La luz que salía de las ventanas del salón de baile la iluminó plenamente por primera vez. Todos los colores del otoño resplandecieron en sus mechones despeinados. Los intensos marrones se mezclaban con el dorado rojizo de las hojas y ella tenía una expresión despiadada. Era como presenciar una tormenta que estaba formándose súbitamente, que iba a estallar en una de esas mañanas de noviembre que tanto lo deprimían.

—Una puede esperar un comportamiento respetable. Solo me escondía porque no quería que nadie, y menos un caballero, viera que había estado llorando.

Eso sí pudo creérselo. A la señorita Gibson no le favorecía llorar. Su nariz, un poco larga para esa cara tan delgada, estaba roja y moqueaba. Sus mejillas estaban manchadas y no solo con lágrimas, sino con lo que parecían secreciones de esa nariz atroz. Eso hacía que fuese más incomprensible todavía que hubiese intervenido en un asunto que afectaba a dos personas que no eran sus amigos ni, en el caso de él, un mero conocido.

—Debería habérmelo imaginado —replicó la mujer rolliza—. Espero que estés avergonzada de ti misma, jovencita. ¿Ves lo que pasa cuando te dejas llevar por una demostración de sentimientos tan vulgar? No solo tienes un aspecto lamentable, sino que tu comportamiento egoísta y desconsiderado ha metido a mi inocente hija en una situación que podría haberse interpretado muy mal.

La señorita Gibson apretó los puños, miró a la inocente señorita Waverly y tomó aliento. Estaba a punto de estallar, de soltar la verdad que caería como una bomba en la tranquilidad del baile de presentación en sociedad de la señorita Twining. Entonces, él vio una sombra de inquietud en su rostro. Había comprendido que no podía decir toda la verdad sin delatarse. Era lo que pasaba cuando una mujer empezaba a tejer una red de mentiras. Si daba un paso en falso, corría el riesgo de verse enredada ella misma. Al menos, había tenido la inteligencia de darse cuenta. Cerró la boca, levantó la barbilla y miró a la madre de la señorita Waverly con un gesto inexpresivo.

Él no podía contenerse casi. Era mucho mejor que presenciar una representación teatral. Quizá fuese una mala suerte que la señorita Gibson lo mirara justo cuando empezaba a ver la parte divertida de la situación. Ella captó su expresión y frunció el ceño con auténtica furia.

—Bueno —siguió la mujer, que había rodeado los hombros de su hija con un brazo—, ya veo que lo has hecho porque tienes un corazón de oro, querida, pero habría sido mejor que hubieses buscado a la señorita de compañía de la señorita Gibson para que ella se hiciera cargo de la situación.

Eso acabó con lo que tenía de divertido esa situación tan absurda. Las actitudes de la mujer y de su hija eran casi ofensivas. Esa joven desdichada había salido a dar rienda suelta a sus sentimientos y estaba recibiendo una reprimenda. Alguien debería consolarla. Al fin y al cabo, las mujeres no lloraban de esa manera sin un buen motivo y ellas tenían que saberlo.

Miró a la madre y a la hija y frunció el ceño. Las sensiblerías de las mujeres no solían afectarle, pero, evidentemente, era el único que estaba mínimamente afectado por el sufrimiento de la empapada señorita Gibson. Eso tampoco quería decir que fuese a hacer algo personalmente. Nunca había sabido consolar a mujeres llorosas. Las pocas veces que había intentado consolar a sus hermanas cuando lloraban, sus argumentos racionales habían conseguido que se pusieran medio histéricas. Necesitaba una mujer comprensiva y la señorita de compañía que había mencionado la mujer era la persona que sabría lidiar con ella. Se apartó de la balaustrada.

—Permítanme enmendar mi error ocupándome de eso en este instante. Si alguien es tan amable de darme su nombre...

—Es la señora Ledbetter —contestó la mujer con desprecio—. No creo que la conozca, milord. En realidad, no puedo entender que una mujer de su posición haya conseguido una invitación para un acontecimiento como este.

—Claro —él sonrió—. Uno asiste a los bailes con la esperanza de encontrarse solo con personas de cierta categoría, ¿verdad, señora Waverly...?

—Lady Chigwell —replicó ella con una sonrisa fatua.

—Lady Chigwell —repitió él con una inclinación.

Al incorporarse, miró a la señorita Gibson y le guiñó un ojo, pero ella no había captado el sutil desdén de él y lo miró con los ojos entrecerrados. No había entendido el gesto que había hecho por ella.

—Señorita Gibson —se acercó a ella y le tomó una mano—, ¿puedo decirle a la señora Ledbetter que la espera aquí? ¿Cómo es? —le preguntó con delicadeza.

La señorita Gibson parpadeó y lo miró con unos ojos todavía húmedos por las lágrimas. Él le apretó un poco la mano intentado transmitirle su agradecimiento y, para su sorpresa, algo de tranquilidad. No había ninguna mujer en el mundo, aparte de su familia, que pudiese decir que lord Deben había mostrado la más mínima preocupación por ella. Sin embargo, ningún hombre, ni el más indiferente a los sentimientos de los demás, como decían de él, podría evitar sentirse conmovido por el padecimiento de ella. Había salido allí para llorar tranquilamente y no solo había tenido que declarar su estado emocional, sino que, encima, la habían despellejado injustamente, como a su señorita de compañía.

—Lleva un turbante morado con dos plumas de avestruz, una blanca y la otra morada. Es inconfundible. Creo que lo mejor será que espere aquí fuera —añadió la señorita Gibson soltándose la mano.

—Sí, desde luego —intervino la señorita Waverly en un tono almibarado—. No querrás cruzar el salón de baile así. Tienes que lavarte bien la cara antes de que alguien te vea.

La señorita Gibson se pasó el dorso de las

manos por las mejillas, pero el resultado fue desastroso porque tenía los guantes tan manchados como el vestido.

—Permítame...

Él sacó un pañuelo de seda blanca con sus iniciales bordadas y se lo ofreció.

—Gracias, señor.

Lo tomó con tanta reticencia que él supuso que lo habría rechazado si no hubiese estado tan desesperada. ¿Por qué? Se preguntó. Si sentía antipatía hacia él, como parecía indicar la mirada que le dirigió después de sonarse la nariz de una manera impropia de una dama, ¿por qué había salido en su ayuda? Quizá fuese que, como había dicho ella, no quería que un caballero la viera en ese estado... Se dio la vuelta satisfecho por haber encontrado explicación a esa hostilidad inmerecida y volvió a entrar en el salón de baile.

Ya solo le quedaba encontrar a una mujer de edad avanzada y con un turbante con plumas de avestruz. Luego, le comunicaría que la señorita Gibson estaba esperando su ayuda en la terraza y todo el asunto quedaría zanjado. Aunque no podía evitar la sensación, desconocida para él, de que le gustaría hacer algo para aliviar la desdicha de la señorita Gibson. Se había dado cuenta, en cuanto se cernió sobre él la amenaza de verse atrapado por un ser como la señorita Waverly, de que prefería morirse antes que soportar un matrimonio como el que había soportado su padre. Además, cada vez estaba más convencido de que la señorita Gibson había intervenido para librarlo de un destino así. Seguramente, tampoco podía soportar que una persona se viese obligada a casarse con alguien que no había elegido. Quizá hubiese salido a llorar por eso... Según lo que había dicho lady Chigwell, no era de una familia muy buena. Quizá estuvieran presionándola para que se casase bien y ascendiera en la escala social. Quizá eso fuera lo que estaba haciendo allí esa noche. Quizá estuviera exponiéndose para que la compraran como a un esclavo en una subasta. No la había visto en su mejor momento, pero su juventud y su vulnerabilidad bastarían para atraer el interés de varios hombres que él conocía y que estaban buscando esposa esa Temporada. Así funcionaba el mundo. Hombres mayores con dinero y posición podían elegir, más o menos, entre las jóvenes vírgenes que acudían todos los años a buscar marido. Las familias de esas vírgenes las vendían prácticamente al mejor postor, sin importarles los sentimientos de ellas. Al no haber podido elegir, acababan rebelándose y tomando los amantes que sí elegían.

La libertad de elegir era la única ventaja que él tenía, como hombre, y que muchas mujeres no podían permitirse... y casi la había desperdiciado. La señorita Waverly le había sacudido la apatía que había estado a punto de llevarlo a cometer un error desastroso. Era tan escéptico respecto al matrimonio que había estado a punto de permitir que el destino le arrebatara de las manos la posibilidad de elegir. Como un jugador que tiraba una moneda al aire para decidir la siguiente jugada, había pensado que si eliminaba la posibilidad de elegir, las cosas serían más sencillas. Una necedad. El matrimonio era un vínculo que no tenía escapatoria. La reticencia a casarse no era una excusa para no elegir con criterio a la esposa. Aunque no podía imaginarse que pudiera encontrar algún placer en el matrimonio, le debía a sus hijos que analizara minuciosamente el carácter de la mujer que iba a engendrarlos. Nunca impondría una madre como la suya a sus hijos... ni una mujer como la señorita Waverly. Esta lo había salvado de su actitud fatalista, pero porque era el ejemplo de todo lo que detestaba de una mujer.

No sentía ningún agradecimiento hacia ella y, sin embargo, que la señorita Gibson hubiese actuado desinteresadamente a favor de él hacía que quisiera pagárselo de alguna manera porque nunca nadie, ni hombre ni mujer, había intentado salvarlo del algo. Se quedó atónito y sonriendo de felicidad al caer en la cuenta de que una damisela desdichada acababa de salvarlo. Aunque nadie, por mucha imaginación que tuviese, podía imaginárselo como un caballero andante. Él libraba sus batallas en la Cámara de los Lores con palabras hirientes, no en torneos con lanzas.

Se dio la vuelta para mirarla por última vez, sin saber muy bien por qué, y vio que la señorita Waverly también la miraba como si quisiera fulminarla. Ya se había dado cuenta de que era inmoral y despiadada. Además, aunque la señorita Gibson era muy valiente, también parecía inferior en la escala social a la pérfida Isabella, lo cual, hacía que fuese vulnerable a cualquier ataque que esa chica le seguro le lanzaría en cuanto tuviese ocasión.

Se había preguntado cómo podría pagar a la señorita Gibson el que lo hubiese ayudado a conservar la libertad y ya lo sabía. La vigilaría discretamente durante las próximas semanas, por lo menos. Si no, era imposible predecir cuál sería la rebuscada venganza de la señorita Waverly.

Dos

Otro día en Londres.

Henrietta miró por la ventana de la sala de su tía Ledbetter y vio la fila de casas que había enfrente. Ella vivía en una igual y tuvo que contener un suspiro. Demasiados edificios comprimidos, demasiadas personas amontonadas en las calles, demasiado ruido y una mezcla de olores casi insoportable. Llevaba allí algo más de un mes y ya añoraba la tranquilidad de Much Wakering, sus cielos amplios, el canto de los pájaros y el olor a flores. Desde la ventana de su dormitorio solo podía ver un árbol si alargaba mucho el cuello por encima del alféizar. Era un pobre arbolillo que parecía tan desubicado como ella.

—¿Qué le pareció la interpretación, señorita Gibson?

Henrietta dio un respingo y volvió a prestar atención a los invitados de su tía. Al menos, a ese invitado que intentaba integrarla en una conversación a la que no había atendido. Había esperado que si se sentaba en una butaca en un extremo de la habitación, los demás no se sentirían obligados a hablar con ella. Sin embargo, no era fácil disuadir a la señora Crimmer de que hiciera algo que se había propuesto hacer.

—¿La interpretación? Yo, mmm...

La noche anterior habían ido al teatro y habría disfrutado si se hubiese encontrado en otro estado de ánimo. Sin embargo, desde que estuvo en el baile de la señorita Twining, sentía un nudo de tristeza en el pecho que ni el mejor de los comediantes podía aliviar y la neblina de depresión que la rodeaba hacía que todo le pareciera gris y sin atractivo, con tan poco atractivo como el que sabía que tenía ella. Lo único que conseguía que se levantara por las mañanas era saber que su tía se preocuparía si se quedaba en la cama compadeciéndose de sí misma.

La señora Ledbetter había hecho mucho más que limitarse a aceptar la responsabilidad cuando su padre escribió a su primo y le pidió que ella le supervisara una Temporada en Londres. La señora Ledbetter había acometido la tarea con un entusiasmo que había sorprendido a Henrietta. Al principio, estuvo a punto de sentirse ofendida cuando la tía Ledbetter sacudió la cabeza y chasqueó la lengua, mientras la doncella deshacía la maleta.

Sin embargo, no había tenido una familiar que se ocupara de su guardarropa desde que su madre falleció hacía muchos años. Además, cualquier posibilidad de sentirse ofendida se disipó en cuanto descubrió que a la señora Ledbetter no solo le gustaba ir de compras, sino que también le gustaba muchísimo descubrir los colores y los peinados que le favorecían más. Cuando no la llevaba a comprar ropa o accesorios que ella no tenía ni idea que fuesen esenciales, había contratado a distintas personas para que la refinaran un poco. Había ido una peluquera para peinarla y cortarle el pelo y un profesor de baile acudía periódicamente para enseñarle los pasos de todos los bailes que siempre había querido saber y que nunca había tenido la ocasión de aprender. Además, su amabilidad seguía día tras día.

La llevaba al teatro, a exposiciones, a veladas musicales o a cenas donde la presentaba a todos sus amigos y conocidos. Nada le parecía un fastidio. Además, si se tenía en cuenta que Mildred, su única hija, también estaba en edad de plantearse el matrimonio, podrían haberla tratado como a una rival, a una amenaza o, sencillamente, como a una imposición. Ni la madre ni la hija habían hecho nada parecido. Al contrario, la habían recibido con los brazos abiertos. Por eso, hizo acopio de la fuerza de voluntad que le quedaba y esbozó una sonrisa.

—En Much Wakering no tenemos nada parecido, señora Crimmer —siguió ella con sinceridad—. Tanto talento junto... Fue...

—¿Abrumador, querida?

La señora Crimmer, la esposa de un conocido del señor Ledbetter por motivos de trabajo, movió la cabeza con un gesto de comprensión. Ella ya se había dado cuenta de que las personas que vivían en Londres todo el año tendían a mirar a los provincianos con una mezcla de desprecio y compasión. Si la señora Crimmer le hubiese hablado con condescendencia hacía tres días, ella habría replicado con aspereza o, al menos, habría tenido que contenerse por Mildred, ya que el señor y la señora Ledbetter esperaban que su hija mirara con buenos ojos al joven Crimmer. Miró al extremo opuesto de la habitación, donde el joven, sonrojado y bastante cohibido, cortejaba a Mildred, quien no parecía nada impresionada. Según había llegado a creer, su tío y su tía podían albergar esperanzas en ese sentido, pero Mildred buscaba algo más en la vida que un emparejamiento que cimentara una alianza empresarial, ella buscaba el amor... y era lo suficientemente hermosa para aspirar a encontrarlo. Tenía un pelo dorado muy bonito, ojos verdes y grandes y una nariz pequeña y delicada que hacía que pareciera un gatito angelical.

Quizá por eso la hubieran aceptado tan fácilmente. Ella, con su figura desgarbada y su cara anodina, no era una amenaza para su prima lejana. Cuando las dos entraban en una habitación, todos los hombres se fijaban en Mildred, algo que a ella no le había importado lo más mínimo. No quería la atención de los hombres... o, al menos, solo había anhelado la atención de un hombre y hasta él estaba ya fuera de su alcance. Hacía tres noches, él acabó por obligarla a aceptar que había sido una necia al seguirlo a Londres y, en ese momento, ya no podía ni seguir fingiendo, para sí misma, que significaba algo para él. Tal y como la había tratado, nunca había podido significar nada para él.

Tomó una galleta del plato que había en la mesa entre la señora Crimmer y ella. Tenía que quedarse en la ciudad hasta finales de junio como mínimo porque no estaba dispuesta a volver a casa con el rabo entre las piernas, sobre todo, después de lo que él le dijo. La única vez que la visitó le dijo que su sitio estaba en el campo, no en un sitio tan animado y refinado como Londres, y que no le extrañaría que pronto estuviese deseando volver a Much Wakering. Le fastidiaba tener que reconocer que, en cierto sentido, tenía razón. Echaba de menos lo árboles, la tranquilidad y que todo el mundo se conociera. Sin embargo, eso no la convertía en una pueblerina. Había sido tremendo oír a Richard, su Richard, dirigirse a ella en ese tono condescendiente. Al fin y al cabo, solo llevaba una semana en la ciudad y seguía asombrada y apasionada por todo. Sin embargo, eso no significaba que nunca fuese a ser capaz de estar a la altura de la sofisticación de Londres. El propio Richard no consiguió su... lustre ciudadano hasta después de varios viajes.

Al principio, la diferencia se limitó al aspecto. Primero, se compró ropa en un sastre de Londres y luego, su corte de pelo mereció la admiración general. Domaron sus rizos rebeldes en un peinado que le quitó gran parte del aspecto aniñado de su pecoso rostro. Dejó de parecer el hijo simpático de un terrateniente y pasó a ser, como siempre se había imaginado a Paris, un hombre tan guapo que las diosas se lo disputaban. Sin embargo, poco a poco, también empezó a notar un cambio interior en él. Empezó a sentirse inquieta, como si él se alejara cada vez más de ella. Las últimas Navidades tenía un aire sofisticado que se manifestaba en un amaneramiento lánguido muy distinto al chico descarado y sincero que había corrido por su casa y que había conseguido que ella se sintiera ingenua y cohibida.

Partió la galleta con pesadumbre. Debería haberse dado cuenta de su alejamiento entonces y haberse ahorrado la humillación que tuvo que sufrir en el baile de la señorita Twining... o haber entendido su comentario sobre que volviera a Much Wakering como una insinuación de que no quería que estuviera en la ciudad. Sin embargo, se había convencido a sí misma de que lo había dicho porque estaba preocupado por cómo iba a sobrellevarlo ella. ¿Por qué era tan necia? Si hubiese estado preocupado, la habría acompañado a todas partes, la habría protegido de todos los elementos indeseables que, según él, merodeaban por la sociedad londinense.

Se metió la mitad de la galleta en la boca y se consoló pensando que, al menos, no había contado a nadie sus aspiraciones amorosas con Richard. Así, ella era la única que sabía lo necia y lamentable que había sido. Aunque, desgraciadamente, eso también le impedía volver a su casa. Si empezaba a decir que quería volver, todo el mundo querría saber por qué y no tenía ninguna excusa creíble. No podía ofender a su querida tía Ledbetter y que pensara que era responsable de que fuese desdichada. Además, nunca le contaría a nadie el ridículo que había hecho con Richard. Su corazón estaría maltrecho, pero su orgullo seguía intacto. Ese era el inconveniente. Si se empeñaba en volver al campo sin confesar la verdad, todos darían por supuesto que la vida de la ciudad era, efectivamente, excesiva para ella.

Si tenía que elegir entre parecer una boba que había seguido a Londres a un hombre que no la amaba o parecer una ñoña que no podía soportar el estar a más de ocho kilómetros de su parroquia o tener que hacer de tripas corazón y quedarse en la ciudad cuando la experiencia le había quitado todo su interés, había decidido hacer lo último. Se quedaría en la ciudad.

Además, todavía estaba más en deuda con su tía y su prima después de la bochornosa salida del baile de la señorita Twining. Ellas fueron muy comprensivas. La arroparon en el carruaje cuando vieron sus lágrimas y expresaron su comprensión cuando alegó un dolor de cabeza como nunca había tenido. Nunca se habría inventado un dolor de cabeza si hubiese sabido cuánto iban a preocuparse. Había dado por supuesto que le darían unas palmaditas en la mano y que la mandarían a la cama, como habrían hecho su padre y sus hermanos. Sin embargo, la acompañaron a su cuarto, le frotaron las sienes con agua de lavanda, se quedaron con ella hasta que se bebió una tisana y le contaron sus cambios de salud mensuales hasta que el remordimiento se adueñó de ella. Sobre todo, cuando las dos estaban muy emocionadas porque las había invitado una auténtica baronesa. La tía Ledbetter porque podría cotillear con su círculo de amigas sobre cómo es una casa así por dentro y Mildred porque esperaba captar el interés de algún hijo de la nobleza.

Ella las había privado de la mitad del placer solo porque no había podido dominar su rabia cuando vio que esa señorita Waverly intentaba atrapar a otro pobre incauto entre sus garras. Incluso cuando intentó disculparse, la reacción de ellas la avergonzó más todavía.

—No habríamos pasado ni esa hora en una compañía tan elevada si no te hubieses hecho amiga de la señorita Twining —la tranquilizó la tía Ledbetter—. En realidad, me pareció un detalle precioso por su parte que nos incluyera en tu invitación.

—Sí —replicó ella en voz baja—, la señorita Twining es una persona encantadora.

Eso había sido lo único sincero que pudo decir de todo el asunto. Apreciaba sinceramente a Julia porque no la había mirado por encima del hombro ni había hecho ningún comentario despectivo sobre su procedencia. Al contrario que otros...

—No puedo dejar de preguntarme por qué tu padre ha recurrido a estos familiares —dijo Richard mientras miraba de soslayo a su tía la única vez que fue a visitarla a esa misma sala—. Nunca había oído hablar de ellos hasta que se te metió en la cabeza que querías pasar la Temporada en Londres. Ahora que los he conocido, no me extraña. No es que tengan nada de malo, a su manera. Los comerciantes pueden ser muy respetables, pero no es el tipo de personas con el que me gusta mezclarme cuando estoy en la ciudad. Además, si tu padre levantase la vista de un libro alguna vez y supiera juzgar la situación, no te habría mandado con unas personas que no pueden presentarte a nadie relevante ni llevarte a los sitios donde se debe ver a una chica de tu categoría.

¿Había sido tan ridícula como para interpretar ese comentario como una muestra de preocupación por ella? No estaba mínimamente preocupado por ella. Solo le preocupaba que pudiera aparecer en algún sitio y lo abochornara con sus humildes familiares o su carácter rural delante de sus amigos de Londres. Se metió en la boca la otra mitad de la galleta y se consoló al acordarse de que, al menos, tuvo el temple de rebatir su manera despectiva de hablar de su padre.

—Mi padre no puede evitar desconocer la sociedad londinense —replicó ella con firmeza—. Sabes que ya viene muy poco a la ciudad y que cuando viene, es porque se ha enterado de que algún libro singular ha salido al mercado.

No podía negar que la acusación de Richard estaba justificada en parte. No llevaba ni una semana en la ciudad cuando se dio cuenta de que como la prima de su padre se había casado con un empresario, ella no había tenido acceso a ningún sitio medianamente refinado, como había comentado despectivamente Richard.

—Además —siguió ella dispuesta a no reconocer su desilusión—, si lo hubiese sabido, seguramente le habría parecido muy frívolo. Él nunca juzga a un hombre por su categoría social o su riqueza, como ya deberías saber. ¿Cuántas veces le has oído decir que el verdadero valor de un hombre reside en su carácter y su intelecto?

Tomó otra galleta y se sintió complacida de haber tomado esa actitud aunque todavía hubiese estado obnubilada por Richard. La verdad era que no toleraba que nadie, fuera quien fuese, criticara a su padre. Además, ya se sintió bastante mal cuando se dio cuenta de que había cumplido veintidós años sin que él hubiese hecho nada para buscarle un marido. Cuando ella, vacilantemente, le planteó por primera vez la posibilidad de pasar la Temporada en Londres, él puso un gesto de perplejidad, el mismo que ponía siempre que tenía que enfrentarse al lado prosaico de la vida.

—¿Estás segura de que eres suficientemente mayor para pensar en casarte? —le preguntó él quitándose las gafas y dejándolas en la mesa con aire decidido—. Aunque, naturalmente, si quieres conocer la Temporada, entonces, la conocerás. Déjalo en mis manos.

—¿No... no te olvidarás?

Habría sido muy típico de él y él también lo sabía porque, en vez de regañarla por su descaro, sonrió y le aseguró que no se olvidaría del algo tan importante como el futuro de su única hija.

Efectivamente, no se olvidó, aunque tampoco lo hizo muy bien. Sin embargo, como no tenía valor para desilusionarlo cuando esperaba que estuviese pasándolo maravillosamente, le mandaba cartas alegres y ambiguas.

La señora Crimmer seguía hablando sin parar, pero ella llevaba varios minutos sin oír una palabra. Había estado pensando en las musarañas y comiéndose todo el plato de galletas. Llevaba varios días en los que no podía dejar de darle vueltas al baile de la señorita Twining. Había sido muy doloroso porque había depositado muchas esperanzas en él... y en la propia señorita Twining. Había esperado que fuesen amigas. A ella parecía no haberle importado que estuviese viviendo con unos familiares poco refinados e, incluso, le dijo que podía llamarla Julia.

Suspiró y tomó la última galleta. Sin embargo, aquel incidente acabó con todas las posibilidades de que la amistad pudiera brotar entre ellas aunque tuviesen algo en común, cosa que no tuvieron tiempo de descubrir porque se marchó del baile antes que la señorita Waverly y, por lo tanto, todo el mundo conocería la versión de los hechos de la señorita Waverly. Sabía que una chica así no perdería esa ocasión para manchar la reputación de su enemiga. Tampoco era algo que le importara porque no pensaba volver a abandonar el círculo social de su tía. ¿Para qué?

—Qué carruaje tan maravilloso. Qué caballos... —comentó el señor Bentley desde la otra ventana.

El señor Bentley era un amigo del señor Crimmer hijo. Ella creía que su función era darle apoyo moral en el suplicio de intentar que Mildred le sonriera y luego, cuando hubiese pasado la media hora de rigor, acompañarlo a la posada más cercana para que el señor Crimmer recuperara el maltrecho ánimo.

—Ha parado aquí delante, como si viniera de visita. Está subiendo las escaleras...

La tía Ledbetter, para asombro de todos, se levantó de un salto y llegó a la ventana con dos zancadas.

—¡Dios mío! —exclamó después de haber apartado al señor Bentley—. Dijo que nos visitaría, pero nunca soñé ni por un instante que lo hubiese dicho de verdad. Aunque me pidió nuestra dirección...

Henrietta se quedó paralizada con la última galleta a medio camino de la boca. Ella, desde su privilegiado sitio, también había visto la elegante calesa que se paraba delante de la casa y ya había reconocido al cochero.

—Henrietta, querida, quizá debería habértelo dicho antes, pero... —la tía Ledbetter se calló cuando oyó que llamaban a la puerta—. Lord Deben dijo que quizá se pasara para ver cómo estabas después... —volvió a callarse como si acabara de caer en la cuenta de que la sala estaba llena de visitas—. Después de tu indisposición en el baile de la señorita Twining.

Las voces que llegaron del recibidor les indicaron que Lord Deben ya estaba en la casa. La tía Ledbetter volvió a sentarse precipitadamente en el sofá, se alisó la falda y adoptó una postura indiferente, como si todos los días recibiera a un conde en su casa. Las conversaciones cesaron y todo el mundo miró hacia la puerta.

—Lord Deben —anunció Warnes, el mayordomo.

Lord Deben entró en la habitación, se detuvo y miró alrededor con aire aristocrático. A Henrietta se le erizó el vello de los brazos. Él había entrado en la casa de la señorita Twining con la misma expresión, como si no acabara de creerse que estaba honrando al lugar con su presencia. Entonces, ella no sabía quién era, pero la impresión que causó en los demás, el hecho de que él lo supiera y su reacción arrogante hicieron que ese hombre le disgustara al instante.

Él miró alrededor como si diera la impresión de que no veía a nadie hasta que sus ojos la encontraron a ella.

—Señorita Gibson —dijo acercándose a donde estaba sentada ella—. Espero que hoy se encuentre mejor.

Ella tuvo que hacer un esfuerzo para no preguntarle si no tenía modales o si esa tarde había decidido no sacarlos a relucir. ¿Qué clase de hombre pasaba por alto a su anfitriona y a todas las demás personas presentes en la habitación? Además, Richard se comportó exactamente igual cuando fue allí. También se consideró por encima de los presentes, no se dignó a hablar con ninguno de ellos y los llamó «un montón de tenderos». Aunque sí tuvo los modales suficientes como para inclinarse mecánicamente ante la tía Ledbetter antes de prestarle atención única y exclusivamente a ella. Por eso, no se sintió ni remotamente halagada por la inclinación de lord Deben sobre su mano. Cuando pareció que iba a besársela, ella se la llevó a la boca y, desafiantemente, se puso la última galleta entre los dientes. Oyó que Mildred dejaba escapar una exclamación de asombro. Lord Deben ni se inmutó.

—Veo que todavía está un poco demacrada —comentó él dándole la espalda a los demás invitados—. La llevaré a dar un paseo por el parque para que recupere el color.

—Me llevará a dar un paseo por el parque —repitió ella.

¡Menudo majadero! ¿Acaso creía que era tan estúpida que no se daba cuenta de que estaba humillando a su querida tía? Además, ella podía no querer salir. Estaba a punto de comunicarle que por nada del mundo pensaba salir de esa habitación en compañía de un hombre que, evidentemente, se creía muy por encima de todos los presentes, cuando el señor Bentley intervino.

—Caray, daría cualquier cosa por tener la oportunidad de manejar esos animales por el parque... o de sentarme a su lado, milord —el señor Bentley miró a Henrietta con envidia—. ¡Eres una muchacha muy afortunada!

Lord Deben entrecerró los ojos un instante y se dio la vuelta hacia el señor Bentley.

—No suelo invitar a jóvenes caballeros a que me acompañen por el parque durante la hora más concurrida —replicó en un tono que calló a su admirador y lo dejó rojo como un tomate.

Tampoco la había invitado a ella, más bien, se lo había ordenado.

—Y es muy generoso al invitar a Henrietta —dijo su tía dirigiéndole una mirada muy elocuente a su sobrina—. Es un honor muy inesperado. No tardará ni un minuto en ponerse el abrigo y el sombrero. ¿Verdad, querida?

Ni hablar. Además, sería mucho mejor para su tía que ella, Henrietta, lo llevara afuera para decirle lo que opinaba sobre sus modales que organizar una escena en su sala.

—Dese prisa —dijo él con brusquedad mientras conseguía agarrarla de la mano y levantarla—. No quiero que mis caballos se queden parados.

¡Sus caballos! ¡Tenía más en cuenta lo que pudiera pasarles a ellos que lo que pudiera pensar ella! ¿Quién se creía que era para entrar allí e insultar a todo el mundo de esa manera? Salió de la habitación con un arrebato de indignación que acabó de un plumazo con la abulia que se había adueñado de ella desde el baile de la señorita Twining y que había hecho que hasta andar la supusiera un esfuerzo enorme. ¡Claro que sus caballos no iban a quedarse parados! Subió las escaleras y abrió de golpe la puerta de su cuarto.

Además, había machacado al pobre señor Bentley solo porque había admirado con un entusiasmo algo infantil a sus caballos, como habría podido hacer cualquiera de sus hermanos. ¡Había despreciado a su tía y a todos los demás porque eran comerciantes! ¡Porque eran vulgares! Ella le enseñaría lo que era vulgaridad.

Abrió el armario y se puso el abrigo de color ciruela. Luego, fue hasta el cuarto de su tía y rebuscó entre sus pieles hasta que encontró el zorro. Se lo puso sobre los hombros y se miró al espejo para cerciorarse de que entonaba tan mal con el abrigo como esperaba. Para terminar, fue hasta el cuarto de Mildred y tomó el sombrero con dos plumas de avestruz muy rojas que había llegado la mañana anterior.

Cuando volvió a la sala, menos de cinco minutos después de haberla abandonado, Mildred se quedó boquiabierta y su tía dejó escapar un sonido de espanto sofocado. Lord Deben, quien estaba junto a la ventana al lado del señor Bentley, ladeó la cabeza y la miró con indolencia.

—Ya ha recuperado bastante el color ante la mera perspectiva de tomar el aire —dijo él lentamente y sin alterar el gesto.

—Sí —concedió ella con una sonrisa—. Estoy deseando que me vean pasear con usted por el parque a la hora más concurrida.

¡Así aprendería! Parecía el tipo de hombre que no soportaría que lo vieran de paseo con alguien innegablemente vulgar. Se habría rebajado al invitar a una chica que ni siquiera rozaba los círculos en los que él se movía, pero se había preocupado mucho por su propia vestimenta. Sabía lo suficiente de moda masculina como para poder adivinar que su ropa la había confeccionado alguno de los sastres más caros y exclusivos. Además, se había afeitado hacía muy poco tiempo. Sus mejillas tenía una suavidad que solo duraba una hora más o menos y, cuando se inclinó sobre su mano con la intención de besarla, ella pudo oler a aceite de bergamota.

—Cuando vine a la ciudad, no puede ni imaginarme que tendría el honor de ir de paseo con un hombre tan importante y en un carruaje tan maravilloso.

Para su inmenso placer, pudo comprobar que él estaba poniéndose cada vez más tenso.

—Señor Bentley, la próxima vez que nos visite, le contaré todo lo que hemos hecho.

Henrietta sonrió al joven que miraba alternativamente, y con algo muy parecido al espanto, al caballero inmaculadamente vestido y al sombrero con plumas de avestruz que ella había tomado prestado.

Lord Deben le hizo un gesto para que saliera por delante al recibidor y se marcharon con las plumas bamboleándose al ritmo de su paso marcial.

Tres

¿Por fin había tenido algo parecido a los buenos modales y le había abierto la puerta? No significaba nada salvo, quizá, que estuviese deseando escapar de la presencia de personas que consideraba inferiores. ¿Era un buen conductor? Que pudiese manejarse entre el abundante trasiego de carruajes con una facilidad que parecía no costarle nada, cuando ella sabía que exigía mucha destreza, no hacía que le pareciese mejor.

Casi se alegró cuando él, una vez dentro del parque, fingió una y otra vez no reconocer a las personas que intentaban atraer su atención. Eso le permitió aferrarse al mal humor, que casi se había esfumado por el emocionante y veloz recorrido por las abarrotadas calles.

—No es fácil encontrarla —dijo él cuando ella ya empezaba a preguntarse si iban a estar todo el rato en silencio—. La busqué en casa de los Cardington y de los Lensborough el martes y en la de los Swaffham, Pendleborugh y Bonham anoche. Lamento tener que decirle que hoy no puedo dedicarle mucho tiempo, pero me parece que tenemos que hablar en privado sobre lo que pasó en el baile de esa debutante, de cuyo nombre no puedo acordarme ahora mismo.

Él la miró y le dedicó una sonrisa casi indolente. Ella sintió un cosquilleo en las entrañas. Había algo en su mirada que casi la obligaba a sonreírle también. Algo absurdo porque estaba furiosa con él. Se recordó que no podía acordarse del nombre de la chica de la que ella esperaba ser amiga y que eso era lo que necesitaba para reavivar su rencor.

—El martes por la noche estuve en un baile que celebraban los Mountjoy —le explicó ella—. Son comerciantes de vinos y supongo que no los conocerá. Anoche fui al teatro con casi todas las personas que hoy estaban sentadas en la sala.

—Mountjoy... —dijo él pensativamente—. Creo que los conozco. Me parece que aprovisionan la bodega de mi casa.

—No me extrañaría. Presumen de ser los proveedores de algunos de los más renombrados integrantes de la alta sociedad, aunque no los invitan a sus casas.

—Ah...

—Además, antes de que me pregunte cómo es

posible que acudiera a un acontecimiento tan rutilante como el baile de presentación en sociedad de la señorita Twining, todo se debió a la mediación de mi hermano Hubert, quien sirve en el mismo regimiento que Charlie, el hermano de ella. Charlie le escribió pidiéndole que, si no le importaba, me invitara porque, probablemente, todavía no conocería a nadie.

A él no le había parecido un acontecimiento rutilante. A juzgar por su expresión, le pareció que era una obligación fastidiosa que seguramente cumplía por algún compromiso con la mujer mayor que acompañaba. Aunque para ella había sido una noche que debería haber estado llena de placer. Sin embargo, ninguno de los dos consiguió lo que esperaba.

Cuando él entró, con aire escéptico y aburrido, ella todavía esperaba encontrarse con Richard allí. La señorita Twining debería haberle mandado una invitación porque él también era amigo de su hermano Charlie y ella estaba segura de que iría al menos media hora, para hacer acto de presencia, aunque no se quedase al baile. Había esperado que, al verla elegantemente vestida y peinada, el mejor amigo de su hermano Hubert se hubiese dado cuenta por fin de que había crecido, que la hubiese considerado una mujer, que la hubiese tomado en serio y no como a una de sus compañeras de juego de la infancia a la que podía pasar por alto.

—Si hubiese sabido su situación, la habría visitado antes —comentó él sacándola de su ensimismamiento.

—Sin embargo, ya sabía mi situación. Lady Chigwell se ocupó de informarle de que me consideraba una arribista.

—Di por supuesto que lo decía por rencor. Sobre todo, cuando me informé sobre usted y supe que su origen en mucho más impresionante que el de lady Chigwell. Al fin y al cabo, el título de su marido solo tiene dos generaciones.

—¿Se informó sobre mí...?

—Naturalmente. No quería ir indagando por ahí para que la gente se preguntara por qué quería saber algo de usted. Descubrí que es la señorita Gibson, de la mansión Shoebury, en Much Wakering, y que su padre es sir Henry Gibson, científico, estudioso y miembro de la Royal Society. Naturalmente, di por supuesto que asistiría a los acontecimientos a los que suelen asistir casi todas las debutantes de su edad cuando vienen a la ciudad a la Temporada —él hizo una mueca de fastidio—. Si hubiese sabido que no iba a asistir, yo tampoco habría asistido a ninguno por nada del mundo.

¿Había pasado dos noches yendo a sitios a los que no quería ir solo porque creía que podría encontrársela? Además, ¿estaba obligándolo a pasearse por el parque a la hora más concurrida y con ella vestida de esa forma tan increíblemente vulgar? Por primera vez en varios días, se sentía casi feliz.

—Ha perdido mucho tiempo por mi culpa... —comentó ella con un brillo de satisfacción en los ojos.

—Bueno, no es que haya tenido un flechazo —replicó él en tono cortante—. No vaya a creerse que me interesa por algún motivo... sentimental —añadió él con media sonrisa y mirándola de reojo.

—¡Ni se me ocurriría!

¡Era un mamarracho! ¿Realmente se creía que todas las mujeres de Londres suspiraban por él solo porque la señorita Waverly se le había abalanzado?

—Permítame que le diga que no quiero atraer ese tipo de atención de un hombre tan desagradable y mal educado como usted —siguió ella acaloradamente—. En realidad, no quería salir de paseo con usted en absoluto y no lo habría hecho si no hubiese abochornado a mi tía.

Él apretó los labios carnosos. Nadie, absolutamente nadie, le hablaba así.

—Entonces, tuvo suerte de que no le dejara otra alternativa, ¿no?

—No me lo parece. No veo ningún motivo para que me buscara, investigara mis orígenes y me sacara de mi casa...

—Cuando, evidentemente, estaba disfrutando tanto de la compañía —terminó él con una sonrisa arrogante.

—No tiene nada que ver con la compañía. Ellos son personas encantadoras que, muy amablemente, me han abierto las puertas de sus casas.

Él frunció el ceño. Había descartado la posibilidad de que le hubiese tomado manía en aquella maldita terraza. Había dado por supuesto que estaba furiosa con el mundo porque habían cometido alguna injusticia con ella. Sin embargo, ya no podía atenerse a esa suposición. Según lo que había investigado sobre sus orígenes, los de su padre y los de las personas con las que estaba viviendo, no había ningún motivo para que nadie intentara obligarla a casarse. Todavía no conseguía entender por qué vivía en Bloomsbury con unos comerciantes cuando tenía familiares que podrían haberla introducido en la corte, pero, evidentemente, no sentía animadversión hacia ellos porque no podían presentarla en sociedad. Había dicho que ellos eran unas personas encantadoras y había resaltado tanto el pronombre que él había captado perfectamente que lo excluía de la gente que le gustaba.

En resumen, su primera impresión fue la acertada. No lo apreciaba. Frunció el ceño y, casualmente, miró al cochero de una calesa muy llamativa que se acercaba en dirección contraria. El joven se quedó tan asustado que casi se salió del camino.

—Entonces, solo puedo deducir que sea cual sea el motivo para que todavía parezca al borde del derrumbamiento, está en el baile de la señorita Twining.

Él frunció más el ceño. Estaba acostumbrado a soportar esa animosidad de sus hermanos, pero nunca había alargado una relación con una persona que no lo apreciaba ni era de su familia. Era un embrollo. No iba a olvidarse de su decisión de protegerla contra cualquier maldad de la señorita Waverly, pero había dado por sentado que ella habría recibido su oferta con agradecimiento. Al fin y al cabo, estaba a punto de brindarle un honor muy especial. Nunca en su vida se había tomado tantas molestias por otra persona. La gente solía buscarle a él y si no le aburrían mortalmente, permitía que entraran moderadamente en su círculo mientras descubría los verdaderos motivos para que se hubieran acercado a él.

La miró de soslayo y sin dejar de fruncir el ceño. Seguía con la nariz levantada y marginándolo completamente. Tuvo que contener una ristra de improperios. ¿Podía saberse qué le importaba? No quería que ella lo abrumara con halagos, despreciaba a los aduladores. Quizá fuese que no estaba acostumbrado a tener que esforzarse para que la gente lo apreciara. No sabía cómo hacerlo... Un momento, ¿apreciarlo? ¿Por qué iba a preocuparle que esa mocosa desesperante lo apreciara o no? Nunca le había importado un rábano la opinión de los demás y, desde luego, no iba a importarle la de ella. Una decisión que duró justo hasta que ella lo miró con gesto angustiado y le habló con la voz temblorosa.

—No es verdad, ¿verdad? Por favor, dígame que no parece que estoy al borde del derrumbamiento.

—Bueno, señorita Gibson...

—No voy a derrumbarme —ella se puso muy recta como si hiciera acopio de toda su fuerza de voluntad—. Ni hablar. Solo una necia pusilánime...

Ella se calló bruscamente, como si le pareciera que había hablado demasiado. Él se quedó con las ganas de poder detener el carruaje para abrazarla... para consolarla. Luchaba con tanto coraje para ocultar algún tipo de desengaño amoroso, que sus propias preocupaciones habían dejado de importarle. Aunque, naturalmente, no haría algo así. Entre otras cosas, porque era el menos indicado para consolar a una mujer desengañada. Normalmente, lo acusaban a él de provocar ese desengaño. Además, el único consuelo que había dado a una mujer era del tipo abrasador y sudoroso. Con su reputación, y según lo que sabía de ella, si intentaba rodear con sus brazos a la señorita Gibson, ella interpretaría mal sus intenciones y le daría una bofetada.

—Esto empieza a ser agotador. Me gustaría que dejara de fingir que no sabe por qué la he buscado.

—No tengo ni idea de por qué lo ha hecho. Nunca esperé volver a verlo después de marcharme de aquel espantoso baile. Y menos cuando me enteré de que es conde.

—Dos veces conde si contamos el título irlandés. Muy poca gente lo es....

—Me da igual cuántas veces es conde y de qué países. ¡Solo me gustaría que me hubiese dejado en paz!

—Señorita Gibson... ¿De verdad cree que no iba a aprovechar la primera ocasión que tuviera para agradecerle que saliera tan decididamente en mi auxilio?

—¿Agradecerme...?

¿Se había tomado tantas molestias para darle las gracias? Él observó que se hundía en el asiento y que toda la furia se le disipaba.

—Ah, bueno... —balbució ella.

—Señorita Gibson, se lo agradezco desde el fondo de lo que se supone que es mi corazón. No sería una exageración decir que me salvó de un destino peor que la muerte.

—¿Se refiere a casarse?

—No, jamás. Si usted no hubiese intervenido, me habría limitado a deshacerme de la señorita Waverly y a observar cómo se suicidaba socialmente al intentar manipularme. Nada en el mundo me habría obligado a ceder a sus maquinaciones. Habría preferido pegarme un tiro en la pierna.

—Ah...

Decir que se quedó asombrada sería decir muy poco. Se había criado creyendo que los caballeros seguían ciertos principios. Sin embargo, acababa de reconocer que habría permitido que la señorita Waverly hubiese arruinado su vida sin levantar un dedo para evitarlo.

—¿Ah...? ¿No tiene nada más que decir?

Por algún motivo, acababa de confesarle algo que no le diría a nadie ni en sueños y ella solo decía «ah»...

—No. Yo... creo que ahora entiendo por qué quería hablar conmigo en privado. Ese... tipo de cosas no se.... no son las cosas que uno puede decir en una sala llena de gente.

—Efectivamente. Por eso me la llevé de allí tan implacablemente.

Sin embargo, no iba a reconocerle que, en gran medida, la alejó de su familia porque seguía sospechando que podía haber algún motivo perverso para que la hubieran mandado con ellos. Habría parecido que leía novelas góticas en las que unos padrastros despiadados recluían y maltrataban a muchachas indefensas, quienes necesitaban que un hombre osado y heroico, normalmente un noble, descubriera toda la conspiración y las rescatara.

—Había esperado encontrarla en algún acto donde hubiese podido hablar discretamente con usted para agradecérselo.

—Ah...

A ella le encantaría que se le ocurriera algo más inteligente que decir, pero ¿qué podía decir? Nunca había conocido a nadie tan implacable y egoísta. Excepto, quizá, la propia señorita Waverly.

—Siento haber sido tan breve con su respetable familiar y sus invitados, pero esta tarde debería estar preparando un discurso.

—¿Un discurso?

—Sí, para la Cámara de los Lores. En estos momentos hay un debate muy importante y tengo unas opiniones muy firmes. Mi secretario las conoce, naturalmente, pero si le permito una vez que hable por mí, podría llegar a creer que también quiero que influya en mis opiniones. Algo que no haré.

Él frunció el ceño. ¿Por qué estaba justificándose? Nunca se había justificado con nadie. ¿Por qué empezaba en ese momento solo porque ella lo miraba con los ojos entrecerrados?

Henrietta, al ver su ceño fruncido, se sintió avergonzada. Su tía había hablado efusivamente de lo importante que era lord Deben y de lo pasmada que había quedado la gente por lo considerado que fue con ellas cuando tuvieron que llevársela «enferma», pero cuanto más hablaba, más lo detestaba ella. Había pensado que solo era altivo, que los miraba por encima del hombro por su fortuna y su título. Sin embargo, en ese momento se daba cuenta de que realmente era un hombre importante y, seguramente, muy influyente. Además, estaba contándole que se tomaba sus responsabilidades muy en serio. No podía extrañarle que estuviera un poco molesto por tener que estar paseando por el parque a una mujer tan vulgar cuando debería estar concentrado en asuntos de Estado. Además, debería estarle agradecida por su forma de llevar el deseo de darle las gracias. Tampoco quería que nadie oyera nada relacionado con lo que pasó en la terraza... ni con lo que hizo que se marchara de allí.

—Le pido disculpas si he interpretado mal su... comportamiento, pero no debería darle más vueltas. Además, sigo sin entender por qué...

—Si pudiera mantener la boca cerrada durante cinco segundos, quizá pudiera explicárselo.

La firmeza de sus labios indicaba que estaba haciendo un esfuerzo por no perder la paciencia. Hacía unos minutos, ella habría estado encantada de comprobar que estaba desquiciándolo, pero en ese momento, no, porque empezaba a sospechar que lo había juzgado mal y que le había atribuido una serie de defectos que, si era sincera consigo misma, le correspondían a Richard.

Empezó cuando salió a la terraza en el momento en el que ella necesitaba estar sola, se lanzó detrás de los maceteros, se dio un golpe en la rodilla y lo maldijo. Luego, recordó su expresión cuando entró en el baile y decidió que era exactamente igual que Richard. A partir de ese momento, la animadversión hacia él fue aumentando sin pausa, aunque, la verdad, no sabía nada de su forma de ser.

Había llegado el momento de darle la oportunidad de que se explicara. Cerró la boca con todas sus fuerzas y lo miró con los ojos muy abiertos. Los labios de él se relajaron un poco y ella comprendió que había captado su intención de obedecerlo al pie de la letra.

—Esa noche, usted se ganó la enemistad de la señorita Waverly y como había acudido en mi defensa, me sentí obligado a advertírselo. Si ella puede encontrar la manera de hacerle daño, puede estar segura de que lo hará.

—Ah... ¿Eso es todo?

Henrietta, relajada, se dejó caer contra el respaldo de asiento.

—No se tome mi advertencia a la ligera, señorita Gibson. La señorita Waverly es una joven muy atrevida. Ya lo vio con sus propios ojos...

Unos ojos que, ilógicamente, tenían un tono azul brillante. Desde aquella noche, se la había imaginado del color del otoño por su pelo despeinado por el viento y porque su arrebato de genio había limpiado el ambiente en un abrir y cerrar de ojos. Por lo tanto, sus ojos deberían haber sido marrones. Marrones como las castañas. Era típico de ella no coincidir con lo que había dado por supuesto. Cuando pensaba que ya la había encasillado en algo, hacía o decía algo que le obligaba a replanteárselo otra vez. Sin embargo, la señorita Waverly no era así. Las señoritas Waverlys de este mundo eran completamente predecibles.

—Llegará hasta donde haga falta para conseguir lo que se ha propuesto y no me gustaría ver que va contra usted.

—No puede hacerme nada más —replicó ella con pesadumbre.

La señorita Waverly ya le había hecho todo el daño que podía hacerle, aunque no lo supiera.

Henrietta no había estado en el salón de baile diez minutos antes de que viera a Richard. A pesar de que le había advertido que no pensaba acompañarla a ningún baile durante su estancia en Londres, allí estaba maravillosamente vestido. La levita le encajaba a la perfección en los anchos hombros y los pantalones hasta las rodillas y las medias de seda se le ceñían a los muslos y las pantorrillas. Se dio la vuelta, le sonrió y se dirigió hacia ella. El corazón se le desbocó. ¿Había llegado el momento? ¿Le diría que nunca la había visto tan guapa y que por qué había pensado alguna vez que bailar era una pérdida de tiempo y energía, que estaba deseando tomarla entre los brazos y...? Sin embargo, le dijo cuánto le sorprendía verla allí.

—Los Twining están un poco por encima de la posición de tu tía, ¿no? No te desilusiones si nadie te saca a bailar. Aquí, la gente se deja llevar más por las apariencias que en el campo.

—Pero tú sí bailarás conmigo, ¿verdad?

—¿Yo? ¡No sé cómo se te ha ocurrido eso! Es una pérdida de tiempo espantosa.

—Sí, pero le dijiste e Hubert que te ocuparías de mí mientras estuviese en la ciudad.

Él frunció el ceño y se rascó la barbilla.

—Sí, le di mi palabra. Haremos una cosa, te acompañaré durante la cena, pero ahora no puedo quedarme charlando porque unos amigos me esperan en la sala de juego. Te veré luego, en la cena, te lo prometo.

Dicho lo cual, retrocedió tan precipitadamente que se chocó con la señorita Waverly, quien pasaba por allí en ese momento.

—¡Lo siento muchísimo!

Richard dio un salto hacia delante y pisó a Henrietta. Ella no gritó porque le espantaba quejarse y se había llevado muchos golpes de sus hermanos y de los amigos de estos cuando eran pequeños. Más tarde, se arrepintió de no haber organizado más jaleo

—Espero no haberla asustado, señorita...

La señorita Waverly lo miró de arriba abajo con frialdad.

—Qué torpeza... —siguió él antes de inclinar la cabeza—. Permítame subsanarla y conseguirle una bebida.

No le había ofrecido ninguna bebida a ella. Tenía cosas más importantes que hacer que bailar con ella. Sin embargo, cuando la señorita Waverly le sonrió, él se sonrojó. Cuando ella le tendió una mano, le dijo que claro que lo perdonaba y que le encantaría beber una limonada porque hacía calor, que bailar le daba mucha sed. Él salió corriendo para complacerla. Además, como si eso no hubiese sido suficiente, veinte minutos más tarde, cuando ella estaba sentada con las demás chicas a las que no sacaban a bailar, vio que él acompañaba a la señorita Waverly a la pista de baile con una expresión de admiración embobada. Entonces, se dio cuenta del ridículo que había hecho. Había seguido a Richard a Londres creyendo que se fijaría en ella, había ido a la casa de unas personas desconocidas para ella, se había gastado una pequeña fortuna en modistas, había soportado todo tipo de suplicios en nombre de la belleza femenina... y todo había sido una pérdida de tiempo y dinero. Él, sencillamente, no la veía como una mujer. Sin embargo, le había bastado con mirar a la señorita Waverly para caer rendido a sus pies.

Cuando los vio moverse por la pista, notó que se le rompía el corazón. Al menos, sintió dolor, un dolor verdadero, en la zona donde sabía que latía ese órgano. Los ojos empezaron a escocerle y una dama nunca lloraría en la pista de baile. Sin embargo, no sabía si podría contener las lágrimas si se quedaba mirando a Richard bailar con otra mujer, cuando no se había dignado ni a acompañarla a ningún lado ni a hablar con ella porque tenía que ir a la sala de juego con sus amigos. Aunque, en ese momento, estaba plenamente concentrado en la señorita Waverly.

Rápidamente, antes de que nadie pudiera darse cuenta de su estado, salió del salón de baile aunque no sabía a dónde. Abrió puertas y las cerró con un portazo para intentar sofocar el sonido de la orquesta, cuya melodiosa cadencia parecía burlarse de ella.

Sin saber cómo, acabó en la terraza, aunque todavía podía oír la música que estaban bailando ellos. Se acercó a los ventanales aunque sabía que si miraba adentro, los vería juntos, indiferentes a que ella estuviese allí, mojándose y con frío, con un cristal que separaba el sitio donde quería estar y el verdadero sitio que ocupaba en la vida.

Entonces, cuando se cercioró de que nadie podía verla, dejó que las lágrimas brotaran libremente. Cuando hubiese llorado y se hubiese recompuesto, volvería y actuaría como si no hubiese pasado nada. No quería, por nada del mundo, que nadie supiera que estaba sufriendo por un amor no correspondido. Eso era penoso. Si se hubiese encontrado con una chica llorando porque el hombre de sus sueños estaba bailando con otra chica más guapa, no la habría compadecido, le habría aconsejado que tuviera un poco de orgullo, un poco de entereza, que se secara los ojos y que volviera con la cabeza muy alta para bailar toda la noche como si no hubiese nada que le afectara.

La idea de que estaba traicionando todos sus principios por Richard hizo que llorara más todavía. ¿Cómo podía permitir que él le afectara tanto? Se despreciaba por haber salido corriendo detrás de un hombre, pero, sobre todo, se despreciaba por haber fracasado lamentablemente en ser femenina. No bastaba con ponerse un vestido caro y que le hicieran un peinado. Ella no tenía nada parecido al... hechizo de Mildred o la señorita Twining, por no decir nada de la señorita Waverly.

Entonces, cuando había tocado fondo, él, lord Deben, apareció en la terraza. Comprendió que si había algo peor que ponerse a llorar en el salón de baile, era que un hombre como él la sorprendiera llorando y sola. Antes se había sentido intimidada por su forma de mirar a todo el mundo casi sin disimular su desprecio y no estaba dispuesta a darle un motivo para que la despreciara personalmente cuando menos capaz era de soportarlo.

Aun así, hubo un momento, cuando él levantó la cara para que le cayera la lluvia como si quisiera borrar algo, en el que se preguntó si no estaría sufriendo tanto como ella. Sin embargo, sacó el reloj y se dio la vuelta para que la escasa luz lo iluminara. Eso bastó para que sus implacables rasgos se relajaran. Nunca había visto a un hombre tan hastiado, tan falto de entusiasmo y tan duro. La ligera punzada de compasión que hizo que se preguntara qué pena lo habría llevado allí fuera mientras llovía, se esfumó al instante. Se alegró de que no la hubiera visto. Un hombre así nunca comprendería que hubiera salido a llorar porque tenía el corazón roto. Al contrario, lo más probable era que se hubiese reído.

—Señorita Gibson —dijo él con firmeza en ese momento—. ¿Sería tan amable de prestarme atención?

—Perdóneme —se disculpó ella—. Estaba a miles de kilómetros de distancia.

—Ya me he dado cuenta —gruñó él.

No solo se había dado cuenta, sino que su distracción lo había molestado. Estaba acostumbrado a que todo el mundo atendiera a todas sus palabras, sobre todo, las mujeres.

—Solo puedo suponer que estaba reviviendo lo que le haya hecho la señorita Waverly para que piense que no puede hacerle nada más, pero le aseguro que se equivoca.

—Yo me equivoco y usted, no. Eso es lo que quiere decir, ¿verdad? Además, no dé por supuesto que sabe lo que estaba pensando.

—No era muy difícil. Tiene un rostro muy expresivo. Vi todos los sentimientos reflejados en él. Anhelo, desesperanza, rabia y, entonces, levantó la barbilla con firmeza, lo que me indicó que no va a permitir que ella salga ganando.

—No... no fue eso... —balbució ella.

—Entonces, ¿no le han partido el corazón? ¿No ha decidido que solo una necia pusilánime se derrumbaría?

Ella hizo una mueca de dolor cuando él le devolvió sus propias palabras.

—Es posible que haya hablado demasiado sobre asuntos personales e íntimos, pero eso no le da derecho a burlarse de mí.

—¿Burlarme de usted? —preguntó él mirándola con los ojos entrecerrados.

Parecía molesta e inmediatamente se le pasó el enojo porque no le había prestado atención y estaba pensando en otras cosas.

—En absoluto —siguió él—. Admiró su espíritu de lucha. Si alguien intenta derribarla, usted pelea, ¿verdad? Como cuando salió de detrás de los maceteros y salió en mi defensa porque creyó que tenía las de perder.

Algo que nadie había hecho antes. Aunque ella estaba encogiéndose de hombros como si no hubiese tenido importancia, tampoco había negado que había sentido cierta... solidaridad con él y había querido ayudarlo. Eso hizo que sintiera algo muy raro. En realidad, debería sentirse ofendido porque ella había dado por supuesto que necesitaba la ayuda de alguien, pero no se sentía nada ofendido. Cuando la miraba, y ella no estaba incordiándolo, claro, no podía evitar una sensación de cariño hacia la única persona que había intentado defenderlo desinteresadamente.

—Ahora, cuando me parece que usted tiene las de perder injustamente, pagaré mi deuda, señorita Gibson, y seré su aliado.

Ella parpadeó por el asombro.

—La señorita Waverly intentará hacerle daño si puede —siguió él—. Es de esas personas que no tendrá reparos en emplear sus ventajas sociales para que usted no consiga lo que esperaba conseguir cuando vino a la Temporada de Londres.

Ella dejó escapar una risotada amarga. Él volvió a mirarla con los ojos entrecerrados.

—Usted comentó que ella ya no podía hacerle nada más. ¿Ya se ha vengado de alguna manera? ¡Vaya! Nunca pensé que fuese a actuar tan deprisa.

—No. Usted no lo entiende...

Además, un hombre como él no lo entendería aunque se lo explicara. Habría dicho que iba a ser su aliado, pero también acababa de decirle que se quedaría observando a una mujer cometer un «suicidio social» en vez de ser caballeroso.

—Por favor, acepte que la señorita Waverly no puede hacer nada que no haya hecho ya. Le agradezco su preocupación, pero le aseguro que no hay ningún motivo para que alarguemos esta... excursión.

Estaban acercándose al recodo que había antes de la salida. Antes de empezar el paseo, él había decidido que le concedería al tiempo que tardara en darle las gracias, en avisarla del peligro y en ofrecerle su ayuda. Había calculado que bastaría con dar una vuelta al recorrido. Sin embargo, en vez de dirigir el carruaje hacia la salida, empezó a dar otra vuelta. Sería él quien decidiera cuándo había terminado la excursión, no la insolente, desagradecida e... inescrutable señorita Gibson.

Cuatro

—Aquella noche, usted se marchó directamente a casa —comentó él intentando que pareciera que solo tenía una curiosidad moderada—. Luego, no ha aparecido por ninguno de los actos de la alta sociedad, de la que ella se considera la reina. Por lo tanto, le hiciera lo que le hiciese, lo hizo antes de que usted acudiera en mi auxilio en la terraza.

¿Reina? Efectivamente, eso describía exactamente la actitud de la señorita Waverly. Solo la había visto aquella noche, pero, evidentemente, creía que los hombres debían rendirle pleitesía y, al parecer, había muchachos influenciables y nacidos en el campo, como Richard, que estaban dispuestos a rendírsela.

—¡Ajá! He dado en el clavo. No se moleste en negarlo. Esa noche salió a llorar en la terraza porque la señorita Waverly le había hecho algo.

Ella nunca había visto una sonrisa tan cínica como la que él esbozó.

—Entonces, cuando vio la ocasión de ponerle la zancadilla, la aprovechó —añadió él con un gesto de desprecio.

Ella estaba a punto de negarlo cuando se acordó de lo que había pensado antes sobre que no quería permitir que la señorita Waverly clavara sus garras en otro pobre incauto.

Se dejó caer contra el respaldo con el ceño fruncido. ¿Había abortado el intento de la señorita Waverly para comprometer a lord Deben por celos y rencor? Le aterraba pensar que podía actuar por motivos tan bajos. Atónita, intentó reproducir la escena con otra mujer que no fuese la señorita Waverly.

Era complicado ser objetiva porque aquella noche no había pensado, había reaccionado a los acontecimientos. Al reconocer a la señorita Waverly, se preguntó por qué no se había dado cuenta de que la música había cesado, ya que su presencia allí fuera significaba que había dejado de bailar con Richard. Entonces, miró con espanto hacia la puerta. Ya había sufrido por una noche y no podría soportar que Richard la siguiera a la terraza y ella tuviese que presenciar sus carantoñas. Cuando se dio cuenta de que nadie la había seguido, la mujerzuela sin escrúpulos ya se había acercado a lord Deben e intentaba que él le hiciera caso. Casi con el mismo éxito que ella había tenido con Richard. Él no mostraba ningún interés. En realidad, daba la sensación de que la insistencia de la señorita Waverly le parecía repelente. Sintió algo parecido a la felicidad cuando él le censuró su actitud.

Entonces, se abrió la puerta de par en par y apareció la madre de la señorita Waverly justo cuando esta acababa de arrojarse en brazos de lord Deben. Ella sintió una furia como la que pareció sentir lord Deben, reaccionó instintivamente y salió de su escondite con una indignación justiciera.

—Se equivoca.

Por un momento, había conseguido que dudara de sí misma, pero, después de examinar cuidadosamente sus motivos, había hecho un descubrimiento tranquilizador.

—Habría reaccionado igual si me hubiese topado con cualquier mujer que intentaba cazar un hombre de una forma tan rastrera —siguió ella en un tono acalorado—. ¡Fue deplorable!

Él la miró penetrantemente.

—Sin embargo, compruebo que no niega que estaba llorando por algo que le hizo ella.

Era muy fastidioso que él pudiera interpretarla tan bien y que la mirara como si fuese un libro abierto, y un libro bastante despreciable. Se puso muy recta en intentó mirarlo con un desprecio parecido.

—Lo sabía —siguió él con satisfacción—.

¿Qué le hizo? ¿Le robo el hombre del que creía que estaba enamorada?

Lord Deben era insufrible, odioso. Ella ya había sabido, por su sonrisa despectiva, que se burlaría de cualquiera que fuese tan necio de tener esos sentimientos.

—¿Que... que creía que estaba enamorada? —ella intentó reírse—. No sea ridículo.

La sonrisa que esbozó él fue claramente triunfal.

—Yo no soy el ridículo —él miró, divertido, sus oscilantes plumas de avestruz —. Aunque puede consolarse porque muchas chicas de su edad tienen la cabeza llena de un romanticismo absurdo —añadió él en tono condescendiente.

—Mi cabeza no está...

—Además —siguió él—, a los cinco segundos de conocer a la señorita Waverly supe que está acostumbrada a que los hombres caigan rendidos a sus pies.

Efectivamente, mientras ella tenía la cabeza llena de romanticismo absurdo y héroes griegos de la antigüedad, la hermosa señorita Waverly hacía estragos entre los hombres modernos y de carne y hueso. Apartó la mirada de los ojos marrones y burlones de lord Deben.

—Puede quedárselos todos —replicó ella con la voz temblorosa—. Si un hombre no puede ver más allá de una cara bonita, es un majadero. Un hombre que puede caer en sus garras, no es el hombre con el que me gustaría...bueno... casarme.

—No lo haga —replicó él con firmeza—. Un hombre que deja de quererla para caer tan fácilmente en las maquinaciones de alguien como ella, no es digno de usted.

Ella supuso que estaba intentando que se sintiera mejor, pero solo consiguió que recordara que nunca había estado segura de lo que sentía Richard por ella. Nunca le había dado ningún indicio de que ella le interesara, aparte de cómo hermana de su mejor amigo, hasta que la Navidad anterior la abrazó debajo de unas ramas de muérdago y la besó a conciencia. Todos sus sueños se dispararon por ese sorprendente beso. Hasta entonces, solo lo había considerado como el amigo increíblemente guapo de Hubert. Después... Se arrebujó entre las pieles con la remota esperanza de poder ocultarse de la penetrante mirada de lord Deben. Después, cuando él no siguió con lo que ella había considerado una declaración de intenciones, lo persiguió bochornosamente, eso fue lo que hizo.

Sin embargo, todo eso ya era parte del pasado. No iba a perder el tiempo con un hombre tan necio que no podía ver lo que tenía delante de sus narices. Podía hacer muchas cosas para pasarlo bien en Londres, había conferencias, exposiciones y todo tipo de personas interesantes con las que hablar. Personas con buenos cerebros que empleaban de forma práctica en el mundo del comercio, no en dilapidar frívolamente las fortunas que habían heredado. Sin embargo, no pudo contener un suspiro.

—Bueno, la señorita Waverly es increíblemente hermosa y solo tiene que sonreír para deslumbrar a un hombre.

A él no le gustaba verla tan repentinamente desalentada. No le parecía bien que se comparara desfavorablemente con una mujer como la señorita Waverly.

—A mí no me deslumbró —replicó él con firmeza—. No me impresionó lo más mínimo.

Era verdad, se dijo Henrietta con satisfacción. Él la había rechazado sin el más mínimo problema.

—Es más —siguió él animado por la reacción de ella—, diría que no es más deslumbrante que usted.

Ella había sufrido un revés para su confianza en sí misma y se merecía que se la levantara.

—¿Qué...?

Ella lo miró sin salir de su asombro y se encontró que él la miraba fijamente.

—No digo que sea una auténtica belleza, pero sí que es capaz de deslumbrar a un hombre si se lo propone.

—No soy una belleza...

Ella consiguió tomar aliento antes de que se le

formara un nudo en la garganta y no pudiera seguir hablando.

—Solo tiene que compararse con la señorita Waverly para darse cuenta de que estoy diciendo la verdad. Sin embargo, como especialista en saber lo que hace que una mujer sea atractiva para un hombre, lo diré que tiene posibilidades.

—Supongo que quiere decir que no soy repulsiva.

—Ni mucho menos —él volvió a mirarla con cierta indolencia—. Tiene un cutis más que notable, unos ojos bonitos y expresivos y una dentadura blanca y recta. Como entendido en la belleza femenina, no puedo dejar de lamentar que su nariz no sea proporcionada al resto de sus facciones, pero no encuentro motivo para que, como usted ha dicho, no pueda deslumbrar a un hombre que no sea tan exigente.

—Usted... —ella apretó los puños para contener la rabia—. Usted es el hombre más desagradable que he conocido.

—No soy desagradable, soy sincero. Sin embargo, es muy típico de las mujeres agarrarse a lo único, de toda una serie de halagos, que puede considerar un insulto y sentirse ofendida.

—¡También es muy típico de un hombre decir un halago de tal forma que cualquier mujer con un mínimo de orgullo se tomaría como un insulto!

—Señorita Gibson, acabo de alabar su cutis,

sus ojos y sus dientes y le he dicho que con una actitud adecuada podría deslumbrar a un hombre influenciable y usted se agarra al único defecto que no puede negar que tiene.

Estaba acercándose a la puerta de salida por segunda vez.

—Lléveme a casa. Le exijo que me lleve a casa ahora mismo y que no vuelva a visitarme jamás.

Lord Deben la miró con incredulidad. Las mujeres lo perseguían, lo adulaban, lo miraban soñadoramente en los salones de baile y le deslizaban notas para indicarle dónde podría encontrarlas si quería deleitarse con sus encantos. Incluso, se abalanzaban sobre él en una terraza para intentar obligarlo a que se casara con ellas. No decían que era desagradable ni le exigían que las llevara a casa. Naturalmente, pasó de largo la puerta y empezó la tercera vuelta.

—El paseo terminará cuando yo decida que termine —le comunicó él tajantemente—. Además, si quiero visitarla, ¿quién me lo impedirá? ¿Su tía? No lo hará.

Ella no podía creerse lo que estaba oyendo. Al principio del paseo le había dicho que no pensaba desperdiciar más tiempo del que fuese estrictamente necesario.

—Es abominable. No desea alargar el paseo más que yo. Tampoco me creo que quiera visitarme otra vez. Solo quiere demostrar quién manda. Es... es intimidante.

—Alguien intimidante, por definición, quiere oprimir a alguien más débil. Yo no la he oprimido. Es más, todo lo que he hecho ha sido por su bien y cuanto más tiempo paso con usted, más convencido estoy de que necesita a alguien que la vigile. No parece tener el más mínimo instinto de conservación. Dice todo lo que se le pasa por la cabeza sin pensar en las consecuencias y se mete en situaciones que no entiende con una ingenuidad asombrosa.

—Solo me ha visto actuar impulsivamente una vez y, créame, lamento haberme metido... —ella vaciló, pero levantó la barbilla y lo miró desafiantemente—. No, la verdad es que no lo lamento. No aprecio a la señorita Waverly y creo que nunca la apreciaré, pero no habría podido vivir con la conciencia tranquila si usted le hubiese arruinado la vida cuando había presenciado todo lo ocurrido y habría podido evitarlo si hubiese actuado.

—¿Qué...?

—Creo que me ha oído, pero se lo diré más claro. Reconozco que actué de una forma que a usted puede parecerle ingenua e irreflexiva, pero, al menos, lo que hice aquella noche fue para bien.

—Caray, parece una... una especie de puritana. Como si la hubiesen criado para que creyera en un anticuado código de comportamiento que desapareció con la restauración de la monarquía.

—Me criaron para que dijera la verdad y apreciara la rectitud y el sentido del honor —replicó ella—. Eso no tiene nada de raro.

Él se rio con pesadumbre.

—Solo demuestra lo ingenua que es y que necesita mucho que la protejan. He vivido mucho más que usted y me he movido en círculos mucho más amplios y hasta el momento no había conocido a nadie que pusiera esos principios por encima del interés propio. Si no fuese porque ha sacado a la luz lo que siente por la señorita Waverly y ha dicho que tiene garras, me lavaría las manos. Si hay algo que no soporto es la hipocresía santurrona.

—¡No soy ni hipócrita ni santurrona! Yo...

—Muy bien —la interrumpió él—. La absuelvo de ese pecado —él se rio con amargura—. ¿Quién soy yo para absolver de un pecado? Según alguien que se considera a sí mismo una autoridad en la materia, soy el pecador más putrefacto de esta generación.

—¿Lo es? —ella se sonrojó por haber tenido la temeridad de preguntárselo e intentó disimularlo—. Quiero decir... Me extraña que alguien se haya atrevido a decirlo.

—Un vicario suele creer que el púlpito le da cierta autoridad y como el vicario en cuestión además es mi hermano, no tuvo reparos en sermonearme en público para que cambiara.

¿Para que cambiara? Ella frunció el ceño.

—Si tiene la costumbre de... sermonearle, ¿por qué va a la iglesia donde predica?

—Por la absurda creencia de que mi presencia en su primera comparecencia en la parroquia podía cerrar la brecha que hay entre nosotros.

Sin embargo, solo comprobó que la semilla de odio que había plantado su padre durante su infancia había arraigado tan profundamente que ni el teórico cristianismo de su hermano podía hacer que olvidara y perdonara. El rostro de Will estaba desencajado mientras moralizaba sobre los pecados de la fornicación y el adulterio para rematar, con toda la maldad que pudo, diciendo que los mansos heredarían la tierra. Eso era posible, pero lo que Will nunca heredaría, aunque ya tuviera un hijo con su esposa, sería ni un centímetro de las posesiones de su padre.

Las posesiones de su padre... Él siempre había sabido que tendría que casarse y tener un heredero, pero la renuencia a terminar atado a una mujer como su madre, a tener una relación como la que habían tenido sus padres, había hecho que no tuviera prisa.

¡Aquella mujer! Habría podido tener verdaderos hermanos si ella hubiese tenido el más mínimo sentido de la rectitud. Si ella hubiese defendido a alguno de sus hijos de la maldad de su padre, ahora podrían tolerarse los unos a los otros. Sin embargo, la rama de olivo que le tendió a Will cuando fue a respaldarlo a su nueva parroquia se volvió contra él y sirvió para lo fustigara.

Si Will quería guerra, la tendría. En aquel momento decidió que tenía que dejar a un lado su aversión por las mujeres en general y por las esposas en concreto, que solo necesitaba un hijo varón legítimo y que fuese indiscutiblemente suyo.

Henrietta compadeció a lord Deben. Evidentemente, su hermano le había hecho daño al denunciarlo desde el púlpito, aunque él no lo reconocería nunca. Sin embargo, eso explicaba por qué había azuzado a los caballos y los llevaba a una velocidad endiablada. Se agarró con fuerza cuando metió el carruaje por un hueco tan pequeño que estuvo segura de que las ruedas se engancharían con las de alguno de los otros carruajes. Cuando pasó y volvió a azuzar a los caballos para que fuesen más deprisa, se mordió el labio inferior y quiso pedirle que tuviera cuidado. Sin embargo, ya la había acusado de varios defectos y no iba a darle la ocasión de que añadiera el de la cobardía femenina y así darle otro motivo para burlarse de ella.

Además, los hombres necesitaban alguna manera de dar rienda suelta a sus sentimientos ya que no iban a llorar a un sitio tranquilo y silencioso. Lo había visto muchas veces con sus hermanos. Salían a disparar o se peleaban o montaban a caballo a una velocidad de vértigo.

—Puede lavarse las manos y olvidarse de mí con total tranquilidad de conciencia —aseguró ella mientras se agarraba con más fuerza al asiento—. No me debe nada.

—Se equivoca, señorita Gibson le debo más de lo que puede imaginarse.

Su búsqueda de una esposa se habría frustrado si el escándalo de la señorita Waverly hubiese salido adelante. Bueno, estaba seguro de que habría otras mujeres dispuestas a pasar por alto lo que habrían considerado una falta de caballerosidad, pero su encuentro con la señorita Waverly le había enseñado que prefería pegarse un tiro en la pierna antes que acabar con una de ellas.

—Por eso he decidido ayudarla —añadió él con una sonrisa que le dio una aspecto despiadado.

—No sé si me gusta cómo suena eso —replicó ella estremeciéndose.

A juzgar por su expresión, la ayuda que estaba dispuesto a ofrecerle no parecía nada altruista. Ya le había dicho que no le importaba lo que los demás pensaran o dijeran de él. Por eso, si estaba pensando en algo, no era porque quisiera ayudarla de verdad, sino porque le beneficiaba de alguna manera.

—Vamos, no quiere arrebatarle su pretendiente a la señorita Waverly.

—No especialmente.

No pensaba decirle que, en realidad, Richard

nunca había sido su pretendiente, pero ya no iba a seguir intentando que se fijara en ella. Solo había conseguido sentirse humillada.

—Aunque eso fuese verdad —comentó él en tono burlón y sin dejar de mirar a los caballos—, creo que le divertiría bajarle los humos a la señorita Waverly. A mí me encantaría. No soporto que la gente crea que puede manipularme.

¡Lo sabía! No tenía nada que ver con protegerla o ayudarla. Estaba intentando utilizarla para vengarse de la señorita Waverly.

—Yo tampoco.

No pensaba permitirle que la utilizara o que la mezclara en alguna de sus maniobras.

—Muy bien. Entonces, comentemos lo que hay que hacer.

—No lo entiende, yo...

—Para empezar —la interrumpió él—, no creo que sea algo tan desesperado como usted parece pensar.

Asombrosamente, su estado de ánimo sombrío parecía haberse disipado. Estaba sonriendo y los caballos trotaban tranquilamente, aunque la sonrisa era tan despiadada que ella sintió un escalofrío. ¿Cómo había llegado a creer la señorita Waverly que se saldría con la suya? Era aterradoramente peligroso.

—Evidentemente, la señorita Waverly no lo quiere para nada o no se habría fijado en mí. Es posible que se diese cuenta de que ni era tan rico ni estaba tan bien relacionado como ella había supuesto.

Henrietta no creía que hubiese sido algo tan calculado. Sencillamente, creía que la señorita Waverly quería conquistar a cualquier hombre guapo que se le cruzara en el camino y Richard era increíblemente guapo. Mucho más que lord Deben, quien tenía unas facciones que siempre estaban deformadas por una sonrisa despectiva o por algún demonio interior que hacía que corriera esos riesgos con su carruaje y la pasajera que llevaba dentro. Lo miró fugazmente y pensó que era una lástima, que si no pareciera tan enojado siempre, podría ser muy atractivo. Tenía unos labios carnosos y sensuales, unos ojos lánguidos y un cuerpo musculoso.

—Esa es la mitad de la batalla —ella pudo imaginárselo encabezando una carga de la caballería ligera—. La otra mitad es demostrar que es muy superior a la señorita Waverly en todos los sentidos, que es una mujer a la que merece la pena perseguirse.

Ella no pudo evitar el resoplar. Richard no la perseguiría jamás. Ella era quien lo había perseguido hasta el momento.

—Vamos, señorita Gibson —siguió él al oírla resoplar—, ¿acaso no tiene orgullo? ¿No le gustaría que él se diese cuenta de su error?

—Tengo mucho orgullo —el problema era que se lo habían vapuleado—. Precisamente por eso no haré nada para intentar que él cambie de opinión.

—Por lo menos, ya no niega que haya un admirador, que la señorita Waverly lo obnubiló y que usted se escondió detrás de los maceteros para llorar.

¡La había enredado! Había hablado de tal manera sobre cosas que ella quería mantener para sí misma que las había confirmado todas sin darse cuenta.

—¿Está satisfecho? Ya me ha sonsacado todos mis secretos.

—Todavía, no —contestó él sin inmutarse, como si no le impresionara la furia de ella—. Sin embargo, le prometo que los dos lo estaremos antes de que haya dado por terminado el asunto.

—Yo... Yo... —ella apretó los puños—. Yo no sé de qué está hablando.

—Es muy sencillo. Si parece que estoy fascinado, otros hombres querrán saber qué he visto en usted. Si aseguro que me parece un diamante de primera calidad, podrá elegir a quien quiera, si es que ya no quiere quedarse con lo que ha rechazado la señorita Waverly...

—¡Por el amor de Dios! Nunca había oído nada tan arrogante.

—No es arrogancia, es que conozco la naturaleza humana. La mayoría de las personas son como corderos que siguen al cabecilla del rebaño. Además, usted es de buena familia y tiene una posición desahogada. Cuando haya aclarado el malentendido sobre su relación con los Ledbetter, tendrá los pretendientes que quiera.

Ella detestaba reconocerlo, pero sabía perfectamente lo que quería decir. Había comprobado muchas veces que un hombre de convicciones firmes podía convencer a los demás para que lo siguieran. También había comprobado que si unos hombres decían que les gustaba algo, los demás decían lo mismo para que no los consideraran unos seres raros. Su estratagema podría dar resultado.

—La verdad es que... —empezó a decir ella sin convicción.

—Está tentada. ¿No le gustaría eclipsar a la señorita Waverly? —preguntó él en un tono seductor—. ¿No le gustaría ser la sensación de la alta sociedad? ¿No le gustaría tener la sala llena de pretendientes?

La sensación de la alta sociedad... Era muy tentador. Richard ya no le interesaba nada, pero le había dicho cosas muy hirientes y, aunque fuese innoble, le encantaría demostrarle que era algo más que una pueblerina, que Londres no era demasiado para ella sino que, al contrario, podía ser una de sus estrellas más refulgentes. ¡No podía imaginarse lo que sentiría con la sociedad de Londres a sus pies!

Lord Deben se movía en los círculos más selectos, no en los secundarios, donde Richard se había introducido con mucho esfuerzo. Era un conde y podía ir a donde quisiera, no era el hijo de un terrateniente que tenía que andar con pies de plomo para que no se rieran de su aspecto. Por un momento, se permitió soñar con que asistía a un festejo resplandeciente y bailaba con toda una serie de condes y marqueses. Además, Richard estaría rechinando los dientes en la puerta porque no le dejarían entrar para decirle cuánto lamentaba haber perdido la ocasión con ella. Tampoco habrían invitado a la señorita Waverly... o, no, mejor aún, sí estaría allí, pero sentada sin que nadie le hiciera caso, como le había pasado a ella una vez...

Era muy tentador. Sabía que lord Deben no lo hacía por ella, sino que lo hacía por sus propios deseos de venganza, pero si le seguía el juego... Entonces, súbitamente, se acordó de que su padre la había dicho que si algo le parecía tentador, no debía hacerlo. Se sintió como Eva alargando la mano para tomar la manzana de la serpiente.

—¡Usted es... es un demonio!

Él se rio.

—¿Porque la tiento para que se deje llevar por una parte de sí misma que no quiere reconocer que tiene?

Otra vez esa maldita palabra.

—Sí —susurró ella avergonzada de tener que reconocerlo.

—Pero lo hará.

La visión que le había presentado él se difuminó y tomó una forma distinta. Las caras de las personas eran arrogantes y despiadadas y ella, al darle la espalda a Richard o al vengarse de la señorita Waverly, se convertía en alguien tan despiadado como ellas. No quería convertirse en una persona así. Se puso muy recta y levantó la barbilla. No se convertiría en alguien así.

—No —replicó ella tajantemente—. No estaría bien.

—¿Está rechazando mi oferta?

—Puede estar seguro.

Era una desagradecida. Nunca se había esforzado tanto por nadie ni le había dedicado tanto tiempo. Era como Will otra vez. Rechazaba la mano que le había tendido y le escupía a la cara.

—Entonces, tendrá que apechugar —comentó él con el rostro inexpresivo.

—¿Qué quiere decir?

Ella lo miró con el ceño fruncido y las ridículas plumas oscilando por el viento. Ella, realmente, no lo sabía. Toda la sociedad estaría llamando a su puerta durante las próximas semanas lo quisiera o no. No podría hacer nada para evitarlo. Todo el mundo lo había visto dar tres vueltas al parque en animada conversación con una desconocida. Se había ocupado de no saludar a nadie y eso despertaría más todavía la curiosidad de la gente. ¿Por qué alguien famoso por deleitarse con la belleza femenina había dedicado tanta atención a una mujer tan anodina y con una vestimenta tan vulgar? Querrían saber quién era ella y de dónde había salido. No la dejarían en paz hasta que le hubieran sonsacado todos sus secretos. Pronto lamentaría haber rechazado su oferta de convertirla en una reina de la sociedad. Entonces, esa orgullosa puritana se arrastraría hasta él.

—Ya lo descubrirá y entonces no se olvide de que le ofrecí mi protección.

Cuando llegaron otra vez a la puerta de salida, él la cruzó y giró para entrar en la calle Oxford.

Ella podía darse cuenta de que lo había ofendido al rechazarlo, pero, después de haber estado dos veces con él, estaba segura de que lo mejor sería no volver a verse. Era demasiado déspota, demasiado inteligente y tentador, demasiado mundano, ¡Era demasiado!

Se olvidó del salón de baile lleno de nobles deseosos de bailar con ella. Volvía a casa con sus queridos tíos y con el señor y la señora Crimmer. Volvía al mundo de las parodias en el Covent Garden, de las cenas en casas de empresarios y de bailes donde podría bailar con los hijos de concejales y comerciantes.

Cuando volviera a Much Wakering, podría hacerlo con la conciencia tranquila.

Lord Deben permaneció en silencio y con expresión de disgusto durante todo el camino a Bloomsbury. Sin embargo, cuando se bajó al llegar a casa de su tía, él, ante su sorpresa, también se bajó de un salto y la alcanzó antes de que llegara al primer escalón.

—Señorita Gibson —la llamó él en tono cortante.

Ella dejó escapar un suspiro. ¿Qué querría?

—Es usted una necia —aseguró él mirando alrededor como si no quisiera estar allí—. No sabe lo que hace al rechazar mi oferta de ayudarla, pero, aunque me ha enojado mucho, no puedo dejar las cosas así entre nosotros.

No le importaría que pagara su falta de delicadeza dejándola a merced de los cotillas, pero tampoco quería destrozarla. Era muy ingenua e... inexperta al creer en la bondad y la rectitud, al decir la verdad y abochornar al demonio. Le tomó una mano y la miró a los ojos. Por primera vez, sus expresión no era ni burlona ni despectiva, sino seria.

—Acudió en mi ayuda aquella noche en la terraza de la señorita Twining aunque no la necesitaba. No puedo dar la espalda a un gesto tan irreflexivo y cortés —añadió él con perplejidad.

Durante el camino a Bloomsbury se había dado cuenta de que la mitad de su enojo se debía a que ella no captara que era muy excepcional que quisiera hacer un esfuerzo por alguien. En cuanto a la otra mitad...

—Creo que, en cierto sentido, nos parecemos mucho —siguió él—. Usted tiene mucho orgullo y por eso se escondió a llorar detrás de los maceteros en vez de ir corriendo con su tía. Por eso rechazó mi oferta de ayudarla en vez de reconocer que la necesita.

Ya estaba dando por supuesto otra vez que lo sabía todo de ella y lo más enojoso de todo era que se acercaba mucho a la verdad.

—No sea demasiado orgullosa y acuda a mí si alguna vez lo necesita —concluyó él con una sonrisa compasiva e irritante.

—Estoy segura de que no lo necesitaré.

—Si lo necesita, podrá contar conmigo. Recuérdelo.

—Entonces, gracias, milord —ella retiró la mano e inclinó la cabeza agitando las plumas de avestruz—. Buenos días.

Se dio la vuelta y subió los escalones de la puerta como si la persiguiera el mismísimo demonio. Él frunció el ceño. Efectivamente, eso era lo que pensaba ella. Quizá fuese preferible que se mantuvieran alejados. Procedían de mundos muy distintos. Si ella entraba en el de él, perdería su maravillosa inocencia, esa creencia algo infantil en el bien y el mal. Se montó en el carruaje y se puso en marcha.

Seguramente, la mejor manera de protegerla sería mantenerse alejado de ella. Pensándolo bien, quizá no debería haberla expuesto a las conjeturas de la gente. Sin embargo, ya estaba hecho y no podía hacer nada para contener a la jauría de sabuesos que la perseguiría por el placer de hacerlo. Había dicho que se mantendría alejado de ella y lo haría, pero eso no quería decir que no pudiera ejercer su influencia con discreción. Había muchas maneras de protegerla sin necesidad de que hubiera un contacto directo. Sonrió diabólicamente mientras empezaba a trazar sus planes. ¿Cuánto tardaría en darse cuenta de que era él quien manejaba los hilos entre bambalinas y en acudir a agradecérselo?

Se rio. Era muy poco probable que hiciera algo así. Conociéndola, lo más probable era que fuese con las plumas agitándose por la indignación y que le exigiera que la dejase en paz.

En cualquier caso, habría conseguido que la próxima vez fuese ella quien acudiera a él y, por algún motivo que no quiso analizar detenidamente, eso era lo que importaba.

Cinco

Tardó dos semanas en volver a verlo. Llevaba
unos veinte minutos en la casa de lord Danbury, a
donde, sorprendentemente, la había invitado su hija,
lady Susan Pettiffer. Su grupo había pasado casi
todo el tiempo quitándose los abrigos, cambiándose
los zapatos en la antesala de las mujeres, saludando
a la anfitriona y recorriendo todas las habitaciones
para que su tía pudiera ver cómo estaba decorada y
amueblada la suntuosa casa del conde.

Acababan de sentarse en un sofá de una de las
salas del piso superior cuando todo el ambiente
cambió. Se pareció a lo que sentía algunas veces
cuando salía por el campo y notaba que se acercaba una tormenta. Las mujeres empezaron a ali-
sarse discretamente los vestidos, los hombres que
estaban cerca del espejo que había encima de la
chimenea comprobaron sus lazos y los demás empezaron a hablar en un tono más mesurado.

Lord Deben había entrado en la habitación. Su tía la agarró de la muñeca. Desde que la sacó de paseo, la tía Ledbetter había esperado que la visitara otra vez o, al menos, que le hubiese mandado un ramo de flores. Henrietta le había asegurado, en vano, que el interés por ella no había tenido nada de romántico. Su tía le había repetido una y otra vez que era el tipo de muchacha que gustaría a un hombre así, que la aristocracia pasaba mucho tiempo en el campo.

—Por favor, no saques conclusiones de que él haya venido esta noche —le pidió a su tía—. Lo más probable es que ya se haya olvidado de mí.

—Bobadas. Lo que pasa es que no te ha visto todavía.

—No agites la mano, no agites la mano —susurró Henrietta en tono tenso, cuando vio que eso era lo que su tía iba a hacer—. Si quiere fingir que no nos ha visto, será porque no quiere reconocernos esta noche —siguió ella en tono enojado porque era imposible que no las hubiese visto.

Su tía se quedó quieta inmediatamente. Una cosa era que alguien de la alta sociedad fuese a visitarla a su casa y otra muy distinta que el mismo aristócrata se dignara a reconocerla en público. Henrietta abrió el abanico y abanicó las acaloradas mejillas de su tía. La emoción por haber recibido una invitación para ir a una casa así eclipsaba la impresión de haber llevado a Mildred al baile de presentación en sociedad de la señorita Twining. Aunque, en cierto sentido, también se lo debía a Julia. Lady Susan y ella la habían visitado hacía un par de días para preguntarle si se había recuperado de lo que le pasó en el baile.

—Empezaba a temer que fuese algo verdaderamente grave porque no he vuelto a verte en ningún sitio —la había dicho Julia con una preocupación fingida.

Cuando ya iban a marcharse, lady Susan le preguntó si le gustaría asistir a una reunión muy informal. La tía Ledbetter estuvo a punto de desmayarse de la emoción.

—¿Te traigo una limonada, tía?

Había tanta gente importante dando vueltas por la casa que los lacayos con las bandejas las habían esquivado varias veces. Además, estaba deseando buscar un camarero que quisiera servirlas y salir de la habitación donde lord Deben reclamaba tanta atención.

—No, querida, necesito algo más fuerte —contestó su tía—, pero una limonada para Mildred.

Henrietta cerró con un chasquido el abanico y evitó mirar hacia donde estaba lord Deben. No le gustaba haber estado pensando en él durante las dos semanas anteriores y tampoco le gustaba que se hubiese sentido más animada cuando captó ciertos indicios de que él podía estar ayudándola disimuladamente a pesar de cómo se habían separado y aunque tuviese cosas mucho más importantes en las que pensar que en una señorita insoportable, pueblerina y mal vestida. Esa tenía que ser la impresión que tenía de ella...

Cuando se acordaba de las dos veces que habían estado juntos, se daba cuenta de que las dos veces había estado hecha un espantajo. La primera vez, tenía la cara manchada por las lágrimas. Además, cuando llegó a su casa y pudo verse en un espejo, se dio cuenta de que tenía un montón de hojas secas en el pelo. La segunda vez, quiso parecer lo más vulgar posible y, como seguía recuperándose de Richard, no fue nada amable. En realidad, estuvo insoportable. Además, cada vez que intentaba justificarse recordándose que él también le había dicho cosas desagradables, se daba cuenta de que, al menos, había intentado mantener la serenidad varias veces y que ella había hecho que la perdiera siempre. Él solo quiso darle las gracias de la única manera que sabía, ofreciéndole la posibilidad de compensarla, pero ella lo había rechazado y se lo había arrojado a la cara.

Sin embargo, lo que menos le gustaba era que había reaccionado exactamente igual que su tía cuando él entró en la habitación. La única diferencia había sido que su orgullo le había impedido demostrarlo y que no se arriesgaría, por nada del mundo, a que ese hombre las despreciara y las dejara en ridículo. Por el momento, ya era bastante que ni los camareros se dignaran a fijarse en ellas.

Si no hubiera rechazado la oferta que le hizo de convertirla en la sensación de la alta sociedad, si no hubiese sido tan desagradable y tan desagradecida, todo podría ser distinto. Estaba tan ensimismada riñéndose a sí misma que estuvo a punto de chocarse con el hombre que apareció en su camino.

—¡Lord Deben!

No podía entender que la hubiese interceptado. La última vez que lo miró de soslayo estaba en el extremo opuesto de la habitación.

—Señorita Gibson —la saludó él inclinando levísimamente la cabeza—. ¿Intenta eludirme por casualidad? —preguntó él casi sin mover los labios.

—No... no, en absoluto. Creía que estaba... —balbució ella sonrojándose.

Él entrecerró un poco los ojos y su sensual boca esbozó una fugaz sonrisa.

—Me he limitado a satisfacer sus deseos. Me dejó muy claro que no quería saber nada más de mí y no iba a contaminar la sala de su familia con mi presencia pecadora y tentadora...

Ella se sonrojó más todavía.

—Estaba enfadada y hablé precipitadamente. Fui descortés y... —levantó la barbilla y lo miró a los ojos—...y le pido que me disculpe.

Él siguió sonriendo, pero parecía una sonrisa forzada, casi como si ella lo hubiera decepcionado.

—Sin embargo, se vengó de mí, ¿verdad? —siguió ella en tono sombrío—. Supongo que ya estamos empatados.

—¿Cómo dice?

—No finja que no sabe lo que estoy queriendo decir.

Ella no soportaba cuando ponía ese gesto arrogante, como si se sintiera ofendido porque le hablaba así.

—Cuando dijo que tendría que apechugar sabía lo que pasaría después de que me llevara de paseo por el parque —siguió ella—. Desde aquella tarde, la sala de mi tía es un ir y venir de la gente más espantosa que quiere saber quién soy y qué parentesco tenemos.

Él volvió a sonreír con satisfacción.

—Estoy seguro de que les habrá puesto en su sitio inmediatamente. Solo lamento no haber estado allí para presenciar su perplejidad ante la maestría de sus comentarios cortantes.

—No he hecho comentarios cortantes a nadie. Ya le he dicho que estaban en la sala de mi tía. Me limité a explicar que tengo veintidós años.

Ella se lo explicó estimulada por la sonrisa de él, aunque fuese a costa de ella. Parecía un hombre completamente distinto cuando sonreía así, sinceramente divertido. Parecía más joven y muchísimo más... accesible.

—Lo cual dejaría zanjado el rumor de que es mi hija perdida, la que había concebido durante mi desenfrenada juventud.

Ella abrió los ojos como platos. No se había imaginado que él hablaría con tanta franqueza, aunque, para ser justa, ella había sido la primera en aludir a las vulgaridades que se decían de ella.

—¿También lo ha oído?

Él asintió lentamente con la cabeza.

—Yo, por mi parte, dije que, aunque agradecía el cumplido, ni un hombre con mi reputación podría haber empezado su carrera amatoria a los nueve años.

—Hablando de su reputación —replicó ella con seriedad—. Cuando acepté su invitación a pasear por el parque, no tenía ni idea de que no lo hubiese hecho nunca con una mujer que no fuese su amante.

Su sonrisa se esfumó por completo.

—¿Quién le ha dicho eso?

—¿Que solo sale acompañado por su amante?

Él asintió sombríamente con la cabeza.

—Creo que será mejor que no se lo diga —contestó ella temerosa de la venganza que podría caer sobre el joven cabeza de chorlito que se lo había contado—. Además, otro de los... caballeros presentes dijo que no había que creer algo así a no ser que usted hubiese perdido la vista de repente.

—¿Qué dijo?

—¿También ha perdido el oído? Quizá debería sentarse. A su edad hay que empezar a tener cuidado.

—¿A mi edad? Tengo treinta y muy pocos años. Es una impertinente...

La agarró del brazo, la sacó de la habitación y la llevó al bufé, servido por una serie de lacayos que la habían pasado por alto con un aplomo magistral. Él, con cuatro palabras tajantes, organizó que llevaran una bandeja con refrescos y comida a su tía y a su prima y la arrastró a un rincón junto al último aparador.

—Si no le importa, me dará el nombre del hombre que la insultó en la sala de su tía y...

—¿Por qué? —le interrumpió ella abriendo mucho los ojos con un asombro fingido—. Solo repitió lo que usted me dijo en el parque.

—Nada parecido. Yo enumeré sus mejores rasgos para intentar convencerla de que tiene tantas posibilidades de deslumbrar a un hombre como la señorita Waverly si se preocupa de...

—Da igual porque el señor Crimmer se ocupó de él.

—¿Quién es el señor Crimmer? —le preguntó él mirándola fijamente—. ¿Es el pretendiente por el que lloraba en casa de la señorita Twining?

—No, no es mi pretendiente en absoluto, pero cuando lord... quiero decir, cuando el hombre que dijo que usted debía de haber perdido vista añadió que habría entendido que Mildred hubiese estado a su lado porque es... creo que sus palabras exactas fueron «una pollita muy apetecible», el señor Crimmer, que está enamorado de mi prima Mildred, lo agarró de las solapas, lo levantó del asiento y lo tiró por los escalones de entrada a la casa.

Ella hizo una pausa y lo miró descaradamente por encima del abanico con un brillo burlón en los ojos. No estaba enojada por el incidente. Si acaso, él habría dicho que estaba muy divertida por los majaderos que habían invadido la casa de su tía. Se apoyó en la pared y se cruzó los brazos.

—Continúe, por favor —le pidió él—. Estoy deseando saber qué pasó después.

Era verdad. Estaba fingiendo aburrimiento, pero no se lo había pasado tan bien hablando con una mujer durante las dos semanas que la había eludido intencionadamente. Aunque la verdad era que tampoco había tenido una conversación propiamente dicha. Había intentado empezar varias con jóvenes de linaje intachable y hermosas figuras, pero ellas siempre se limitaban a repetir «sí, milord», «no, milord», «si usted lo dice, milord, entonces, estoy segura de que tiene razón». Había sido como estar a dieta de pan y leche. Encontrarse con Henrietta Gibson era como tener un tarro de mostaza en la mano que le ponía picante a los in-

sulsos platos que había tenido que probar últimamente.

—Bueno, el hombre que llamó «pollita apetecible» a Mildred se sintió muy molesto porque un
ciudadano de a pie lo había tratado de esa manera
y se lo hizo saber al señor Crimmer con mucha con-
tundencia. El señor Crimmer replicó que un caballero nunca habría tratado a una dama con tan poco
respeto, a lo que él hombre contestó que Mildred
no era una dama, que solo era la hija de un comer-
ciante.

—¿Usted oyó todo eso?

—Claro. Había levantado la ventana y me
había asomado porque los escalones estaba repletos de otros... caballeros que habían salido con el
hombre que había llamado a Mildred lo que no debería haberle llamado. Tuve el placer de ver al
señor Crimmer pegarle un gancho en la barbilla
que mandó a supuesto caballero directamente a la
calzada. Sin embargo, después todo se convirtió
en una de esas trifulcas que organizan los niños de
ocho años —añadió ella con cierta decepción.

Él arqueó una ceja. Nunca jamás había oído a
una mujer de alta cuna usar términos de boxeo
como si fuese algo natural.

—Bueno, ya sabe a lo que me refiero —siguió
ella al interpretar mal su ceja arqueada—. Empu-
jones, patadas y muchos brazos agitándose y que
no hacen daño a nadie.

—Sin... destreza.

—Ni la más mínima —confirmó ella sacudiendo la cabeza con pesadumbre—. Aunque los demás espectadores parecían estar pasándoselo muy bien. Se hicieron muchas apuestas.

—¿Puedo preguntarle qué hacía su tía mientras había una... trifulca en la puerta de su casa y usted se asomaba por la ventana para animar a su... paladín?

—Yo no estaba animándolo —replicó ella como si se sintiera ofendida—. Además, no era mi paladín. En cuanto a mi tía —el brillo burlón volvió a sus ojos—, quiso pedir las sales, creo, pero se dio cuenta de que nadie estaba haciéndole caso. Pero también es una persona muy pragmática y una vez que se repuso de la impresión de tener la sala tomada por unos *yahoos,* ya sabe, esos personajes vulgares y maleducados de *Los viajes de Gulliver*, pidió al mayordomo que reuniera a algunos lacayos de las casa vecinas y los expulsó a todos.

Había leído a Jonathan Swift... No podía extrañarle con el padre que tenía. Además, su forma de dar por supuesto que él tenía conocimientos de literatura indicaba que estaba acostumbrada a mantener conversaciones con personas cultas. Había acertado al decirle que podría aprender a deslumbra a un hombre si le hacía un poco de caso. Esa noche estaba siendo muy cautivadora incluso sin que él le hubiese enseñado nada. Por ejemplo, su forma de sonreírle, como si quisiera que él también se divirtiera, era irresistible y él retaría a cualquier hombre a que no sonriera también. Juraría que ni siquiera era tan poco atractiva como él recordaba. Miró disimuladamente su vestimenta mientras ella hablaba. El vestido resaltaba su figura y el color del pelo y del cutis. Los accesorios no tenían nada de vulgares y nadie que no estuviera al tanto no podría imaginarse que esa Temporada estaba patrocinándosela un ciudadano de a pie. Sin embargo, lo que hacía que le pareciera tan distinta era el brillo de los ojos. En realidad, si aprendiera a contener el genio, se convertiría fácilmente en una sensación sin que él tuviera que hacer creer a nadie que ocultaba algo fascinante que solo él había descubierto.

—Entonces, ¿por qué no he oído hablar de ese disturbio? —preguntó él para participar en la conversación—. Si se convirtió en un altercado público en el que intervinieron sirvientes de varias casas y un grupo de... *yahoos*...

—Bueno, no llegó a tanto. Afortunadamente, el señor Crimmer se resbaló y cayó con su oponente encima de él. Se quedó aturdido unos minutos... o quizá se quedara sin respiración porque... bueno, digamos que su oponente no era un peso ligero —le explicó ella mirándolo con un brillo resplandeciente.

Él se rio con todas sus ganas al imaginarse la

escena. Entonces, se dio cuenta de las pocas veces que se reía con ganas. Muy pocas personas tenían su sentido del humor o creían que él lo tuviera. La señorita Gibson había pasado por alto su impresión superficial, que era lo que la mayoría de las personas quería ver, y había ido directamente al hombre... no al hombre que era ni al que quería ser, sino al hombre que habría sido si todo hubiese sido distinto.

—En cualquier caso, antes de que el señor Crimmer pudiera recuperar el habla, el *yahoo* se declaró victorioso y se alejó con sus amigos.

—En resumen —intervino él mirándose los dedos con una inocencia fingida—, en vez de vengarme, le he proporcionado una fuente inagotable de diversión...

—Usted... Yo... —ella cerró la boca bruscamente—. Me niego rotundamente a que me incite a perder los nervios con usted otra vez. Usted, al menos, me avisó de lo que pasaría. Además, todo ha terminado bastante bien para Mildred y el señor Crimmer.

—Vaya —replicó él con fastidio—. ¿De verdad es una de esas personas que ve rayos de esperanza entre los nubarrones más negros? No solo ha dejado desfasados los conceptos de moralidad, sino que ahora parece que sufre un caso incurable de optimismo.

—Bueno —replicó ella con desenfado—, si no

quiere oír cómo termina la historia, no le aburriré más.

Ella fue a alejarse.

—No... —él la agarró del brazo justo por encima del codo—. Sabe muy bien que quiero oír muchas más cosas. No sobre ese tal Crimmer ni sobre su prima Mildred. Es evidente que después de salir en su defensa, ella lo considera un héroe y las pretensiones de él llegarán a buen puerto. No, lo que me interesa saber es cómo ha conseguido convertir en una victoria social lo que habría podido ser, muy fácilmente, una derrota demoledora.

Ella fingió no entenderlo.

—Quiero saber —insistió él—, cómo consiguió una invitación a esta casa precisamente. Lord Danbury tiene fama de ser muy exclusivo. Que la vean aquí le dará un crédito inmenso.

—Bueno, todo surge de ese incidente. Mi tía se hizo mucho más exigente en lo relativo a las personas que aceptaba en su sala. Ya no acepta a alguien solo porque tenga un título. Una visita tiene que tener algún motivo válido, aparte de la mera curiosidad, para que Warnes le permita pasar del recibidor. Eso significa que quienes quieran satisfacer su curiosidad tendrán que mandar a sus hermanas, primas o tías para que sonsaquen toda la información que puedan.

—¿Aun así no me pidió ayuda? Dios mío, cuando esas cotillas claven sus garras en usted, puede ser mucho peor que lo que podría haber hecho cualquier lechuguino mamarracho.

—No me pareció que necesitase su ayuda. Creí que ya me la había mandado.

Lo miró pensativamente. No podía terminar de entender por qué había esperado que la visita de la madrina de él hubiera indicado que seguía vigilándola a distancia, a pesar de cómo se habían separado.

—Yo... Yo creí que quizá hubiese hablado con lady Dalrymple y que le había pedido que intercediera —le explicó ella.

—¿De verdad?

A ella se la cayó el alma a los pies ligeramente. Durante unos momentos, se había olvidado de la enorme distancia social que había entre ellos, pero él, con esas dos palabras y esa ceja arqueada, había vuelto a levantar las barreras.

—Sí... Lo siento, pero es que es su madrina y estaba en el baile de la señorita Twining...

—Y la corroe la curiosidad como a todos... o quizá más dada su relación conmigo.

—Bueno, fuera como fuese, hizo mucho bien porque declaró que había ido a acallar los rumores de que yo era una vulgar insignificancia y me incluyó donde no está mi sitio.

—Casi puedo oírla diciéndolo.

Henrietta se rio levemente.

—Tiene una voz imponente, ¿verdad? Nadie de

los que estaban en la sala esa tarde pudo dejar de oír una sola palabra de la conversación que tuvo conmigo sobre mi abuela materna y sobre lo amigas que eran. Además, también dijo que estaba asombrada porque no me había visto en las reuniones a las que tendrían que haber invitado a la nieta de Lavinia.

Él sonrió con satisfacción. Su madrina era una de esas personas que conocía a todo el mundo y a los antepasados de todo el mundo desde hacía tres generaciones por lo menos. Además, le encantaba demostrar sus conocimientos.

—¿Se limitó a hablar de su familia materna?

—No. También sacó a relucir la relación de mi padre con el duque de Harrowgate. Tampoco se olvidó del linaje de mi tío Ledbetter y nos explicó con todo detalle la diferencia entre la clase media, que brota en cualquier parte como vulgares setas, y los hijos menores de buenas familias que se ven obligados a tener una profesión. Desde entonces, han empezado a abundar las invitaciones a... a festejos tan refinados como este.

Julia Twining volvió a visitarla después de la visita de lady Dalrymple y por eso se tomó sus declaraciones de amistad y su preocupación por su salud con cierto recelo.

—Lo que me extraña es que nadie haya divulgado el rumor de que usted yo estamos a punto de casarnos —comentó él—. La aparición de mi tía en la sala de su tía ha acabado de un plumazo con cualquier conjetura sobre un escándalo entre nosotros...

—¿De verdad? ¿La gente...?

Ella cerró el abanico y lo golpeó distraídamente contra la palma de la otra mano. El pobre lord Deben debía de estar lamentando más todavía su relación con ella. Lo que menos quería en el mundo era que relacionaran su nombre con una mujer inocente y casadera. Le espantaba tanto la idea del matrimonio que le había dicho que prefería pegarse un tiro en la pierna.

—No, no, estoy segura de que nadie sospecha nada así —dijo ella con el ceño fruncido por la preocupación—. Al... al menos... —ella miró alrededor—. Quizá no deberíamos estar en este rincón...

—¿Tanto le desagrada la idea?

La indignación se había adueñado de él. Había bastado que unos tipos hubiesen dejado caer algunas verdades innegables sobre él y que él hubiese reconocido que hasta su hermano había censurado en público su vida licenciosa para que esa pequeña puritana retrocediera ante la idea de ver su nombre unido al de él. ¿Cómo se atrevía? Cualquier mujer estaría emocionada, no parecería como si hubiese pisado algo desagradable.

Sin embargo, en vez de darse media vuelta y olvidarse de ella, lo único que deseaba ardientemente era obligarla a que se retractara.

—¿A mí...?

Parecía enfadado. Seguramente, estaba arrepintiéndose por haber hablado tan libremente con ella y por haber ido a ese rincón tan... íntimo. Sería mejor que aclarara las cosas de una vez por todas.

—¡No! Quiero decir, ni se me había pasado por la cabeza ni lo haría —añadió ella.

No podía creerse que las mujeres quisieran a atrapar a un hombre que prefería pegarse un tiro en la pierna antes que someterse a la fidelidad marital. ¿Estaban locas? Aunque, quizá, no supiesen tantas cosas de él como sabía ella.

—¿Por qué? ¿Porque me considera un libertino incorregible?

Lo era y ella ya lo sabía. Los tipos que fueron a casa de su tía fueron increíblemente indiscretos y dejaron caer toda una serie de cosas desagradables sobre él. Ella no pudo creerse lo soez que fue aquella conversación. No solo demostró su bajeza, sino que también fue una falta de consideración a la sensibilidad de ella. Pusieron tanto empeño en comentar las últimas... hazañas del diabólico lord Deben que le recordaron a una jauría que perseguía a una desdichada liebre.

Según ellos, hacía años que no tenía una amante en el sentido convencional, que no lo veían pasear con una por el parque. ¿Estaba cambiando de táctica otra vez? Después de cortar toda relación con la última advenediza, se dedicó metódicamente a

107

las mujeres casadas de la alta sociedad. Cuando ya había conocido a las más hermosas, empezó con las viudas. ¿Había decidido perseguir a las muchachas solteras y de origen dudoso? Al fin y al cabo, todo el mundo sabía lo pronto que se aburría después de la conquista. Aun así, concluyeron ellos, para él sería mucho más apasionante intentar seducir a vírgenes respetables por diversión. Debía de estar buscando algún estímulo a su apetito saciado. Una virgen intentaría conservar la virtud todo el tiempo posible. Solo el lord joven y gordo protestó en voz alta, tan mala era la reputación de lord Deben. Además, solo lo hizo para decir que si eso era lo que estaba haciendo, habría empezado con una muchacha hermosa.

Se sonrojó. En parte por la humillación de que no la consideraran suficientemente hermosa para que la sedujeran y en parte por remordimiento, porque sabía demasiado del hombre que tenía al lado. No debería saber esas cosas de ese hombre ni de ningún otro.

—Le pido disculpas. Comentar su comportamiento no es asunto mío. Creo... creo que será mejor que vuelva con mi tía —dijo ella bajando la mirada.

—Sí, vuelva corriendo a la seguridad de una habitación llena de gente. No querrá que su reputación inmaculada se ensucie por estar demasiado tiempo conmigo.

Ella lo miró con perplejidad. Durante unos momentos, había tenido la sensación de que él comprendería cualquier cosa que le dijera. Hacía mucho tiempo que no había podido hablar con tanta libertad, desde que se marchó de Much Wakering, donde solo había hombres. Su tía y Mildred se preciaban tanto de hablar solo de asuntos aceptables que le había parecido maravilloso poder bajar la guardia y decir todo lo que se le había pasado por la cabeza. Sin embargo, él no era uno de sus hermanos ni un hombre que conocía de toda la vida. Era casi un desconocido.

—Tiene razón, naturalmente —ella solo sabía que era un libertino y un conde y que ella no era nadie—. La reputación de una mujer es algo muy frágil.

—Y usted cree que yo puedo destrozarla.

—¡No!

Sabía tres cosas de él. Lo que habían dicho aquellos tipos se alejaba tanto de la verdad que era cómico, él no tenía intención de seducirla y sus motivos para llevarla de paseo fueron completamente respetables. Bueno, se corrigió a sí misma, no podía decir que nada de lo que hiciera lord Deben fuese completamente respetable. La había tentado para que hiciese algo que le parecía muy poco respetable, pero no se lo había propuesto por diversión ni por arruinarle la vida. A su manera, le había tendido una mano amistosa.

—No intencionadamente, al menos —aclaró ella—. Estoy segura de que no tengo nada que temer de usted —él no perseguía a muchachas inocentes—. Sin embargo, no se olvide de que he sido víctima de habladurías muy desagradables solo porque usted me distinguió una vez con sus atenciones.

Ella volvió a mirarlo y lo que él captó en sus ojos fue como un impacto en el corazón. Había dicho «no intencionadamente» y lo había dicho sinceramente. Confiaba en él y si le parecía más prudente mantenerse alejada, lo hacía a disgusto. Podía verlo en sus ojos, que eran tan transparentes como el cielo en un día despejado.

—Yo podría acabar con todas esas habladurías desagradables si voy diciendo que tengo la intención de casarme con usted. Luego, si parezco pretenderla, todos se volverán locos por ser amigos suyos.

Mientras iba diciéndolo, se dio cuenta de que casarse con la señorita Gibson no sería lo peor que podría pasarle. Al menos, no lo aburriría, él no querría limitar su relación al dormitorio, sería una acompañante encantadora. La idea de casarse con ella era tan atractiva que cuando ella se rio, tuvo que hacer un esfuerzo para no amilanarse.

—Por favor... No pensará sinceramente que alguien iba a creerse que soy el tipo de muchacha que tentaría a un hombre de su... bueno... —ella se sonrojó al recordar algunos de los comentarios que aquellos hombres habían hecho de su vida amorosa—. Su... experiencia. Si decide casarse, esperaran que elija a alguien... excepcional. Como mínimo, será hermosa y, seguramente, también será adinerada y con mejores relaciones que las mías.

Él sintió algo maravilloso al comprobar que no tenía la necesidad de obligarla a retractarse. Estaba dudando de su capacidad de atracción, no de la idea de casarse con él. Si hubiese sido otra mujer, habría creído que estaba intentado que la halagara, pero la señorita Gibson era sincera, dolorosamente sincera algunas veces. Podía creerse exactamente lo que había dicho y era una experiencia desconocida. También podía creerse exactamente lo que dijo de que nunca se había planteado casarse con él. Sus ojos no lo miraron calculadoramente cuando la llevó de paseo, ni estaba coqueteando en ese momento. No, la señorita Gibson estaba tratándolo como si fuese su amigo.

—Vamos, por nuestra amistad, vamos a divertirnos un poco a costa de esos *yahoos*.

Él había empleado el mismo término que ella para convencerla. No estaba preparada para pensar en el matrimonio, pero podría hacer que cambiara de opinión si podía estar con ella cuando quisiera. Todavía no había habido ninguna mujer que no hubiera acabado comiendo de su mano.

—Ya le he dicho que puede casarse perfectamente y ahora que mi madrina ha desvelado sus orígenes, la gente estará dispuesta a creer en nuestro noviazgo—siguió él—. Aparte de los escándalos, es una de las cosas que a la gente le encanta creer que puede ver cómo evoluciona.

Ella negó con la cabeza.

—Ya le he dicho que no tengo ningún interés en participar en esos juegos. Aunque me halaga que crea que puedo aparentar que soy el tipo de mujer que podría encandilarlo.

—¿De verdad?

—Sí —reconoció ella con un rubor delicioso, un rubor que estropeó acto seguido—. Hasta una pueblerina ignorante como yo puede darse cuenta del... éxito social que sería recibir una oferta así de un hombre de su categoría y fortuna.

Éxito social. ¿Alguna vez habían puesto en su sitio tan claramente a un hombre? Él que creía que ella había empezado a apreciarlo... Su desilusión fue proporcional al bofetón que ella le había dado, sobre todo, porque ella no lo había hecho intencionadamente.

—Entonces, será mejor que vuelva con su tía, señorita Gibson —replicó él con frialdad.

La observó alejarse rápidamente, como un ratón aliviado por haber escapado de las garras del gato. Él fingió la misma indiferencia que habría mostrado el gato burlado por su presa. Sin embargo, su cabeza no paraba de dar vueltas. Tenía que haber alguna manera de convencerla sobre el asunto de casarse con él. Solo tenía que descubrir cuál. Tendría que observarla detenidamente, subrepticiamente si era necesario, hasta que, como un cazador que acecha a su presa, encontrara el momento adecuado para abalanzarse sobre ella.

Seis

—¡Señorita Gibson!

Henrietta se paró en seco al captar la maldad evidente de la voz.

Se dio la vuelta y vio que la señorita Waverly salía de detrás de la puerta desde donde debía de haber estado observando su conversación con lord Deben.

—Debería haberme imaginado que aprovecharía esta ocasión para arrinconar a lord Deben.

—Más bien, fue al contrario —replicó Henrietta al acordarse de que lord Deben la había interceptado cuando iba a por unos refrescos.

—Qué vas a decir, mujerzuela sin escrúpulos —le espetó la señorita Waverly mirándola de arriba abajo con desprecio—. Sé lo que tramas, pero no te saldrá bien. Estás haciendo el ridículo al perseguirlo de esa manera. Lady Susan te ha invitado solo para que todos pudiéramos ver cómo vas detrás de él como una necia enamoradiza, para que podamos reírnos de ti.

Ella se rio y fue unos de los sonidos más desagradables que Henrietta había oído en su vida.

—No le interesas lo más mínimo. ¿Cómo ibas a interesarle si eres fea e insignificante? Elige muy bien a las mujeres que pueden meterse en su cama. Para empezar, tienen que tener un título y ser muy hermosas... y también tienen que ser expertas.

—Entonces, eso te deja fuera, ¿no? —preguntó Henrietta sin inmutarse.

—¡Eres una seta vulgar e impertinente!

Mientras la furia desencajaba el rostro de la señorita Waverly, Henrietta comprendió que, al parecer, no se había enterado de que lady Dalrymple había llegado muy lejos para demostrar que no era una seta de ningún tipo... o que si se había enterado, había preferido no creerlo.

—Podría hacer que te expulsaran de esta casa por hablarme así.

Lo dudaba mucho, pero la señorita Waverly no la dejaba hablar, estaba decidida a dar rienda suelta al rencor que había acumulado mientras esperaba una ocasión como esa.

—Sin embargo, no voy a molestarme, no eres digna de que me moleste —siguió ella, casi como si repitiera algo que alguien le había dicho miles de veces—. Además, es posible que lady Susan te haya aceptado provisionalmente, como hace muchas veces con personas raras que le llaman la atención...

Curiosamente, aunque había podido hacer oídos sordos a todo lo que había dicho la señorita Waverly como fruto del rencor, el comentario sobre lady Susan dio en el clavo porque había recelado de sus motivos desde el principio.

—No habrá baile —le había comunicado lady Susan cuando la invitó—. Será una ocasión para mezclar a gente interesante y tener conversaciones estimulantes. Mi padre ha leído el tratado de tu padre sobre las posibles aplicaciones de la teoría de flogisto —siguió ella inclinándose un poco como si estuviera contándole un secreto—. Estaba muy impresionado. Yo, por mi parte, solo anhelo frecuentar a una mujer con la que pueda mantener una conversación inteligente. Hay muy pocas en la ciudad durante esta Temporada.

Henrietta se dio cuenta de que lady Susan miró fugazmente a Julia, quien daba sorbos a una taza de té con la mirada clavada en el vacío y decidió en ese instante que no le caía nada bien. Aun así, le dolía un poco que todo el mundo la considerara una de esas personas raras que algunas veces llamaban la atención de lady Susan. Tan rara como algunos de los invitados de esa noche. Por ejemplo, la poetisa de pelo enmarañado que le señalaron en una habitación o los inventores sin un penique o los artistas desaliñados o los agresivos hombres que habían salido de la nada y que nunca acudían a los acontecimientos de la alta sociedad, pero que esa noche estaban codo con codo con nobles y políticos... y con lord Danbury, quien hacía un esfuerzo para ser cortés con personas que había admitido en su casa solo porque divertían a su hija. Hacía que se sintiera como un mono de feria. Sobre todo, cuando la señorita Waverly añadió...

—...pero cuando dejes de ser una novedad, te desdeñará otra vez y caerás en la oscuridad, donde está tu sitio.

Como uno de esos monos a los que metían en la jaula cuando terminaba su actuación.

Entonces, la señorita Waverly se dio media vuelta y la dejó clavada en medio del pasillo. Estaba impresionada por esa demostración de insidia, que, en su opinión, era completamente desproporcionada. Se repuso y se dirigió hacia la sala, para reunirse con su tía y su prima, mientras pensaba que la señorita Waverly no sabía lo que decía. Por ejemplo, si ella no hubiese intervenido, se habría metido en un escándalo descomunal. No sabía cómo era el hombre al que había intentado manipular. Lo que había hecho era como meter la mano en la jaula de los leones. En cuanto a volver a caer en la oscuridad... Si toda la alta sociedad era como ella y como esos majaderos que habían repartido insultos a diestro y siniestro en la sala de su tía, cuanto antes perdieran el interés por ella, mejor. Si había aceptado

117

la invitación de esa noche, había sido, únicamente, porque significaba mucho para su tía y su prima y, como pudo comprobar desde la puerta, estaban disfrutando muchísimo. No solo lord Deben había convencido a los camareros para que les sirvieran, sino que, en el poco tiempo que ella había pasado fuera de la habitación, Mildred había conseguido reunir a un par de admiradores. Uno se inclinaba por encima del respaldo e intentaba susurrarle algo al oído mientras el otro, quien se había sentado en una silla al lado de ella, lo miraba como si quisiera fulminarlo. Supuso que ninguno de los dos lo hacía en serio y, en cualquier caso, Mildred aprendió una lección muy provechosa la tarde de la trifulca. Los hombres de esa clase no se tomaban en serio a las mujeres de su clase social. Podían coquetear con ella, pero bajo los halagos subyacía un desprecio por sus orígenes que les impediría ofrecerle algo serio, salvo los cazafortunas más desesperados. Sin embargo, el señor Crimmer, aunque tenía una lamentable tendencia a sonrojarse y balbucear, había demostrado sobradamente la fuerza de sus sentimientos y de sus puños.

Se sentó en el sofá, al lado de su tía y alejada de Mildred para no interrumpir sus coqueteos, y abrió el abanico. ¿Cuándo podrían volver a casa? ¿Cuándo podría volver a Much Wakering y a esa oscuridad con la que le había amenazado la señorita Waverly como si fuese un castigo?

Suspiró. Aunque escribía periódicamente a su padre, le parecía que hacía un siglo que no lo veía. Quizá acudiera a la ciudad para una reunión o una conferencia. Muchas veces, salía sin previo aviso porque había leído un anuncio en el periódico. Dejó de abanicarse y se lo imaginó acudiendo a una de sus reuniones y oyendo habladurías sobre ella como había previsto la señorita Waverly, porque la señorita Waverly no iba a cejar en su empeño. Estaba tan enfadada porque había frustrado su intento de atrapar a lord Deben que, probablemente, haría todo lo que pudiera por ensuciar su nombre... y era tan apreciada por los hombres que nunca le faltaría público.

Una sensación gélida le atenazó las entrañas. Le daba igual en cuanto a sí misma, pero su padre se sentiría fatal si se daba cuenta de que la había metido en una situación así. Por no decir nada de sus hermanos. Cuando volvieran de permiso, ¿qué sentirían al descubrir que hablaban de su hermana de una forma tan atroz? Naturalmente, entenderían que su distraído padre la había mandado con los Ledbetter y que eso había hecho que todo el mundo diera por supuesto que su familia era de comerciantes, pero no por eso se sentirían menos humillados por ella. Además, aunque lady Dalrymple había aclarado las cosas a algunas personas, había otras, como la señorita Waverly, que preferían pensar lo peor.

Sin embargo, eso no era lo que preocuparía más a toda su familia. Lo que más les preocuparía sería su relación con lord Deben. No había hecho nada malo, pero la señorita Waverly se ocuparía de que pareciera todo la mala que pudiera. Era una especie de justicia poética. Como había perseguido irreflexivamente a Richard hasta Londres, iban a etiquetarla como una muchacha que perseguía a todos los hombres. Sintió náuseas. Al apremiar a su padre para que le organizara precipitadamente una Temporada, podría haber arrastrado por el lodo el nombre de la familia.

Todavía podía oír a los admiradores de Mildred y ver a toda la gente maravillosamente vestida que iba de un lado a otro, pero se sintió aislada, dominada por un remordimiento espeso como un efluvio ponzoñoso que la marginaba de todos. Hasta que lord Deben pasó por la parte de la habitación que estaba mirando sin verla y fue como un leve rayo de esperanza. La gente hablaría de ella hiciera lo que hiciese y, en ese caso, prefería que lo hiciera porque, misteriosamente, se había convertido en la sensación de la alta sociedad el que lo hiciera porque era el colmo de la vulgaridad.

No iba a dejarse llevar por la tentación. No iba a hacerlo para darle en las narices a la señorita Waverly. No estaba pensando en la cantidad de ocasiones que tendría de estar en la estimulante compañía de lord Deben. Lo haría porque prefería que sus familiares varones pensaran que la Temporada había dado resultados a que sufrieran porque era el hazmerreír de todos.

Se levantó, se acercó a lord Deben, quien estaba rodeado por una multitud, y le tiró de la manga. Una mujer algo mayor se puso los anteojos y la miró fijamente. Un hombre dio un codazo a otro y los dos sonrieron con suficiencia. Lord Deben miró la manita que acababa de arrugarle la manga de su inmaculada chaqueta y siguió el brazo hasta encontrar su cara.

—Señorita Gibson.

Por un instante aterrador, creyó que acababa de cometer un suicidio social. Si él la despreciaba, sería el fin. En silencio, pero con intensidad, le rogó que la ayudara. Después de lo que le pareció una eternidad, aunque no habrían sido más de un par de segundos, él sonrió de oreja a oreja.

—Vaya, me había olvidado completamente. Hace bien en recordármelo —tomó la mano de ella y la introdujo en el círculo—. Si nos disculpan, damas y caballeros... Había prometido... —él hizo una pausa, sacó su reloj y lo miró—. Me he retrasado. Estábamos tan absortos en la conversación que me he olvidado de la hora —le explicó a Henrietta.

Le puso la mano en el brazo doblado y le dio una palmada para tranquilizarla. Los demás se apartaron mientras salían a un pasillo. Unos pasos después, él abrió una puerta, miró dentro, la metió en la habitación vacía y cerró la puerta con llave.

—Gracias —susurró ella dejando escapar un suspiro de alivio.

Había un candelabro encima de la repisa de la chimenea y al menos no estaban a oscuras, aunque la habitación no era muy acogedora.

—¿Había dudado de mí? —le preguntó él apoyándose en la puerta con los brazos cruzados—. Le di mi palabra de que si me pedía ayuda, podría contar conmigo.

Sin embargo, nunca se había imaginado que acudiría a él tan deprisa. Su corazón todavía intentaba recuperar al ritmo normal después del arrebato de alegría que sintió cuando ella le pidió silenciosamente que la ayudara. Era una especie de compensación porque él había dado el primer paso esa noche.

Todavía seguía algo molesto consigo mismo porque hacía dos semanas se había jurado a sí mismo que si volvían a hablar, sería porque ella se acercaba a él. Sin embargo, cuando la vio fingiendo indiferencia, se sintió obligado a enfrentarse a ella e, incluso, la interceptó cuando iba a salir de la habitación.

—Por eso acudí a usted, pero no sabía si me entendería.

—Querida, no se acercaría a mí, se abriría paso entre unas personas que se consideran las más importantes de la tierra y me tiraría de la manga si no fuese una emergencia.

Por eso no pudo evitar la tentación de que tuviera que esperar un poco a su reacción. Por un momento, tuvo la increíble satisfacción de tenerla exactamente donde quería que estuviera, metafóricamente, de rodillas ante él, y fue una sensación tan placentera que la alargó todo lo que pudo. Fue una penitencia justa por el daño que, involuntariamente, le había hecho a su orgullo.

—¿Las personas más importantes de la tierra? ¡Dios mío!

—Ellos se lo creen —dijo él con desprecio—, pero no se preocupe por la conversación que ha interrumpido. Me interesa mucho más saber qué ha pasado para que renuncie a ese orgullo tan arraigado que tiene y haya acudido a suplicarme. Aunque no me parece nada mal, claro.

—Algunas veces, no puedo soportarlo —replicó ella al ver su sonrisa engreída mientras decía que le había suplicado.

Él se apartó de la puerta.

—La llave está puesta en la cerradura, puede marcharse si quiere.

—Es usted irritante. Sabe muy bien que no voy a marcharme a ningún lado. ¿Tiene que ponérmelo tan complicado?

—¿Qué le pongo complicado? —preguntó él con una sonrisa depredadora.

Ella lo miró con el ceño fruncido.

—Decirle que he cambiado de opinión y que, si fuese tan amable, me gustaría aceptar su oferta.

—¿Mi oferta?

—Convertirme en la sensación de la alta sociedad —contestó ella bruscamente—. Todos van a cotillear de mí. Ya no puedo evitarlo. Si usted... no sé... hiciese lo que tenía pensado para que creyeran que soy... fascinante... al menos mis hermanos no se avergonzarían de mí.

Él puso un gesto muy extraño.

—¿Lo hace por sus hermanos?

Ya había hecho algo parecido antes. Cuando lady Chigwell la había criticado, ella lo soportó con indiferencia cansina, pero cuando empezó a difamar a su familia, levantó la barbilla y replicó... porque los amaba. El amor era la clave que él estaba buscando. Si ella llegaba a creer que estaba enamorada de él, lo conseguiría todo. Cedería a sus deseos de que se casara con él y, sobre todo, tendría su fidelidad. No sabía por qué no lo había comprendido antes, pero, en ese momento, no podía imaginársela casándose con alguien si no creía que estaba enamorada de él. Además, una vez que se hubiera comprometido, sería fiel hasta el final. Sería fiel independientemente de lo que pensara de él cuando se diera cuenta de que no era una persona a la que nadie podía amar de verdad. Se había burlado del puritanismo que demostraba muchas veces, pero esa moralidad le ahorraría muchos de los aspectos desagradables del matrimonio que habían conseguido que lo eludiera durante tanto tiempo. No sería de esas mujeres que se buscaban un amante en cuanto le hubieran dado un heredero. Al contrario, los hijos que diera a luz serían indudablemente de él. Tener dos o tres hijos indiscutiblemente legítimos era mucho más de lo que se había atrevido a soñar, pero si Henrietta era su esposa...

Tomó una bocanada de aire al imaginarse una vida de casado con Henrietta de condesa. Su matrimonio no sería nada... moderno. Ella sería anticuadamente fiel y, probablemente, dada su naturaleza espontánea, proclive a anticuadas demostraciones de cariño en público. Lo cual, sería un poco enojoso porque la gente se burlaría de ella. Aun así, nunca se había imaginado un matrimonio sin inconvenientes y tener una esposa algo... excéntrica en público era mucho mejor que soportar a una que parecía una ramera. Tomó una decisión. No solo no la censuraría si se mostraba cariñosa en público, sino que la defendería. Sería una lástima reprimir esa sinceridad y espontaneidad que la convertían en alguien único. Además, el cariño que sintiera por él al principio acabaría desvaneciéndose, pero no haría nada para acelerar su desaliento. Cuando ella se diera cuenta de que el amor era un cuento de hadas, podrían haber alcanzado un entendimiento tal que les permitiría presentarse unidos ante sus hijos. Haría lo que hiciese falta para que sus hijos no fueran las víctimas de una guerra tan amarga como la que habían librado sus padres.

Todo eso le pasó por la cabeza en menos tiempo del que tardó en tomar y soltar un par de bocanadas de aire. Fue lo que tardó en decidir que tendría a la señorita Gibson a su lado sin importarle lo que tuviera que hacer para ganársela.

Henrietta, que no sabía que lord Deben estaba viviendo una especie de revelación, se había dado la vuelta y se había dejado caer en un sofá.

—Para ser exactos, por Horatio y Hubert. No quiero que cuando vuelvan de permiso se enteren de todas las habladurías que divulgará la señorita Waverly si me quedo de brazos cruzados. Cuánto me gustaría no haber venido a la ciudad. Ya he defraudado a Horace y Humphrey por venir aquí. Debería estar en casa cuando tengan sus vacaciones escolares. La señora Cook es una ama de llaves muy eficiente y amable a su manera, pero no puedo esperar que juegue al cricket con ellos —se inclinó hacia delante con la cara entre las manos—. Lo he embrollado todo.

Su angustia por no estar cuando sus hermanos tuvieran las vacaciones escolares demostraba que había tomado la decisión acertada. La señorita Gibson sería una madre ejemplar. Podía imaginársela jugando al cricket con sus hijos sin importarle correr de arriba abajo. Más aún, podía imaginársela defendiendo a sus hijos con la fiereza de una tigresa. Al contrario que su madre, quien, una vez que había dado a luz, casi ni miró por encima del hombro antes de volver a buscar incansablemente sus placeres más egoístas.

Otro hombre, alegando quizá que había recibido un flechazo de Cupido, podría haberlo soltado todo en ese instante y lugar. Hizo una mueca de rechazo al imaginarse lo que pasaría si le soltaba toda esa letanía a la señorita Gibson cuando estaba tan alterada y enfadada. Sobre todo, cuando parte de su enfado estaba dirigido hacia él. Le fastidiaba haber tenido que pedirle ayuda. Sobre todo, cuando, pensándolo bien, no había sido muy atento.

Entonces, la palabra «flechazo» le recordó algo. Cuando fueron de paseo por el parque, ¿no le avisó de que no era de los hombres a los que le pasaban esas cosas? Sí. En realidad, había sido muy poco atento con la señorita Gibson muchas veces y despiadadamente sincero sobre lo que pensaba del amor. Iba a costarle Dios y ayuda convencerla de que aceptaba plenamente la idea del amor en el matrimonio, y, sobre todo, cuando solo esperaba que fuese ella quien se enamorara. Podía imaginarse lo que pasaría si empezaba a cortejarla de la forma convencional. Si le mandaba flores, le decía

cosas bonitas o la miraba respetuosa y elocuentemente mientras bailaban, ella se reiría de él. En resumen, lo dejaría en ridículo.

A eso le siguió lo que le pareció un silencio ligeramente incómodo. No podía haber empezado
peor con la que quería que fuese su esposa.

—¿Sus padres los llamaron a todos con nombres que empiezan por «H»? —preguntó él para
decir algo y así ganar tiempo para solucionar el dilema que se había planteado sí mismo.

Además, si parecía interesado en su querida familia, quizá se aplacara un poco. Ella lo miró penetrantemente.

—Eso no tiene que ver con nada.

—Al contrario —replicó él cerciorándose de
que ella no pudiera captar su estado anímico—.
Me niego a hacer nada hasta que me haya contado
el motivo de algo tan excéntrico.

—Fue una broma entre mi padre y mi madre
—contestó ella con resignación—. Como sus
nombres empezaban por «G», decidieron que la
generación siguiente empezaría por la letra siguiente del abecedario.

Habían decidido el nombre de sus hijos entre
los dos... Sintió una punzada de anhelo. ¿Qué se
sentiría al inclinarse sobre la cuna y comentar con
su esposa el nombre de todos los hijos que ella le
había dado? Su padre había decidido que él se llamaría Jonathon Henry y le había dado igual los

nombres que su madre le había puesto a los siguientes hijos que fue teniendo.

Cerró los ojos con todas sus fuerzas. Estaba dejando que la imaginación lo arrastrara. No podía empezar a tener hijos hasta que la señorita Gibson aceptara casarse con él y, a juzgar por su expresión y por lo que la conocía, no iba a aceptarlo con el mismo entusiasmo que podría esperar de cualquier otra mujer de esa Temporada.

Abrió los ojos y observó pensativamente su actitud abatida. Para empezar, le había dicho que él no le gustaba especialmente. La categoría social no significaba nada para ella, al contrario que para todas las demás debutantes que había indagado discretamente. Además, estaba el misterioso pretendiente que la había abandonado por los encantos superficiales de la señorita Waverly. Quizá siguiera sintiendo algo por ese pretendiente... Había afirmado que había acudido a él para no defraudar a sus hermanos, pero apostaría cualquier cosa a que era algo más complicado que eso. No podía desechar a ese misterioso admirador.

Sin embargo, tampoco podía arriesgarse a que ella se le escapara entre los dedos. Entonces, lo supo. Había una manera de que aceptara ineludiblemente su propuesta de matrimonio. Tenía que pedírselo un minuto después de haberla desvirgado. Una vez que se hubiese entregado a él sexualmente aplacaría su remordimiento diciéndose que lo había hecho porque estaba enamorada de él. Naturalmente, no lo estaría, pero eso era lo de menos. No necesitaba que lo amara de verdad, le bastaba con que lo creyera. La bulló la sangre y se fijó en lo blanca que era su piel. Sus mejillas eran como pétalos de rosa y lo que podía ver de sus pechos por encima del recatado escote parecía tan voluptuoso que ya se le estaba haciendo la boca agua ante la idea de tenerlos entre los labios.

Tomó aliento y se recordó que tenía que mantener la cabeza fría. Aunque le complacía que le despertara el deseo necesario para ser una compañera de cama aceptable, casi todo ese deseo tenía poco que ver con lo físico. No era un sentimental, claro, no era tan necio como para permitir que un sentimiento sensiblero fuese a nublarle el juicio, pero ella reunía muchas cosas que hacían que la idea de casarse con ella fuese... apetecible. Miró su cuerpo abatido con la intensidad de un halcón que se cernía sobre su presa. Por mucho que dijera que no le gustaba y por mucho que su moral fuese tan rígida, no era inmune a él.

Había captado el brillo de sus ojos cuando lo miraba a la cara y a los hombros o cuando observaba la destreza con la que manejaba los lazos. Además, si no estaba equivocado, había intentado que se riera al contarle la historia de Crimmer y los *yahoos*. Como mínimo, había querido impresionarlo, si no encandilarlo. Era un primer paso.

También apostaría cualquier cosa a que había pensado en él durante las dos semanas que dejaron de verse porque había reconocido que había deseado que hubiese sido él quien había enviado a lady Dalrymple para que limpiara su nombre. Además, no le había devuelto el pañuelo que le entregó la primera noche que se conocieron. Si fuese completamente indiferente a él, lo habría lavado y se lo habría devuelto con alguno de los lacayos de su adinerado tío.

Sí, era receptiva. Solo quedaba por decidir cuál sería la mejor manera de plantear la seducción. En cierto sentido, era una lástima que ya le hubiera dicho que solo iba a fingir que la encontraba fascinante. Eso complicaría que se tomara en serio su cortejo. Sin embargo, por otro lado, le daría la ocasión de que ella bajara la guardia, algo que no haría con un verdadero pretendiente. Solo necesitaba una explicación verosímil para llevarla más allá de los límites de lo que consideraría el comportamiento aceptable de un pretendiente fingido. Se le ocurrieron todo tipo de posibilidades muy interesantes...

Se sintió como si volviera a pisar tierra firme después haber estado en tierras movedizas. Aunque ella, con toda certeza, intentaría conservar la virtud, estaba seguro de que podría abrir una grieta en sus barreras. Era tan inocente que no podría resistirse mucho tiempo a las armas tan refinadas que podía emplear. Sabía seducir a una mujer tan sutilmente que ella creía que era quien llevaba las riendas. Sabía provocar, excitar y torturar a una mujer con refinamientos sensuales hasta que ella le suplicaba que tuviera la compasión de... liberarla.

Además, ni una sola mujer, a lo largo de su carrera amatoria, se había quejado de sus métodos o técnicas. Hasta las casadas habían ronroneado que era un tigre en la cama y cuando terminaban sus aventuras, todas, sin excepción, le habían dicho que volverían a recibirlo con los brazos abiertos. Sin embargo, frunció el ceño. Ninguna de ellas había estado cortada por el mismo patrón que la señorita Gibson, ni su interés por ella era provisional o meramente sexual. Quería algo completamente nuevo, en cierto sentido, indefinible. Quería algo más que su cuerpo, aunque empezaría tomando posesión de su cuerpo.

—Bueno —dijo ella con impaciencia después de que hubiera estado mirándola en silencio durante varios minutos—, ¿mantendrá su promesa o no?

—Vaya, señorita Gibson, eso me suena a desafío.

Se acercó a ella, pero, en vez de sentarse a su lado en el sofá, se inclinó, le tomó las manos y la levantó.

—Dese la vuelta —le pidió soltándole las manos.

—¿Qué...? ¿Por qué...?

—Hágalo —insistió él fingiendo enojo—. Tengo que ver el material con el que voy a trabajar.

Ella le dirigió una mirada cargada de indignación, se dio la vuelta y luego se dejó caer en el sofá con los brazos cruzados.

—Nada elegante —suspiró él—. Además, está demasiado delgada.

No tenía el cuerpo lánguido y débil que los poetas llamaban «etéreo». Tenía la delgadez fibrosa de una chica que llevaba una vida muy activa, que, por ejemplo, jugaba al cricket con sus hermanos.

—La forma más rápida de que sea refinada sería conseguirle un pase para Almack's y asistir yo también...

Nunca había puesto un pie en ese nido de casamenteras y si lo hacía, sería algo tan extraordinario que todo el mundo comprendería sus intenciones. La gente ya estaba haciendo conjeturas sobre su repentino interés por las debutantes. Cuando empezara a dedicarse en cuerpo y alma a la señorita Gibson, todo el mundo, menos ella, comprendería que le había echado el ojo. Eso le proporcionaría a ella una especie de protección que él no podría darle de otra manera. Aunque de ese momento en adelante su forma de tratarla tendría que ser implacable, se ocuparía de que nadie se atreviera a mirarla ni de reojo. Iba a ser su esposa, su condesa, y todo el mundo tenía que entenderlo y tratarla con el respeto que se merecía.

—Si la gente sospecha que va a convertirse en

la próxima condesa de Deben, harán todo lo que puedan para ganarse su simpatía —predijo él.

Como era típico de ella, en vez de tragarse el anzuelo que había dejado caer en la conversación sobre conseguir un título, frunció la nariz.

—¿Almack's...? No sea ridículo.

—¿Ridículo...?

¿Por qué le parecía ridículo ir a Almack's? ¿Acaso le importaba tan poco el resplandor superficial de la sociedad en la que se movía que iba a desechar el mayor honor que podía concedérsele a una chica con pocas relaciones? Comprobó que la señorita Gibson tardaría muchísimo tiempo en aburrirlo. No se parecía a ninguna de las mujeres que había conocido. Cada vez que creía que había empezado a conocerla, volvía a sorprenderlo, pero nunca en el mal sentido. Era como su estación favorita del año, cuando el verano empezaba a alejarse, pero el invierno no había llegado con toda su crudeza, cuando, al despertarse, no podía saber si ese día sería suave como en junio, impenetrable por la niebla o lo azotaría una tormenta desgarradora. Cuando las ondulantes colinas resplandecían con los últimos retazos de color, como si los árboles hubiesen absorbido todos los atardeceres y amaneceres del verano y los exhibieran para desafiar a la temporada sombría que se avecinaba.

—¿Por qué? —preguntó él—. ¿Cree, por casualidad, que no puedo proporcionarle un pase?

Mujer de poca fe. Tengo cierta información por la que lady Jersey daría cualquier cosa y...

—No se trata de eso —le interrumpió ella con impaciencia—. Me da igual quién intente conseguirme un pase para Almack's. No voy a ir y no se hable más.

—A mí tampoco me apetece ir a un sitio tan aburrido, señorita Gibson, pero...

—No —repitió ella tajantemente—. Me parece muy bien hablar de que avance socialmente y de que la tía Ledbetter no se interponga en mi camino, pero nuca les daré la espalda ni a ella ni a mi prima. Nunca iré a un sitio donde no las reciban a ellas también y usted sabe muy bien que nunca admitirían a Mildred.

—Ah... Me da la sensación que se refiere a una conversación que ya ha tenido y solo puedo suponer que lady Dalrymple ya le ha ofrecido usar su influencia para... promocionarla.

Ella asintió con la cabeza.

—Pero tendría que aceptar que las personas con las que vive no están a la altura, ¿no?

Ella volvió a asentir con la cabeza, sombríamente. Él chasqueó la lengua.

—Qué necia fue al proponerle que le diera la espalda a sus familiares para beneficiarse de su posición.

—Entonces, ¿lo entiende? —preguntó ella mirándolo con los ojos entrecerrados.

—Claro —él se encogió de hombros—. Usted es implacablemente fiel a cualquiera que considere de su familia y nunca le haría algo tan rastrero. Me habría encantado estar allí para oír lo que le dijo —añadió él con un brillo de satisfacción en los ojos—. Conteniéndose, claro, porque estaba en la sala de su tía.

—Y por mi cortesía innata. Su madrina acababa de ofrecerse para intentar introducirme. Yo nunca ofendería a alguien que ha hecho eso.

Él arqueó una ceja.

—A nadie menos a mí, quiere decir. ¿Acaso no acabo de ofrecerle lo mismo?

—Usted es distinto —replicó ella dando una palmada en el brazo del sofá.

—¿De verdad?

—Lo sabe perfectamente. Esto solo es un juego para usted. Deje de fingir que se siente ofendido —contestó ella mirándolo con furia y los brazos cruzados—. Concéntrese en encontrar otra solución.

Él se puso en jarras, ladeó la cabeza y la miró detenidamente. Hizo todo lo posible para parecer serio, pero no pudo evitar esbozar una sonrisa. Se alegraba de que ella hubiera rechazado la idea de conseguir un pase para Almack's y estaba encantado con los motivos que le había dado. Además, disfrutaba muchísimo con su acaloramiento al discutir con él.

—Para mí, habría sido un sacrificio enorme tener que ir a Almack's, ingrata chiquilla —dijo él fingiendo una reprimenda—. Cualquiera de las matronas habría estado entusiasmada de creer que por fin entraba en el redil.

—Pues ya no tiene que hacer ese sacrificio.

Él sacudió la cabeza con pesadumbre.

—No, pero, a cambio, tendré que perseguirla por los escalones más bajos de la sociedad.

—Pero... entonces, ¿de qué serviría?

—No sea boba. Cuando la gente compruebe que estoy dispuesto a ir a cualquier sitio con tal de que me sonría, la invitarán a todas partes. Lo único que tiene que hacer es rechazar cualquier invitación en la que no estén incluidas sus acompañantes. Enseguida, las anfitrionas más astutas sabrán lo que tienen que hacer para que usted, y yo en consecuencia, asista a su fiesta.

—Qué listo es usted —le felicitó ella con una sonrisa resplandeciente—. Eso daría resultado.

Nunca se había imaginado que la sonrisa de una mujer pudiera tener un efecto tan estimulante en él. Aunque también le daba remordimientos saber que si ella supiera lo que le tenía preparado, retrocedería inmediatamente. Sin embargo, no iba a permitir que una nimiedad como los escrúpulos fuese a detenerlo. La señorita Gibson iba a casarse con él y haría lo que hiciese falta para llevarla al altar, aunque tuviese que engañarla.

—En parte... —replicó él en tono serio.

Fue a sentarse en el sofá y ella se movió para dejarle sitio mientras lo miraba con curiosidad. Él volvió a sentir una punzada de algo parecido al remordimiento, pero también lo dejó a un lado.

—Aun a riesgo de que me considere grosero, señorita Gibson, tengo que recordarle lo único que podría tirar por tierra nuestra farsa —le tomó las manos sin dejar de mirarla a los ojos—. Mi reputación.

—¿Su... su reputación de... de libertino? Sí... sí, ya sé que no suele perseguir a chicas... inocentes...

Él negó con la cabeza.

—Nunca he tenido que perseguir a una mujer, ni a las que nunca que se podría llamar inocentes. Como mucho, todo lo que he tenido que hacer es dejar caer algunas insinuaciones. Si la mujer en cuestión no reaccionaba, yo no insistía. Al fin y al cabo, siempre ha habido muchas dispuestas a perseguirme. Por eso, siempre he podido conseguir a las que son...

—¡Las más hermosas!

Ella intentó soltarse las manos, pero él se las agarró con fuerza.

—No es que usted no sea hermosa, señorita Gibson. Ya le he dicho que tiene muchos rasgos muy bonitos. Piel suave, ojos resplandecientes y una boca más que aceptable. El problema es que, como usted misma ha dicho, no tiene lo que llamó «carisma» para que un hombre como yo se fije en usted. Yo lo llamaría hechizo femenino. Es algo imposible de definir que atrae a los hombres hacia las mujeres como la llama de una vela a las mariposas.

Ella frunció el ceño.

—No irá a proponerme que, de repente, empiece a imitar a todas esas chicas que parpadean a los hombres, les dicen los listos que son y están de acuerdo con la primera sandez que dicen... —ella arrugó la nariz con asco—. Aunque lo hiciera, no creo que resultara muy convincente ni que...

Él empezó a reírse y ella se calló.

—¡No! Tiene que seguir siendo estimulantemente sincera en todo momento. Solo tiene que ser una versión más femenina de sí misma.

—¿Cómo voy a ser más femenina? Espero que no vaya a aconsejarme que me pinte la cara y lleve vestidos cortos.

—Eso haría que pareciese desesperada —replicó él con ironía—, como si estuviese dispuesta a recoger el primer pañuelo que un hombre dejara caer a su paso. No, lo que tengo pensado es que se conozca como mujer. Los demás hombres no entenderán lo que me atrae de usted hasta que usted entienda y acepte su atractivo sexual.

—¿Acepte mi atrac...? —ella se soltó las manos roja como un tomate—. Exactamente, ¿qué insinúa? —preguntó ella en tono remilgado.

—No me miré así —contestó él con frialdad—. ¿Acaso cree que voy a violarla en el sofá?

—No... no, pero...

—Nada de «peros», señorita Gibson. O confía en mí para que la convierta en una mujer que deje babeando a un hombre con solo mirarlo o no.

¿Podía enseñarle a dejar babeando a un hombre con una mirada? ¿Era eso posible? Sí, lo era. ¿Acaso no había visto cómo hechizaba la señorita Waverly a Richard? Hasta Mildred tenía la misteriosa capacidad de atraer a los hombres a su lado y mantenerlos fascinados aunque no se acercaran a menos de un brazo de distancia. Había pensado que era solo por su belleza. Sin embargo, lord Deben estaba diciendo que había algo más.

—¿Confía en mí, señorita Gibson?

Lo miró. Estaba serio. Sabía que si le decía que no confiaba en él, se levantaría y se marcharía.

—Si no confiara en usted, no estaría sentada en este sofá con la puerta cerrada con llave. Es que, la verdad, no entiendo cómo...

—Ya sé que no lo entiende. Por eso tiene que confiar en mí. Déjeme que le enseñe algo sobre su cuerpo y el poder que tiene.

—¿Enseñarme algo sobre mi cuerpo? ¿De qué servirá?

—No lo sabe, ¿verdad?

Los ojos de él, que podían ser duros como el jade, se suavizaron y ella sintió que podía perderse en ellos.

—Si se conociese mejor como mujer, su capacidad para que un hombre se fije en usted brotaría de forma natural.

—No sé lo que quiere decir, claro que sé que soy una mujer.

Sin embargo, ¿por qué empezaba a costarle tanto respirar?

Él sacudió la cabeza casi con lástima.

—No. Señorita Gibson, aunque tiene el cuerpo de una mujer, en muchos sentidos sigue siendo una niña.

—¡No es verdad!

—Sí lo es. No emplea ninguna de las armas que emplean las demás mujeres en el campo de batalla de un salón de baile. Anda y habla más como un hombre que como una mujer refinada de veintidós años.

Él le puso un dedo en los labios cuando los abrió para protestar.

—Además, cualquier hombre con un poco de experiencia sabe que esos inocentes labios no han recibido un beso.

—Pero, no... Quiero decir, sí... ¡Claro que me han besado!

—Sin grandes resultados —replicó él con una sonrisa condescendiente—. Evidentemente la besó un muchacho torpe y vacilante, no un hombre. Si no, no parecería tan... intacta.

¿Intacta? El beso de Richard la alteró tanto que lo había perseguido hasta Londres.

—En cambio —siguió él con suavidad—, si la besara yo, nunca volvería ser la misma.

—¡Es el hombre más arrogante que he conocido!

—No, sincero. Si la besara, me ocuparía de que nunca pudiera volver a mirar a los labios de un hombre como antes. Cuando volviera a hablar con un hombre, con cualquiera, no podría dejar de preguntarse si sus labios podían ser tan mágicos como los míos. Sus ojos los mirarían con curiosidad y él sabría que está emplazándolo, que se pregunta lo que sentiría al besarlo. Entonces, él querría, más que nada en el mundo, demostrárselo.

¿Mágicos? ¿Estaba afirmando que sus labios podrían obrar algún tipo de magia en ella? Efectivamente, esa magia parecía estar dando resultados porque no había podido dejar de mirar su boca mientras hablaba y de preguntarse qué tendría de especial que, con solo tocarla, podía convertirla en alguien que atraería a los hombres como una llama a las mariposas.

Naturalmente, tenía una experiencia inmensa. Además, tenía la fama de ser tan diestro en los asuntos carnales que cualquier mujer que había tenido la suerte de atraer su atención quería repetirlo. Entonces, súbitamente, dejó de pensar en su boca y empezó a pensar en todo su cuerpo, desnudo, en una cama arrugada donde hacía que una mujer sin rostro se rindiera a los anhelos de la pasión.

Él esbozó una sonrisa sensual que hizo que sintiera algo raro en las entrañas y que se le acelerara el corazón. Aunque, quizá, ya lo tuviera acelerado desde hacía un buen rato.

—Exactamente, así —susurró él—. Está preguntándose qué sentiría al besar mis labios y yo, naturalmente, deseo complacerla.

—¿Cómo puede saber lo que estoy pensando? —preguntó ella con un grito de espanto.

Si supiera que acababa de imaginárselo desnudo, no podría volver a mirarlo a la cara.

—Por su forma de mirarme a la boca, señorita Gibson. Con curiosidad, con anhelo y, lo mejor de todo, tentadoramente...

—Yo... yo, no...

—Sí, usted, sí —él frunció el ceño—. A estas alturas, si yo fuese otro hombre, usted habría levantado el puente levadizo del castillo y se habría refugiado detrás.

—¿Le... levantar el puente levadizo?

—Es su última oportunidad, señorita Gibson. Si no me detiene, la besaré y le aseguro que no volverá a ser la misma.

Siete

Ya no era la misma. Nunca en su vida había pensado en un hombre desnudo en la cama, ni había sentido un cosquilleo en los labios, ni el corazón se le había acelerado de esa manera cuando estaba sentada. Aunque lo único que había hecho él hasta el momento había sido hablar de besarse. No le extrañaba que las mujeres hiciesen fila para tener el privilegio de ser sus amantes.

—¿Desea continuar?

—¿Qué...?

—Con la lección. ¿Quiere que la termine?

Lección... Ella parpadeó. Aunque las rodillas todavía le flaqueaban, su cabeza se había despejado casi completamente por el recordatorio de que todo aquello era irreal. Al menos, para él. La consideraba una aprendiz a la que tenía que enseñar muchas cosas sobre esas artes en las que era un especialista. Había hecho bien en recordárselo.

Nunca llegaría a pensar que había algo de romántico en lo que iba a pasar. Tenía que pensar que solo era una demostración práctica de un maestro a su aprendiz.

—No se me ocurre nadie más competente que usted para enseñarme algo sobre los besos, milord —contestó ella con ironía.

Dicho lo cual, cerró los ojos, inclinó la cabeza hacia atrás y frunció los labios.

—Señorita Gibson... —él se rio—. Es usted absurda.

Eso consiguió acabar con los restos de excitación infantil que no había conseguido sofocar. Abrió los ojos y miró con furia su rostro burlón. Podía llegar a reconocer que era ignorante y que necesitaba que la enseñaran, pero eso no significaba que fuera a permitir que se burlara de ella.

—Se acabó. He cambiado de opinión.

Ella fue a levantarse, pero él reaccionó asombrosamente deprisa, la agarró de la cintura y volvió a sentarla. Luego, le tomó la barbilla con la mano que le quedaba libre.

—No se suba por las paredes porque me he reído. No debería haber fruncido la boca de esa forma tan ridícula. No vuelva a hacerlo.

—¡Cómo se atreve a hablarme así!

—Me atrevo porque me ha pedido que le enseñe a ser femenina, pequeña tempestad...

Era curioso que hubiese hablado de una tem-

pestad porque eso era lo que estaba adueñándose
de ella. No podía respirar y el corazón se le salía
del pecho, pero no era por la furia que le producía
la actitud de él, al menos, en parte. En gran medida
era por la forma que tenía de agarrarla, que, curiosamente, hacía que quisiera hundirse en su abrazo
en vez de intentar zafarse de esos musculosos brazos.

—Debería relajar los labios —siguió él—. Se-
párelos y humedézcaselos.

Él se pasó la punta de la lengua por los labios
como si quisiera demostrarle lo que tenía que
hacer. Ella no habría podido apartar la mirada de
su boca aunque su vida hubiese dependido de ello.

—Re... relajarme... —balbució ella.

Él sonrió con amabilidad y le acarició la barbilla con la mano enguantada. Ella sintió algo parecido a una descarga de electricidad al notar que él
le inclinaba la cabeza.

—Cierre los ojos, si quiere...

Estaba bajando la cabeza hacia ella. En cualquier momento...

—Creo que eso aguza los demás sentidos.

Ella cerró los ojos con todas sus fuerzas, aunque no para aguzar los demás sentidos, que ya estaban bastante estimulados, sino para esconderse.
No quería que él la mirara a los ojos cuando se besaban por si veía... ¿Qué? ¿Que nunca se había
sentido así? ¿Que, en resumen, él tenía toda la

razón? ¿Que estaba derritiéndose solo por tener a un hombre de su reputación abrazándola y que sentía su feminidad como nunca había podido imaginarse? Sobre todo, porque él era exigente y masculino.

Tragó saliva y notó su aliento en la mejilla. Entonces, él le mordió levemente le oreja y aspiró como si... ¿Qué estaba haciendo? ¿Estaba oliéndola? ¿Por qué haría algo así? Aunque, ¿no había dicho algo de aguzarle los otros sentidos? Además, le... alteraba mucho que él aspirara y expirara aire como si inhalara su esencia. No podía evitar captar también la esencia de él. Era increíblemente íntimo estar tan cerca de un hombre que podía reconocer el olor a jabón, a ropa recién lavada y a lo que se imaginaba que era él, a virilidad.

¿A qué estaba esperando? ¿Por qué tenía que recrearse de esa manera? ¿Por qué no podía ir al grano?

Él introdujo los dedos entre el pelo y le acarició la nuca y le pasó la punta de la nariz por el mentón como si quisiera que inclinará más la cabeza. Como tenía la sensación de estar derritiéndose, no le importó dejar caer la cabeza contra el respaldo del sofá.

—¡Ah...!

No la besó, le pasó los labios por todo el cuello y le lamió con delicadeza la pequeña oquedad entre las clavículas. Se le ocurrió, asombrosamente, que solo tenía que bajar la cabeza un poco más y apartarle el corpiño para que su boca pudiera llegar a sus pezones, que necesitaban algo. Se le habían puesto tan duros que casi le dolían, estaban tan ardientes que la lengua sería un alivio maravilloso. Gimió.

Él levantó un instante la cabeza. Ella no abrió los ojos, pero supo que estaba comprobando el resultado de su trabajo... manual ¿o debería decir bucal? Al fin y al cabo, solo utilizaba las manos para mantenerla en su sitio, algo que agradecía porque, si no, tenía la sensación de que podía derretirse hasta acabar formando un charco en el suelo.

—Ooohhh...

Tenía la piel de la cara algo áspera aunque parecía muy bien afeitado. Raspaba en contraste con la lengua y los labios, que la acariciaban con la suavidad de un pétalo.

—Mmmm... —murmuró él justo debajo de su oreja.

El sonido envió vibraciones hasta el último rincón de su cuerpo y fue como un mensaje entre los muslos, donde estaba empezando a formarse una sensación maravillosa. Cada vez le costaba más quedarse quieta. Era como si sus caderas, de repente, tuvieran vida propia. Se estremeció, se retorció y no sabía qué hacer con las manos. Si les daba iniciativa propia, se quitarían los guantes para que sus ávidos dedos pudieran introducirse entre los tupidos y morenos rizos de lord Deben. Luego, le bajaría la cabeza a sus pechos, que ansiaban recibir las atenciones de esa boca diestra y perversa.

Boca... Hasta el momento, no se había acercado a su boca. Estaba provocándola, atormentándola, incitándola a que lo agarrara de las orejas y le bajara la cara para poder saber, por fin, lo que se sentía cuando la besaba un hombre con experiencia. Se agarró a los cojines para que no se diera cuenta de cuánto estaba alterándola.

—Señorita Gibson.

—¿Mmmm...?

—Aquí termina la primera lección.

—¿Qué...?

Abrió los ojos y vio que la miraba con una espantosa sonrisa de satisfacción. Había conseguido sentarse y apartase, pero ella tardó varios segundos en poder hablar.

—Gracias.

¿Había sido su voz? Le había parecido ronca y entrecortada a la vez, como si hubiese estado corriendo. Débil, temblorosa como si fuese un corderillo recién nacido.

—Ha sido muy... constructiva —consiguió añadir ella.

—Efectivamente. Ahora, la segunda lección.

—¿La segunda?

Ni hablar, no estaba preparada. ¿En qué estaría pensando cuando le pidió a un libertino que le enseñara lo que era la seducción? ¿No pensó que la señorita Waverly había metido la mano en la jaula de los leones? Pues ella había abierto la puerta, se había metido y se había ofrecido de cena. ¿Y él? Seguía tan tranquilo, sin inmutarse, ni se había despeinado, ni se había arrugado la levita. El contraste hizo que se quedara inmóvil y, desconcertantemente, al borde del llanto.

—Cuando salga de esta habitación, quiero que piense en su cintura mientras camina —dijo él en un tono muy serio.

—¿Mi cintura?

—Sí. Si piense en su cintura mientras camina, sus caderas se contonearán con naturalidad y los hombres la mirarán con interés. Si ve alguno que le gusta, capte su atención.

Era deprimente, pero, al menos, el despiadado recordatorio de que estaba haciendo eso solo para que pudiera atraer a otros hombres sofocaba su desliz emocional. ¿Acaso no se había advertido a sí misma que no podía interpretar nada... romántico en esa escena del sofá?

—Luego, mírelo a la boca —siguió él—. Ya sabe el placer que puede proporcionarle la boca de un hombre. Piense si los labios de ese hombre harán que sus pechos se endurezcan, si su aliento en la mejilla hará que se estremezca de deseo, si sus manos la dominarán con destreza o serán vacilantes.

Santo cielo, ¿sabía que ella había sentido todo eso? Claro que lo sabía. Había estado con docenas de mujeres, con cientos, seguramente. Además, ella había dejado escapar ronroneos y se había retorcido. Tenía que haber sido evidente que sus labios tenían toda la potencia de la que alardeaba. Abochornada, miró hacia otro lado. Él le tomó la barbilla con la mano y volvió a girársela para que tuviera que mirarlo a los penetrantes ojos.

—Su rostro es como un libro abierto —le explicó él con delicadeza—. Ningún hombre podría dejar de reaccionar, aunque, quizá, no supiera por qué. Entonces, señorita Gibson, deberá bajar la mirada y ruborizarse. Algo que está haciendo deliciosamente, por cierto.

Ella apartó la cabeza con cierta brusquedad.

—Mmm... Eso no está bien. Es preferible que abra el abanico y se refresque las acaloradas mejillas. Luego, mientras se aleja, mire a su presa por encima del hombro. Le garantizo que se lo encontrará mirando su pulcro trasero.

Claro, pero ese tipo estaría babeando. ¿Sucumbiría ella a otro hombre que, con toda certeza, la desearía cuando viese más allá de su exterior anodino? ¿Podía saberse qué había puesto en marcha? Unos celos abrasadores le atenazaron las entrañas ante la idea de que ella reaccionara a ese rival sin rostro como había reaccionado a él. Debería haber estado preparado para eso. Eso, al fin y al cabo, era lo que había envenenado el matrimonio de sus padres y lo que había hecho que evitara esa institución maldita con todas sus fuerzas. Había sospechado que sería como su padre y que no habría tolerado un matrimonio... moderno.

Se levantó, fue hasta la puerta y abrió la llave con impaciencia. Había elegido a la señorita Gibson precisamente porque no creía que fuese moderna, como lo había sido su madre. Ella valoraba mucho la fidelidad, mantener la palabra dada. Si juraba en una iglesia que se mantendría fiel a un hombre mientras viviera, eso sería exactamente lo que haría. Que hubiese reaccionado a él con una mezcla embriagadora de pasión y sorpresa no quería decir que estuviese dispuesta a probar con otro hombre. El bochorno que mostró después lo demostraba. Era una puritana, sentía remordimientos.

Tenía que sentirse halagado por haber avanzado tan deprisa en su seducción en vez de permitir que unos miedos injustificados le estropearan el matrimonio antes siquiera de haberse casado. Henrietta Gibson, se repitió para sus adentros, nunca permitiría que otro hombre se tomara las libertades que se había tomado él. Además, no iba a darle la oportunidad a ningún hombre.

—Si fuese tan amable de facilitarme una lista

de sus compromisos, me ocuparé de buscarla, al día siguiente o así, para que pueda informarme de sus progresos.

El orgullo le obligó a hablar de su próximo encuentro como si no le importara cuándo fuese, pero sabía que la buscaría al día siguiente, estuviera donde estuviese, y que seguiría seduciéndola lo más deprisa posible. Antes de que se diera cuenta, estaría tan enredada en la red de seducción que pensaba tejer alrededor de ella que no podría escapar.

Henrietta, después de haberle contado todos los compromisos de los que había podido acordarse, miró por el pasillo para comprobar que estaba vacío y salió. ¿Que pensara en su cintura? ¿Cómo iba a pensar en su cintura o en contonear las caderas cuando solo podía pensar en su repentina frialdad al despacharla? Casi le había parecido ver cariño en sus ojos y, acto seguido, fue como si estuviera ansioso de librarse de ella. Aun así, mientras volvía a la sala donde había dejado a su tía y a Mildred, se dio cuenta de que no tenía que hacer ningún esfuerzo para pensar en su cuerpo. Todavía le palpitaba por las repercusiones de su encuentro con lord Deben. Flotaba por los pasillos como deslumbrada. Nunca había flotado. Solía caminar deprisa porque solía estar ocupada. Dirigir la casa de su padre y velar por las necesidades de sus cuatro hermanos le ocupaban la cabeza y mucho tiempo. Flotar habría sido un desperdicio de las dos cosas.

No obstante, sería útil hacerlo mientras estaba en la ciudad. Probablemente, era un requisito para que los hombres la consideraran una mujer fascinante. Sin embargo, en cuanto intentaba identificar qué era lo que hacía que no pudiera moverse con decisión, sus piernas dejaban de responderle. Se sentía como una niña que intentaba agarrar una burbuja.

En cuanto tocaba la verdad, se desvanecía decepcionantemente. Podía ilustrar su estado comparándose con la cuerda de un arpa que acababan de pulsar y que seguía vibrando por el contacto de la mano del músico, pero no podía repetir ese estado. Aunque tampoco era muy exacto compararse con la cuerda de un arpa porque no estaba en ese estado por las manos de lord Deben, sino por su boca y ese leve sonido que había hecho justo debajo de su oreja. Solo de pensar en ese gruñido de placer tan inconfundiblemente masculino, las piernas le flaqueaban otra vez.

Siguió flotando hasta que, por fin, se dejó caer en el sofá al lado de su tía. Abrió el abanico, lo movió con delicadeza ante las acaloradas mejillas y la cabeza empezó a aclarársele un poco. Ese gruñido de lord Deben había sido de placer, no se lo había imaginado. Un sonido de placer, nada más.

Como un hombre a punto de comerse algo delicioso después de haber pasado mucho tiempo sin comer nada. Se abanicó con más fuerza cuando pensó que, aunque había parecido frío e inmutable, su encuentro no lo había dejado indiferente. Esbozó una leve sonrisa. Aunque hubiese sido por un momento muy fugaz, lord Deben, famoso porque solo se dignaba a ser amante de las mujeres más hermosas, había disfrutado... había disfrutado con ella.

¡Que se enterara la señorita Waverly! A ella no la había besado por mucho que hubiese intentado tentarlo. Era muy rastrero, pero no podía evitar sentirse contenta. Ya le daba igual no llegar a ser la sensación de la alta sociedad. Saber que había causado esa sensación en un hombre que parecía inalterable era su triunfo secreto y personal, algo que podía guardar dentro de sí y recrearlo cuando quisiera.

Richard podía pensar que no tenía lo que se necesitaba para sobrevivir en la sociedad sofisticada, pero acababa de tener un encuentro íntimo con un libertino y había salido indemne, si no se contaban las piernas temblorosas. No solo eso. Además, había conseguido alterarlo aunque fuese mínimamente.

Sabía que no podía dejar una impresión duradera en un hombre tan duro y mundano, pero por un instante, el instante en el que dejó escapar ese sonido tan delator, encontró una ranura en ese escepticismo que llevaba como una cota de malla.

Cuando su tía decidió que había llegado el momento de marcharse, intentó valientemente flotar hasta el carruaje, pero una muchacha no podía flotar cuando estaba a punto de tener un ataque de risa. Cuanto más intentaba seguir el consejo de lord Deben de que pensara en su cintura, más ridículo le parecía imaginarse como una sirena. Era la anodina, práctica y bastante chicazo señorita Gibson. La posibilidad de atraer a algún pobre incauto con un movimiento de sus caderas le parecía tan absurda que tenía que hacer un esfuerzo para no soltar una carcajada.

A la noche siguiente, mientras se preparaba para salir, Henrietta descubrió que el problema de mezclarse con un libertino era que le metía ideas tan disparatadas en la cabeza que no podía dejar de pensar en ellas. Durante todo el día, mientras iba de compras o hacía visitas con su tía y su prima, había estado observando cómo miraban los hombres a las mujeres y había descubierto, para su pasmo, que lord Deben tenía bastante razón. Muchos miraban el trasero de una mujer si creían que podían hacerlo.

Se miró el trasero en un espejo. Nunca le había preocupado lo más mínimo. Una doncella se ocupaba de que todo estuviese bien atado y colocado. Sin embargo, al parecer, había descuidado una parte de su aspecto que ni siquiera su tía había considerado importante. Él había dicho que era pulcro. Se estiró la tela del vestido para que se ciñera a las exiguas curvas y para intentar entender por qué lo había descrito así. No era gran cosa y quizá eso fue lo que había querido decir. Cuando lo dijo, se lo tomó como un cumplido, pero ya no estaba tan segura. Los hombres que había observado disimuladamente parecían apreciar lo mismo los traseros oscilantes como flanes cubiertos de seda que los más firmes. Dejó caer los pliegues con un suspiro. Tener el trasero pulcro no era una ventaja. Él se había limitado a describirlo, no a elogiarlo.

Se miró al espejo de frente e indescriptiblemente alicaída. Había empezado a pensar que como su tía le había explicado los colores y peinados que le favorecían, podría parecer... Se dio la vuelta desesperada. No había engañado ni a Richard con sus apaños londinenses. Que hubiese alterado muy fugazmente a lord Deben no quería decir que fuese cautivadora de repente. No era una belleza y nunca lo sería.

Al menos, esa noche, en casa de los Lutterworth, no habría nadie a quien quisiera impresionar. Lo normal era que los Lutterworth no invitaran a lord Deben a su casa, por muy lujosa que fuese. Además, era ridículo intentar impresionar a un hombre como lord Deben. Era suficientemente sincera consigo misma como para reconocer que estuvo pensando en él mientras posaba delante del espejo. También era suficientemente inteligente como para saber que si intentaba impresionarlo, solo conseguiría que se riera de ella y prefería no preguntarse por qué le importaba que se riera de ella. En cambio, se concentraría en agradecer que fuera a pasar una noche sin él. Aunque no podía dejar de pensar en él, al menos no tendría que lidiar con él en persona... y con lo que despertaba en ella.

Había intentado convencerse muy seriamente de que tenía que olvidarlo, pero no había dado ningún resultado porque en cuanto vio un sofá entre los muebles de la lujosa vivienda de los Lutterworth, recordó toda la escena con lord Deben en ese mueble tan práctico y las piernas le flaquearon, las entrañas se le reblandecieron y sus andares por la habitación se ralentizaron hasta convertirse en cadencia sensual. Entonces...

—Muy bien, señorita Gibson. Ha captado perfectamente el movimiento.

—¡Lord Deben!

No podía creerse que él estuviera justo delante

de ella cuando estaba rememorando la sensación tan increíble que le produjo que le pasara los labios por todo el cuello. Tampoco podía creerse que las primeras palabras que le había dicho fuesen las que habría dicho un maestro para elogiar a una aprendiz.

—¿Qué... qué hace aquí?

—Buscarla, naturalmente —contestó él inclinando la cabeza con un gesto burlón.

A ella le abrasaban las mejillas. Se sentía como si la hubiese sorprendido haciendo algo reprobable.

—No... Bueno, quiero decir... Cuando le dije que esta noche estaría aquí, nunca me imaginé que los Lutterworth le mandarían una invitación.

—¿Por qué?

—Bueno... porque no se acostumbra a invitar a alguien de la nobleza cuando has hecho fortuna con los encurtidos.

—No difame al señor Lutterworth. No cometió el error protocolario de mandarme una invitación.

—¿Quiere decir que... se ha colado?

Él se llevó una mano al corazón.

—En fin... me temo que las convenciones no me importan nada. He utilizado descaradamente mi categoría social. Ya sabe, si un conde llama a una puerta, casi siempre entrará.

Consiguió abrir el abanico torpemente, pero, por muy afanosamente que lo utilizara, parecía como si el calor le pasara a otras partes del cuerpo. Lo cual hacía que se sintiera más abochornada todavía. Entonces, se acercó un hombre que le parecía vagamente conocido.

—Discúlpeme, señorita Gibson, pero me había prometido el primer baile —aseguró él tendiéndole la mano.

Sin embargo, cuando ella hizo el gesto de ir a acompañarlo, lord Deben le agarró la mano y se la puso en el brazo doblado. Ella se quedó atónita al ver que su rostro, que un instante antes parecía relajado, había adoptado un gesto frío y hosco.

—Creo que comprobará que está equivocado. La señorita Gibson había acordado bailar conmigo.

Si el joven había pensado protestar, nunca lo hizo. Miró a Henrietta con impotencia, se dio la vuelta y se alejó apresuradamente.

—¿Sabe una cosa? —preguntó ella—. Creo que habría preferido bailar con él. Además, no había acordado hacer nada con usted esta noche. Había esperado no verlo durante varios días.

—Cuando yo esté en cualquier acto al que asista, estará a mi disposición siempre que yo lo diga —replicó él con frialdad.

—Es usted muy arrogante. Además, ¿cómo voy a deslumbrar a docenas de hombres si los asusta con ese aterrador ceño fruncido que pone?

—¿Ha sido aterrador? —preguntó él como si

le sorprendiera—. Una muestra de celos por mi parte servirá para que la curiosidad alcance límites inconcebibles porque nunca jamás la había mostrado antes —le dijo él a modo de explicación y encogiéndose de hombros.

Efectivamente, era conocido porque se aburría de sus conquistas muy deprisa, reflexionó Henrietta mientras él tomaba una copa de champán de un camarero y se la ofrecía a ella. Aun así, supuso que se convertiría en un bicho raro aunque él consiguiera fingir que le interesaba durante más de un par de semanas.

—Ahora, sentémonos en estas butacas tan oportunas y comentemos sus progresos mientras fingimos que miramos el baile.

La música había empezado y las personas que habían estado esperando a que se abriera el baile inclinaban las cabezas y se hacían reverencias las unas a las otras. Ella se dejó caer en la butaca que le había indicado él y él se sentó en la que había al lado.

—Muy bien... —dijo ella dando un sorbo de champán y mirando a quienes bailaban.

No se atrevía a mirar a lord Deben después de la noche anterior porque, cuando apareció delante de ella, todo su cuerpo reaccionó casi como si le hubiera hecho las cosas que le hizo entonces. Sus piernas ya le flaqueaban como en aquel momento y lo único que había hecho era decir su nombre con esa voz aterciopelada.

—¿Puedo preguntarle qué estaba pensando para haber dado ese respingo cuando la he saludado?

—Yo... Yo... —ella sacudió la cabeza con vehemencia—. No, no puedo hablar de ello.

Lord Deben sonrió, le quitó el abanico y abanicó sus enrojecidas mejillas.

—Me lo imagino porque, fuera lo que fuese, tenía la misma expresión que cuando se marchó anoche.

Ella se quedó aterrada.

—No creerá que otras personas podrán saber, solo con mirarme, lo que estuvimos haciendo anoche en esa habitación... ¿Alguien nos vio entrar? Yo... no estaba pensando...

—No se preocupe. Tengo experiencia suficiente como para poder borrar mi rastro. Es posible que la gente intuya cierto coqueteo entre nosotros, pero nada más, se lo seguro.

Nada más porque todo el mundo sabía que solo tenía amantes bellas y sofisticadas, que no perdía el tiempo con debutantes anodinas e inexpertas. Al verla rondar por aquella habitación pensarían que estaba perdidamente enamorada de lord Deben y la compadecerían. Se quedó más aterrada todavía. Al menos, la habrían compadecido si él no hubiera ido a buscarla a una casa tan poco refinada y no se hubiera colado sin invitación. Sin embargo, lo había hecho y había conseguido que pareciera que él también sentía alguna atracción. Había pensado en todo.

—Gracias, milord.

Agradecía sinceramente que hubiese fingido que no podía pasar una noche sin por lo menos verla. Ella, sin embargo, tendría que sobrellevar la opresión del pecho, la debilidad de las rodillas y la sensación de que estaba sonrojada.

—Nuestra intención es que se suelten las lenguas —replicó él encogiéndose de hombros—. Anoche, dio un primer paso importante al acercarse a mí y atreverse a interrumpir lo que aquella gente creía que era una conversación seria. Yo, en vez de repelerla, como habría hecho con alguien así de impertinente, le sonreí, la tomé del brazo y me alejé con usted. Estoy seguro de que, al mostrarle esa deferencia en público, la curiosidad se habría disparado hasta límites inconcebibles.

—Según eso... no hacía falta que me... hubiese besado...

—¿Habría preferido que no lo hubiese hecho? —preguntó él con una leve sonrisa.

Sus mejillas se acaloraron hasta abrasarla. Le dirigió una sonrisa nerviosa y dio un sorbo de champán mientras intentaba pensar una respuesta. Él se rio.

—Creo que no y yo tampoco me arrepiento —él se inclinó un poco y le susurró al oído—. Es usted deliciosa, señorita Gibson. Estoy deseando... paladearla otra vez.

Las burbujas del champán le subieron por la nariz y empezó a toser. Él sacó un pañuelo blanco de seda con sus inciales y se lo dio para que pudiera taparse la boca.

—Aunque habrá que esperar —siguió él cuando ella se hubo repuesto—. Durante las próximas noches, nuestro cortejo seguirá a la vista de todo el mundo.

—¿De verdad? Quiero decir, ¡naturalmente! —ella se limpió una gotas de champán del vestido—. No debemos estar solos. No quería insinuar que quisiera hacer algo tan escandaloso, lord Deben, yo...

Él le puso un dedo en los labios para callarla.

—No tema. Las próximas veces que vaya a seducirla será oralmente. No tendremos que escondernos detrás de una puerta cerrada con llave.

Ocho

—¿Se... seducirme? ¿Oralmente? No sé si entiendo lo que quiere decir.

Ella lo miró con cautela y él le tomó un rizo entre los dedos enguantados.

—Por ejemplo, puedo decirle cuánto me gusta su pelo.

Entonces, ella lo entendió. El tono de su voz mezclado con ese gesto era tan estimulante como si le hubiese acariciado el cuello.

—Lo cual, es verdad, por cierto. Nunca elogio algo si no lo creo de verdad. Lo sabe, ¿verdad...?

—Bueno... No sé...

Sí lo sabía si se atenía a aquel espantoso paseo por el parque. Entonces, le dijo que tenía una nariz demasiado grande. Era verdad, pero no hacía falta que lo hubiese dicho.

—¿Por qué parece tan malhumorada?

—No lo sé —contestó ella para no reconocer

que todavía le dolía su despiadada sinceridad —. Es que mi pelo no tiene nada de particular. Es castaño.

—Pero los rizos son naturales y hacen que un hombre se los imagine desperdigados por la almohada a primera hora de la mañana.

Ella se puso roja como un tomate, pero lo rebatió.

—No puede saber si mis rizos son naturales y mucho menos cómo serán cuando me despierte por la mañana.

—Al contrario. Los rizos falsos se deshacen al final de la noche, sobre todo, si el ambiente es húmedo. Sin embargo, aquella noche en la terraza, los suyos eran todo un despliegue de vitalidad.

—Quiere decir que mi pelo era una maraña espantosa...

Él se dejó caer contra el respaldo, pasó un brazo por el respaldo de ella y ladeó la cabeza mientras la miraba con detenimiento.

—¿Por qué le da la vuelta a los halagos y los convierte en una crítica? Debería aceptarlos como son y no retorcerse en el asiento como si hubiese dicho algo obsceno.

—Supongo que no estoy acostumbrada a que me halaguen —reconoció ella a regañadientes.

—No me creo que ningún hombre haya halagado la magnífica vitalidad y exuberancia de su pelo.

—¿Cree sinceramente que mi pelo es magnífico?

Se arrepintió inmediatamente de haberlo dicho, pero no había podido evitarlo. Él, por fin, había dicho algo inequívocamente positivo sobre su aspecto.

—Nadie lo había dicho —añadió ella precipitadamente.

Frunció el ceño al sentir que se esfumaba el placer de saber que le gustaba su pelo. Podría creer que era magnífico, pero su incapacidad para reaccionar como él creía que debería reaccionar demostraba una vez más sus carencias como mujer.

—¿Los hombres de Much Wakering están ciegos?

Lo miró con timidez y vio que estaba completamente desconcertado, lo que le desconcertó a ella.

—¿Qué quiere decir?

—¿Cómo es posible que haya llegado a su edad sin haber tenido una docena de admiradores como mínimo?

¿Él creía que debería haber tenido admiradores? Eso la alegraba infinitamente.

—Bueno... Supongo... que no me he tratado con muchos hombres. Al menos, que no sean familiares. Salvo amigos del colegio de mis hermanos o conocidos de mi padre. Y todos me han tratado como si fuese una hermana o una sobrina honoraria.

Hasta aquel beso completamente inesperado de Richard debajo del muérdago, algo más desconcertante todavía si se tenía en cuenta cómo se había comportado después. No había vuelto a verlo desde la noche que él conoció a la señorita Waverly.

—Sin embargo, tiene que haber alguna vida social por esa zona. Se habrá mezclado con las mejores familias del condado e, incluso, habrá ido a fiestas.

—Sí, claro, he ido a cenas de amigos y a algunas reuniones informales, pero nunca iba a fiestas propiamente dichas.

—¿Por qué? ¿Tan estricto es su padre?

—Al contrario. Es encantador —contestó ella con una sonrisa cariñosa—. Es que... Bueno, nunca aprendí a bailar y habría sido absurdo ir a fiestas para quedarme sentada con ganas de participar y no poder hacerlo.

—Ahora sí baila.

—Sí. La tía Ledbetter contrató un profesor de baile en cuanto llegué. Aunque estoy segura de que mi padre habría organizado que recibiera clases si se lo hubiese pedido. Sin embargo, no quería que él creyera que deseaba algo tan frívolo. Ya sabe, es un estudioso...

Él asintió con la cabeza.

—Podía entender que fuera a cenar con gente interesante donde la conversación fuese estimulante o invitar a todo tipo de gente a casa. A científicos, exploradores e inventores. Además, le aseguro que esas reuniones eran muy animadas. Algunas veces había verdaderas explosiones en la mesa cuando, imprudentemente, se planteaban teorías que no compartían algunos asistentes. Incluso... —ella sonrió—...hubo una explosión de verdad cuando coincidieron unos científicos experimentales en una casa. Sin embargo, nadie dio a entender jamás que quisiera hacer algo tan frívolo como bailar.

—Científicos y exploradores —repitió él con desdén—. Una compañía muy agradable para una joven...

—Eran personas muy interesantes —replicó ella.

—Pero que ni siquiera se fijaban lo suficiente en usted como para hacerle un cumplido.

—Bueno, los que eran suficientemente jóvenes como para que pudieran ser... aptos, solían estar tan absortos en sus teorías favoritas que no pensaban en nada más. Aunque tampoco es que quisiera que alguno de ellos me prestara atención —añadió ella al acordarse de los genios desaliñados y ensimismados que había conocido—. Y, además, estaba demasiado ocupada actuando de anfitriona. No sabe cuánto pueden llegar a incordiar los científicos experimentales a los sirvientes si nadie escucha sus quejas.

—¿Actuaba de anfitriona para su padre?

—Claro.

—¿Desde qué edad?

—Mi madre falleció cuando yo tenía doce años. Me imagino que desde poco después, cuando mi padre se recuperó lo suficiente para querer recibir otra vez.

— En resumen, a los doce años adoptó el papel que le habría correspondido a una mujer adulta.

—No sé por qué parece tan enojado. ¿Quién debería haberse ocupado de mi familia? Mi padre pasó algún tiempo muy abatido y si yo no le hubiera recordado que tenía que comer y asearse, no sé qué habría sido de él. Además, había que pensar en Humphrey y Horatio. Alguien tenía que ocuparse de ellos también.

—¿Y quién se ocupaba de usted?

—No necesito que nadie se ocupe de mí. Estaba muy contenta de... —ella se calló con una expresión pensativa—. Creo que sentirme útil me ayudaba a sobrellevar mi tristeza, pero, en cualquier caso, nadie me obligó a hacer algo que no quisiera y nadie me negó algo que sí quisiera. Podría haber ido a fiestas o recibir clases de baile si hubiese querido. Además, tiene que saber que en cuanto planteé la posibilidad de asistir a la Temporada, mi padre se ocupó inmediatamente.

No iba a reconocer que si su padre lo hubiese pensado un poco más, no habría acabado con una familia que se dedicaba al comercio.

—Sin embargo, tuvo que recordárselo usted para que se pusiera manos a la obra.

—Yo no me quejo —replicó ella levantando la babilla—. Si yo no me quejo, usted no tiene por qué hacer que parezca como si me hubiesen descuidado u olvidado de alguna manera.

—Sin embargo, sí han descuidado su educación —insistió él con impaciencia—. Parece como si su infancia hubiese terminado el día que murió su madre. Se convirtió en una esclava de la casa en vez de aprender a ser una dama joven. Tengo entendido que sus hermanos pequeños están en el colegio y que los mayores tienen sus profesiones. Sin embargo, ¿quién se ha ocupado de que usted haya recibido la educación que merecía? Ellos han salido al mundo y tienen que saber que carece de cualidades para moverse en sociedad.

¿Creía que carecía de cualidades para moverse en sociedad?

—Eso no fue lo que pasó.

—Fue exactamente lo que pasó. Ahora puedo entender por qué está tan decidida a no darle la espalda a su tía, quien, socialmente, es inferior. Alguien se ha ocupado de usted y le ha dado cariño por primera vez en su vida en vez de contar con su dedicación como si fuese lo más natural del mundo.

—Es una valoración muy intransigente de mi pasado—replicó ella algo alterada.

Además, ¡no era verdad! Su padre había dejado a un lado sus necesidades para que ella pudiese ir a la ciudad a divertirse y Hubert, en cuanto se enteró, también hizo todo lo que pudo aunque estaba muy lejos. Hubert no tenía la culpa de que la amistad de Julia Twining fuese muy moderada, en el mejor de los casos. Tampoco tenía la culpa de que Richard se hubiese limitado a comprobar que los familiares con los que estaba viviendo eran respetables y que, una vez comprobado, hubiese vuelto a dedicarse a sus placeres habituales sin volver a mirar atrás.

—¿Tiene la más mínima idea de lo notable que es?

—¿Qué...?

Lo miró con rabia. Siempre que sentía que había algo de ella que le gustaba, como el pelo, por ejemplo, la privaba de todo el placer que podía haber sentido al oírlo porque, inmediatamente, criticaba algo. Esa vez había sido su educación, que había hecho que careciese de cualidades para moverse en sociedad, según él.

—No tengo nada de notable —añadió ella tajantemente.

¿Acaso no acababa de decirlo él mismo?

—Sin embargo, lo es. En realidad, llegaría a decir que es un tesoro. No hay muchas mujeres que se hayan dedicado tan incondicionalmente a su familia ni que hayan salido de una juventud

172

como la suya sin estar amargadas por el rencor acumulado.

—¿Rencor? ¿Qué quiere decir? No tengo por qué sentir rencor.

¿Creía que era un tesoro?

—Hay mujeres que, con muchos menos motivos que usted, creen que pueden sentir rencor por lo que les ha tocado en la vida—comentó él con una sonrisa apesadumbrada.

—Entonces, son unas necias. Es mejor pensar en la suerte que has tenido que considerarte maltratada todo el tiempo.

Era un tesoro. Quizá tuviese la nariz demasiado grande y la faltaran cualidades femeninas, pero no solo tenía un pelo maravilloso, sino que también admiraba aspectos de su personalidad.

—Y yo he tenido mucha suerte. Tengo buena salud, siempre he vivido con desahogo y he tenido mucha más libertad que muchas otras jóvenes, a juzgar por lo que he visto desde que llegué a la ciudad.

Fue curioso, pero, al decirlo, la sensación de opresión que tenía desde la noche del baile de la señorita Twining desapareció de sus hombros como si se hubiese quitado una capa al entrar en su casa un día lluvioso. Había disfrutado de su estancia en la ciudad, aunque de una forma completamente distinta a la que se había imaginado... y, en gran medida, gracias a aquel hombre. Lo miró de soslayo, pero comprobó que podía mirarlo abiertamente porque él tenía la mirada clavada en el extremo opuesto de la habitación con aspecto abstraído.

—Cuánto me gustaría que mis hermanas aprendieran algo de usted —comentó él saliendo bruscamente de su ensimismamiento—. De niñas, siempre estaban quejándose por algo y estoy seguro de que ahora someterán a sus maridos a la misma letanía de lamentaciones.

—¿Tiene hermanas casadas?

—Dos. También tengo una tercera que el año que viene se presentará en sociedad.

Se preguntó si compensaría pedirle a Gussie que invitara a la señorita Gibson a alguno de los festejos por todo lo alto que celebraría esa temporada. Como estaba casada con lord Carelyon, sus caminos se habían cruzado con bastante frecuencia y nunca había mostrado la hostilidad manifiesta que sus otras hermanas no se habían preocupado por disimular.

—Es posible que algún día conozca a alguna.

—No, no hace falta. Quiero decir, no espero que mezcle a su familia en nuestro... en este... —ella se sonrojó y no supo seguir—. Me conformo con las invitaciones que estoy recibiendo. Hay muchas cosas que hacer en Londres. Acudir a bailes, ir al teatro o a exposiciones... La verdad es que estoy pasándomelo mucho mejor de lo que me había imaginado.

Y de una forma completamente distinta. Aunque lord Deben le quitaba con una mano lo que le había dado con la otra, era alentador que elogiara algo de ella y quizá lo fuese más porque no tenía reparos en señalarle también los defectos que veía.

—¿De verdad le gusta mi pelo? —le preguntó ella tomándose los bucles que él había acariciado antes.

—Sí, claro. Y su boca también —la miró con los ojos entrecerrados y sacudió la cabeza—. Esta noche, no, y menos aquí, pero pronto.

Ella se quedó sin respiración. Estaban hablando otra vez de besarse.

—¿Podre verla mañana en el teatro? —le preguntó él inclinándose hacia ella.

—Sí, naturalmente. Ya le dije que mi tío había reservado un palco, ¿no?

—Creo recordar algo así, pero como ha recibido tantas invitaciones desde la última vez que nos vimos, su tía habría podido decidir que prefería llevarla a la velada musical de los Arlington o a la fiesta de los Lensborough.

Ella negó con la cabeza. Le costaba respirar y pensar cuando le miraba la boca de esa manera. Estaba haciéndoselo a ella. Estaba mirándole la boca como le había dicho que mirara la boca de un hombre para que él se diera cuenta de que estaba planteándose...

—Es un arma muy efectiva —comentó ella

asombrada por la destreza de él—. Además, es una demostración práctica del tipo de mirada que debería dirigir a los hombres.

La sensualidad se esfumó de sus ojos.

—Una lección provechosa —dijo él desconcertantemente y endureciendo la expresión—. Creo que ya podemos dejarla, que ya parece bastante alterada para provocar las habladurías.

Ella se sintió como un globo que se desinflaba. Por un momento, se había olvidado de que era una farsa, se había sentido como si hablara a un amigo. Sin embargo, un hombre como lord Deben nunca podría ser su amigo. Hizo un esfuerzo para sonreír y miró alrededor después de que él hubiese inclinado la cabeza y se hubiese marchado. Sobre todo, evitó mirar cómo se alejaba como si fuese una necia enamoradiza. Sin embargo, agarró con fuerza el pañuelo que él había dejado sobre su regazo y lo metió precipitadamente en el bolso de mano cuando creyó que no había nadie mirándola. Entonces, apretó con fuerza los labios, se levantó y fue a buscar a su tía y a Mildred.

A la noche siguiente, en cuanto entraron en el palco del teatro, Henrietta buscó a lord Deben con la mirada. Estaba solo en un palco, casi enfrente de ellos, y miraba con desdén al público que tenía debajo. No podría haber encontrado un sitio mejor para verla si eso era lo que quería. Se sentó y se preguntó si la habría visto. Podía imaginárselo enterándose, por algún medio inconfesable, de dónde iban a sentarse y cerciorándose de que podría observarla sin tener que estirar el cuello siquiera. Sin embargo, no iba a mostrar más interés que él por el encuentro inminente. No iba a mirarlo disimuladamente para comprobar si la miraba o si la saludaría de alguna manera desde el extremo opuesto del teatro.

Sin embargo, era completamente inútil. Solo de saber que estaba allí y que iría a visitarla durante el primer entreacto, no podía pensar en otra cosa. Cuanto más intentaba no mirarlo, más sentía su presencia. Aunque no apartaba la mirada del escenario, no podía seguir el transcurso de la obra y cuando sus acompañantes de palco se reían, no sabía si era por algo que habían hecho los actores o por algún comentario del señor Crimmer.

Fue incapaz de mirarlo directamente incluso cuando fue al palco. Saludó a su tío y mientras comentaban la representación, ella le miró los zapatos, las medias de seda y el lazo de su tío que subía y bajaba mientras hablaba. Entonces, desvió la mirada hacia su tía, quien observaba, maravillada, el porte de sus hombros y los rizos que le caían sobre el cuello de la levita.

Luego, de repente, la tomó del brazo y ella solo pudo suponer que su tía le había autorizado a que la llevara al pasillo que había detrás de los palcos.

—Señorita Gibson.

Ella dio un respingo, lo miró y vio que él sonreía caballerosamente.

—¿Me permite preguntarle qué pensaba con tanta concentración? Si fuese más susceptible, pensaría que ni siquiera se había dado cuenta de mi presencia.

—Lo siento, lord Deben. Estaba...

—¿Preguntándose qué podría decir para hechizarme esta noche?

—Desde luego que no.

Ya había comprendido que cualquier intento de impresionarlo se encontraría con la burla de él y que lo único que podía hacer era ser ella misma.

—La mayoría de las mujeres habrían aprovechado esa pregunta para empezar a coquetear conmigo, pero usted, señorita Gibson... Usted es adorable. Adoro que sea tan natural.

—¿De verdad?

—De verdad. Puede decirme tranquilamente lo que estaba pensando, nada de lo que vaya a decirme puede escandalizarme.

—Lo creo —replicó ella en tono sombrío—. Sin embargo, hay cosas que ninguna mujer comentaría con un hombre.

—Vaya, ahora sí que estoy intrigado. Aunque no puedo imaginarme que haya estado pensando algo tan inadecuado que no se atreva a que salga de sus labios.

Habría preferido que no hubiese hablado de labios. Hacía que recordara con un estremecimiento lo que sintió cuando los de él le recorrieron el cuello.

—Si hubiese pensado algo inadecuado, habría sido porque usted me lo ha metido en la cabeza —dijo ella en un tono algo cortante.

—Eso parece prometedor —comentó él con un brillo malicioso en los ojos—. Creo que no podré descansar hasta que lo sepa.

Debería haber sabido que no podía debatir con un hombre como él. No podía reconocer que las rodillas le flaqueaban solo de verlo, y no pensaba reconocerlo. Tampoco que, peor aún, pensaba tanto en él que, ese mismo día, casi no había podido seguir las conversaciones más rutinarias ni que estaba cada vez más impaciente de que la besara, que sus bocas, sus pechos y sus muslos se unieran.

Entonces, pasaron junto a un hombre con gafas que estaba apoyado en la pared y que miraba con... entusiasmo a las mujeres. Se le ocurrió algo.

—Bueno, para que lo sepa. Es lo que dijo sobre... —ella se sonrojó y bajó la voz—...sobre los traseros.

Él dejó escapar una carcajada.

—Nunca sé lo que va a decir. Si va a salirse por las ramas o si dirá algo increíble.

Ella se abanicó las mejillas acaloradas.

—¿Puedo preguntarle en qué contexto? —añadió él cuando pudo controlar la risa.

—Bueno, usted dijo que los hombres los miraban, los de las mujeres, quiero decir, y me he encontrado observando a los hombres que lo hacen. Como ese hombre de allí —ella señaló con la cabeza hacia el hombre de las gafas—. Sin embargo, me parece que no les importa que sean pulcros o descuidados, ni que las mujeres contoneen las caderas. Los miran en cualquier caso.

—Es verdad. Es uno de los pocos placeres inofensivos que hay en la vida.

Ella resopló.

—Será inofensivo que los hombres miren, pero empiezo a pensar que tentar a los hombres a que miren no tiene nada de inofensivo. He visto a mujeres casadas exhibiéndose de una manera que nadie puede dudar que lo hacen para que los hombres las miren. Además, esas mujeres suelen sonreír de una forma muy atrevida a los hombres apuestos que las han mirado y les dirigen miradas seductoras por encima de los abanicos —añadió ella con desagrado—. Ya sé que usted lo había visto, pero yo nunca había pensado en lo que podía llegar a hacer una mujer para atraer la atención de un hombre.

—Y le escandaliza.

—Sí. Me parece que las mujeres casadas no deberían comportarse así en absoluto. Yo... yo... Supongo que le pareceré una necia por eso.

—Más bien, alentador.

—¿De verdad?

—Claro. Es la única mujer que he conocido que dice lo que piensa. La mayoría de las mujeres solo coquetean conmigo. Hablan aparentemente de un tema, pero siempre lo hacen con un doble sentido.

—¿Hasta las casadas? —preguntó ella con el ceño fruncido.

Desde luego. Era famoso porque durante una época de su vida solo había tenido aventuras con mujeres casadas. Esperó que no se hubiese tomado su pregunta como una crítica. Naturalmente, era muy censurable, pero también le parecía que las mujeres que engañaban a sus maridos eran peores que un caballero soltero que se dejaba tentar por ellas.

—Sí. Mientras los hombres juegan a las cartas para matar el aburrimiento apostando cantidades ridículas, sus esposas buscan emociones con amantes nuevos. Dígalo.

—¿El qué?

—Lo que está pensando. Puedo verlo escrito en su cara, puede preguntarme por qué se casaron si ninguno de los dos pensaba ser fiel al otro.

—No tengo por qué saberlo, ¿verdad?

—Las personas de mi categoría eligen a las parejas porque son de buena familia. Todo se reduce a la descendencia, al linaje. Muy pocas veces hay cariño en esas parejas. En el mejor de los casos, se toleran mientras siguen con sus propias vidas.

—Es muy triste.

Él esbozó una sonrisa cínica.

—El mundo es así.

—¿Por qué no se ha casado nunca?

Ella notó la tensión de su brazo, debajo de la mano, y lo miró con nerviosismo. No debería haber tocado un asunto tan personal. Él tenía el ceño fruncido.

—Hasta el momento —contestó él—. Sin embargo, tengo que casarme... algún día.

A él se aceleró el corazón. Ella todavía no estaba preparada para que se lo pidiera. Además, nunca se lo pediría a una mujer en un sitio tan público, en un pasillo, durante un entreacto. Sin embargo, era una ocasión de oro para sacar el tema y que, cuando se lo pidiera, no se quedara estupefacta.

—Tengo que tener un heredero. Tengo un hermano menor, pero últimamente he empezado a comprobar que no es la persona adecuada para que herede el título si yo muero sin hijos —él hizo una mueca de disgusto—. No es hijo de mi padre... y todo el mundo lo sabe.

—No es hijo de su padre... —repitió ella con los ojos como platos.

—No. Mi madre era una de esas mujeres que no se tomaban en serio los juramentos del matrimonio una vez cumplida la obligación de haberme dado a luz. Además, aunque a muchos hombres de la categoría social de mi padre les da igual, él no aceptaba con complacencia las infidelidades de su esposa. Fue tan desagradable que me amargó completamente la idea de casarme.

—No me extraña —murmuró ella.

—No obstante, no puedo permitir que mis preferencias me impidan cumplir con mi obligación indefinidamente. He empezado a...

—¿A qué?

Él se había quedado tanto tiempo en silencio que había empezado a pensar que se había arrepentido de sincerarse con ella. Sin embargo, esbozó una sonrisa sombría.

—Se trata de ese maldito poema sobre el tiempo que persigue implacablemente a un hombre. Lleva obsesionándome desde el entierro de mi amigo Toby Warren. Creo que me impresionó lo inesperado de su muerte. Una noche estábamos bebiendo algo en el club y a la mañana siguiente él estaba muerto sin motivo aparente.

—Que aterrador.

—Además, una semana antes habíamos asistido al entierro de lord Levenhulme, que se había caído de un caballo y se había roto el cuello, un accidente que puede pasarle a cualquier hombre. Sin embargo, que Toby... no se despertara hizo que yo...

—Se diese cuenta de que no puede posponer lo inevitable.

—Efectivamente.

Ella no supo qué decir y siguieron caminando en silencio hasta que él suspiró.

—¿No tiene algún consejo para mí?

Ella lo miró sin salir de su asombro.

—No me atrevería a darle un consejo.

—¿No acabo de pedírselo?

—Entonces... me parece evidente lo que tiene que hacer.

—Por favor, explíquemelo.

—Debería buscar una mujer a la que aprecie y que lo aprecie a usted. Entonces, es posible que la idea de casarse no le parezca tan aterradora.

—Es un primer paso —reconoció él con seriedad—. Me asusta la idea de casarme con una mujer hacia la que no siento cariño. Tampoco querría estar encadenado a una pobre mujer que no pudiera sentir nada hacia mí. Como ocurrió con mi madre. Sin embargo —él le dirigió una mirada desafiante—, «aprecio» es una palabra muy tibia. Me había imaginado que me recomendaría que buscase algo más intenso, como, por ejemplo, amor.

—¡No! Nunca le recomendaría que esperase hasta que se enamorara. No creo que sea capaz...

Ella se sonrojó y se calló. Aunque no habría podido salir mejor si lo hubiese planeado porque tenía que conseguir que comprendiera que si bien no le importaría que ella se enamorara, no podía esperar que él la amara, pero por algún motivo, no le gustaba que ella lo dijera con tanta convicción.

—¿Me considera incapaz de sentir algo tan intenso? ¿Quizá se refería a algo tan noble?

—No... no... Nunca diría algo tan...

—¿Impertinente?

—Iba a decir hiriente. No creo, por lo que he visto de usted, que sea un hombre que haga algo sin haberlo pensado cuidadosamente y sin haberlo planeado minuciosamente. Enamorarse es... algo muy impulsivo. Ocurre sin poder planearlo. Cuando ocurre, ya no puedes dominarte. No creo que a usted le gustara esa sensación. Creo que intentaría evitarlo.

—Tiene razón. No me gustaría —era mejor que lo entendiera a él—. Además, también tiene razón al decir que no me casaría sin haber analizado cuidadosamente a mi novia y haber estado convencido de que sería una esposa fiel y una buena madre para mis hijos. ¿Dónde cree que podría encontrar a alguien así?

—No tengo ni idea —contestó ella.

Sin embargo, sí sabía muy bien por qué le había espantado de esa manera que la señorita Waverly hubiese intentado atraparlo. Tendría que respetar mucho a una mujer antes de que pudiera convencerlo de que era digna de que se olvidara de su rechazo al matrimonio. La señorita Waverly le había mostrado un aspecto de su forma de ser que nunca toleraría a su esposa.

—¿No...? —él sonrió y se encogió de hombros—. Da igual.

Ella no acababa de entender por qué la descorazonaba tanto que él encogiera despreocupadamente los hombros. En realidad, tampoco quería que la considerara una posible esposa. Aunque tampoco era agradable hablar de la hipotética mujer que lo tentaría a abandonar su libertad de soltero, cuando él daba por sentado que ella no era esa mujer. Se divertía con ella. Había hecho que se riera varias veces. Tenía que suponer un cambio en comparación con todas las personas que estaban de acuerdo con cada palabra que él decía. Sin embargo, distaba mucho de ser el tipo de mujer que llevaría al altar a un hombre como lord Deben y los dos lo sabían. Si no, él tampoco podría hablar tan tranquilamente con ella sobre la mujer con la que se plantearía casarse. Además, tampoco estaría enseñándole a ser lo suficientemente seductora como para atraer a toda esa serie de pretendientes de los que no paraba de hablar. ¡Oh, no...! ¿Estaría utilizándola para distraerse de una tarea que le parecía especialmente desagradable? La tarea de juzgar a las debutantes casaderas y decidir a cuál podría tener un poco de cariño. Si era así... Ella que había empezado a pensar que la apreciaba, que compartían algo...

—¿No deberíamos volver al palco? Mi tía y mi tío estarán preguntándose qué habrá sido de mí.

No paraba de preguntarse qué estaba pasándole. No tenía motivos para sentirse como si él le hubiese clavado un puñal en el corazón. No había ido a la ciudad a buscar marido... si no era Richard. Aunque, en ese momento, la idea de casarse con él le revolvía las tripas.

Lord Deben asintió con la cabeza y volvieron sobre sus pasos.

—Hasta mañana por la noche —se despidió él.

—En casa de los Arlington —añadió ella.

Él había previsto acertadamente la reacción de la sociedad. Esa mañana le había llegado una auténtica avalancha de invitaciones. Si bien su tía estaba emocionada de que, por fin, se moviese en su ambiente natural y de que Mildred la acompañase, ella ya solo podía pensar en que lord Deben encontraría a la mujer que cumplía con sus requisitos precisamente en esas deslumbrantes reuniones... y no sería ella.

Nueve

Dos semanas después de que lord Deben la hubiese cortejado en público, empezaba a sentirse como si fuese un trapo mojado entre dos rodillos y él diese vueltas a la manivela con una sonrisa burlona para exprimirla. Incluso, podía imaginárselo colgándola para que se secara cuando se hubiese aburrido de su relación. Diría que ya había hecho todo lo que había prometido, que la había convertido en la sensación de la alta sociedad. Ella no podría quejarse, había sido sincero desde el principio.

Henrietta resopló mientras miraba por la ventanilla del carruaje que esperaba en fila a que ella y sus acompañantes se bajaran delante de la casa de la anfitriona de esa noche. Ella había sido quien había empezado a cambiar. Aunque nadie podría reprochárselo. ¿Qué muchacha se habría resistido a las atenciones de un libertino tan apuesto y avezado? Se derretía por las cosas que le decía y por la forma de mirarla cuando se las decía. Además, conseguía que flotara por las habitaciones varias veces al día, sobre todo, cuando él no estaba allí, porque cuando sí estaba, tenía que tener cuidado para que él no se diese cuenta de que su encanto estaba debilitándola. Tenía que mantenerlo a cierta distancia y fingir que también era un juego para ella. Eso era lo que habían acordado y tenía que ceñirse al acuerdo. Además, si adivinaba que cada vez sentía algo más... romántico por él, dejaría de aparentar que estaba encaprichado de ella y la trataría con el mismo desdén que, según las habladurías, había tratado a las demás mujeres que neciamente se habían rendido a sus encantos.

Sin embargo, durante las dos últimas noches, no le había costado nada tratarlo con indiferencia porque empezaba a estar muy cansada de que se lo tomara como un juego cuando para ella estaba convirtiéndose en algo peligrosamente real.

—Me alegro mucho de que el pequeño malentendido sobre tu posición en la sociedad empiece a aclararse —comentó su tía mientras el carruaje avanzaba un puesto en la fila—. Estoy segura de que muy pronto tendrás el tipo de pretendientes de los que informaré con mucho agrado a tu padre.

Ella arrugó los labios como si se sintiese incómoda.

—No quise regañarte por tu forma tan descarada de acercarte a lord Deben, pero, ahora que parece que la sociedad está abriéndote sus puertas, tengo que advertirte para que te comportes con mas discreción. Sobre todo, con él. Ya sé que te autoricé a que fueses de paseo con él y es posible que eso te haya hecho pensar que le doy mi beneplácito, pero, desde entonces, he oído cosas muy preocupantes sobre él que...

—No te preocupes —la interrumpió Henrietta—. Sé que no va a pedirme que me case con él.

Aunque él estuviese preparándose para encontrar a alguien que se casase con él y criase a sus herederos. Le parecía otro motivo para que desease con tanto ahínco que ella aceptara su oferta de convertirla en la sensación de la alta sociedad. Quería que todo el mundo se preguntase qué estaba haciendo con ella y que no se diese cuenta del verdadero motivo para que acudiera a esas celebraciones que solía evitar como a la peste.

—Bueno, parece que no te ha hecho ningún daño y eso es lo importante —replicó su tía más relajada—. Evidentemente, el interés que ha mostrado, junto a la visita de lady Dalrymple a mi sala, ha tenido un efecto muy positivo a juzgar por todas las invitaciones que han llegado últimamente. Si de ahora en adelante no das más motivos de conjeturas en ese... terreno, estoy segura de que te veremos felizmente colocada antes de que acabe la Temporada. Ahora que el porvenir de Mildred está garantizado, tendré más tiempo para dedicarme a ti.

El señor Crimmer había reunido el valor necesario para pedirle a Mildred que se casara con él y, para su pasmo, ella había aceptado.

—¡Sería un éxito que pudiera dejaros colocadas a las dos! —añadió su tía con una sonrisa.

Henrietta también sonrió levemente, pero no tuvo que replicar nada sensato porque habían llegado a la cabecera de la fila y tuvieron que preparase para bajar del carruaje. Él no estaría. Ya había aprendido a no esperarlo hasta que casi hubiese llegado el momento de la cena. Entonces, para escándalo de su tía y de su anfitriona, la monopolizaría para luego desaparecer dejándola... exprimida.

Esbozó una sonrisa muy cortés mientras pasaban por el ritual de saludar a los anfitriones y recorrían los pasillo para llegar al salón de baile. Esa noche no miraría hacia la puerta hasta que hubiesen terminado las dos series de bailes populares. Al menos, ya no le faltaban parejas de baile. Aunque, al día siguiente, no podía recordar los nombres de los jóvenes que la habían sacado a bailar. Era una lástima porque estaba segura de que algunos de esos hijos menores de buenas familias estaban sinceramente interesados en ella... o en su dote, porque tenía la sospecha de que lady Dalrymple podía haberla divulgado. A lord Deben, su fortuna no le parecería nada del otro mundo, pero para un joven que estaba obligado a abrirse camino en la vida sería suficiente como para marcar la diferencia entre luchar por sobrevivir y un desahogo moderado.

Sin embargo, cuando llegó, mucho más tarde, fue como si hubiese estado matando el tiempo durante la primera parte de la noche. Se acercó a ella y le señaló las dos butacas que había reservado en la habitación donde se servía la cena, y ya estaba a mitad del camino cuando se dio cuenta de que debería haberse mostrado más reacia. Sin embargo, para su fastidio, había acudido a él como un perro adiestrado a seguir sus pasos.

—Esta noche parece un poco alterada —comentó él mientras la ayudaba a sentarse.

—No estoy alterada —negó ella apresuradamente—. Solo estoy desconcertada.

—¿Ah...?

—Sí.

Ella buscó rápidamente un tema de conversación que pudieran mantener tranquilamente porque no estaba dispuesta a decirle que pensaba demasiado en él, que elegía la ropa que podía gustarle a él, que esa noche le había parecido aburrida e insulsa hasta que había llegado él.

—Antes tuve una conversación extraordinaria con lady Jesborough. Me presentó a sus tres hijas solteras y dijo que esperaba que nos hiciésemos amigas.

—¿Por qué se desconcierta? Le dije que la convertiría en la sensación de la alta sociedad —replicó él entregándole una copa de champán que había conseguido de un camarero.

—Efectivamente —ella cerró el abanico y lo dejó en el regazo mientras daba un sorbo de champán—. Lo dijo, pero nunca pensé que fuese a suceder tan deprisa. Pensé que tardaría semanas. Sin embargo, todos los días me llegan invitaciones cada vez más asombrosas y hoy, cuando entré por la puerta, la gente se arremolinó a mi alrededor como si fuese alguien interesante.

—Es alguien interesante. ¿No le había dicho lo fascinante que me parece su conversación?

—Sí... Ya sé que me encuentra divertida, pero eso es porque no me importa lo que le digo. Cuando lady Jesborough elogió mi vestido, solo pude balbucir algunas incoherencias sobre la modista de mi tía y que es mucho mejor que la costurera de Much Wakering. He debido de parecerle una boba. Aun así, me dio unas palmaditas en la mejilla y me dijo que lo haría muy bien.

—¿Eso dijo? Mmm... Nunca había pensado que fuese tan perspicaz.

—¿Qué quiere decir?

—Que tiene el éxito asegurado. Estoy seguro de que recibirá muchos más elogios de ese tipo, y no quiero decir que haya podido ser hipócrita. El vestido que lleva hace que esté absolutamente encantadora... en un estilo inocente y poco refinado.

¿Por qué no se había callado después de «absolutamente encantadora»? Había tenido que matizar el halago recordándole que era poco refinada.

—Me gustaría que dejara de hacer eso.

Él arqueó una ceja para indicar que no lo había entendido.

—Rebuscar algo de mí que no le desagrada y decírmelo como si fuese un elogio.

—Señorita Gibson —replicó él frunciendo el ceño—, creo que ya hemos hablado de su incapacidad para aceptar elogios. No he dicho nada que no crea sinceramente. Siempre, menos cuando nos conocimos, me ha parecido que su vestido era muy bonito. Entonces no dije nada porque no quise resaltar su caída en el mal gusto al comentar el cambio. Sin embargo, me gusta su estilo. Por ejemplo, su elegancia da crédito a los rumores de que estoy encaprichado de usted.

—No puedo creerme que la gente piense que está empezando a sentir algo por mí por cómo me visto.

—¿No? No habrá olvidado que pensaron lo contrario el día que la llevé de paseo por el parque... Usted misma me dijo que sería casi imposible que yo tuviera una amante tan mal vestida como iba usted ese día.

—No pueden pensar que usted quiera que sea su amante...

—No nos preocupemos por lo que piensan los demás, Hen.

—Yo tengo que preocuparme. De camino hacia aquí, mi tía me previno contra usted. ¡Y no me llame Hen! No le he dado permiso para que me llame por mi nombre de pila y mucho menos para que lo acorte llamándome gallina—añadió refiriéndose al significado de la palabra en inglés.

Él le dio un golpecito en la nariz.

—Entonces, no vuelva a ponerse una ropa tan fea como la del parque. Con la nariz, esos colores y esas plumas rojas al viento...

—Ahora está tratándome como si fuese su amante.

O una muñeca que usaba para jugar y distraerse del asunto que lo acuciaba. Una muñeca que abandonaría en cuanto se aburriera.

—Eso es lo que hace, ¿no? —siguió ella—. Las viste para satisfacer sus caprichos. Para que lo sepa, me vestí de aquella forma tan ridícula solo para darle una lección.

—Ya... —él se dejó caer contra el respaldo con una sonrisa de suficiencia—. Me lo imaginé pero, entonces, no pude comprender por qué estaba tan enojada conmigo ese día. ¿Sería tan amable de aclarármelo?

—Despreció a mi tía. Fue insoportablemente

arrogante al no querer hablar con los invitados que había en la sala y abochornó al pobre señor Bentley porque se atrevió a decir que le gustaban mucho sus caballos.

—¿Se suponía que iba a castigarme por parecer ridícula?

Ella lo miró con rabia.

—Creí que no soportaría que lo vieran en público con una mujer vestida de una forma tan vulgar. Aunque, ahora que lo conozco mejor, comprendo que fui una necia al creer que le impresionaría lo que otra persona pensara o hiciese. Es tan arrogante que le parecería absurdo fijarse en seres a los que considera inferiores a usted.

Él endureció la expresión.

—No sé por qué está tan arisca esta noche, señorita Gibson. Yo solo quería coquetear un poco. Cualquier otra noche habría esperado que si se me ocurría tener la impertinencia de criticar su forma de vestirse o de provocarla con un diminutivo, me habría puesto en mi sitio, como tiene por costumbre.

¿Tan mala era? Sí. No sabía qué le pasaba cuando estaba con lord Deben. Cuando estaba en Much Wakering, casi nunca perdía el temple. Era verdad que se enfrentaba a sus hermanos cuando eran especialmente insoportables, pero conseguía hacerlo sin que pareciera una arpía. Todo el mundo decía que era muy alegre. Sin embargo, también era verdad que nunca había tenido que lidiar con una persona como lord Deben. No podía haber un ser tan desquiciante en toda la creación. Había estado toda la noche en ascuas mientras lo esperaba, pero ¿le importaba a él? No. Eso era un juego, disfrutaba riéndose de los demás integrantes de la alta sociedad. La había elegido solo porque así se garantizaría que le daba en las narices a la señorita Waverly. No tenía reparos en utilizarla para que los demás no supieran que, en realidad, estaba pensando en elegir una esposa... y lo peor de todo era que ella estaba permitiendo que la utilizara. ¿Dónde había quedado su dignidad?

—Esta noche, por algún motivo, su sentido del humor brilla por su ausencia. ¿Por qué, Hen? ¿Ha pasado algo que la haya alterado?

—¿No se le ocurre pensar que tenerlo ahí burlándose de mí o haciendo caso omiso de lo que le he dicho sobre esa espantosa abreviatura de mi nombre puede alterarme? —ella abrió el abanico y se levantó—. Me niego a seguir sentada aquí para que siga maltratándome.

Se dio la vuelta y dejó la copa de champán dando un golpe en el alféizar de la ventana que tenían detrás. Cuando volvió a girarse, él se quedó atónito al ver que tenía lágrimas de rabia y humillación en los ojos. También se levantó.

—Solo quería provocarla un poco, no burlarme —le explicó él en tono sombrío—. Me olvidé de que no domina el arte del coqueteo.

—¿Coqueteo? ¿Le parece coqueteo decir que

parezco una gallina? —ella lo miraba con furia, con la respiración entrecortada y con los puños cerrados—. ¿Qué habría dicho después? ¿Que había sido el destino quien me había puesto un nombre tan adecuado? ¿Habría seguido haciendo bromas sobre las plumas o...?

—Nada de eso, palabra, pero es muy susceptible sobre su nariz.

Habría podido gritar de furia. No se enteraba de nada. No se trataba de ese nombre insultante que había soportado durante años. Todos los amigos de sus hermanos la habían llamado gallina en algún momento. Casi todos, con cierto cariño. Se trataba de su condescendencia para no tomarse nada de ella en serio. Se trataba de que él estaba en el centro de la existencia de ella y ella estaba en la periferia de la de él. Se trataba de que la tenía en la palma de su mano y ni siquiera se daba cuenta porque no la apreciaba. Mientras que ella... Sintió una opresión en el pecho al darse cuenta de la aterradora verdad.

—Solo puedo dar por supuesto que alguien se burló de usted en el pasado y que tiene un problema con eso —siguió él mirándola con curiosidad, lo que confirmó la sensación de que, para él, era como un experimento—. Señorita Gibson, ya se lo he dicho antes, su nariz no resta atractivo a sus otros rasgos. Es posible que impida que se la considere una belleza, pero nada más.

—¿Nada... más...?

¿Cómo podía estar comentando tan tranquilo la forma de su nariz cuando ella acababa de tener una revelación demoledora? Se había enamorado de él. Por eso se pasaba todo el día, no solo los principios de las fiestas, matando el tiempo hasta que podía volver a verlo y a hablar con él. Por eso solo se sentía plenamente viva cuando estaba con él. Por eso su corazón se aceleraba cuando le hacía un cumplido y se hundía cuando le recordaba que no lo había dicho en serio. Por eso se fijaba tanto en su rostro y en los matices de su voz con la esperanza de captar algún indicio de que sentía algo. Tampoco podía recordar cuándo fue la última vez que durmió sin despertarse en algún momento de la noche porque estaba reviviendo aquellos momentos en el sofá de lady Susan.

El beso de Richard no la desveló ni una sola noche. La sorprendió tanto que no pudo reaccionar. Más que nada, se sintió halagada cuando, después de que hubiese dejado de besarla, pudo entender exactamente qué era lo que había notado contra el vientre. Cuando él volvió a Londres sin decir nada, decidió, por orgullo, que no iba a dejarla allí mientras él se divertía. No le pareció justo que él diera por supuesto que estaría esperando a que se cansara de darse la gran vida. Todo fue algo racional. Lo que sintió por Richard fue más un encaprichamiento infantil que otra cosa. En realidad, había sido como si hubiese querido aferrarse a la esperanza del amor.

Sin embargo, el asunto con lord Deben era adulto, complicado, doloroso y muy real.

—No hable hasta que haya dominado su furia o... —empezó a avisarle él.

—¿O qué?

¡Él y su dominio de sí mismo! Lo... lo... No sabía qué le haría. Estaba furiosa con él por ser tan sereno y racional cuando todo el mundo de ella estaba boca abajo. ¿Cómo había permitido que le pasara eso? Se acordó de sus propias palabras, como si se burlaran de ella, cuando le dijo que no podía planear cuándo enamorarse, que era algo que sucedía. ¿Había algo peor que ser víctima de la advertencia que había hecho a otra persona? Sí, que esa persona lo descubriera. Tenía que hacer lo que fuese para que él no lo descubriera jamás.

—¿Tiene miedo de que le picotee? —ella, al querer decir algo sensato, había vuelto a la comparación con una gallina—. Incluso las gallinas más normales y corrientes pueden defenderse. En realidad, pueden llegar ser aterradoras si se las incordia.

—Estoy seguro. Por eso los hombres cuidan tanto a sus pollitas...

Ella se puso roja como un tomate.

—¿Cómo se atreve a convertir un comentario inocente sobre las gallinas en algo tan... soez?

¡Se había olvidado de que tenía hermanos!

—No estaba siendo soez —replicó él.

Nunca llevaría una conversación con ella a un tono así. Ese tipo de conversación vulgar era el preludio de emparejamientos igual de vulgares. Solo había querido decir que respetaba su opinión. ¿Qué le pasaba esa noche para que interpretara mal todo lo que decía?

—Además, es injusto que se enfurezca conmigo por un comentario completamente inofensivo...

Estaba a punto de decirle que consideraba el tamaño de su nariz como una muestra de su carácter, que, sin ella, le parecería insulsa, que había llegado a gustarle mucho. Sin embargo, el genio imprevisible de ella hizo que vacilara.

—Esta noche no se le puede decir nada. Debería aprender a dominar ese genio y...

—Y usted debería aprender a no...

—¿A no empeñarme en decir la última palabra? —él le pasó un dedo por la cara—. Sin embargo, no lo hará porque...

Ella dejó escapar un ligero grito de rabia y le golpeó con el abanico, que se partió contra su antebrazo. Espantada por haber reaccionado tan desproporcionadamente en un sitio público, dejó caer los trozos de papel y madera, se dio media vuelta y se marchó corriendo para buscar a su tía.

—Ya sé que te dije que no lo alentaras, cariño — le dijo su tía de camino a casa—, pero tampoco

hacía falta que siguieras mi consejo tan vehementemente aunque estuviera tomándose unas libertades
impropias. Algo que tenía que acabar sucediendo
con un hombre así.

—Lo sé y lamento haberte abochornado, pero
nadie me saca tanto de mis casillas como él. Es
como si cada vez que lo viera, me comportara
como sé que no debo comportarme. Aun así, no
puedo evitarlo. Primero, me...

—Te vestiste de aquella forma tan espantosa
para que se arrepintiera de haberte ordenado que
fueses de paseo con él.

—¿Lo supiste?

—Bueno, tu gusto era un poco soso cuando vi-
niste a la ciudad, pero siempre has sabido los colores que entonan. Ponerte una piel de zorro con
ese abrigo solo pudo ser un intento intencionado
de estar lo más espantosa posible. Además, después de haber observado cómo os habéis relacionado desde entonces, solo puedo llegar a la
conclusión de que...

Ella se calló e hizo un gesto de preocupación.

—¿De qué?

—De que, desgraciadamente, me parece que te
has enamorado perdidamente de él.

—¿Es tan evidente...?

¿Cómo era posible que todo el mundo se hubiese dado cuenta antes que ella? La señorita Waverly la había acusado hacía siglos de correr detrás

de él como una necia enamoradiza, pero ella no se había dado cuenta hasta esa noche de que lo seguía como un perro adiestrado.

—Entonces, es verdad... —siguió su tía con el mismo gesto de preocupación—. Supongo que debería haber hecho algo antes, pero nunca había visto a nadie que hubiera tenido un flechazo. En realidad, creía que solo pasaba en las novelas románticas. Por eso, al principio, cuando tu relación con él parecía estar viniéndote muy bien, me alegré por ti.

—¿Viniéndome muy bien?

—Sí. Cuando llegaste a la ciudad, estabas un poco insegura de ti misma. En vez de estar radiante, parecías decaída. Empecé a preocuparme de que quisieras volver a Much Wakering. Entonces, repentinamente, lord Deben te puso el brillo en los ojos. Ya sé que el primer día fue de furia, pero pensé que era preferible verte así de acalorada que verte languideciendo hasta ser una sombra de la muchacha que deberías ser.

—Eso es lo que no entiendo. ¡Me enfurece! Si lo amara de verdad, debería sentirme... no sé... emocionada y tierna al verlo.

—Eso es lo que pasaría si él te correspondiera, cariño.

—Y no me corresponde, ¿verdad?

Su tía no contestó y Henrietta suspiró.

—Es un tormento. Casi no puedo dejar de pensar en él y él parece tratarme como algo divertido. Por eso he perdido los nervios tan espantosamente esta noche.

Ella oyó que su tía también suspiraba en su rincón del carruaje.

—Debería haber tomado medidas antes de que llegara a este punto. Lamento no haberme dado cuenta de todo lo que estaba pasando entre vosotros. Esta noche, cuando has reaccionado tan apasionadamente en público, por fin me he dado cuenta de lo profundos que eran tus sentimientos. Sin embargo, debería haberlo notado antes. Vayamos donde vayamos, siempre miras alrededor para ver si está allí y cuando aparece, acudes a él como una paloma al palomar. Sin embargo, lo que más te delata es que, de repente, te conoces como mujer.

—¿Yo... conocerme...? ¿Qué quieres decir? —le preguntó ruborizada aunque era lo que los dos habían buscado.

—Es muy natural, querida. Si te enamoras, todo tu cuerpo cobra vida cuando ves al objeto de tu amor.

—No... Nunca supe... Nunca me imaginé hasta esta noche...

Su tía se inclinó hacia delante y le dio unas palmadas en la mano.

—Me cuesta criticarte porque te hayas enamorado de él cuando se ha tomado tantas molestias para cautivarte. Los libertinos son muy cautivadores.

—No ha sido nada cautivador —replicó ella tajantemente—. Cuando hablamos, parece como si fuese un combate de esgrima.

Incluso cuando la besó, pareció una especie de competición.

—Es la manera que ha elegido de fascinarte. Da las gracias porque no ha elegido otra manera.

¡Si su tía supiera! Aquel beso fue tan hipnótico que todavía esperaba, con desesperación creciente, la noche en que se dignaría a llevarla a algún rincón discreto para besarla en la boca.

—Al menos, puedes alejarte de él con la reputación intacta ahora que te has dado cuenta de lo que trama —añadió su tía.

—Después de cómo nos separamos anoche, no creo que vaya a volver a preocuparse por mí —replicó ella con el alma en los pies.

—Sería lo mejor. Al fin y al cabo tienes varios pretendientes rondándote. Por ejemplo, el señor Waring. ¿Qué te parece?

—Lo siento, pero ni siquiera me acuerdo de su cara. No tiene sentido hablar de ninguno de ellos. En realidad, es posible que lo mejor sea que me retire de todo esto —contestó ella señalando con la mano toda la lujosa zona que estaban recorriendo—. Estaba muy contenta antes de que él... de que lady Dalrymple interviniera.

—¡Imposible! Ya he aceptado varias invitaciones que no pienso dejar que se me escapen entre los dedos. Además, si te retiras de la sociedad tan pronto después de ese pequeño incidente, la gente pensará lo peor. Vas a tener que sobrellevarlo.

Henrietta hizo una mueca de disgusto. Había aceptado el plan de lord Deben, sobre todo, por las consecuencias de su Temporada en Londres en el resto de su familia.

—Supongo que tienes razón. Asistiré a todo lo que quieras que asista, naturalmente.

—Así me gusta. Además, la próxima vez que te encuentres con lord Deben, deberás contenerte. Si se acerca a saludarte, tienes que ser cortés y nada más.

—Cortés —repitió ella.

¿Podría ser cortes? Se había acostumbrado tanto a decirle lo que pensaba que le costaría mucho tratarlo como a cualquiera. Sin embargo, lo intentaría. Tenía que intentarlo. Ya estaba demasiado enmarañada emocionalmente con él. Quizá así pudiera librarse del dominio de él. Si fuese cortés, quizá también acabase sintiéndose cortés y distante.

—¿No se da cuenta de que esta frialdad que muestra conmigo solo conseguirá que asedie su fortaleza con más insistencia? —le preguntó él dos noches más tarde, cuando la asaltó por sorpresa a la salida del aseo de las damas.

—¿Cómo dice?

La cortesía y la frialdad no habían servido de mucho con lord Deben. No hizo caso de su muestra de hostilidad la primera noche que se vieron después del incidente con el abanico y le dijo que sabía que ella no había querido hacerlo. Incluso, la enfureció más todavía cuando le dijo que no le importaba que tuviese tanto genio que, al menos, tenía la virtud de no ser predecible y aburrida. Ella lo había escuchado, se había enfurecido cada vez más por su tono condescendiente, le había dado las gracias cortésmente, había hecho una reverencia y se había retirado apresuradamente con su tía.

—Me he acostumbrado a que las mujeres se abalancen sobre mí —contestó él mientras le bloqueaba el paso para que no lo sorteara—. Ya he tenido las que he querido. Su enérgica resistencia a lo que todo el mundo califica como unas libertades impropias que me tomé ha hecho que me bulla la sangre. Ahora, tengo que conquistarla.

—Basta.

No solo parecía que estaba repitiendo las frases de un melodrama mediocre, sino que había visto a dos chicas detrás de él que querían entrar en los aseos, pero que, repentinamente, habían decidido retocarse el peinado en el espejo primero.

—La gente está mirándonos.

—Es lo que queremos, ¿no?

—Ya no —contestó ella con cansancio.

Era imposible mantenerlo a cierta distancia mientras creyera que ella seguía participando en el juego. Tenía que acabar con eso inmediatamente, antes de que le hiciera daño de verdad.

—Ha sido muy generoso al dedicarme tanto tiempo —siguió ella con firmeza—. Sobre todo, si tenemos en cuenta lo poco considerada que fui con su oferta, pero...

Era muy peligroso seguir. Temía que, una vez que había conocido la forma de cortejar de lord Deben, nunca querría que otro hombre la tocara así. Él le había dicho que se fijara en los labios de un hombre y que se imaginara lo que sentiría si la besaba, pero solo quería mirar sus labios. Tampoco podía imaginarse que nadie fuese a provocar la reacción desenfrenada que sintió en el sofá de lady Susan. Además, ¿a quién iba a conocer con la mitad de experiencia, encanto y atractivo que lord Deben? No podía decirle por qué quería acabar con todo eso. Sería un tormento tener que reconocer que temía haberse enamorado de él.

—No hace falta seguir. Hemos logrado el resultado que buscábamos.

—Entonces, ahora que he logrado que tenga éxito en sociedad, piensa dejarme de lado, ya no le sirvo de nada.

—¡No! No es eso.

Él tomo una bocanada de aire e inclinó la cabeza. El miedo de perderla le oprimía el pecho.

Sería mucho más sencillo si vivieran en otros tiempos, cuando un hombre de su categoría se limitaría a sacar a una doncella de su castillo y a encerrarla en el de él. Sin embargo, no era la Edad Media, sino la Edad de la Ilustración. Ya había comprobado que tenía que conquistar de otra manera, con astucia, sutileza y el arma más poderosa de todas, el poder que ejercía sobre el cuerpo de ella. Había llegado a creer que había avanzado sin pausa, pero, por algún motivo que desconocía, ella había retrocedido justo cuando creía que estaba dispuesta a dar el último paso.

Borró toda expresión de su rostro antes de volver a levantar la cabeza para mirarla.

—Si tiene la más mínima consideración hacia mí, no dará por terminado nuestro... acuerdo de esta manera.

—¿Por qué?

—Tengo mis motivos, pero puede reducirlos al orgullo. Es posible que no quiera que la gente piense que me ha rechazado tan categóricamente. No se olvide de que toda nuestra relación ha sido pública.

Ella había creído que no le importaba lo que la gente pensase de él, pero quizá en ese asunto fuese distinto. Tenía la fama de ser irresistible para las mujeres. Su orgullo quedaría maltrecho si era resistible para una mujer tan poco atractiva, sobre todo, cuando se había alejado tanto de su ambiente habitual para fingir que la perseguía.

—Muy bien —concedió ella—, puede elegir la manera de acabar con esta farsa, pero, por favor, no la alargue mucho más.

—No... —él inclinó la cabeza con ironía—. Puede estar segura de que la terminaré enseguida. Yo también estoy impacientándome con la situación.

Lo sabía, sabía que no le interesaba de verdad. Sintió un dolor tan intenso mientras se alejaba que creyó que no podría respirar nunca más. Su único consuelo era pensar que había sido la primera en decir que había que acabar con aquello. Él no sabía que la idea de acabar con esa relación estaba desgarrándola por dentro. Sin embargo, eso no le aliviaba el dolor.

Diez

A la tarde siguiente, Henrietta había conseguido respirar otra vez. La noche anterior no había dormido casi nada, ni había podido probar un bocado de comida en todo el día, pero sí había conseguido respirar. Incluso, había podido arreglarse para bajar a la reunión en casa de su tía. Al menos, se había sentado, había parecido que escuchaba a quien le hablaba y había hecho un par de comentarios que, a juzgar por cómo se recibieron, no fueron del todo insustanciales.

Le costaría mucho menos fingir que no sufría cuando lord Deben hubiese hecho lo que hubiese decidido hacer para bajar el telón de su farsa. Entonces, no se sentiría como si estuviese en el patíbulo esperando que el verdugo le cortase la cabeza. La relación se habría roto y podría empezar a sobreponerse. Sin embargo, se frotó el cuello y pensó que volver a una situación normal después de que se terminara la relación con lord Deben podría costarle tanto como reponerse de una decapitación.

—Lady Carelyon —anunció Warnes sacándola del ensimismamiento.

Miró hacia la puerta y vio a la elegante pelirroja que entraba en la sala de su tía. Se fijó atentamente en su vestido y su porte mientras saludaba a su tía. Parecía de la misma edad que ella. Era menuda y muy guapa, pero cuando se dio la vuelta y se dirigió hacia ella, notó que su sonrisa tenía algo gélido.

—Mi querida señorita Gibson —la saludó tomándole las manos y apretándoselas un poco—, espero que me disculpe por ser tan atrevida, pero estaba deseando que me presentaran a la mujer que se ha hecho famosa por bajarle los humos en público a mi arrogante hermano.

—¿Es... es la hermana de lord Deben?

La pelirroja hizo una mueca de disgusto y asintió con la cabeza.

—Ya sé que no me parezco a él. También espero no ser como él —se estremeció exageradamente—. Es un bárbaro despiadado.

Henrietta tuvo que hacer un esfuerzo para no quedarse boquiabierta. Ella nunca hablaría así de un hermano a una desconocida. Ni siquiera aunque estuvieran en medio de una de sus frecuentes peleas... y menos todavía en una reunión donde todo el mundo podía oírla. Aunque era algo que a lady Carelyon parecía no importarle. Más aún, parecía como si quisiese que todo el mundo supiera lo mucho que le disgustaba su hermano.

—Vaya, la he escandalizado —siguió lady Carelyon sentándose en el sofá al lado de ella—. Sin embargo, es tan insólito oír que hay una mujer, que no sea de su familia, que sea inmune a sus encantos superficiales que estaba segura de que seríamos buenas amigas.

—Bueno, yo...

—Yo sí que estoy escandalizada por esta última demostración de degeneración que ha hecho —le interrumpió lady Carelyon quitándose los guantes.

—¿Degeneración?

Lady Carelyon volvió a tomarle las manos con un gesto de compasión que se contradecía con el brillo malicioso de sus ojos verdes y felinos.

—Es posible que nadie le haya advertido todavía de que es un libertino incorregible, pero es evidente, para quienes lo conocemos bien, que Deben ya se ha aburrido de seducir a las esposas de otros hombres y que ha pasado a intentarlo con damiselas inocentes y virtuosas como usted.

Henrietta contuvo el aliento. ¡Cómo podía decir algo tan atroz! Bastante espantoso fue que aquellos hombres que invadieron esa sala interpretaran su relación de una forma tan rastrera, pero ella era su hermana... El brillo de los ojos de lady Carelyon se hizo más intenso.

—Observo que la he escandalizado al hablarle tan claramente, pero alguien tenía que avisarla y supuse que solo haría caso del aviso si le llegaba de alguien como yo. Se dice que tiene mucho temperamento. Si alguien menos cercano a él se hubiese atrevido a hablarle así, usted lo habría puesto en su sitio, ¿no? Sin embargo, no se enfadará conmigo, ¿verdad?

Lady Carelyon ladeó la cabeza y abrió los ojos como si fuese una niña que pedía una golosina.

—Según lo que me han contado, ya está manteniéndose firme y ha empezado a rechazar atenciones que le desagradan. Bien hecho.

Lady Carelyon le dio unas palmaditas en la mano de una forma insoportablemente condescendiente, como si fuese una mujer de cuarenta años, no una muchacha muy poco mayor que ella.

—Ahora, pasaré al motivo principal de mi visita —siguió mirando a Henrietta con lo que consideraba que eran unos ojos muy astutos—. Se pondrá furioso cuando se dé cuenta de que usted no va a permitirle que la eche a perder. Habrá conseguido que haya hecho el ridículo y querrá vengarse. Entonces, necesitará amigas —añadió ella inclinándose hacia delante y bajando la voz—. Si no, encontrará la manera de pisotearla.

¡No lo haría! No era así. Aunque lady Carelyon tuviera razón al decir que había intentado seducirla y no lo había conseguido, él nunca sería tan vengativo. Solo tenía que acordarse de cómo se había portado con la señorita Waverly. Quiso castigarla, pero no destruirla. Además, no había intentado seducirla. ¿Cómo podía alguien creer eso o que, si hubiese querido seducir a una virgen inocente, la hubiese elegido a ella?

—¿Le cuesta creerlo?

Al parecer, su rostro revelaba lo que estaba pensando. Nunca había podido jugar bien a los juegos de cartas que sus hermanos habían intentado enseñarle porque no había sabido disimular la emoción cuando tenía una buena mano, ni la decepción cuando la suerte le había sido adversa.

—Claro, él nunca le ha permitido conocer al hombre que se esconde detrás de ese encanto superficial. Sin embargo, yo, como su hermana, puedo decirle cómo es cuando está enfadado. Lo malcriaron desde que nació —siguió ella con resentimiento—. Solo tenía que chasquear los dedos para que le dieran lo que quisiera. Además, ha llegado a creerse que los demás solo existen para divertirlo. Cree que todos estamos por debajo de él y se encarga de ponernos en nuestro sitio.

Henrietta se avergonzó.

Ella también había pensado eso alguna vez, que no la tomaba en serio y que creía que siempre tenía razón.

—Todo empezó cuando era pequeño. Si alguno de sus hermanos nos encontrábamos con él por

Farleigh Hall, teníamos que inclinar la cabeza y no podíamos dirigirnos a él hasta que se dignara a iniciar una conversación.

—Bueno, supongo que eso no es culpa suya...

—No, claro. Entonces fue cosa de nuestro padre. Quería que supiésemos claramente cuánto valoraba a su heredero, mientras a los demás nos relegaba a un segundo plano. No estoy exagerando. Jonathon vivió en un ala de la casa separada de la nuestra y también tenía su propio servicio. Creo que el objetivo era que no se contagiara, pero no dio resultado. Mi padre separó a los demás hijos de su querido heredero, pero no prohibió que los sirvientes se juntaran. Por eso, él tuvo sarampión a la vez que todos nosotros. ¿No le parece cómico? —añadió con una alegría evidente.

No. Le parecía espantoso que hubiesen mantenido al pobre niño solo y separado tan rigurosamente de sus hermanos. Tuvo que haberse sentido muy desdichado al pasar el sarampión sin nadie que lo acompañara. ¿Explicaría eso la expresión melancólica que le pareció vislumbrar en su rostro cuando ella habló de sus hermanos?

Ese niño solitario se había convertido en un hombre solitario. Pudo comprobarlo aquella noche en la terraza cuando creía que nadie lo veía. Pronto lo disimuló con la máscara de aburrimiento escéptico que se ponía siempre cuando estaba con alguien, pero, si no, ¿cómo habría podido sobrellevar la soledad de su infancia? Tenía que repetirse una y otra vez que la daba igual.

—Es horrible —murmuró ella.

Quiso llorar por él. No le extrañaba que se hubiese acorazado de esa manera. Si no, ¿cómo podría sobrellevar que se rechazaran sus intentos de tener una familia unida? Le había contado la reacción de su hermano cuando fue a oír su sermón. Y su hermana... ¿Cómo era posible que no se diese cuenta de lo injusta que estaba siendo?

—Me alegro de que esté entendiéndolo —dijo lady Carelyon interpretando mal lo que había dicho—. Estoy segura de que si sigue resistiéndose, él acabará atacándola. Quizá empiece a decir que se ha cansado, que usted no compensa el esfuerzo, que todo empezó por una apuesta... Arrastrará su nombre por el lodo y, entonces, necesitará una aliada. Yo estoy en una posición inmejorable para defender su reputación. Por eso... —ella esbozó una sonrisa que era una mala parodia de la que una amiga dirigiría a otra—...tenemos que empezar a forjar nuestra amistad inmediatamente y he venido para entregarle personalmente una invitación a mi baile de máscaras de la semana que viene. ¿Sabe lo más gracioso de todo? ¡Que él me ha pedido que la invite!

Lady Carelyon se rio y Henrietta se dio cuenta de que la risa de la señorita Waverly no era el sonido más desagradable que había oído en su vida, no tenía ni la décima parte de maldad que esa.

—Me ha dicho que en la invitación tengo que incluir a su tía—siguió ella mirando alrededor con desdén— y a su encantadora prima, de quien, al parecer, es inseparable. Qué bonito —hizo una mueca como si le hubiera dado náuseas—. Bueno, he oído decir que se han comportado bastante bien en todas partes y se lo he comunicado a Carelyon, mi marido. No se preocupe, en mi casa no se encontrará ningún desaire.

A Henrietta no estaba costándole respirar, lo que estaba costándole era contener todas las palabras que le gustaría decir a esa... arpía condescendiente, rencorosa, malvada, desleal... Si no estuviese en la sala de su tía... Se frenó al imaginarse la sonrisa burlona de lord Deben por su dilema: decía lo que pensaba o mantenía los modales. Organizaba una escena en la sala de su tía o permitía que su hermana lo calumniara. Él fingiría que no le importaba que su hermana pensara lo peor de él, se encogería de hombros si se enteraba de que ella había dicho esas cosas de él en público. Sin embargo, ella no podía fingir que le daba igual.

—Gracias por concederme el honor de dignarse a invitarme a su casa —replicó ella con una cortesía gélida—. Naturalmente, tendré que consultárselo a mi tía para saber qué compromisos tenemos ya.

Los ojos de lady Carelyon dejaron escapar un destello de fastidio, pero no dejó de sonreír.

—Es usted muy considerada, pero me imagino que esa noche no tendrá nada que vaya a impedirle la posibilidad de que entre en mi círculo.

—¿No?

Henrietta decidió que si ese baile de máscaras coincidía con cualquier acto que organizara una verdadera amiga de su tía o un contacto útil para los negocios de su tío, se disculparía. No necesitaban la condescendencia de lord y lady Carelyon y prefería andar dos kilómetros descalza que parecer amiga de alguien que, evidentemente, odiaba a su propio hermano.

En ese momento, se arrepentía de haberle dicho a lord Deben que tenían que acabar con su relación. Si no tenían cuidado, esa arpía rencorosa creería que había sido obra de ella y se relamería de placer. No podía soportar la idea de hacer algo que permitiera que alguien se relamiera de placer por la desdicha de lord Deben.

Notó un dolor de cabeza incipiente incluso antes de que se marchara lady Carelyon. Sin embargo, esa noche iba a ver a lord Deben. Tenían que hablar y encontrar una manera de separarse sin que el orgullo de él sufriera lo más mínimo. Él era quien iba a quedarse en la ciudad y quien iba a tener que soportar las habladurías. Ella acabaría volviendo a Much Wakering y la gente se maravillaría de que hubiese sido capaz de captar la atención de un libertino tan afamado. Algo que, sinceramente, seguía desconcertándola. No tenía que haber hecho nada más después de que le hubiese dado las gracias por haber intentado rescatarlo de las maquinaciones de la señorita Waverly. Sobre todo, porque tampoco había necesitado que ella lo hubiese hecho. Le había dicho que nunca se habría sentido obligado a casarse, pero se había comportado como si creyera que le debía algo, había dicho que por eso se había tomado tantas molestias para encontrarla y agradecérselo.

Durante el resto del día, pensó tanto en ese desconcierto como en encontrar una manera de acabar con ese embrollo. ¿Acaso no había dicho él que lo había salvado de un destino peor que la muerte? Ella estaba tan enojada, sin motivo, que no había prestado toda la atención que debería haber prestado. Sin embargo, le rondaba por la cabeza en ese momento. ¿Por qué había dicho algo sobre salvarlo si no pensaba casarse con la señorita Waverly?

La opresión en la cabeza era tan fuerte que, justo antes de que fueran a arreglarse, su tía le preguntó si estaba segura de que podía asistir al baile de los Swaffham.

—Estás muy pálida y no has comido casi nada en todo el día. Me da miedo que estés poniéndote enferma.

—Me duele un poco la cabeza, pero no es nada, de verdad —mintió ella.

No podía quedarse en casa, tenía que ver a lord Deben.

—¿Otra vez? Vaya, me imagino que se acercarán tus molestias mensuales —concluyó su tía.

Henrietta, sonrojada, no lo negó ni se opuso a que su tía le mandara a Maudy, su doncella personal, para que le frotara las sienes con agua de lavanda. Aunque, seguramente, le habría sentado mejor que le frotara la base del cuello, donde la tensión se le había acumulado y le daba ganas de gritar. No sabía qué hacer sobre nada y ese era el problema. Solo quería dejarlo todo a los pies de lord Deben. Aunque, naturalmente, todavía tendría que soportar muchas cosas hasta que pudiera hacerlo. Los bailes con jóvenes que no sabía cómo se llamaban, los falsos cumplidos de mujeres que solo querían que las vieran hablando con las personas adecuadas y, quizá esa noche, comprobar si las suposiciones de lady Carelyon tenían algún fundamento.

La noche transcurrió tan despacio como había previsto. Cada minuto le parecía una hora y cada baile era casi insoportable. Estaba a punto de perder toda esperanza de verlo cuando cruzó el salón de baile hacia ella. Saludó a algunos privilegiados con aire de tolerancia y fingió no ver a los que consideró que no merecían su atención.

—Me pregunto de qué humor estará esta noche —le dijo cuando por fin llegó a donde estaba ella—. ¿Puedo sentarme a su lado?

—No sé para qué lo pregunta si pensaba sentarse contestara lo que contestase —se quejó ella cuando él se sentó sin esperar su respuesta.

Él se inclinó hacia ella.

—Si no, ¿cómo iba a saber el motivo por el que parece desdichada esta noche? ¿Por casualidad está replanteándose lo que dijo de acabar con nuestra farsa?

—Bueno, sí...

—Claro —él sonrió—, se ha acostumbrado tanto a tenerme a su disposición que prefiere no privarse de ese placer.

—No es eso, es que...

Él sonrió con algo parecido a la satisfacción.

—Es que ha descubierto que se ha enamorado tan perdidamente de mí que ya le da igual la cautela y quiere reconocer que no puede vivir sin mí.

—No sea ridículo.

Él no podía saber lo que sentía.

Sabía que, la mayoría de las veces, no podía disimular lo que estaba pensando, pero había tenido mucho cuidado de no mirarlo con arrobo, ni de suspirar ni de hacer todas esas cosas que había visto hacer a otras chicas para indicar que el hombre con el que estaban hablando les parecía irresistible.

Él dejó escapar un suspiro muy exagerado, como si se sintiese herido. Cuando se dio cuenta de que lo que menos le interesaba era que estuviese enamorada de él, quiso abofetearlo.

—Es por su hermana —siguió ella bruscamente—. Me ha visitado esta tarde y me ha felicitado, en voz muy alta, por haberme resistido a sus intentos de seducirme. Al parecer, ya es un libertino tan incorregible que cometer adulterio le parece poca cosa. Ahora, se dedica a seducir y a abandonar a jóvenes inocentes y virtuosas.

—¿Y...?

—¿No le parece evidente? Si deja de perseguirme ahora, después de aquel pequeño incidente...

—Cuando me rompió el abanico en el brazo y salió corriendo con su tía como si le hubiese hecho una proposición indecente...

—Sí —ella se sonrojó—. Reconozco que tuve la culpa de que todo el mundo empezara a pensar esas cosas tan infames de usted. No... no podemos dejarlo ahora o la gente creerá...

—Que su virtuoso rechazo ha estimulado mi perverso paladar —terminó él con una sonrisa.

—Lo sé. Lo siento muchísimo. Por nada del mundo permitiría que la gente pensara algo tan espantoso de usted.

La expresión escéptica desapareció de su rostro y la miró fijamente con los ojos muy abiertos.

—¿Su preocupación, su palidez, su inquietud y el cambio de opinión en lo que respecta a nuestro acuerdo se deben a que quiere defender mi reputación?

—Sí. Verá...

Él soltó una carcajada y ella miró hacia otro lado con los labios muy apretados. El dolor de cabeza que había tenido todo el día estaba oprimiéndole demasiado la cabeza y quería marcharse a casa.

—No... Señorita Gibson, no se ofenda, por favor. Es que mi reputación ya es tan mala que la idea de que alguien quiera defenderla es increíble.

—Claro, entiendo —Henrietta se levantó lentamente—. Si me disculpa, lord Deben, comprendo que mi presencia es innecesaria en su vida y pronto lo será en su memoria y...

Él se levantó de un salto y la agarró de la muñeca con un gesto muy serio.

—Su presencia en mi vida dista mucho de ser innecesaria aunque no lo crea, señorita Gibson, pero...

Pero ¿cómo acabaría la frase? Ella nunca había estado menos receptiva a una declaración. Le había dado la oportunidad perfecta para que le dijera que sentía algo por él y le había dicho que era ridículo. En ese estado de ánimo, si le dijera que solo quería acabar la farsa porque quería que la relación fuese verdadera, que quería casarse con ella, lo rechazaría de plano. No iba a darle la oportunidad de rechazarlo. Ninguna mujer lo pondría de rodillas, tenía sus métodos para conseguir lo que quería y eran mucho más efectivos que una declaración formal.

—Lamento que las cosas terminen entre nosotros antes de que haya terminado su... formación —siguió él con delicadeza—. Estaba siendo una alumna muy aplicada.

—No es verdad —replicó ella acaloradamente—. Además, no ha habido ninguna... formación.

—Sí la ha habido, pero quizá haya sido demasiado sutil y no se ha dado cuenta. Aquella noche, se derritió con mis besos como si fuese mantequilla al sol —insistió él inclinándose hacia ella—. Desde entonces, le he enseñado a su cuerpo a reaccionar cuando sentía mi aliento. Estoy excitándola en este momento solo por susurrarle al oído. Se le ha entrecortado la respiración y se le han endurecido los pezones.

—¡No es verdad!

Su descripción había sido tan exacta que retrocedió precipitadamente y se chocó contra la butaca en la que había estado sentada.

—Sí lo es. Me desea. Desea que la bese, que la bese de verdad, que la bese en la boca. Apostaría cualquier cosa a que también desea que la acaricie.

—¡Ba... basta!

—No hace falta que se enfade. Yo también la deseo. ¿No le he dicho ya que quiero paladearla otra vez?

—Pero... no puede. Estamos acabando con esta, con esta...

—¿Qué mejor manera de acabarla que con un beso de despedida? Con el beso que los dos hemos deseado, con el que hemos anhelado...

—Yo no... no anhelo... ¡No!

Él sonrió burlonamente.

—No creía que fuese una cobarde ni una mentirosa...

—¡No soy ninguna de las dos cosas!

—Entonces, demuéstrelo. Salga a la terraza por las puertas que hay al final del salón de baile, gire a la izquierda y encontrará una serie de puertas acristaladas, entre por las cuartas y se encontrará en un despacho que no se usa casi nunca. Estaré esperándola, aunque habré llegado por un camino completamente distinto.

Lo miró con furia y sin saber qué era lo que más la había enfurecido de ese escandaloso comentario. Era verdad que lo anhelaba, pero ¿cómo se atrevía a decírselo a la cara? Hacía que se sintiera... desnuda. La conocía demasiado bien. Había captado todas las reacciones que había intentado disimular. Además, si conocía tan bien la casa, quería decir que ya había utilizado esa habitación para un encuentro en el pasado.

—Tendrá que esperar sentado —replicó ella con una opresión en el pecho.

—Perfecto —contestó él con un brillo de aceptación en los ojos.

—¿Perfecto? ¿Qué quiere decir?

¿Acaso no la deseaba después de todo? ¿Había estado provocándola o poniéndola a prueba? ¿Por qué era tan difícil entenderlo?

—Quiero decir que su actitud ha convencido a todo el mundo de que los rumores eran ciertos. Todos están mirándonos; no se dé la vuelta... Eso, que piensen que soy un sátiro —añadió con una sonrisa maliciosa—. ¿Cree que me importa?

Entonces, la deseaba, no había mentido. Casi sintió vértigo por el alivio. Hasta que se acordó de lo que había dicho lady Carelyon.

—Pero, entonces, su hermana habría salido victoriosa y no estaría bien...

—No he tenido tanta suerte con mis hermanos como usted. Haga lo que haga, nunca he conseguido que dejen de sentir rencor por las injusticias que sufrieron de pequeños. ¡Que se vayan al infierno!

Seguía teniendo una expresión de sátiro, pero ella pudo captar algo parecido al desconsuelo en el fondo de sus ojos.

—Concédame una sola cosa antes de que nos separemos —le pidió él con la voz ronca—. Permítame que la bese, permítame que paladee su inocencia y su pureza una sola vez. ¿Es mucho pedirle?

Se sintió volcada hacia él. Estaba muy solo y desamparado. Él no tenía la culpa de todo lo que habían sufrido sus hermanos, ¿por qué tenía que pagar por ello? Además, deseaba saber lo que sentiría al besarlo... una vez.

—Márchese —dijo él en tono lujurioso—. Salga a la terraza con aire ofendido.

—No sé si sabré adoptar un aire ofendido.

—Márchese con la nariz levantada y la espalda muy recta, como la viva imagen de la inocencia insultada. Servirá igual para el propósito que buscamos.

—¿Para confirmar la espantosa historia que está contando su hermana?

Él se cruzó de brazos y esbozó una sonrisa tan desolada que ella tuvo ganas de llorar.

—Las lágrimas también ayudarán —comentó él secándole una que tenía en las pestañas—. Son el último recurso de las mujeres.

Eso era excesivo. Estaba a punto de llorar por él y todavía era capaz de burlarse. Había reconocido que quería besarla, pero solo para paladear su pureza, como si fuese una fruta muy rara. Casi tenía el corazón roto por él, pero estaba poniéndose otra vez la cota de malla. Quiso golpearle el pecho con los puños, gritar y arrancarse el pelo, pero, naturalmente, no lo haría. Se alejó de él rebuscando un pañuelo en el bolso de mano, tambaleándose y medio ciega por las lágrimas de desolación y perplejidad. Sin saber cómo, encontró el camino hasta la terraza. Por mera casualidad, salió por las puertas acristaladas, se apoyó en la balaustrada y miró los caminos de grava que había debajo. ¿Había sido casualidad? Al cabo de un momento se dio cuenta de que él la había mandado en esa dirección antes de la burla final. Todo el asunto le importaba tan poco que, incluso cuando estaba a punto de llorar, él había conservado suficiente frialdad para manipularla. De todos los hombres sin escrúpulos, arrogantes, dominantes... Sin embargo, era el hombre que amaba. ¿Cómo era posible?

Se secó los ojos con el pañuelo e inhaló el olor a lavanda. Seguramente, él estaría camino del pequeño cuarto del que le había hablado. Seguramente, caminaría con altivez y con una sonrisa de satisfacción en sus sensuales labios. Estaría seguro de que acudiría a él como... una paloma al palomar, como dijo su tía. Bueno, esa sonrisa empezaría a esfumarse cuando tuviese que esperar y esperar y ella no apareciese. Así aprendería.

Sin embargo, ¿acaso no había bastante gente en su vida que reaccionaba a sus defectos tratándolo como si tal cosa?

¿Quería ser una más? ¿Quería dejarlo con la impresión de que le daba igual o de que anteponía su orgullo a los sentimientos de él? Sentimientos que él negaría, pero ella había vislumbrado el dolor en sus ojos antes de que lo disimulara con la burla. Además, ¿cómo podría llegar a creer en el amor si no había alguien dispuesto a mostrarle un poco? Aunque tampoco esperaba que ser consecuente con el amor que sentía por él fuese a impresionar a ese corazón encallecido que tenía. Sin embargo, sabría que había sido consecuente y, quizá, algún día recordaría ese tiempo que habían pasado juntos y se daría cuenta de que... ¿De qué? ¿De que se rendía a sus encantos como todas las mujeres del mundo? ¿De que no podía resistirse más que esa legión de mujeres casadas que había conquistado?

Eso era para él, una conquista más, un juguete con el que podía jugar cuando estaba decaído y que podía abandonar cuando tenía cosas más importantes en las que pensar. Como la habían tratado todos los hombres a lo largo de su vida. Esas conversaciones sobre su familia con lord Deben habían conseguido que viese todo su pasado de forma distinta. Siempre había adorado a sus hermanos mayores, pero ellos habían salido al mundo y estaban progresando en sus profesiones sin acordarse de ella. Efectivamente, Hubert le había escrito a Richard y le había pedido que la vigilase durante la Temporada, pero el resultado no había sido el mejor.

En cuanto a su padre, él vivía para sus libros y el estudio. La amaba a su manera, pero el jaleo que había organizado al prepararle la Temporada en Londres solo demostraba que le había dedicado muy poco esfuerzo. Le había visto escribir docenas de cartas a todos los coleccionistas del país cuando quería conseguir un libro concreto. Estaba segura de que también podría haber escrito a muchos familiares para que se ocuparan de su Temporada y de que algunos, incluso, podrían haberla presentado en la corte. Sin embargo, sospechaba que se había limitado a añadir un párrafo a una carta que ya había redactado al tío Ledbetter, con quien se veía a menudo cuando iba a la ciudad, porque su tío era un hombre que tenía contactos en todos lados. También estaba atento a los libros singulares que salían a la venta y se lo comunicaba a su padre, como le mandaba los anuncios de las conferencias que daban científicos que casi nunca salían de sus laboratorios.

¿Su padre había supuesto que tendría el tipo de contactos que introducirían a una muchacha en sociedad? ¿Acaso no se le había ocurrido pensar que lo que ella necesitaba para la Temporada en Londres no era lo mismo que necesitaba un erudito?

Entonces, oyó que se abría una puerta. Miró por encima del hombro y vio la rendija. Lord Deben estaba esperándola. Volvió a mirar al jardín con la respiración entrecortada y el corazón acelerado. Si acudía a él, la besaría, la besaría como había estado soñando desde lo que le parecían tiempos inmemoriales. Estaba mal, muy mal, quedarse a solas con un hombre como él cuando sabía que pensaba comportarse inadecuadamente. Había hablado de acariciarla... Volvió a mirar por encima del hombro. Si acudía, reconocería que la había conquistado, que no podía resistir la tentación de que la besara.

Sin embargo, nadie se enteraría. Él estaba tan acostumbrado a los encuentros clandestinos que sabría cómo hacerlo. Había preparado esa escena en el salón de baile para que todo el mundo creyera que había sido su despedida definitiva. Esa separación sería su secreto y el de nadie más.

Se dio la vuelta aunque siguió apoyada en la balaustrada y agarrada a la piedra como si fuese el último asidero del decoro. Sin embargo, su cabeza ya estaba en otra parte. Ya que su relación no podía llegar a ninguna parte, no sabía por qué no podía llevarse un recuerdo a Much Wakering, el recuerdo de haber hecho lo que había querido sin importarle las consecuencias. El recuerdo de un beso auténtico, del beso que le había dado un hombre como no había otro. Lo conservaría entre algodones y lo sacaría durante los solitarios días de su soltería... porque nadie podría llegar a compararse con lord Deben y ¿por qué iba a conformarse con un mal sucedáneo?

Ya estaba a mitad de camino cuando se dio cuenta de que se había apartado de la balaustrada. Sus pies la llevaban por encima de las losas irregulares como si lord Deben estuviese tirando de ella con un cordel invisible. Vaciló con la mano en el picaporte. Un beso, nada más. Un beso de despedida. No sabía por qué iba a privarse de un capricho, por muy degenerado que los demás pensasen que era. Tomó aliento, levantó la barbilla y entró.

Once

—Ha venido... —dijo lord Deben mientras la rodeaba para cerrar con llave la puerta de la terraza.

La habitación estaba iluminada por una sola vela que había encima de la repisa de la chimenea y no podía ver bien su cara. Sin embargo, captó algo en su voz que le dio un vuelco al corazón. ¿Avidez...? ¿Alivio...? No podía ser. A él no podía importarle que hubiese ido o no.

No obstante, se dejó llevar por la tentación de apoyar la frente en su pecho mientras él cerraba las cortinas antes de rodearla con los brazos. Por un instante, le pareció que era el abrazo de un amante verdadero.

—Me alegro —añadió él dándole un beso en la cabeza.

Ella estuvo a punto de atreverse a rodearle la cintura con los brazos y abrazarlo. ¿Abrazarlo?

¿En qué estaba pensando? Él no recibiría bien una demostración de cariño. Él no creía que ese momento tuviese algo de especial, no quería cariño de ella, era algo más oscuro y retorcido. Era algo compuesto por miles de capas que ella no esperaba atravesar nunca. No podía abarcar a un hombre tan complejo y amargado. Sin embargo, sabía que él no la defraudaría. No podría amarlo si no hubiese percibido que debajo de su máscara de escepticismo había algo que nunca se corrompería completamente, algo que la atraía.

Ella se agitó y, entonces, él comprendió que estaba abrazándola con tanta fuerza que no podía respirar. Tuvo que hacer un esfuerzo para aflojar un poco el abrazo. No se había atrevido a esperar que ella reuniera valor suficiente como para acudir a él así. Había pasado las noches en vela y yendo de un lado a otro porque sabía que todo su futuro dependía de esa última tirada de los dados. Sin embargo, allí estaba y sería allí, en esa habitación, donde la uniría a él para siempre si todo salía como había planeado.

—No quiero que piense... —empezó a decir ella mirándolo a la cara.

Él le puso un dedo en los labios para callarla. Lo importante era que había acudido y no quería oír sus justificaciones.

—No quiero oír ni una palabra más. Ya sé que aunque no quiere que la relacionen conmigo en público, sigue teniendo curiosidad por saber lo que se siente cuando la besa un libertino como yo.

Él lo había dicho con amargura y una expresión áspera. Había conseguido que pareciera que casi estaba insultándolo por haber acudido allí. No era verdad. No estaría allí si fuese otro hombre. Aunque no iba a cambiar nada para él, ella seguía queriendo que lo entendiera. Tomó aliento para protestar, pero él se inclinó y la besó en la boca.

Todo pensamiento racional se disipó. Él le había rodeado la cintura con un brazo y le sujetaba la nuca con la otra mano mientras su boca se adueñaba de la de ella. Era el paraíso... casi, porque estaba haciendo eso solo para que no dijera lo que pensaba y si ese iba a ser su único beso... Dejo escapar un gemido.

—Perdóneme —le pidió él apartándose—. No he sido muy considerado, ¿verdad? Sería mucho más cómodo en el sofá.

Se puso detrás de ella y la llevó por la habitación con un brazo alrededor de la cintura. Sintió tal alivio porque no iba ser su único beso que no dijo nada y dejó que la sentara como él quería. Al lado de él, quien le pasaba un brazo por encima de los hombros, y medio reclinada sobre unos cojines.

—¿Mejor?

No. Lo había preferido ardiente y apasionado.

—Si va a ser nuestra despedida —siguió él en

ese tono escéptico que ella detestaba tanto—, tengo que conseguir que sea algo memorable para usted, ¿no?

Se habría conformado con pasar un rato más entre sus brazos y con él besándola tan apasionadamente que le había parecido que podría haberle roto el cuello. No quería una actuación como esa, como demostraba que estuviese quitándose los guantes tranquilamente. Se había recompuesto y estaba tratándola con la misma frialdad despectiva con la que se decía que trataba a todas sus mujeres. Sin embargo, ¿qué podía esperar? Al pedirle que le mostrara ese aspecto de él había acabado con cualquier posibilidad de que la amistad brotara entre ellos. Al aceptar ese beso, había conseguido que la viera como a las demás. Esa era su manera de despedirse de ella, reduciéndola a una conquista más, a otra mujer cuya curiosidad por su habilidad había podido con ella. Así, cualquier daño que hubiera podido hacerle pasaría más deprisa. Y le había hecho daño. Había sido sin querer, pero en vez de mantenerse a su lado para enfrentarse a las insidias de su hermana, había aceptado alejarse, había aceptado que él fuese el malo de la función. Era casi como si estuviera representando esa obra en esa habitación.

—No —contestó ella en un susurro—. He cambiado de opinión.

—Demasiado tarde —replicó él sin inmutarse—.

Ahora está encerrada aquí conmigo y no pienso dejar que se marche hasta que haya terminado.

—Ya lo he besado —protestó ella con una mano en el pecho.

Él le agarró la muñeca, le levantó el brazo por encima de la cabeza y la tumbó sobre los cojines debajo de él.

—No —dijo él con un brillo de rabia contenida en los ojos—. Yo la he besado. Usted se quedó tan sorprendida que no reaccionó. Aunque ahora parezca que quiere gritar para pedir ayuda.

Estaba un poco asustada. Parecía frío e implacable, como cuando la señorita Waverly intentó atraparlo. Sin embargo, también sentía otras cosas y podía notarlo en el calor de su cuerpo que atravesaba la tela de su vestido y el chaleco de él. Una era la excitación física. Estar tan cerca de él, quien estaba dispuesto a comportarse escandalosamente, era la sensación más embriagadora que había tenido jamás. Sin embargo, su amor era más profundo que la reacción física. Un amor que le decía que aunque él representara el papel de malo, aunque intentara asustarla y castigarla un poco por haber tomado la solución más fácil cuando debería haberse quedado a su lado, él no era nada malo. Si lo fuese, no se habría ofrecido para sufrir la censura pública y que ella pudiera librarse con la reputación intacta. Si había alguien malo, era ella. Sus motivos para estar allí eran absolutamente egoístas, inadecuados y, seguramente, un poco perversos. No debería estar tan emocionada porque estaba encima de ella con la intención de castigarla...

—No gritaré.

—¿No...?

Ella negó con la cabeza y se aclaró la garganta.

—Ahora comprendo que lo he enojado y que por eso está siendo un poco desconsiderado. Sin embargo, yo soy la única culpable. Si no hubiese querido que me besara como un hombre experimentado besa a una mujer, no debería haber venido aquí.

—¿No gritará para pedir ayuda haga lo que haga?

Ella volvió a negar con la cabeza y le tomó la cara con la mano que tenía libre.

Maldición. Debería haber sabido que no podría asustarla para que hiciera lo que habría hecho cualquier otra mujer. Ya no podía esperar que su airada tía llegase a rescatarla, a ser posible con algún testigo que confirmase sus diabólicas intenciones, y que él tuviese que casarse para salvar su reputación. Ella no lo habría rechazado en esas circunstancias. Por algún motivo, le daba mucha importancia a la reputación de él. Dejó escapar algo parecido a una leve risotada.

—Debería haber sabido que nunca haría algo tan remilgado —él le tomó la mano y se la llevó a los labios—. Eso hace que sea irresistible.

—Por favor, no se moleste con halagos falsos —replicó ella con cierta tristeza—. Ahora no hay nadie que pueda oírlos.

—¿Cuándo se le meterá en la cabeza que soy completamente sincero? No le he dicho ni una sola palabra que no creyera de verdad... y nunca lo haré.

Podía llegar a límites increíbles para someterla a su voluntad, podría defraudarla de mil maneras, pero nunca le mentiría. Inmediatamente, antes de que la mirada de confianza de ella pudiera ablandarlo, volvió a besarla en la boca. Ella suspiró de felicidad y se dejó arrastrar por la ardiente avidez de su boca. Sin embargo, se quedó rígida por la sorpresa cuando él, aprovechando el suspiro, le introdujo su lengua en la boca. Aunque, la verdad, no fue una sensación nada desagradable sentirlo de una forma tan íntima y sentirse invadida de una forma tan escandalosa y, aun así, deliciosa.

Le gustaría saber qué hacer con las manos. El resto del cuerpo parecía saber, milagrosamente, lo que tenía que hacer. Supuso que era el instinto, la reacción natural de una mujer al hombre que amaba. El corazón estaba desbocado, los huesos se le ablandaban y esa parte oculta entre los muslos se le derretía como si quisiera prepararse para la invasión que su lengua estaba imitando en su boca. Todo su cuerpo estaba completamente desinhibido. Solo las manos seguían cohibidas dentro de unos guantes que le complicarían la tarea de quitarle la ropa y que, al final, le impedirían sentir su piel desnuda. Aunque introdujera los dedos entre su pelo, le tela de seda le estropearía le experiencia de acariciar los rizos oscuros y sedosos. ¿Por qué no había tenido la previsión de quitárselos como él? Porque, para él, no era amor. Podría besarla con una avidez que parecía pasión, pero había visto su mirada antes de que la besara y parecía de obstinación, y un hombre enamorado no tenía que hacer nada para besar a la mujer con la que estaba.

Contuvo un sollozo y se le escapó un gemido de frustración. Él suavizó el beso inmediatamente, le mordió ligeramente el labio inferior y le pasó la lengua por encima. Aterrada de que fuese a terminar el beso tan pronto, lo agarró del cuello y apretó la boca vehementemente contra la de él con la esperanza de que el entusiasmo supliera a la experiencia. Para su alivio, él dejó escapar un gruñido de placer y le succionó alternativamente el labio inferior y el superior como si se deleitara con su boca.

Cuando ella se relajó, él le recorrió el cuello con los labios de abajo arriba y le mordisqueó el lóbulo de la oreja. Ella, casi extasiada por el placer, inclinó la cabeza hacia un lado para que llegara mejor. Volvió a recorrerle el cuello con los labios hasta que empezó a separarle el escote con los dientes. Era el punto en el que una chica buena habría hecho algo, pero la última vez se preguntó qué sentiría si le tomaba los pechos con la boca. Se había pasado noche tras noche preguntándose si no era lo suficientemente femenina para que él quisiera llegar más lejos. Bueno, pues ya quería llegar más lejos. Ya estaba soltando los cierres del corpiño. Ella se dijo que podía ser la última ocasión de satisfacer su curiosidad en ese terreno y sofocó el poco remordimiento de conciencia que le quedaba.

Casi como si supiera que ella podía echarse atrás en ese momento, lord Deben pasó una pierna por encima de las suyas para sujetarla y le separó la tela para poder alcanzar los pechos. Ella cerró los ojos, era lo único que podía hacer para contener el repentino arrebato de timidez. Él fue más efectivo y le tomó un pecho con una mano mientras le tomaba el otro con la boca. Ella contuvo el aliento. ¿Antes creyó que estaba extasiada por el placer? Aquello era mucho más. No quería que parase jamás y le agarró la cabeza para mantenerla donde estaba. Él dejó escapar otro gruñido de placer, pero apartó la mano. Ella estuvo a punto de lamentarse cuando se dio cuenta de que había dejado de acariciarle el pecho para dedicarse al resto del cuerpo. Había dicho que le gustaría que le acariciara el cuerpo, ¿no? Efectivamente, le gustaba. Era maravilloso sentir su mano en el costado, en la cintura y en la redondez de la cadera. Sobre todo, cuando seguía lamiéndole y mordisqueándole el pezón. Si se hubiese detenido en ese momento, habría tenido que hacer algo como suplicárselo, pero no hizo falta, era perfecto. Excepto por una cosa, cuanto mejor se sentía, más quería, estaba casi sollozando de anhelo. Cuando paró bruscamente de lamérselo, estuvo a punto de gritar.

Afortunadamente, solo había cambiado de postura para poder besarla en la boca otra vez. Ella, agradecida, volvió a rodearle el cuello con los brazos. El roce de su chaleco sobre los pechos desnudos le gustaba tanto que se arqueó para que le rozara más.

No había podido imaginarse que pudiera sentir más placer que el que había sentido hasta ese momento y, sin embargo, cada cosa que hacía la acaloraba más por dentro. El contacto de su mano en la cadera hacía que se retorciera debajo de su pierna. Él, como si supiera qué era lo que necesitaba, dirigió la mano entre sus muslos mientras bajaba la pierna. Cuando su mano alcanzó el punto donde se le acumulaba el placer, creyó que iba a explotar. Quería hacer algo con las piernas, estaban demasiado juntas y no podía moverlas porque la falda era demasiado estrecha. Estaba a punto de perder la cabeza de placer. Había oído decirlo antes, pero nunca lo había vivido ella. Todo el cuerpo se le retorcía de anhelo, como si quisiera estar en otro sitio, aunque ese era el sitio más placentero donde había estado jamás.

Necesitaba... Necesitaba... Por fin, él empezó levantarle esas dichosas faldas y pudo pasar una pierna por encima de las de él y girarse un poco... No, él no lo permitió. Volvió a ponerla de espaldas, pero le agradeció el gesto acariciándole el muslo desnudo y separándole la pierna un poco más para que pudiera meter la suya entre las de ella. Entonces, consiguió subir la mano un poco hasta que volvió al alcanzarle el clítoris, pero esa vez sin tela alguna por medio. Además, no se limitó a acariciarla, sino que introdujo un dedo y empezó a meterlo y sacarlo como si imitara el apareamiento.

Ella, atónita, contuvo el aliento. Era indecente. Estaba segura de que eso que estaba haciendo era indecente, pero todo su cuerpo reclamaba más, se estremecía por el anhelo. Una tensión apremiante y desconocida estaba acumulándose donde la tocaba tan diestramente con los dedos. Gimió y se aferró a sus hombros. Ya habían llegado demasiado lejos como para protestar porque eso era mucho más que el beso que habían acordado. Solo pudo dejar escapar otro gemido mientras arqueaba las caderas contra la mano que estaba enloqueciéndola de placer. Aunque una parte de sí misma se había escandalizado por lo que había hecho instintivamente, volvió a frotarse una y otra vez mientras él seguía entrando y saliendo. Entonces, el instinto se adueñó completamente de ella. Era como estar montada en un caballo desbocado sin riendas ni estribos. Solo podía agarrarse a su melena, hasta que el animal decidiera detenerse. Estaba estremecida y palpitante. Algo tan intenso como un rayo le surgía desde el sitio que se frotaba contra su mano, ascendía por toda la espina dorsal e irradiaba por todo el cuerpo.

Sin embargo, no era breve como un destello, sino que la deslumbraba tanto que le parecía que no sería capaz de soportar un segundo más ese resplandor exquisito. Fue a gritar, pero lord Deben le cubrió la boca con la suya y absorbió el sonido mientras lo dejaba escapar. Entonces, no llegó el trueno, sino una oleada de felicidad que la arrastró una y otra vez y la dejó jadeando para poder respirar.

Había llegado el momento de llevar a cabo su plan. Estaba tumbada sobre los cojines, jadeando, con los brazos desfallecidos a los costados, las piernas ligeramente abiertas, los labios separados y los ojos entrecerrados, como si no tuviera fuerzas para abrirlos del todo. No podía decir nada para quejarse y mucho menos moverse para defenderse. Podría abrirse los pantalones y entrar en ella antes de que se diera cuenta de lo que estaba haciendo. Entonces, sería demasiado tarde. El ligero dolor al perder la virginidad la sacaría del estupor, claro, pero como todavía estaba estremecida por el primer orgasmo, no le costaría conseguir que volviera a entregarse. No tenía la experiencia necesaria para resistirse a la energía que podía desatar en ella. Se cercioraría de que disfrutara... físicamente al menos.

Después, cuando ella fuese capaz de pensar con claridad y recuperara su sentido de la moralidad, la tranquilizaría y le diría que, naturalmente, se casaría con ella. No lo rechazaría cuando le había arrebatado la virginidad. Sería irrevocablemente suya. Era tan honrada, tan recta en cosas como esas, que una vez que la tuviera, nunca podría casarse con otro hombre. Se sentiría obligada a confesar que no era virgen a cualquier hombre que le pidiera matrimonio e, incluso, no lo aceptaría aunque ese hombre estuviese dispuesto a pasarlo por alto.

Además, una vez consumado el acto, la habría convencido de que había cedido porque estaba enamorada de él. Se aferraría a esa excusa para aliviar su remordimiento de conciencia y entonces... entonces sería suya definitivamente.

Retiró la mano de entre sus muslos y fue a desabrocharse los pantalones. Sin embargo, ella giró la cabeza y lo miró con una sonrisa tímida y confiada. Sus dedos se detuvieron en el segundo botón.

Nadie había confiado en él porque era así de bastardo. No un bastardo como podría decirse de sus hermanos por lo que había hecho su madre, sino por su egoísmo indescriptible. Era un bastardo por definición. Siempre había hecho lo que había querido sin importarle los sentimientos de los demás. Se había aprovechado de las mujeres para su satisfacción sexual y luego las había despreciado por haberle permitido que se aprovechara de ellas. Sin embargo, eso era peor, peor que cualquier otra cosa que hubiese hecho. Estaba a punto de abusar de la confianza de Henrietta robándole lo más preciado que tenía, y no se refería a su virginidad. Quería arrebatarle su libertad.

¿Cómo podía olvidarse de cuando salió de su escondite dispuesta a evitar como fuese que la señorita Waverly lo comprometiera? Aquella noche salió en su defensa, aunque fuese un desconocido, porque no soportaba la injusticia. ¿Iba a pagárselo arrebatándole la libertad de poder elegir al hombre con el que quería casarse?

Seducirla sería la peor traición posible. Ella se sentiría como si la hubiese atacado, destrozaría la confianza que tenía en él y destrozaría el poco aprecio que hubiese podido sentir hacia él. Condenaría su matrimonio a la desdicha. Nunca le bastaría con poseerla, necesitaba que lo amara. ¿Necesitaba que lo amara? Sacudió la cabeza. No, no podía ser. Se había acostumbrado a la idea de que ella estuviese enamorada de su marido, nada más. Se había acostumbrado a la idea de tolerar que ella mostrara cariño hacia él abiertamente. No necesitaba amor, había vivido mucho tiempo sin él. ¿Qué podía cambiar en ese momento? Podía cambiarlo absolutamente todo y ella nunca podría enamorarse de un hombre capaz de emplear esas tácticas para conseguir lo que quería. ¿Acaso se había creído que podía expoliarla y que además lo perdonaría... o que él se perdonaría alguna vez a sí mismo?

Aunque llegara a convencerla de que había actuado por desesperación, porque se había sentido físicamente enfermo cuando ella le comunicó su intención de dar por terminada la relación, que se había dejado llevar por el pánico y que había pensado que haría cualquier cosa por conservarla, un hombre no tenía ninguna excusa para traspasar esa línea. No podía herirla de esa manera. Por primera vez en su vida, se dio cuenta de que había algo más importante que salirse con la suya; la felicidad de Henrietta. No podía ser el hombre que la había traicionado, que la había herido, que había abusado de su confianza. Sin embargo, maldita fuese, era demasiado confiada. ¿Por qué no la vigilaba mejor su tía? Tenía que protegerla de los bastardos como él, no podía dejar que saliera a las terrazas a la luz de la luna y que se metiera en habitaciones oscuras donde podía pasar cualquier cosa.

Dejó escapar un gruñido atormentado, la sentó

en su regazo y le puse la cabeza en el pecho para no tener que seguir soportando su mirada confiada. Ella, siendo como era, le devolvió bien por mal al estrecharse contra él tan confiada como una niña y rodearle la cintura con los brazos.

—¿Qué... qué... qué ha sido eso?

—Eso ha sido su primer orgasmo, querida.

—Yo... yo solo esperaba un beso. Supongo que... ha llegado a tanto para castigarme...

—¿Le ha parecido un castigo?

Él era quien merecía un castigo. No podía creerse que hubiese estado a punto de llegar hasta ese punto para salirse con la suya.

—Algunas veces —reconoció ella.

—Sin embargo, ha gozado...

¡Él podía ser muchas cosas, pero también era un amante consumado!

—Sí, aunque supongo...

Ella, desafortunadamente, se movió para levantar la cabeza y puso la cadera encima de la apremiante erección.

—No haga eso.

La agarró de la cintura y volvió a sentarla en las piernas. Estaba haciendo un esfuerzo inmenso para no hacer algo por lo que se odiaría toda la vida.

—Además, no me pregunte el motivo, pero no estoy orgulloso de mí mismo —añadió él en tono sombrío.

Era penoso intentar justificar lo que había estado a punto de hacer porque estaba desesperado. No debería haber llegado a estar desesperado. Había jurado que ninguna mujer lo pondría de rodillas, pero el deseo de poseer a Henrietta era tan fuerte que casi lo había llevado a hacer algo inconsciente. Nunca había deseado nada ni a nadie como la deseaba a ella. Salvo, al parecer, su respeto. Le costaría menos vivir sin ella en su vida que hacer algo que le hiciera merecer el desprecio de ella.

—Será mejor que la adecente un poco para que pueda volver con su tía sin que parezca que la han medio violado —comentó él.

Empezó a abrocharle los cierres del corpiño y esperó que ella no se diese cuenta de que le temblaban las manos. Afortunadamente, ella estaba mirándole a la cara.

—No estoy segura de que pueda volver a salón de baile... —replicó ella con un hilo de voz.

—Podrá enseguida —él intentó no conmoverse por lo que parecían unas lágrimas—. Tome —sacó un pañuelo del bolsillo y se lo dio—, úselo si va a ponerte sentimental.

Supo que había parecido brusco, pero, al menos, tuvo un efecto estimulante en ella, quien agarró mecánicamente el pañuelo y lo arrugó en la mano en vez de usarlo.

—No creo que pueda volver a andar —replicó

ella bajando la cabeza y sonrojándose—. Las piernas no me sostienen.

—Vino.

Lord Deben se levantó y fue hasta la mesa del despacho. Además, podría abrocharse el primer botón de los pantalones entes de que ella se diera cuenta.

—He traído un poco para... crear ambiente —siguió él.

Hizo una mueca de disgusto. ¿Cómo había podido estar tan ciego? La había tratado con la misma crueldad despreocupada con la que había tratado a muchas mujeres. ¿Esperaba además que le sonriera con agradecimiento, que le diese las gracias por su habilidad al corromperla y que luego se embarcase en un matrimonio basado en el engaño y el dominio? Se merecía otra cosa. Cuando decidiese casarse con ella, sería para empezar una vida nueva, una vida sana donde la fidelidad tuviese un papel esencial. Sirvió dos copas con vino. Quizá nunca pudiese librarse de su legado, quizá fuese un sinvergüenza tan recalcitrante que no pudiera vivir conforme a los criterios morales de Henrietta. Tenía que casarse con un hombre que fuese digno de ella. Alguien que la valorase y a quien ella pudiera respetar, alguien que no estuviese tan inexorablemente corrompido por la depravación.

—Sin embargo, creo que ahora puede servir

para algo mejor —añadió él bebiéndose el vino antes de volver al sofá.

Henrietta, con dedos temblorosos, tomó la copa que le ofrecía él y también bebió.

—Creo que le debo una disculpa.

Lo que había hecho ya era bastante malo, pero se disculpaba por lo que había planeado.

—No, no me la debe —replicó ella levantando la cabeza para volver a mirarlo con confianza.

—¡Claro que sí! Aunque, al menos, debe servirle de advertencia para que no se quede sola con un hombre tan degenerado como yo. Con ningún hombre. No puede confiar en nosotros. No somos mejores que los animales.

Ella lo miró sin salir de su asombro.

—Sin embargo —siguió él volviendo a la mesa y sirviéndose otra copa de vino—, puede estar tranquila en un sentido. Esta vez no ha pagado todo el precio por su maldita ingenuidad. Sigue virgen y su marido, sea quien sea, no sabrá que ha tenido una relación sexual.

Como estaba de espaldas a ella, no pudo ver el dolor que se reflejaba en sus ojos y cuando se dio la vuelta, ella ya había conseguido disimularlo. No le dolía solo que hubiese insinuado que se merecía que la despreciara por haber infringido las normas que impedían que una muchacha decente se quedara a solas con un hombre, lo que le dolía hasta el punto que no creía que fuese a dejar de dolerle jamás era la naturalidad con la que había hablado de su futuro marido, fuese quien fuese. Eso significaba que no tenía intención de serlo él.

Era una necia por sentirse tan desolada. Siempre había sabido que no pensaba casarse con ella. Estaba tan por encima de ella, socialmente, que, para eso, podía soñar con que le pidiera la mano el emperador de Rusia.

—¿Ya puede levantarse?

Su impaciencia por librarse de ella le dio un buen motivo para que intentara levantarse. Una vez de pie, su orgullo le impidió arrojarse sobre su pecho y suplicarle que no se deshiciera de ella de esa manera. Sabía que había querido llegar más lejos todavía, que había empezado a desabrocharse los botones, pero que se lo había pensado mejor. Además, incluso ella, por muy inexperta que fuese, podía comprobar que seguía excitado.

Tuvo que haberle costado contenerse. Sobre todo, cuando no estaba acostumbrado a reprimirse. Si ella fuese una de las mujeres con las que solía estar, todo habría llegado a la conclusión natural y en ese momento estarían bebiendo vino, riéndose y charlando amigablemente. No le extrañaba que estuviese enfadado con ella. Si le explicara que no iba a exigirle ni a esperar siquiera que se casara con ella, quizá volviera a tumbarla en el sofá para seguir donde lo habían dejado. Sin embargo, eso solo le acarrearía la degradación a largo plazo. Su familia se sentiría espantosamente defraudada si se enteraba alguna vez y él la despreciaría. No creía que pudiera soportarlo. Sería mejor que no dijera nada. Así, al menos, podría alejarse conservando algunos retazos de dignidad.

Él, con expresión de exasperación, empezó a colocarle bien la ropa y retirarle las horquillas para volver a ponérselas con los rizos en su sitio y con una destreza que solo daban los años de práctica. Ella permanecía inmóvil e incapaz de articular una palabra. A él no le había costado nada articular muchas palabras. Le había soltado un buen sermón, aunque había captado preocupación en el fondo. La había regañado como la habrían regañado sus hermanos si la hubiesen sorprendido haciendo algo peligroso o irreflexivo. La quería aunque solo fuese un poco. Si no, podría haberla utilizado para saciar sus necesidades y se habría marchado dejándola que cargara sola con las consecuencias.

Sin embargo, no lo había hecho. A juzgar por sus pantalones, seguía bastante... incómodo, pero estaba adecentándola para que pudiera volver a su mundo sin que su reputación se resintiera. Eso era un sacrificio considerable para él. Eso hacía que lo amara más todavía. Cuando se retiró para observarla con detenimiento, ella ya no estaba temblando. Era increíble cómo podía reponerse el cuerpo cuando por dentro se sentía como si estuviese muriéndose.

—Venga, salga de aquí —le ordenó él con aspereza—. Hasta su tía se dará cuenta de su ausencia si se demora mucho más.

Además, no sabía cuánto tiempo podría resistir si ella se quedaba allí con ese aspecto desolado. La tomaría entre los brazos, volverían al sofá y se condenarían al infierno durante el resto de sus vidas.

—Entonces, a... adiós.

Henrietta se dio la vuelta y echó a correr hacia la puerta de la terraza. Se metió entre las cortinas y forcejeó para abrir la llave. Él quiso pedirle que no se marchara, pero la petición no salió de sus labios cuando por fin consiguió abrir la puerta y desapareció en la oscuridad. Se quedó solo, absolutamente solo, y se dejó caer en el sofá con la cabeza entre las manos.

Doce

Henrietta no fue al baile de máscaras de lady Carelyon. Lord Deben había desaparecido y ella no tuvo ningún motivo para ir.

Al principio, mucha gente dijo que seguramente se habría retirado a alguna de sus posesiones para lamerse las heridas en privado, aunque otros mantenían que eso era ridículo, que esa insignificancia huesuda no le importaría tanto, que lo más probable era que se hubiese ido a las carreras.

Cuando no volvió a la ciudad con los demás asistentes a las carreras, los rumores empezaron a ser más imaginativos. Quizá se hubiese fugado con la señora Yardley, una atractiva viuda que estaba pasando una situación apurada y que llevaba dos años rechazando contundentemente la protección de destacados miembros de la aristocracia. Ayudaba el hecho de que ella también hubiese desaparecido al mismo tiempo.

Henrietta se torturó durante tres días pensando que él estaría saciando sus deseos en algún nido de amor discreto con esa viuda elegante y hermosa, hasta que la señora Yardley apareció en el parque con su tía soltera, que era su dama de compañía. Según el hombre que las abordó, las dos se quedaron atónitas cuando se enteraron de que las habían dado por desaparecidas y de que se había sospechado de la señora Yardley. Las dos habían sufrido una pequeña indisposición y no habían salido de casa durante unos días. A juzgar por las narices rojas y los ojos brillantes, informó el hombre, habían tenido un resfriado de verano.

Henrietta se dio cuenta enseguida de que había sido increíblemente ingenua al pensar que lord Deben pagaría las consecuencias de su discusión en público. Como era el hombre, no tenía que explicar a nada. Podía pedir su carruaje y marcharse a una de sus posesiones o irse a las carreras o chasquear los dedos a alguna mujer experimentada y ávida que estaría encantada de satisfacer sus necesidades como ella no podía hacer. Una mujer que lo dejaría absolutamente libre cuando él hubiera acabado con ella. Si no era la señora Yardley, sería cualquier otra.

Cada vez le costaba más fingir que no le importaban los maliciosos comentarios que se susurraban allá adonde iba, aunque se susurraban en un tono lo suficientemente alto como para que pudiera oírlos con toda claridad. Hasta su tía concedió que no era necesario que aceptaran todas y cada una de las invitaciones que les llegaban de quienes Mildred había empezado a llamar «los fatuos y petulantes». Así, Henrietta empezó a alejarse discretamente del círculo en el que se movería lord Deben cuando volviera. Además, y entre otras cosas, no sabía cómo sobrellevaría verlo cuando sabía que había pasado todo ese tiempo con otra mujer, acariciándola como la había acariciado a ella, besándola, enloqueciéndola de deseo y, luego, complaciéndose plenamente en el cuerpo de ella. Si no, ¿qué iba a estar haciendo?

Se lo preguntaba todas las noches en la cama. Todas las noches, el peso de las mantas le recordaba el peso de él en el sofá y la piel le recordaba el camino que habían trazado sus manos. Se acaloraba, se inquietaba y no sabía qué hacer. Se destapaba, pero no servía de nada. Él la perseguía y solo podía culparse a sí misma. Le había advertido que si la besaba, no volvería a ser la misma, que la convertiría en una mujer que conocía su cuerpo. También le había dicho que miraría a los hombres y se preguntaría si sus labios podrían elevarla hasta donde él presumía que podía elevarla. No le consolaba saber que se había equivocado en eso, que solo desearía sus labios.

Algunas veces, cuando podía estar un momento sola, sacaba los tres pañuelos que nunca había sido capaz de devolverle, cerraba los ojos y se los llevaba a los labios, pero no era lo mismo. Eran fríos, sin vida, y después de unas semanas en el fondo del cajón de su ropa interior, ni siquiera conservaban el más mínimo vestigio de su olor viril y único.

Sin embargo, como no quería que nadie sospechara cuánto daño le había hecho lord Deben, cuidaba su aspecto más que nunca. Se ponía polvo de arroz en las ojeras, se ocupaba de que los vestidos le disimularan la pérdida de peso e, incluso, se daba un poco de pintalabios para que no se notara su palidez. Bastante tuvo cuando su tía la acusó de languidecer después del fracaso con Richard. Entonces, al menos, pudo creer que todo mejoraría si volvía a Much Wakering. En ese momento, sabía que sería inútil ir a cualquier sitio. Fuera a donde fuese, sería sin él y seguiría sintiéndose como si estuviera muriéndose lentamente. Además, le había arrebatado la ilusión de vivir en Much Wakering. Siempre se había considera indispensable para la felicidad de su familia. Había dado por supuesto que sus hermanos la amaban tanto como ella los amaba a ellos. Hasta que el escéptico lord Deben le hizo ver que todos habían considerado su presencia como algo natural sin más. No, si tenía que ser desdichada, prefería serlo en Londres, donde, al menos, podía distraerse en el teatro o en exposiciones de arte. Además, su tía y su tío estaban organizando una boda por todo lo alto para Mildred y el señor Crimmer. No quería estropearles su felicidad restregándoles su desdicha por la cara.

Entonces, un día, como una semana después de que la señora Yardley acallara los rumores de que era la última amante de lord Deben, Julia Twining y lady Susan Pettiffer fueron a visitarla. Las recibió con alegría porque habían sido las únicas personas que siempre la habían tratado igual, estuviera relacionada con lord Deben o no.

—He venido para hablarte de mi velada literaria —le comentó Julia después de que hubieran tomado una taza de té y de que lady Susan le hubiese dado un ligero codazo en las costillas—. Tienes que comprar una entrada como aportación para la casa de acogida.

—Lo que quiere decir Julia —intervino lady Susan frunciendo fugazmente el ceño como reproche— es que esperamos fervientemente que asista. Nos hemos dado cuenta de que ya no sale tanto como antes y, en cierto sentido, puedo comprender el motivo. Sin embargo, esto es importante —añadió inclinándose hacia delante.

—Creo que esa noche vamos a cenar con algunos conocidos de trabajo de mi tío.

—No hay ningún motivo para que tenga que ir, ¿no? —preguntó lady Susan con cierto fastidio—. ¿No cree que podría excusarse? Además, podría llegar a tiempo a casa de Julia si le mando un carruaje para que la recoja.

—No creo que mi asistencia vaya a cambiar nada y...

—Claro que sí —le interrumpió lady Susan—. Le necesitamos por Cynthia Lutterworth. Cynthia piensa leernos algunos de sus poemas. Se acuerda de Cynthia, ¿verdad?

Ella añadió la palabra «poetisa» al nombre de Lutterworth y se acordó de una mujer con el pelo alborotado.

—Además, usted, que ha sido víctima de habladurías maliciosas, sabrá lo despiadada e injusta que puede ser la gente —siguió lady Susan—. Algunas personas disfrutarán burlándose de ella solo porque es mujer y sus padres han ganado dinero con el comercio.

—No es justo —insistió Julia—. Ella también está colaborando en obras de beneficencia.

—Pero si su poesía es buena, la gente no podrá burlarse...

Henrietta se calló cuando vio que sus dos amigas se intercambian una mirada demasiado elocuente.

—Bueno, sus versos no son espantosos —comentó Julia.

—No son peores que muchos otros —matizó lady Susan—. Además, si fuese guapa o tuviese un título, la aplaudirían a rabiar —añadió con una sonrisa de desprecio.

Henrietta cambió de opinión sobre lady Susan. Si bien no había sido capaz de tomarle cariño, parecía que lady Susan, una vez que había entablado amistad, era fiel, y eso era muy digno de elogio si se tenía en cuenta los círculos en los que se movía. Podría haberse dejado llevar por la opinión dominante y burlarse también de alguien que no podía defenderse. Sin embargo, había decidido que apreciaba a Cynthia, o a sus poesías, y no temía decirlo.

Además, ¿acaso lady Carelyon no había predicho que necesitaría amigas cundo lord Deben y ella hubiesen terminado? Tener amigas le ayudaría. No soñaba con sincerarse con ellas, pero, al menos, sería un consuelo saber que había algunas personas que querían estar con ella solo porque parecía que la apreciaban.

—Muy bien. Iré y aplaudiré con mucho entusiasmo independientemente de lo espantosos que me parezcan sus versos.

Julia le sonrió con alegría.

—Gracias, será una gran ayuda —dijo lady Susan—. Ya he convencido a lady Twining para que el señor Wythenshawe vaya delante.

Henrietta se preguntó por qué lady Twining

había consentido que lady Susan interviniera en el orden de la velada que iba a celebrar en su casa. Sin embargo, también decidió que no había muchas personas capaces de pararle los pies a lady Susan cuando algo se le metía entre ceja y ceja.

—Su poesía es tan atroz que la de Cynthia será un alivio para los asistentes —le explicó lady Susan—. Desgraciadamente, no podemos hacer nada con lord Smedly-Fotherington. Es noble, tiene el pelo largo y rizado y últimamente se viste como un príncipe turco.

—Pero, ¿su poesía es buena?

—¿Qué importa? —preguntó lady Susan con una sonrisa—. Es más Byron que lord Byron.

—Tiene mucho talento —intervino Julia.

—Y es muy vanidoso.

—Prometo que no me dejaré impresionar lo más mínimo —aseguró Henrietta.

Era la primera vez desde hacía bastantes días en la que no se sentía sin valor alguno y sin amigas.

—No le has visto apartarse los rizos de la frente con sus dedos largos y blancos —le avisó Julia.

—No me inmutaré.

—No —corroboró lady Susan con satisfacción—. Si ha conseguido mantenerse firme ante un hombre tan impresionantemente viril como lord Deben, un joven dandi como Smedly-Fotherington no le impresionará lo más mínimo. Te lo dije, Julia, la señorita Gibson tiene personalidad.

Henrietta no había caído en la cuenta, hasta que dos noches más tarde ya estaba entrando por la puerta, de que la lista de invitados sería muy parecida a la del baile de Julia Twining. En realidad, no cayó en la cuenta hasta que vio a Richard con la señorita Waverly del brazo y sonriéndole coquetamente. Se quedó casi paralizada y con una punzada de algo parecido al fastidio por tener que verlos. En lo que a ella se refería, le parecía muy bien que la señorita Waverly estuviera con Richard, pero, desgraciadamente, los buenos modales le impedían no hacerles caso. Richard era de su mismo pueblo y era amigo de su hermano independientemente de lo que le hubiese hecho a ella, aunque no supiese que se lo había hecho. Por eso, cuando pasó a su lado, se detuvo y le hizo una mínima reverencia.

—¿Estás aquí, Hen? Me alegro de verte —la saludó Richard—. Aunque, la verdad, me parece que estás cansada. Londres es un poco excesivo para ti, ¿no? Ya te lo avisé, ¿verdad?

—¿Conoces a la señorita Gibson? —le preguntó la señorita Waverly arqueando una ceja.

—¡Claro! —contestó Richard—. Puede decirse que nos criamos juntos, casi como hermanos.

Henrietta lo miró fijamente. Los hermanos no se besaban debajo del muérdago con tanto entusiasmo, ni despertaban la esperanza de que tuvieran unos sentimientos que no eran nada fraternales.

—¡Por fin la encuentro! —lady Susan se acercó al trío con una expresión muy decidida—. Señorita Gibson, estoy reservándole un asiento al lado del mío, en primera fila. Cuando la señorita Lutterworth se haya subido a la tarima y se haya puesto las gafas para leer, supongo que no podrá vernos, pero al menos podrá intuir algunas caras amigas entre el público. Si nos disculpan... —se despidió con desdén de la señorita Waverly y de Richard.

—Naturalmente, lady Susan —dijo la señorita Waverly.

—No sabía que fueses amiga de lady Susan —dijo Richard casi al mismo tiempo y sin disimular su desconcierto.

Lady Susan les sonrió con una sonrisa que ella ya reconocía como el preludio de una de sus ácidas réplicas.

—Aprecio tanto a la señorita Gibson que le he enviado uno de mis carruajes para cerciorarme de que vendría esta noche. Es muy insólito encontrar a alguien que no disfruta con las maledicencias ni apuñalando por la espalda a sus conocidos —le explicó a Richard mientras miraba elocuentemente a la señorita Waverly.

Henrietta se sintió un poco abrumada por la vehemente defensa de lady Susan.

—No sabía que supiera que la señorita Waverly me detesta tanto —le dijo mientras se alejaban de la pareja.

—No lo disimula. No sé qué ha hecho para sacar de sus casillas a ese ser tan vanidoso, pero me atrevo a pensar que, sea lo que sea, se lo merece.

Eran las dos únicas personas que se dirigían a algún sitio concreto. Las demás iban de un lado a otro saludando a conocidos, tomando las bebidas que pasaban los camareros o, en el caso de los hombres, acercándose a la puerta que comunicaba con la sala de juegos. Sin embargo, también se fijó en que había un grupo de personas que rodeaba a un joven bastante guapo, con rizos sedosos y ropajes de seda.

—Los admiradores de Smedly-Fotherington —murmuró lady Susan al darse cuenta de la dirección de su mirada—. Seguramente, serán quienes más se rían de Cynthia cuando suba a la tarima.

Al fondo de la habitación, hacia donde ellas se dirigían, había cuatro filas de sillas en semicírculo que rodeaban una pequeña plataforma con un atril. Henrietta se sentó en la primera fila y miró por encima del hombro. Estaba segura de que Richard estaría deseando acompañar a los hombres que se escabullían por la puerta. La poesía no le interesaba lo más mínimo y, según lo que le habían comentado, estaba a punto de tener que soportar varias muestras de la peor. Sin embargo, parecía que la señorita Waverly no estaba dispuesta a soltarlo. Abrió el abanico y se lo acercó a la cara para ocultar la sonrisa. Richard estaba a punto de recibir el castigo que se merecía. Seguramente él se había ofrecido para acompañarla a cualquier sitio, pero ella podía haber elegido algún sitio donde también él se lo pasara bien. La señorita Waverly era demasiado egoísta como para importarle si le gustaba la poesía o no. Él solo tenía que representar el papel de admirador entregado, un papel que representaba a la perfección, se dijo a sí misma con sarcasmo.

—¿Está ocupada esta silla?

Dio un respingo y vio a lord Deben delante de ella, que señalaba la silla vacía que tenía a la derecha.

—No —contestó sonrojándose.

Habían pasado casi tres semanas desde la última vez que estuvieron juntos y sin embargo, como había revivido tantas veces aquel encuentro, le parecía como si hubiese sido el día anterior. Le resultaba imposible mirarlo a la cara al recordar lo indecentemente que se había portado. Aun así, quería mirarlo. Estaba tan sedienta de su compañía que quería bebérselo. Sin embargo, como estaban en un sitio público, solo se atrevió a dar pequeños sorbos, a dirigirle algunas miradas mientras se sentaba. Una vez sentado, tenía su muslo tan cerca del de ella que podía sentir su calor. Por un segundo, increíblemente vívido, revivió las sensaciones que tuvo cuando esa misma pierna la sujetaba mientras le desabrochaba el corpiño. Esperó que nadie se diese cuenta de que se le había acelerado el corazón. ¿Tendría las mejillas tan congestionadas como le parecía a ella? Se abanicó con la vana esperanza de aliviar algo el calor que le abrasaba la cara.

—Mi presencia la inquieta —comentó él.

—Si tenemos en cuenta que casi todas las sillas están desocupadas, todo el mundo se preguntará por qué ha elegido esa para sentarse.

—Evidentemente —él pasó un brazo por el respaldo de su silla y se inclinó hacia ella para susurrarle al oído—, no puedo soportar estar lejos de usted ni un minuto más. Aunque he recompuesto mi corazón roto en privado, no puedo dejar de verla. Tengo que volver junto a usted aunque me haya dado una patada.

—Basta —siseó ella.

Su voz se le había filtrado por toda la espina dorsal y le costaba mucho no arquear el cuello para que se lo recorriese con los labios.

—Ya no puedo seguir jugando a eso —siguió ella casi sin aliento—. Le dije...

—No me dijo que no pudiese sentarme a su

lado. Si me anima de esa manera, nunca se librará de mí.

—Como si hubiese servido de algo que le hubiese dicho que no quería que se sentara a mi lado. Usted no me habría hecho caso.

—Es verdad, pero usted habría podido levantarse y marcharse sin disimular su indignación por mi atrevimiento. En cambio, me dirige miradas ávidas de reojo.

Se había olvidado de lo bien que la interpretaba sin que dijera ni una palabra. ¿Podía adivinar que estaba teniendo que hacer acopio de toda su concentración para dominar el cuerpo y que quería sentarse en sus rodillas para comérselo a besos mientras también lo abofeteaba por tener esa expresión burlona y gritaba para que dejara de atormentarla?

—Tengo motivos sobrados para estar exactamente donde estoy —replicó ella—, y no tienen nada que ver con usted.

—Se ha empolvado la cara para intentar darse ese color natural que tanto admiro y que parece haber perdido. ¿Significa eso que ha pasado algunas noches en vela desde la última vez que nos vimos? ¿Puedo atreverme a esperar que ha sido porque me ha echado de menos?

—Creo que se atrevería a cualquier cosa.

—Yo sí la he echado de menos. Llegué ayer a la ciudad y me he pasado todo el día indagando dónde podría encontrarla esta noche.

—¿De verdad...? —le preguntó ella mientras el corazón le daba un vuelco.

Ya lo había hecho antes, ya la había buscado cuando creía que no volvería a verlo. Sin embargo, no se atrevía a suponer que lo había hecho porque significara algo para él. Tenía que descubrir por qué quería hablar con ella esa noche antes de que dijera algo estúpido y delator.

Sabía el atractivo que tenía para los hombres y lo más probable era que él quisiera cerciorarse de que ella había renunciado a cualquier pretensión sobre él. Esa idea era tan deprimente que sofocó casi todas las reacciones físicas que se habían adueñado de ella. Sin embargo, era lo más probable. Estuvo tan ansioso para que se marchara de aquel despacho que no le dijo cómo esperaba que sobrellevara los encuentros futuros, si había alguno. Además, estaba tan acostumbrado a que le persiguieran las mujeres que querría cerciorarse de que ella no iba a sacar partido de la intimidad del último encuentro al... al... La verdad era que no sabía cómo podría sacar partido salvo contándole a alguien que se había visto con él en privado y le había dejado... Las reacciones físicas volvieron a adueñarse de ella, todas y cada una. Se abanicó con una mano temblorosa.

—Reconozca que también me ha echado de menos y pregúnteme dónde he estado y qué he hecho. Sintió un nudo en las entrañas. Anhelaba saber dónde había estado cada segundo de los últimos dieciocho días y se había atormentado durante todas la noches imaginándose qué estaría haciendo y con quién.

—Lo que haya hecho no es de mi incumbencia, milord —replicó ella en un tono remilgado.

—Ya —él volvió a dejarse caer contra el respaldo y miró el programa con el ceño fruncido—. Entiendo.

Él retiró el brazo del respaldo de ella, hizo una bola con la hoja impresa y se quedó mirando hacia delante con la mandíbula muy apretada. Fueron unos minutos de un silencio tan tenso que no supo qué hacer, pero tampoco se atrevía a romperlo con alguna frase insustancial, cuando él tenía una expresión tan diabólica. Lo miró por el rabillo del ojo mientras se abanicaba y él alisaba el programa sobre una rodilla para luego empezar a rasgarlo en trozos diminutos.

Después de lo que le pareció una eternidad, aunque no habrían sido más de un par de minutos, lady Twining subió al estrado y dio unas palmadas para intentar llamar la atención de todo el mundo.

—¡Estimados invitados! —todo el mundo se calló—. Estimados invitados y amigos, ¿os importaría ocupar vuestros asientos?

Quienes iban a leer se acercaron inmediatamente y sus admiradores se sentaron en la primera fila o en los extremos de los pasillos que había entre las sillas. Los demás fueron acercándose más despacio. Excepto una persona que se plantó delante de Henrietta

—Levántate, Hen, y acompáñame —le ordenó Richard—. Voy a llevarte a casa en este instante.

—¿Qué...? ¿Por qué?

—Porque la señorita Waverly acaba de contarme que estás haciendo el ridículo por toda la ciudad con ese canalla —contestó él mirando a lord Deben con el ceño fruncido—. Le prometí a Hubert que te vigilaría. Creía que esas personas con las que estás viviendo lo habrían hecho, pero es evidente que se han deslumbrado por su título o que no conocen su reputación. Sin embargo, yo sí la conozco, Hen, y no voy a tolerarlo.

La mayoría de los invitados ya se habían sentado. Lady Twining miraba con el ceño fruncido la nuca de Richard, aunque a él, como no podía verla, no le afectaba lo más mínimo.

—¿No vas a tolerarlo? —le preguntó ella cerrando al abanico de golpe.

—Efectivamente —contestó Richard agarrándola de la muñeca y levantándola—. Nos marchamos ahora mismo.

—Señor Wythenshawe, ¿le importaría subir al estrado? —le pidió lady Twining en voz muy alta.

Un joven bastante grueso se acercó al atril entre unos leves aplausos.

—Supongo que eso lo decidirá la señorita Gibson —le dijo lord Deben a Richard en ese tono indolente tan típico de él.

—Exactamente —añadió Henrietta.

—El señor Wythenshawe empezará la velada con la lectura de su última obra, *Sylvia a la luz de la luna* —anunció lady Twining mirando con el ceño fruncido a Henrietta también.

Henrietta, entre unos corteses aplausos, intentó soltarse de Richard, pero no pudo.

—Suéltame, Richard, estás haciéndome daño.

—Eso es algo que yo no puedo tolerar —intervino lord Deben levantándose lentamente.

El poeta grueso puso una hoja de papel en el atril y se aclaró la garganta sonoramente.

Richard soltó a Henrietta, pero para enfrentarse a lord Deben.

—¿Qué es lo que no puede tolerar? No tiene ninguna autoridad sobre mí, milord.

—Tengo el derecho a intervenir que tiene cualquier caballero cuando ve que están maltratando a una mujer.

—¡Escucha! —exclamó el poeta mirándolos con rabia.

—¿Maltratándola? Qué tontería replicó Richard—. Estoy haciendo todo lo contrario. Estoy rescatándola, como haría cualquiera de sus hermanos si supiera la compañía que tiene. Nos conocemos desde hace tanto tiempo que una pequeña disputa como esa no quiere decir nada.

Lord Deben arqueó una ceja con desdén.

—Es posible que la conozca desde que nació, pero eso no significa que pueda tomarse ninguna libertad con ella.

—Usted sabe muy bien lo que es tomarse libertades, ¿verdad?

—Richard, baja la voz. Todo el mundo está mirándonos —le pidió Henrietta en un susurro.

Nadie estaba prestando la más mínima atención al poeta. Les interesaba mucho más el drama que estaba representándose en la primera fila.

—Además, no deberías hacer caso de las habladurías.

—Sobre todo, si proceden de la arpía enredadora que ha estado vertiendo su veneno en sus oídos —añadió lord Deben.

Richard abrió y cerró la boca varias veces mientras intentaba decidir si seguía con la discusión de antes o pasaba a defender a la señorita Waverly. El señor Wythenshawe, animado por el fugaz cese de las hostilidades, empezó otra vez.

—¡Escucha! El lamento de...

Sin embargo, Richard decidió cuál era su prioridad.

—Naturalmente no me creo nada de ti, Hen. Sé que no te rebajarías a perseguir a un hombre.

Ella se sonrojó porque era exactamente lo que había hecho con él.

—Lo que sí creo... —siguió Richard mirando

a lord Deben—...lo que sí creo es que él ha podido llenarte la cabeza de halagos falsos. Lo típico de un libertino. No debería decir algo así, pero... no estás a la altura. No es tu culpa, has estado mucho tiempo recluida.

Henrietta se sintió ofendida porque diera por supuesto que los halagos de lord Deben eran falsos, pero le molestaba más todavía que le hablara como si tuviese cinco años y necesitara una niñera.

—Entonces, ¿crees que estás obligado a rescatarme de él?

—Evidentemente, sí.

Ella vio por el rabillo del ojo que lord Deben sonreía y le fastidió que eso le pareciera divertido. Estaba claro que su misión en la vida era divertirle. Entrecerró los ojos con rabia y descargó toda su impotencia sobre Richard.

—Entonces, ¿dónde has estado desde que llegué si crees que soy tan tonta que no sé defenderme de todos los libertinos y canallas que merodean por los salones de baile de Londres?

—Un hombre tiene... un hombre... —Richard miró con remordimiento hacia la señorita Waverly—. Eso no es de tu incumbencia. Lo que importa es que resulta que sé que es muy peligroso que un hombre como este coquetee contigo. Puedo entender que te haya engatusado, pero no puede seguir haciéndolo ni un minuto más.

Ella levantó la barbilla y vio que lord Deben sonreía con satisfacción. A pesar de que nunca había estado tan cerca de odiar a alguien, no dejó de mirar a Richard.

—Coquetearé con quien quiera —replicó ella mientras lord Deben esbozaba una sonrisa triunfal—, como haces tú.

Richard parpadeó y se quedó con la boca abierta. Momento que aprovechó Wythenshawe.

—Que retumba sobre la hierba a la luz de la luna...

Entonces, Richard también entrecerró los ojos y la miró fijamente.

—Has intentado ponerme celoso y no me había enterado hasta esta noche... —Richard se rio.

El comentario borró la sonrisa de lord Deben. Fue como si se hubiese dado cuenta de que era el hombre por el que había estado llorando la noche que se conocieron y en ese momento, por la arrogante suposición de Richard, creyera que había estado utilizándolo. No le extrañó su gesto de furia.

—No he intentado ponerte celoso —replicó ella airadamente, tanto por lord Deben como para bajarle los humos a Richard—. No he pensado ni un segundo en ti desde hace semanas.

¿Cómo iba a pensar en él si estaba obsesionada con lord Deben?

—Naturalmente... —Richard sonrió—. También te habrás divertido mucho mientras intentabas ponerme celoso. No hablaremos más del asunto si ahora te vienes conmigo. Solo estaba con la señorita Waverly porque era lo había que hacer. En cuanto a lo demás... No estoy enfadado contigo. Puedo imaginarme cómo te ha engañado. Al fin y al cabo, una chica como tú no está acostumbrada a las atenciones de los hombres.

—¿Una chica como yo? ¿Puede saberse qué quieres decir con eso, Richard? —preguntó Henrietta en un tono peligrosamente cortés.

—Tú... Bueno, tú... —Richard balbució antes de callarse.

Wythenshawe lo aprovechó para gritar los siguientes versos.

—Yaciendo en vela Pensando en la incomparable Sylvia...

—No eres una chica voluble. Eso quería decir —siguió Richard—. Además, tus hermanos se ocuparon de que no te trataras con los hombres equivocados, los hombres como él —añadió mirando a lord Deben con el ceño fruncido—. Los hombres que roban el corazón de una chica por diversión y luego lo dejan tirado cuando están seguros de su conquista.

Richard la miró a los ojos con la preocupación que ella soñó ver hacía unas semanas. Sin embargo, enseguida la sacó de su error.

—Entiéndelo, Hen. No puede llegar a ninguna parte. Los hombres como él no se casan con chicas de campo que... seamos sinceros, que tienen una cara tan normal y corriente.

Eso no era ninguna novedad para ella. Siempre había sabido que lord Deben no se casaría con ella. Sin embargo, que alguien se lo dijera en una habitación llena de gente para que todo el mundo pudiera oírlo era lo más desagradable que le habían hecho en toda su vida. Oyó la risa disimulada de alguien y supuso que era de la señorita Waverly. Se quedó tan machacada que, por un momento, no supo qué hacer. ¿Qué hacía una chica cuando acababan de humillarla en público? ¿Se marchaba con la cabeza muy alta o se desmayaba? Sin embargo, lord Deben le ahorró que tuviera que hacer una de las dos cosas. Sacó otro pañuelo de la levita, lo extendió en el suelo, se arrodilló encima, con una rodilla, y se llevó una mano al corazón.

—Señorita Gibson, si pudiera robarle el corazón, me consideraría el hombre más afortunado de Londres porque el mío solo late por usted.

Todo el público contuvo el aliento y se quedó boquiabierto. Wythenshawe agarró las hojas con un grito sofocado y se bajó apresuradamente del estrado. Henrietta quiso llorar. ¿Lord Deben estaba burlándose de ella? Nunca se había imaginado que pudiese ser tan inhumano. Sin embargo, cuando lo miró a la cara no vio el más mínimo rastro de burla. Nunca lo había visto tan serio. Sintió un nudo en la garganta. Eso debía de ser lo que él entendía por acudir en su rescate. Había visto que Richard la había humillado en público y estaba intentando mitigar el daño al negar que no le pareciera atractiva. Era muy amable, pero ¿de qué podía servir?

—Es el colmo —intervino Richard—. No le hagas caso, Hen, no lo dice de verdad. Estoy seguro de que es una apuesta.

—¿Cómo puedes decir eso? ¿Por qué no iba a querer casarse conmigo?

—Bueno, Hen, no tienes nada de malo, pero...

—Como verme de rodillas diciéndole que mi corazón le pertenece no es lo suficientemente claro —le interrumpió lord Deben—, permítame que aclare cualquier duda y se lo diré con unas palabras que este... paleto pueda entender. Señorita Gibson, ¿me haría el inmenso honor de casarse conmigo?

Por un instante, todo le pareció irreal. Sin embargo, se dio cuenta de que todos los hombres estaban volviendo de la sala de juegos y oyó a Richard como si hablara desde muy lejos.

—No puede casarse con usted porque va a casarse conmigo.

Esa afirmación la asombró tanto que recuperó el habla.

—¿Cómo te atreves a decir esa mentira, Richard? ¡No estamos prometidos!

—Como si lo estuviéramos. Todo el mundo sabe que vas a casarte conmigo.

—Todo el mundo menos yo. No recuerdo que te hayas arrodillado para decirme que serías el hombre más feliz de Londres si te diera mi corazón.

—Bueno, eso es porque no soy un mamarracho como él. Además, ¿por qué iba a hacerlo? Siempre he sabido que lo que más ambicionabas en el mundo era casarte conmigo. Mira... tengo que reconocer que todavía no estoy... preparado para sentar la cabeza...

—Todavía... Preparado...

No era un consuelo oír que pensaría en casarse con ella cuando estuviese preparado. Había estado tan seguro de ella que se había introducido en el círculo de la señorita Waverly delante de sus narices y dejándoselo muy claro. Gracias a Dios, se había dado cuenta de cómo era. Si se hubiese casado con él, la habría tratado con la misma consideración que a un mueble.

—Sin embargo, sé que cuando esté preparado, no encontraré a nadie mejor que tú —añadió él precipitadamente y sonrojándose—. Vamos... Siempre se ha dado por sobreentendido. Mi padre... Tus hermanos... Además, cuando nos besamos, pensé...

Entonces, aquel beso fue un experimento para comprobar si podía digerir la idea de casarse para complacer a su padre.

—Te marchaste a Londres creyendo que tu futuro estaba asegurado, creyendo que me habías conquistado con ese beso insignificante. Efectivamente, tienes razón al decir que no encontrarás a nadie mejor que yo para casarte, pero yo no puedo decir lo mismo de ti. Lord Deben...

Ella se dio la vuelta, pero Richard la agarró de los hombros y la zarandeó un poco.

—Hen, no hagas nada por resquemor. Reconozco que no te he hecho tanto caso como te habría gustado, pero creía que teníamos toda la vida por delante.

—Ni siquiera tuviste la cortesía mínima de visitarme como un amigo de la familia, por no decir nada del respeto que se merece la mujer con la que pensabas pasar el resto de tu vida.

—Al menos, tampoco fui motivo de habladurías por mi comportamiento, como tú. ¿Qué crees que pensará tu padre cuando vuelvas a casa y compruebe que has estado haciendo el ridículo?

—Si hay alguien que ha hecho el ridículo durante esta Temporada, no he sido yo. Verte corretear detrás de la señorita Waverly como un perrito faldero ha tenido que ser la mayor exhibición de majadería de tu vida. Eso incluye cuando enganchaste aquellas pobres vacas a la calesa de tu padre, que la destrozaron en medio de la calle principal y te tiraron en medio de una boñiga.

—Fue por una apuesta —replicó él—. Y no metas a la señorita Waverly, ella...

—Ella, ¿qué? Vale doce veces más que yo. ¿Era eso lo que ibas a decir?

—No, pero quizá sea verdad. Lord Deben se lo tendría merecido si lo aceptas.

—¿Se... lo tendría... merecido...?

Lord Deben había estado muy callado mientras ellos dos discutían. En realidad, todo el mundo se había quedado muy callado, como si no quisieran que ellos dos se acordaran de que estaban allí. En un momento dado, lady Twining subió a la tarima, abrió y cerró la boca, alargó una mano suplicante y luego se la llevó al pecho. En vez de decir algo, se quedó retorciéndose las manos. Los manuales de etiqueta no decían cómo interrumpir la discusión de dos enamorados que había derivado en que un conde le pidiera matrimonio a la joven, y todo ello en medio de lo que debería ser una lectura de poesía.

Henrietta se zafó de Richard y se volvió hacia lord Deben para comprobar su reacción. ¿Parecía un hombre en el patíbulo? ¿Parecía como si temiera lo que iba a decir ella? No, parecía completamente tranquilo. Hasta que sonrió. Hasta que esbozó una sonrisa indolente como si la retara a que hiciera lo peor.

Trece

El corazón empezó a latirle a toda velocidad. Él había dicho que no se casaría con la señorita Waverly por nada del mundo y estaba segura de que nada lo obligaría a casarse si no quería. Entonces, que estuviera arrodillado con esa sonrisa provocadora tenía que significar que... ¿Podía atreverse a esperar que quisiera casarse con ella de verdad?

Le había dicho que algún día tendría que casarse, que era una de sus obligaciones. Sin embargo, tal y como se lo había confesado, ella había pensado que la había descartado. Sin embargo, también acababa de decirle que la había echado de menos y una vez le prometió que nunca le mentiría. ¿Significaba eso que como tenía que casarse con alguien y que como con ella había estado más tiempo que con ninguna otra mujer había llegado a la conclusión de que podían intentarlo? ¿Su petición de matrimonio había sido un arrebato momentáneo? ¿Estaba reaccionando con galantería porque Richard la había ofendido? ¿Galantería...? Estuvo a punto de soltar una carcajada. No había nadie menos predispuesto a sentir un arrebato de galantería que lord Deben y nunca hacía nada irreflexivamente. Si esa petición era sincera... ¿Y si no lo era? ¿Si estaba seguro de que ella lo rechazaría? Entonces, estar arrodillado delante de ella esperando que lo rechazara sería un gesto muy teatral de... ¿de qué? Quizá pensara todavía que estaba en deuda.

Había llegado hasta un punto absurdo para pagarle lo que hizo al acudir en su rescate en la terraza. Quizá fuese su manera de compensarla por... por haber estado a punto de arruinarle le vida en el sofá de los Swaffham. ¿Tendría remordimientos de conciencia? Aquella noche, en un momento dado, pareció atormentado, como hacía un rato, cuando ella le dijo que le daba igual lo que hiciera. Quizá esa fuese su manera de darle una oportunidad para que se vengara de él. Lo conseguiría muy fácilmente si lo rechazaba. Sería la comidilla de toda la ciudad. Se había arrodillado en la velada literaria de lady Twining, delante de todo el mundo, y había afirmado que su corazón solo latía por ella. Estaba jugándose su orgullo, su porvenir y su reputación como amante consumado. Si lady Carelyon estuviese allí, estaría animándola para que le machacara su orgullo. Si quisiera vengarse por las libertades que se había tomado y por la forma de repudiarla después, esa era la ocasión perfecta. Estaba dándole la ocasión de conseguir lo que quisiera. Si lo rechazaba, se habría vengado de él. Si lo aceptaba, se habría vengado de Richard por haberla descuidado y por toda la sarta de insultos que acababa de soltarle. Si los rechazaba a los dos y se marchaba de allí con la cabeza muy alta, se convertiría en una pequeña celebridad. Todo el mundo hablaría de la muchacha por la que dos hombres habían llegado casi a las manos durante lo que debería haber sido una velada elegante, intelectual y por una causa noble. Además, para rematarlo, la señorita Waverly se moriría de envidia porque los dos hombres en los que se había fijado estaban peleándose por ella.

Sin embargo, ¿había pensado él en lo que pasaría si aceptaba? Había hecho la petición en público y, como le había avisado Richard, no podía echarse atrás... Sin embargo, no parecía que eso le importara. Quizá no le importase. Ahí era donde se cerraba el círculo. Él tenía que casarse con alguien y podía ser ella. La verdad era que no quería vengarse de nadie, no era vengativa. También era verdad que le gustaría casarse con lord Deben si él... No, sofocó la vocecilla que le decía: «si él la amara». Si una chica esperaba a que lord Deben se enamorara para aceptar su petición de matrimonio, tendría que esperar toda la vida. Si iba a casarse con él, tenía que aceptarlo como era y esperar que, con el tiempo, su amor por él le borrara un par de capas de escepticismo. Sin embargo, no pensaba permitir que la maltratara entre tanto.

—Milord —dijo ella con voz temblorosa—, sé muy bien que me hace un gran honor al pedirme que me case con usted y se lo agradezco.

—Henrietta —intervino Richard—, te lo advierto...

—Y creo que aceptaré con ciertas condiciones —acabó ella sin hacer caso a Richard y mirando fijamente la sonrisa maliciosa de lord Deben.

—Dígamelas —replicó lord Deben inmediatamente.

—No sigas, Hen —dijo Richard al mismo tiempo.

—Diga lo que piensa, ángel mío —insistió lord Deben—. Dígame las condiciones que tengo que cumplir para merecer su aceptación y su mano.

Ella reunió todo el valor que pudo.

—Si me caso con usted, deberá serme completamente fiel. Si alguna vez descubro que ha incumplido los juramentos del matrimonio, yo... yo...

La idea era tan aterradora que notó que le escocían los ojos.

—¿Me romperá la nariz?

—¡Por el amor de Dios! ¡Un hombre como él

no te será fiel! —exclamó Richard—. Míralo. Todo esto le parece divertido cuando todo mi porvenir está en juego.

—No es el tuyo, Richard —replicó ella con firmeza—, es el mío. Te diré que acepte o no la petición de lord Deben, por nada del mundo cometería el monumental error de ser tu esposa. Si alguna vez decides pedírmelo...

—¿Qué...?

—Ya lo ha oído —contestó lord Deben con una sonrisa de satisfacción—. Es demasiado inteligente como para desperdiciarse con un paleto como usted.

Ella quiso cubrirlo a besos al oír que empleaba las mismas palabras que Richard había empleado para rebajarla.

—Ha nacido para llevar las casas de un hombre influyente, para ser la anfitriona de sus invitados, sean políticos, nobles, embajadores de países extranjeros o arrendatarios —siguió lord Deben con cierta condescendencia.

—No, no podría —replicó ella con un desasosiego repentino—. Ya sabe lo bocazas que puedo llegar a ser...

—Cuando sea condesa, podrá decir lo que quiera, la gente se limitará a decir que es una excéntrica encantadora.

—Pero no querría defraudarlo...

—Nunca podrá hacerlo y yo nunca traicionaré

su confianza en mí dándole el más mínimo motivo para que se sienta celosa.

—¿De verdad...?

La esperanza intentó mitigar sus dudas, pero no lo consiguió del todo. No había dicho que fuese a ser fiel, sino que sería discreto si tenía un desliz. Supuso que eso era una concesión enorme para un hombre como él.

—Yo, al revés que su palurdo, no consideraría que casarme con usted es sentar la cabeza —contestó él—. Yo no confiaría en nadie más mi porvenir, mis hijos y mi corazón.

Ella lo miró. Las sienes le palpitaban muy deprisa y la miraba tan fijamente que le pareció que estaba deseando con toda su alma que aceptara. Aunque, claro, si no aceptaba, iba a hacer un ridículo espantoso.

Cerró los ojos y bajó la cabeza. Lo que quería hacer, más que cualquier otra cosa, era tomarle la cara entre las manos y decirle que se marchara y que lo pensara mejor. Entonces, si seguía queriéndola, que se lo pidiese al cabo de un par de días, en privado.

Durante ese tiempo, ella podría plantearse seriamente si podría soportar toda una vida preguntándose dónde estaba y qué estaba haciendo cada vez que se separaran. Durante unos segundos agónicos, pareció como si toda la habitación estuviese conteniendo la respiración.

—Nunca te será fiel, Hen —insistió Richard—. Serás muy desdichada.

Efectivamente. Ella ya había aceptado que lord Deben le rompería el corazón de una forma o de otra. Si no se casaba con él, él encontraría a otra y ya sabía lo doloroso que podía ser imaginárselo en brazos de otra mujer. Al menos, si era su esposa, sabría que siempre volvería con ella cuando se hubiese cansado de sus diversiones esporádicas.

—Al contrario —replicó lord Deben con vehemencia—. Ahora que he encontrado a la mujer digna de mi fidelidad, seré fiel hasta la muerte.

Todos los asistentes se quedaron boquiabiertos. Henrietta abrió los ojos y volvió a mirarlo.

—¿Lo dice... lo dice de verdad?

—¡Claro que no!

—Richard, por favor, mantente al margen. Que tú no creas que sea digna de ningún esfuerzo no quiere decir que no lo sea. Además, lo diga de verdad o no, voy a casarme con él encantada de la vida.

No podía dejar que esa ocasión se le escapara entre los dedos. Nunca se lo perdonaría. Quizá estuviese pidiéndole que se casase con él por algún motivo equivocado y quizá nunca le hiciese feliz, pero existía la posibilidad de que lo hiciese, una posibilidad que nunca tendría si lo rechazaba.

—Gracias a Dios —lord Deben se levantó—. No sabe lo incómodo que es estar arrodillado con estos pantalones de etiqueta. Hubo un momento en el que creí que se había olvidado de mí mientras discutía con su amigo de la infancia.

Eso era absurdo. Como si algo o alguien pudiera conseguir que se olvidara de él. Sin embargo, al mismo tiempo, se alegraba de que hubiese dejado claro todo lo que había pasado entre Richard y ella, tanto por sí misma como por todos los allí reunidos. Nunca se habían amado. Habían crecido juntos y casi habían acabado en un matrimonio desastroso que habría complacido a las dos familias. Richard acabaría dándose cuenta también, aunque en ese momento parecía furioso.

Solo le quedaba aliviar su conciencia. Fuera cual fuese el motivo para que lord Deben le hubiese pedido que se casara con él, ella se había aprovechado descaradamente de la situación para conseguir exactamente lo que quería: a él; para bien o para mal; para el resto de su vida.

Bajó la cabeza.

—No, no lo haga —le pidió lord Deben con delicadeza.

Ella notó su mano en la barbilla y que le levantaba la cara para poder besarla. Naturalmente, siendo lord Deben, no fue el beso casto de un prometido a su futura esposa. No, la estrechó contra su pecho y la besó sin reparos, casi, como si estuviera declarando que era solo suya. Ella pudo oír vagamente unos murmullos seguidos de unas risas nerviosas cuando tuvo que agarrarse a sus solapas porque las piernas ya no la sujetaban. También oyó vagamente unos pasos furiosos que se alejaban. Supuso que era Richard, quien estaría muy furioso porque lo habían privado de controlar lo que le parecería una dote considerable.

Entonces, oyó claramente la estridente voz de una mujer.

—¡Milord! ¡Tengo que protestar! —exclamaba lady Twining en un intento de imponer el decoro—. Por favor, milord... Intente recordar que esta es una sala respetable. No puede seguir...

Henrietta, entre los brazos de lord Deben, no pudo sentir remordimiento por haber incomodado a su anfitriona. Cuando se hubiese repuesto de la impresión inicial, lady Twining disfrutaría muchísimo contado todo lo que había pasado durante esa velada. Todo el mundo querría saberlo y podía imaginársela repitiendo con pelos y señales la discusión, la asombrosa petición y el degenerado comportamiento de la pareja. Durante las próximas semanas, tendría el honor de ser la mujer en cuya casa lord Deben, el libertino incorregible, había dejado de ser soltero por fin.

Él la miró y ella supo, por la chispa burlona que saltó entre ellos, que estaba pensando más o menos lo mismo.

—Estoy seguro de que mi prometida está de acuerdo con usted —le dijo él a lady Twining aunque sin dejar de mirar a Henrietta—. Una sala respetable es el sitio donde menos queremos seguir.

Ella supo que estaba a punto de hacer algo más escandaloso todavía y, efectivamente, la tomó en brazos.

—Necesitamos intimidad, ¿verdad, corazón? Además, han venido a escuchar poesía, ¿no? Creo que la señorita Lutterworth tiene algo que leerles.

—Sí, sí —confirmó lady Twining mientras llamaba con gestos nerviosos a Cynthia.

Nadie miró a la desafortunada poetisa mientras subía al estrado. Todos estaban absortos por el espectáculo de lord Deben llevándose a su prometida de la habitación.

—Pobre Cynthia —comentó Henrietta cuando llegaron al recibidor—. Nadie le prestará la más mínima atención. Todos estarán muy ocupados hablando de... nosotros.

—Al menos, no se reirán de ella detrás de los abanicos. Eso era lo que temía, ¿no?

Él ya estaba muy serio. Era como si, una vez solos en el recibidor, no tuviera que fingir que era increíblemente feliz o estuviese deslumbrado o fuera lo que fuese lo que había querido parecer. Parecía harto.

—¿Qué...? —ella tragó saliva—. ¿Qué pasa...?

—Ahora, nos marcharemos a mi casa —contestó él saliendo a la calle y dirigiéndose al lacayo que los había seguido precipitadamente—. Consíganos un coche de alquiler, por favor.

—¿Un coche del alquiler? ¿No tiene un carruaje esperándolo en algún sitio?

Además, he dejado mi capa y mis zapatos de calle en la antesala de las mujeres.

—Mi cochero se enterará enseguida de nuestro compromiso y de nuestra apresurada marcha. Puede volver solo a casa. Al fin y al cabo, tiene el medio de transporte.

—Sí, pero...

—Además, no necesita los zapatos de calle — siguió él depositándola en el coche de alquiler que había al otro lado de la calle—. Tampoco necesita una capa para el trayecto que hay hasta mi casa — añadió él quitándose la levita y poniéndosela por encima de los hombros.

—¿Su casa? ¿Por qué vamos allí?

—Porque tenemos que hablar en algún sitio donde no nos interrumpan. Mis sirvientes no se atreverán a cuestionar lo que hago en mi casa. Si la llevo a otro sitio, alguien intentará que acatemos las normas del decoro. Estaremos prometidos, pero todavía no deberíamos estar solos y yo... —él se pasó los dedos entre el pelo—. Yo no puedo seguir así, es insoportable.

Ella se hundió en un rincón y se cubrió con la levita. ¿Era insoportable?

—¿Se refiere a estar prometido conmigo?

—¡No! ¿Cómo puede pensar eso? —él hizo una mueca de disgusto—. Bueno, sé perfectamente por qué puede pensar eso. No me he portado bien, pero... no. Lo que lamento es mi forma de pedírselo. Arrodillado en silencio y casi deseando que ese mamarracho la convenciera. Dijo que había crecido con usted. ¿Cómo es posible que no supiese que si le daba una orden, usted haría lo contrario? Solo le faltó dar una patada en el suelo y decirle que se fastidiara cuando dijo que se casaría conmigo encantada de la vida. ¿Cómo cree que me siento al saber que aceptó solo para darle en las narices?

—Yo... Yo no sé... —contestó ella sin salir de su asombro.

Casi parecía como si le importara de verdad y eso significaba que la quería...

—Creía que bastaría con conseguir que aceptara, pero, al parecer, mi conciencia se agudiza cuando está usted por medio —él cerró los ojos—. Vaya, antes de conocerla, ni siquiera sabía que tuviera conciencia.

—Pero... no ha hecho nada para que tenga remordimientos....

—¿No? —él dejó escapar una risa amarga—. ¿Todavía no entiende lo que le he hecho? La he privado de toda elección posible. Tendrá que casarse conmigo si no quiere ser una cualquiera. ¿Sabe qué es lo peor de todo? Que nadie me reprocharía nada a mí. Nadie. Puedo portarme como quiera y seguirán aceptándome en todas partes.

Sin embargo, si usted quiere ser mínimamente libre, la marginarán. Tendrá que pasarse el resto de su vida en lo más remoto del campo y ni siquiera allí estará a salvo de las consecuencias de lo que ha pasado esta noche.

Él volvió a pasarse los dedos entre el pelo y ella le agarró el brazo.

—Eso no pasará, si es lo que le preocupa, porque voy a casarme con usted, no voy a echarme atrás.

—No, no es de las que se echan atrás por un contratiempo. Ese es el problema.

El coche se detuvo y lord Deben abrió la puerta.

—Estaba seguro de que eso sería lo que haría. Fue imperdonable —gruñó él mientras se marchaba sin mirar atrás.

Ella también se bajó, sin que la ayudaran, y lo siguió por los escalones de la imponente mansión en la que había desaparecido.

—¡Eh! —gritó el cochero—. ¿Quién me paga?

Ella oyó que lord Deben ordenaba a alguien, en un tono muy poco cortés, que se ocupara de eso. Una vez en el enorme recibidor, un lacayo pasó apresuradamente a su lado y desapareció en la oscuridad de la noche. Otro se quedó mirándola boquiabierto. Supuso que tendría un aspecto bastante raro con una levita encima de su vestido, pero, sobre todo, sin dama de compañía y, además, porque era el motivo de mal humor del señor. Se tapó el cuello con la levita y se preguntó qué podía hacer. Lord Deben apareció por una puerta que había a la derecha.

—Es la señorita Gibson —le explicó al asombrado lacayo—. Pronto será lady Deben, si no encuentra la manera de rehusar la necia propuesta de matrimonio que le he hecho esta noche.

Dicho lo cual, volvió a entrar en la habitación y cerró la puerta con un portazo. El lacayo parpadeó un par de veces, pero recuperó su expresión profesional y le preguntó si quería que le retirara la levita. Ella negó con la cabeza, se preparó para enfrentarse a lo que pudiera esperarla detrás de aquella puerta y fue en busca de lord Deben.

La habitación parecía preparada para cuando volviera por la noche. La chimenea estaba encendida y él estaba de espaldas al fuego con una bebida en la mano. La miraba con el ceño fruncido.

—Si quería que tuviera una manera de escapar de nuestro compromiso, no debería haberme sacado en brazos de la casa de lady Twining y traerme a su casa en un coche de alquiler.

—Lo sé —él se rio con aspereza—. Hasta cuando decido reformarme, lo mejor que puedo hacer es que mi boca diga las palabras correctas. Al parecer, no puedo evitar comportarme de una forma absolutamente egoísta.

—¿Está diciéndome que se siente obligado a liberarme del compromiso pero que no es capaz de hacer algo tan... caballeroso? —le preguntó ella mientras cerraba la puerta.

—Sí, maldita sea —él se acabó la bebida de un trago y tiró la copa vacía al fuego—. Me he aprovechado sin escrúpulos de la ocasión que me dio ese idiota para atarla a mí irrevocablemente. Dejarle que se explayara y apremiarlo en silencio para que la indujera a aceptar mi petición ha sido lo más vil y rastrero que he hecho jamás. Justo cuando estas semanas me había felicitado a mí mismo por no obligarla a casarse arrebatándole la virginidad, resulta que acabo haciendo algo igual de rastrero.

Ella sacudió la cabeza como si no entendiera absolutamente nada.

—¿Rastrero...? Parece como si realmente quisiera casarse conmigo, milord...

—¡Claro que quiero, pequeña necia! Llevo fascinado con usted casi desde el preciso instante en que salió de detrás de aquellos maceteros con el pelo lleno de hojas muertas y la nariz moqueando para evitar que cometiera el mayor error de mi vida...

Ella se dejó caer en el sofá que vio más cerca porque las piernas ya no la sujetaban.

—¿Error? —ella volvió a sacudir la cabeza—. Dijo que no se casaría con la señorita Waverly por nada del mundo...

—Ese no era el error que iba a cometer. Era mucho peor. Acababa de decidir que ninguna mujer era digna de confianza y que daba igual con cuál me casara. Acababa de decidir que entraría en el salón de baile, que le pediría a la primera mínimamente atractiva que bailara conmigo y que, si no me aburría demasiado, le pediría que se casara conmigo y que así acabaría con ese asunto tan fastidioso. Sin embargo, usted me enseñó que hay mujeres con sentido del honor y rectitud y que si me casaba con cualquiera, me condenaría a mí, y probablemente a mis hijos, a una vida de arrepentimiento. Decidí que quería casarme con una mujer como usted, señorita Gibson, una mujer que sería fiel, íntegra y sincera. Incluso, dolorosamente sincera cuando no estaba de acuerdo con mi forma de actuar. Al poco tiempo, ya no quería casarme con una mujer como usted, solo la quería a usted.

—¿Siempre me ha querido? ¿Incluso cuando...?

—Cuando se puso aquella ropa tan ridícula y dio la nota solo para darme una lección.

—Entonces, ¿por qué intenta encontrar la manera de escabullirse? Ya he dicho que me casaré con usted, que no voy a echarme atrás.

—No es suficiente. Creí que lo sería, pero no lo es.

Él se dio la vuelta y se agarró a la repisa de la chimenea con la cabeza inclinada, como si llevara el peso del mundo a sus espaldas.

—Maldita sea, debe de ser la única mujer de Londres que es tan inocente que no se ha dado cuenta de todo lo que he hecho para seducirla, para llevarla hasta este punto. Tejí una red de sensualidad alrededor de usted, la encerré en aquella habitación y la llevé a un estado de pasión incontrolable para arrebatarle la virginidad. ¿Todavía no se ha dado cuenta?

—No, yo...

Ella, atónita, se dejó caer contra el respaldo del sofá. Entonces, aquella noche no se despidió. Intentó evitar, de la única forma que sabía, que ella terminara la relación. Sin embargo, cuando la terminó, él no fue capaz de perseverar.

—Entonces, ¿por qué no lo hizo?

—Me sonrió —gruñó él—. Me miró con tanta confianza que... ¿Cómo iba a poder abusar de esa confianza privándola del derecho a elegir después de que usted me enseñara lo importante que es poder elegir? En ese momento me di cuenta de que no quería poseerla y salirme con la mía. Quise que usted... —él hizo una pausa y apretó tanto los puños que los nudillos se le pusieron blancos—. Quiero lo imposible, quiero que me ame.

—Eso... —ella dejó escapar un sollozo—...eso es maravilloso.

—¿Qué? —él se dio la vuelta tan precipitadamente que perdió el equilibrio y tuvo que agarrarse otra vez a la repisa de la chimenea—. ¿Qué es maravilloso?

—Que me deseara tanto que estuviera dispuesto a llegar tan lejos, que me quisiera lo suficiente como para, por una vez, anteponer mis deseos a los suyos.

—Claro. Me conoce como el egoísta malnacido que soy —replicó él con amargura.

—Sin embargo —ella se quedó desconcertada por una contradicción evidente en el argumento de él—, si todo eso es verdad, ¿por qué no me pidió que me casara con usted de la forma convencional? ¿Por qué tuvo que hacerlo de una forma tan complicada?

—Porque no habría aceptado —contestó él sin dudarlo—. No llevaba ni cinco minutos en la ciudad cuando se enteró de mi reputación. Una muchacha con unos criterios morales tan elevados, ¿cómo iba a pensar siquiera en relacionarse con un adúltero recalcitrante?

Ella se quedó pensativa.

—Me he preguntado muchas veces por qué tiene un concepto tan malo de usted mismo. No frecuenta los burdeles ni tiene toda una serie de amantes a las que abandona con sus hijos cuando se aburre de ellas, como hacen muchos hombres de su categoría social. Además, nunca lo he visto bebido.

Él hizo una mueca de disgusto.

—No me gusta perder la cabeza. La bebida nubla

los sentidos y convierte en necios a hombres que respeto cuando están sobrios. ¿Cree que quiero que la sociedad me considere un necio? —él agitó una mano—. Sin embargo, sí empecé mi vida sexual en un burdel, como todos los hombres de mi clase. Lo que pasó es que enseguida descubrí que soy demasiado exigente para frecuentar esos lugares. Llegué a tener toda una serie de amantes, aunque... —él resopló—...eso también perdió el interés muy deprisa. Tiene algo de materialista.

—¡Entiendo...! Una mujer casada al menos lo desea por lo que es, no por lo que puede regalarle.

—Está elevando esas relaciones a algo que nunca existió. No me deseaban a mí. Deseaban a alguien en sus camas que les aliviara el aburrimiento que sentían con sus maridos. No me justifique. Las traté deplorablemente. Les demostraba cuánto las despreciaba por incumplir el juramento de fidelidad incluso cuando estaba desvistiéndolas. Les gustaba —añadió él con una mueca de repugnancia—. Cuanto más despiadado era con ellas, más aumentaba mi reputación de amante irresistible.

—No entiendo que cayera en algo así. ¿Por qué no...?

—¿Qué? —le interrumpió él con una risotada de amargura—. ¿Qué alternativa tenía? Tenía un apetito sexual muy natural, pero las mujeres me disgustaban muchísimo. Como personas —añadió él inmediatamente al ver la expresión de sorpresa de ella—. Me gusta el cuerpo de las mujeres. Anhelo la satisfacción que solo puedo encontrar en la cama, pero mantener una relación fuera del dormitorio... —él negó con la cabeza—. No puedo creerme que esté hablándole de algo tan sórdido. Podría disculparme diciendo que usted tiene la capacidad, desde el principio, de conseguir que diga cosas que siempre he ocultado a todo el mundo. Sin embargo, eso no es suficiente. Al contrario, es otro pecado que sumar a mi nombre.

—Vamos a casarnos —dijo ella con delicadeza—. Deberíamos poder hablar de cualquier cosa. Además, según lo que me ha contado, parece como si llevara mucho tiempo en conflicto con usted mismo. Desear que una mujer lo ame a usted y solo a usted no tiene nada de malo. Como no lo tiene que le disguste ir a burdeles. Ni tener una amante si no ha encontrado una relación profunda y plena con una mujer —añadió ella con un brillo en los ojos—. Lord Deben, me parece que tiene más principios morales de los que quiere que se sepa.

—¡Bobadas! —exclamó él como si le indignara que creyera que tenía principios morales—. Esto es un ejemplo más de que sería un error que se casase conmigo. No quiere afrontar la verdad. No para de buscar algo bueno en mí... ¡y no lo hay!

—¿Eso lo dice el hombre que renunció a tomar

302

mi inocencia cuando estaba tan excitado que la erección tenía que dolerle debajo de los pantalones? Un hombre que no tuviera algo bueno habría tomado lo que quería y, seguramente, habría dejado de lado a su víctima.

—¿Qué sabe de esas cosas?

—Tengo cuatro hermanos —contestó ella con una sonrisa cautelosa—. Los dos mayores no siempre han sido todo lo discretos que deberían haber sido cuando se metían en aventuras de ese tipo. Hablaban entre ellos cuando volvían de la taberna por la noche y se olvidaban de que yo podía tener la ventana abierta y estar despierta.

—No obstante —replicó él apartándose de la chimenea y acercándose al aparador—, no la habría sometido a mi lujuria —él tomó una frasca y volvió a dejarla de golpe—. Habría estado mal, no estoy a su altura. En definitiva, eso era lo único en lo que su padre y yo podríamos estar completamente de acuerdo.

—¿Mi padre? ¿Qué sabe de mi padre?

—¿Dónde cree que he estado estas dos semanas y pico? ¿Sigue pensando que no es de su incumbencia? —le preguntó él mirándola con el ceño fruncido y tono de amargura.

—No.

Estaba absolutamente fascinada de ver al sofisticado y controlado lord Deben dominado por una crisis sentimental... por ella.

—Me encantaría saber dónde ha estado y qué ha hecho ahora que empiezo a sospechar que... —ella hizo una pausa y se sonrojó—. ...que es posible que no estuviera todo el tiempo en un discreto nido de amor con una mujer que podía darle lo que no quiso tomar de mí.

Él la miró fijamente y más ceñudo todavía.

—¿Creyó que no la deseé esa noche? ¿Creyó que estaba con otra mujer?

—Da igual —contestó ella sacudiendo la mano para quitarle importancia—. Dijo que iba a contarme cómo conoció a mi padre.

—Es verdad —reconoció él mirándola pensativamente—. Después de permitirle que se escapara en casa de los Swaffham, caí en un abatimiento que me duró dos días.

—¿De verdad? —ella se acurrucó en el sofá—. Siga.

Él desvió la mirada hacia una abertura de su levita que permitía ver parte de su cuerpo y luego se fijó fugazmente en la expresión absorta de su rostro.

—Me marché a Farleigh Hall y recorrí todas mis posesiones golpeando el suelo con el bastón y maldiciendo mi suerte por haberme enamorado de la única mujer completamente inmune a mí. Además, empecé a imaginarme que alguno de esos tipos que habían estado rondándola acabaría convenciéndola para que se casara con él. Entonces, me di cuenta de que Farleigh Hall está más cerca de Much Wakering que Much Wakering de Londres y que no pasaría nada si empezaba otra vez con usted, si visitaba a su padre y le pedía su autorización para cortejarla formalmente. Pensé que una vez que la tuviera, usted se daría cuenta de que iba en serio, que tendría que pensar en mí como un posible marido y no como... bueno... —él se pasó los dedos entre el pelo—. No sé cómo describir la relación que habíamos tenido hasta entonces. Sin embargo, sabía que me costaría Dios y ayuda cambiar lo que había sido y cortejarla como se merecía.

Ella tragó saliva. Solo se tardaba dos días desde Much Wakering a Londres y eso dejaba mucho tiempo sin explicar.

—¿Puedo preguntarle dónde estuvo el resto del tiempo?

—Ya se lo he dicho —contestó él con cierta impaciencia—. Estuve todo el tiempo en Much Wakering intentando convencer a su padre de que sería un buen marido.

—¿Él se resistió?

—Cometí el error de dar por supuesto que se sentiría halagado porque un conde...

—Dos condes —le corrigió ella.

—Puede imaginárselo, ¿verdad? Llegué pagado de mí mismo, presumiendo de mis títulos, mis tierras y mi fortuna...

Ella no pudo evitar reírse.

—Él... nunca le ha dado... mucha importancia a esas cosas.

—Me alegro de que le parezca divertido —espetó él antes de suspirar—. Sin embargo, un hombre más inteligente habría sabido que era el planteamiento equivocado, a juzgar por lo poco que me había contado de su infancia. Esos científicos e inventores que pululaban por su casa, que él creyera que los Ledbetter eran las personas indicadas para introducirla en la sociedad de Londres...

—Dios mío, ¿qué hizo?

—Me miró por encima de las gafas y me dijo que todo eso le parecía muy bien, pero que nunca daría su autorización para que usted se casara con un majadero. Me dijo que usted es muy inteligente, que está acostumbrada a usar la cabeza y que un hombre estúpido nunca la haría feliz. Entonces, escribió algo en una hoja de papel y me dijo que se plantearía mi petición si se la devolvía con la respuesta correcta.

—Es maravilloso...

—¡No tenía nada de maravilloso! ¡Estaba en griego!

Ella había querido decir que le parecía maravilloso que su padre no le hubiera dado su mano al primer hombre que se la había pedido y que lo hubiese puesto a prueba. Había empezado a creer que él no la quería demasiado. Sin embargo, la quería mucho a su manera. Quería que se casara con un hombre que la hiciese feliz. Era muy afortunada. Muchos padres que había conocido desde que estaba en la ciudad ambicionaban todo tipo de cosas para sus hijas, pero no tenían en cuenta su felicidad.

—Yo no fui a la universidad —siguió lord Deben yendo de un lado a otro—. Me eduqué en casa. Sé bastante latín, pero a mi padre no le pareció necesario que aprendiera griego. Quería que aprendiera a dirigir mis posesiones y a comportarme como un caballero, nada más. Estaba desesperado. Pensé ir a Farleigh Hall para que mi secretario me lo tradujera, pero comprendí que su padre lo habría considerado una trampa. Entonces, le pedí que me prestara un lexicón y me puse a intentar descifrar los símbolos al menos.

—Vaya, es impresionante.

—Otra vez está atribuyéndome virtudes que no tengo. ¡No saqué nada en claro!

—No quería decir...

Que hubiese dado por supuesto que lo había traducido. Estaba impresionada de que hubiera dedicado dos semanas luchando con un texto en griego para conseguir que su padre lo autorizara a cortejarla.

—Entonces, al final de la primera semana, me dijo que había sido compasivo al proponerme que resolviera un enigma escrito en griego porque habría podido ponérmelo en arameo. Al final... bueno, usted me conoce mejor que nadie. Habrá adivinado que me di por vencido de la forma más aparatosa —reconoció él como si se despreciara a sí mismo—. Rompí el papel en mil pedazos y me marché dando un portazo al huerto de frutales.

—¿Qué pasó?

—Me siguió, me sentó y me dijo que si bien él no me habría elegido como marido para usted, parecía que yo iba en serio y que si usted quería casarse conmigo, él no se opondría porque, al fin y al cabo, los gustos de las mujeres son inexplicables.

Ella pudo imaginarse el tono irónico. Siempre había pensado que las mujeres eran un rompecabezas monumental.

—Entonces, le reconocí que no estaba nada seguro de que usted quisiera casarse conmigo y que por eso había ido a verlo, que había esperado que si lo ponía de mi parte, sería un punto a mi favor dado lo mucho que usted respeta sus opiniones.

—¿Se lo... ganó con eso?

—Le verdad es que no. Se limitó a decir que se alegraba de que usted no hubiese perdido la cabeza solo por estar en Londres. Tampoco me deseó suerte con usted cuando me marché. Se limitó a decir que no debía de ser tan majadero como parecía si me había enamorado de una chica tan inteligente como usted y que, al menos, si usted se casaba conmigo, yo acabaría mejorando.

—Dios mío...

Henrietta se llevó una mano a la boca. Lord Deben debió de pasar un rato espantoso...

—Sin embargo, no mejoraré —siguió él en tono sombrío—. Mi actuación de esta noche ha demostrado sin sombra de duda que no tengo solución. Volví a la ciudad decidido a cortejarla de la forma convencional y ¿qué he hecho? La he puesto entre la espada y la pared para que se case conmigo.

Ella se quitó la levita, se levantó, cruzó la habitación y se acercó a él, quien le tomó las manos.

—Esta noche solo he hecho una cosa de la que no estoy avergonzado. Le he enseñado a ese palurdo que usted ha puesto de rodillas a un noble. Al menos, si lo hubiese elegido a él, eso le habría enseñado a tratarla con más respeto. Era él, ¿verdad? La noche que nos conocimos lloraba por él, ¿verdad?

—Sí, pero lo superé asombrosamente deprisa porque conocí a alguien que lo eclipsó por completo —contestó ella con cierta timidez.

Ella le apretó las manos para que comprendiera que se refería a él. Él también se las apretó y comentó:

—Le he enseñado a desearme físicamente, lo sé, pero...

—Siempre ha sido más que eso, pero no me atrevía a permitir que nadie supiera lo que sentía por usted. Ya había demasiadas habladurías. No quería parecer que era una necia enamoradiza.

—Siempre pensé que podía decir exactamente lo que pensaba... —replicó él mirándola fijamente.

Ella negó con la cabeza.

—Se enojaba muchas veces conmigo —insistió él.

—Nunca en mi vida me había enfadado tanto con nadie. Usted conseguía que quisiera cosas que me parecían imposibles. Yo... —ella levantó la cabeza para mirarlo a los ojos—. Yo no quería amarlo porque creía que nunca me correspondería, pero no podía dejar de amarlo por mucho que lo intentara. ¿No puede entender el efecto tan nocivo que eso pudo tener en mi temperamento?

Él soltó todo el aire que había estado reteniendo.

—Nunca necesitó seducirme ni arrinconarme para que me casara con usted —siguió ella—. Habría bastado con que me lo hubiera pedido.

—No me atreví —reconoció él—. Creía que pensaría que no lo decía en serio.

—Es posible. Al principio. Quizá hubiese tenido que pedírmelo varias veces porque parecía como si siempre me hablara en broma, podría haber pensado que se burlaba de mí. Además, ¿cómo iba a creer que un hombre con tanta experiencia como usted, un «entendido en la belleza femenina», querría casarse con una mujer cuyo único atractivo digno de mención es el pelo rizado?

—Las cosas que he dicho...

—Me llamó Hen —siguió ella mirándolo con cariño.

—Ese palurdo, también.

—Él me lo ha llamado desde que era pequeña porque, como «hen» quiere decir gallina, decía que era lo que parecía con esta nariz que tengo.

—Adoro su nariz, señorita Gibson, es una nariz distinguida. Espero que la tengan todos nuestros hijos. Estaré encantado de que pase de generación en generación.

—¿De verdad?

—De verdad —contestó él besándosela.

Ella se estremeció de placer.

—Yo adoro todo lo referente a usted —él frunció el ceño y tomó aire para replicar—. Antes de que diga que eso es imposible porque es un sinvergüenza, permítame que le diga, milord, que lo amo con todo mi corazón —ella le acarició una mejilla—. Ha estado muy solo durante mucho tiempo. Según lo que he llegado a saber, nadie lo ha amado como deberían haberlo amado y eso ha hecho que se sintiera indigno del amor, pero yo lo amo y vamos a amarnos como Dios manda. Nos comunicaremos dentro y fuera del dormitorio y no me importa que desprecie a todas las mujeres siempre que no me desprecie a mí.

—Lo dice de verdad...

Ella asintió con la cabeza.

—¿Qué he hecho para merecerme esto?

Él le tomó la mano que tenía en la mejilla y se la besó con fervor.

—Me ha amado como no había hecho ningún hombre —contestó ella pasándole los dedos entre los rizos—. Usted es lo que necesito, milord.

—Cómo la necesito yo...

La tomó entre los brazos y la besó. Fue un beso apasionado que dejó de manifiesto su anhelo y su alivio. Fue tan poderoso que los llevó hasta el sofá, donde se dejaron caer mientras le arrancaba los botones.

—Ya le dije que soy increíblemente egoísta —gruñó él mientras le liberaba los pechos del corpiño—, pero por nada del mundo me privaría del placer de su cuerpo mientras esperamos a que su tía o mi madrina organicen la boda que se merece, señorita Gibson —siguió mientras se los acariciaba.

Ella se dejó caer sobre los cojines y observó, con una intensa satisfacción femenina, la expresión embelesada de él mientras la acariciaba con fruición.

—Llevo una eternidad anhelándola —gruñó él otra vez—. No le servirá de nada decir que reprimirme le sentará bien a mi alma inmortal o alguna bobada parecida —le avisó él.

—Nunca diría semejante sandez porque, entonces, yo también tendría que reprimirme —replicó ella con una sonrisa maliciosa.

Él dejó escapar un sonido de satisfacción y bajó la cabeza hasta sus pechos. Ella echó la cabeza hacia atrás para deleitarse con las sensaciones que le despertaba.

—Te amo, te amo —repitió ella una y otra vez.

Era muy liberador poder decirlo por fin. Sobre todo, cuando él también estaba demostrándole cuánto la amaba.

—No puedo resistirme más —jadeó él incorporándose para mirarla.

—No quiero que te resistas. En realidad...

Ella se sentó y lo apartó.

—¿Qué haces? Habías dicho que... —se quejó él.

Su expresión de abatimiento se esfumó cuando ella empezó a quitarse los guantes.

—Creo que nunca había visto algo tan erótico —comentó él con la voz ronca.

Había entendido lo que significaba ese gesto, que no habría barreras entre ellos. Él levantó una mano para desanudarse el lazo.

—¡No!

—¿No...? —preguntó él.

Se quedó parado al no saber si había entendido bien el gesto de quitarse los guantes.

—Quiero hacerlo yo —contestó ella empujándolo para que cayera de espaldas sobre los cojines.

Era más eficiente desvistiéndolo de lo que podía haberse imaginado. En un abrir y cerrar de ojos le había quitado el chaleco y la camisa. Sin embargo, sus caricias no tenían nada de eficientes, le acariciaba el torso casi con veneración. Además, cuando se levantó las faldas, se puso a horcajadas encima de él, le recorrió el cuello con los labios y le lamió los pezones, fue mucho más excitante que cualquiera de las cosas que le había hecho la mujer más experimentada que había conocido. Esa era la diferencia, decidió mientras le acariciaba los muslos. Sus caricias tímidas aunque ávidas estaban motivadas por el amor, no por la lujuria. Las manos de él alcanzaron el destino e introdujo los pulgares. Ella se estremeció sobre su regazo.

Sin embargo, el sofá no era donde debería tomarla la primera vez. Se sentó y le tomó las dos manos.

—Espera. Deberíamos... una cama, al menos... —consiguió decir él con la respiración entrecortada.

—¿Esperas que recorra toda la casa con este aspecto para buscar un dormitorio y que todos los sirvientes puedan verme?

Estaba despeinada, con el corpiño abierto y el vestido levantado hasta la cintura.

—Aunque supongo que no se extrañarían nada —remató ella.

—Nunca he traído a una mujer aquí —le aclaró él al captar inmediatamente su indirecta—. Siempre he tenido mis aventuras en otros sitios. Nunca he querido que una mujer llegara a pensar que podía esperar algo de mí por haberla invitado a mi casa.

—Sin embargo, me trajiste directamente aquí... —dijo ella sin poder creérselo.

—Sí. Porque te quería para siempre en mi casa, en mi vida y en mis brazos.

Ella se inclinó hacia delante, volvió a besarlo y le rodeó el cuello con los brazos.

—Ya has empezado a hacerme el amor dos veces en un sofá. Creo que es el sitio indicado para que acabes.

—¿Estás segura?

—Nunca... había estado tan segura... de nada —jadeó ella echando la cabeza hacia atrás mientras él introducía las manos por debajo del vestido otra vez.

—Entonces, ¿quién soy yo para oponerme?

La tumbó de espaldas y se puso encima de ella.

—Oh... —susurró ella mientras él le tomaba un pecho con la boca y empleaba los dedos para volverla loca—. Oh... Eso es increíblemente escandaloso.

—Todavía, no —le susurró él también al

oído—, pero tenemos toda la noche para organizar un verdadero escándalo.

—¿Toda la noche? —preguntó ella con los ojos como platos.

—Te lo aseguro —contestó él con una sonrisa maliciosa—. Es más, dudo mucho que pueda dejar de verte durante una buena temporada.

Ella no dijo nada, pero a juzgar por cómo sonrió y le pasó los dedos entre el pelo, supo que no tenía objeciones. Él tampoco. Había encontrado la perfección por una vez y se llamaba Henrietta.

MARGUERITE KAYE
Corazón de hielo

Uno

Sussex, mayo de 1824

La bruma matinal comenzaba apenas a aclararse cuando guio a Thor, su magnífico corcel negro, hacia su casa tomando el atajo a través de la larga avenida de tejos que bordeaba los jardines de Woodfield Manor. El intenso olor a tierra recién removida y raíces que levantaban los cascos de Thor se mezclaba con el perfume embriagador de la madreselva que crecía salvaje alrededor de los imponentes troncos de los tejos. Hacía una mañana perfecta, preludio de lo que sin duda sería un bello día.

El honorable Rafe Saint Alban, conde de Pentland, barón de Gyle y señor de todo cuanto veía era, sin embargo, completamente ajeno a la hermosura de la naturaleza, que salía a su encuentro por doquier. Mentalmente agotado tras otra noche de insomnio y físicamente exhausto después de la enérgica galopada de esa mañana, su único deseo era caer en los acogedores brazos de Morfeo.

Refrenó a su caballo y desmontó para abrir la

verja de hierro forjado que daba al camino de grava que conducía derecho a sus establos. El hombre, alto y perfectamente proporcionado, y el enorme caballo de color ébano formaban una pareja deslumbrante: ambos eran, cada uno a su modo, gloriosos ejemplos de abolengo y sangre azul, especímenes perfectos de fibras y músculos bien tonificados, en la cima de la perfección física. La tez de Rafe brillaba, lustrosa y saludable. Su pelo, de un negro profundo, destellaba a la luz del sol y las líneas severas de su corte de pelo realzaban su impecable perfil, el ángulo de los pómulos enfatizado por el rubor del esfuerzo físico. El tono levemente azulado de la barba que asomaba en sus mejillas solo servía para acentuar su recia mandíbula y sus dientes blanquísimos.

«Byroniano», así lo había descrito casi sin aliento una joven prendada de él, un cumplido que Rafe había despachado con su habitual risa sardónica. A pesar de que su bella apariencia y sus riquezas fabulosas hacían de él uno de los solteros más codiciados de la sociedad elegante, incluso las damas más decididas se acobardaban ante su mirada altiva y distante y su ácido ingenio, lo cual a él le venía muy bien, puesto que no tenía interés alguno en atarse por segunda vez. Con un matrimonio había tenido suficiente. De sobra, en realidad.

—Ya casi hemos llegado, amigo mío —murmuró mientras acariciaba el flanco sudoroso del caballo.

Thor meneó su gran cabeza y expelió por los

ollares una nube de aire caliente, tan ansioso como su amo de llegar al calor de su cama.

Rafe decidió hacer a pie el corto trecho hasta la casa en lugar de volver a montar, se quitó el gabán de montar y se lo echó descuidadamente sobre el hombro. Como no esperaba encontrarse a nadie a aquella hora de la mañana, había salido sin sombrero, chaleco o corbata. Los pliegues de su camisa de hilo blanco se pegaban a su espalda sudorosa y el cuello, abierto por delante, dejaba ver el suave vello de su pecho musculoso.

La verja basculó sigilosamente sobre sus goznes bien engrasados y Rafe urgió al caballo a avanzar, pero Thor pateó la hierba y soltó un bufido. Rafe, que no estaba de humor para juegos, tiró de nuevo de las riendas, con más fuerza esta vez, pero el caballo se negó a moverse y dejó escapar un agudo relincho.

—¿Qué te ha asustado?

Escudriñó los alrededores, esperando ver un conejo o un zorro asomando de la profunda zanja que corría paralela al camino, pero lo que vio fue un zapato. Un zapato de mujer. Un pequeño escarpín de piel, con la puntera ligeramente arañada y sujeto a un fino tobillo envuelto en una media de lana. Con una exclamación sofocada que dejaba entrever más fastidio que preocupación, Rafe ató las riendas al poste de la verja y se acercó a la zanja para echar un vistazo.

Allí, tendida de espaldas cuan larga era, muerta

o inconsciente, había una joven. Iba enfundada en un burdo vestido de estambre marrón abotonado hasta el cuello. No llevaba sombrero ni pelliza y su cabello castaño se extendía tras ella como una oscura aureola, empapado por el agua de la zanja, que había vuelto casi negras sus puntas. Al apartar con cautela los juncos, Rafe vio que su cara aparecía desprovista de color, blanca como el mármol y fantasmal. Con los brazos cruzados sobre el pecho como si quisiera protegerse, daba la impresión de ser una estatua burdamente vestida. Solo el extraño ángulo del pie enturbiaba aquella imagen.

Dejando a un lado su gabán, Rafe se arrodilló al borde de la zanja y notó con irritación que el agua calaba sus calzas. No advirtió movimiento alguno, ni siquiera un estremecimiento de los párpados cerrados. Se inclinó un poco más y bajó con precaución la cabeza para acercar el oído a su cara. El leve susurro de la respiración delató un primer indicio de vida. Al agarrar su delgada muñeca comprobó con alivio que tenía pulso, tenue pero firme. ¿De dónde había salido? Y lo que era más importante, ¿qué demonios hacía en la zanja?

Se levantó de nuevo, reparó distraídamente en las manchas verdes de sus calzas, que harían chasquear la lengua a su ayuda de cámara, y consideró sus alternativas. Lo más fácil sería dejarla allí, regresar a la casa y mandar a un par de mozos a buscarla. Observó atentamente a la joven, frunciendo el ceño. No, fuera lo que fuese lo que hacía en la zanja, no podía dejarla allí. Parecía Ofelia. Había algo en la postura de su piececito que la hacía espantosamente vulnerable. Y a fin de cuentas era muy poca cosa. No merecía la pena llamar a dos mozos, teniendo el caballo. Resignado, se dispuso a sacarla de su lugar de descanso temporal.

—Eso es todo, gracias, señora Peters. La llamaré si necesito ayuda.

Aquellas palabras, tan débiles que parecían proceder del fondo de un largo túnel, traspasaron la densa niebla que envolvía la mente de Henrietta. Gimió. Tenía la impresión de que alguien estaba estrujándole el cráneo con un instrumento de tortura medieval. Intentó llevarse la mano a la frente, pero el brazo no le obedeció: siguió tendido sobre su pecho, como lastrado por un peso. Un ardiente chisporroteo de dolor la obligó a abrir los ojos, pero el torbellino de colores que vio la hizo cerrarlos de nuevo inmediatamente. Sintió de pronto como si golpearan su cabeza con el martillo de un herrero. El dolor era insoportable.

Una deliciosa frescura cayó sobre su frente y el dolor remitió un tanto. Lavanda, olía a lavanda. Cuando intentó moverse de nuevo, su brazo cooperó. Agarrando la compresa de su frente, abrió los ojos. La habitación pareció flotar ante sus ojos. Cerró los párpados con fuerza, respiró hondo y tras contar hasta cinco abrió resueltamente los ojos.

Sábanas almidonadas. Almohadones de plumas. Un calentador a sus pies. Colgaduras de damasco por encima de su cabeza. Estaba en una cama, en un dormitorio completamente desconocido para ella. En una moderna chimenea ardía alegremente un fuego, y la luz entraba a raudales por la rendija de las cortinas, corridas sobre las ventanas. La estancia estaba amueblada con todo lujo y elegancia, las paredes eran de un suave color amarillo y las cortinas de las ventanas de un dorado más oscuro. Una oleada de náuseas se apoderó de ella. Pero no podía vomitar en un sitio tan lujoso. Haciendo un heroico esfuerzo, tragó saliva y se obligó a incorporarse.

—Está despierta.

Se sobresaltó. Aquella voz tenía un timbre hondo y vibrante. Un toque seductor. Era inequívocamente masculina. Tapada por la cortina de la cama, no había reparado en su presencia. Recostándose en las almohadas, se tapó hasta el cuello con las mantas y al hacerlo advirtió que estaba en ropa interior. La compresa resbaló de su frente y cayó sobre la colcha de seda. Dejaría una mancha, pensó distraídamente.

—No se acerque o gritaré.

—Haga lo que le venga en gana —contestó lacónicamente el desconocido—. Es lo que yo habría podido hacer con usted.

—¡Pero...!

Aquella voz sonaba divertida, más que amenaza-

8

dora. Desconcertada, Henrietta parpadeó con los ojos muy abiertos. Luego, cuando por fin se aclaró su vista, tragó saliva. De pie delante de ella estaba el hombre más guapo que había visto nunca. Alto, moreno y de una belleza casi indecente, era un auténtico adonis. Su pelo negrísimo, muy corto, dejaba ver una estructura facial de impecable simetría. Cejas amplias y arqueadas. Ojos soñadores, de un curioso tono de azul... ¿o era gris?, como el cielo en una noche de tormenta. Iba en mangas de camisa y no se había afeitado, pero su ligero desaliño solo conseguía realzar su perfección física. Henrietta comprendió que estaba mirándolo embobada, pero no pudo apartar los ojos de él.

—¿Quién es usted? ¿Se puede saber qué hace aquí, en... en esta alcoba, conmigo?

Rafe dejó que su mirada se deslizara sobre la damisela en apuros. Se aferraba a la colcha como si fuera su última defensa y lo miraba como si estuviera medio desnudo, con una expresión que delataba a las claras lo que estaba pensando.

Rafe no pudo resistirse a la tentación de jugar un poco con ella.

—No me lo explico. ¿Y usted?

Henrietta tragó saliva. La respuesta obvia resultaba sorprendentemente atractiva. Ella estaba en ropa interior. Él parecía no haber acabado de vestirse. ¿O de desvestirse? ¿Hablaba en serio? ¿Habían...? ¿Había él...? Un escalofrío, un estremecimiento de ardor la hizo cerrar los ojos. ¡No! ¡De eso se acordaría! No tenía una idea muy precisa de en qué consistía «eso», pero estaba segura de que se habría acordado. Aquel hombre sería inolvidable.

Así pues, estaba bromeando. Seguro. Lo miró de soslayo, por debajo de las pestañas. Su mirada chocó con la de él y Henrietta se apresuró a apartar la suya. No. Los dioses griegos no bajaban del cielo para seducir a señoritas ligeramente orondas, con el pelo colgando por la espalda como colas de ratas y con un olor... Henrietta olfateó cautelosamente. Sí, no había duda: con un ligero olor a agua pútrida. Desde luego que no. Ni siquiera aunque dieran a entender lo contrario.

Cuando la mirada de él se posó intencionadamente en el lugar en que la sábana desaparecía bajo su mentón, sintió que el rubor inundaba sus mejillas. Él ladeó las cejas y la miró a los ojos. Henrietta se ruborizó más aún. Sintió que acababa de suspender un examen tácito y no pudo evitar lamentarlo. Levantó la barbilla con aire desafiante.

—¿Quién es usted?

Él levantó una ceja.

—¿No debería ser yo quien le hiciera esa pregunta? A fin de cuentas, es una invitada en mi casa, aunque nadie la haya invitado.

—¿Su casa?

—Exacto, mi casa. Mi alcoba. Y mi cama —repuso Rafe—. Está usted en Woodfield Manor —añadió.

—¡Woodfield Manor! —era la finca que lindaba

con la de su jefe. La finca propiedad de...—. Santo cielo, ¿es usted el conde?

—En efecto. Rafe Saint Alban, conde de Pentland, para servirle —Rafe esbozó una reverencia.

¡El conde! Estaba en una alcoba con el célebre conde, y de pronto veía con toda claridad por qué aquel hombre tenía una reputación tan escandalosa. Se agarró a la ropa de cama como si fuera una balsa y tuvo que refrenar el impulso de taparse la cabeza con ella y hundirse en el mullido colchón de plumas.

—Es un placer conocerlo, milord. Soy Henrietta Markham —de pronto todo aquello le pareció grotesco y sintió deseos de reír—. ¿Está seguro de que es el conde? No, claro, si dice que lo es, tiene que serlo.

Rafe tensó la boca.

—Estoy bastante seguro de quién soy. ¿Qué le hace pensar que podría no serlo?

—Nada. Solo que... Bueno, no esperaba... Su reputación, ya sabe... —sintió que se ponía colorada.

—¿Qué reputación es esa? —Rafe lo sabía a la perfección, naturalmente, pero sería divertido ver cómo iba a expresarlo ella. Aquella mujer tenía algo que suscitaba en él el deseo de escandalizarla. De desconcertarla. Quizá fueran sus ojos, grandes y de mirada límpida, del color de la canela. ¿O del café, más bien? No, no era eso. ¿Del chocolate, quizá?

Se sentó tranquilamente al borde de la cama. Henrietta Markham puso unos ojos como platos, pero no se apartó. Rafe notó que sus pechos subían y bajaban rápidamente bajo la sábana.

No podía decirse que fuera una beldad según los cánones clásicos. Le faltaba altura, para empezar, y no podía describírsela ni remotamente como esbelta. Aunque tenía un cutis impecable, su boca era demasiado generosa, sus cejas demasiado rectas y su nariz no lo bastante recta. Y sin embargo, ahora que sus mejillas habían recuperado parte de su color y que ya no parecía una estatua de mármol, era... No, desde luego no era bella, pero sí turbadoramente atractiva.

—¿Qué ocurre, señorita Markham? ¿Se ha quedado usted sin habla?

Henrietta se lamió los labios. Se sentía como un ratón en poder de un gato juguetón. No, de un gato no. De algo mucho más peligroso. Él cruzó las piernas. Las tenía muy largas. Si ella se hubiera sentado al borde de la cama, donde estaba él, no habría tocado el suelo con los pies. No estaba acostumbrada a estar sentada tan cerca de un hombre. Era la primera vez, en la cama o en cualquier otra parte. Y resultaba... No podía respirar. No era exactamente que estuviera asustada, pero sí intimidada. ¿Era esa su intención? Se enderezó, resistiéndose al impulso de moverse hacia el otro lado de la cama, y confusa al mismo tiempo por el deseo de acercarse a él. Resolvió no dejarse avasallar.

—Sin duda sabe usted perfectamente que es muy conocido —respondió, y le satisfizo comprobar que su voz sonaba bastante firme.

—¿Conocido por qué, exactamente?

—Pues dicen que... —se interrumpió, desconcertada de nuevo.

Él tenía manchas de hierba en las rodillas de las calzas. Se sorprendió mirándolas y preguntándose cómo se las había hecho y si tenían algo que ver con ella. Al ver que él había notado qué estaba mirando, se sonrojó otra vez y añadió:

—Hablando sin rodeos, dicen que es usted un... Solo que estoy segura de que son bobadas, porque es imposible que sea para tanto. Y en todo caso no se parece usted ni por asomo a como me imaginaba yo a un sujeto semejante —dijo, azorada.

—¿A un sujeto cómo? —insistió él, luchando por contener la risa.

Henrietta tragó saliva. No le gustaba cómo la miraba. Como si fuera a sonreír. O no. Calibrándola, esa era la palabra. De nuevo le preocupó que le encontrara defectos. Y de nuevo se reprendió a sí misma por una reacción tan patética, pero aquel hombre era tan abrumadoramente viril, y estaba sentado tan cerca de ella en la cama que le cosquilleaba la piel. Tuvo que hacer un esfuerzo para contener el impulso de apartarlo de un empujón. ¿O era solo una excusa para tocarlo? Aquel pelo corto y negro... Parecía sedoso al tacto. No como su barba, que sería áspera.

—Un crápula —balbució atropelladamente, confundida por sus propias reacciones.

Rafe se levantó bruscamente, ofendido.

—¿Cómo dice?

Henrietta parpadeó. Echó de menos el calor de su cercanía y al mismo tiempo se alegró de que se apartara, pues su expresión había cambiado sutilmente. Era más fría. Más distante, como si hubiera levantado un muro entre ellos. Comprendió demasiado tarde que llamar «crápula» a alguien a la cara, aunque lo fuera, no demostraba mucho tacto. Hizo una mueca.

—Le ruego me explique, señorita Markham, qué aspecto ha de tener exactamente un crápula.

—Bueno, «exactamente» no lo sé, aunque yo diría que para empezar no debe ser tan guapo, ni muchísimo menos —repuso Henrietta, diciendo lo primero que se le pasó por la cabeza—. Ni tan joven, además —añadió, incapaz de soportar el silencio que siguió—. Y seguramente debería tener un aspecto más inmoral. Más libertino. Aunque, para serle sincera, no estoy del todo segura de qué aspecto tiene un libertino, pero usted no lo tiene. Aspecto de libertino, quiero decir —concluyó, y su voz se apagó cuando se dio cuenta de que, lejos de aplacarlo, solo había conseguido que el conde pareciera decididamente ofendido. Había fruncido las dos cejas y tenía una expresión formidable.

—Parece usted toda una experta, señorita Markham —dijo con sorna—. ¿Habla por experiencia personal?

Había apoyado los hombros contra el poste de la cama. Eran muy anchos. Y fuertes. Henrietta se preguntó si boxeaba. Si así era, debía de dársele bien, pues no tenía marcas en el rostro. La cara de ella estaba ahora a la altura de su pecho, que también parecía muy fuerte, bajo la camisa. Tenía el vientre muy plano. Henrietta nunca se había parado a pensar en ello, pero ¡qué distintos eran los hombres de las mujeres! Tan fuertes y rudos... Al menos aquel lo era. Se mordisqueó el labio y procuró no dejarse embelesar. Como no quería hablarle a su pecho, tuvo que estirar el cuello para mirarlo a los ojos. Ya no eran azules, sino de un color gris pizarra. Henrietta tragó saliva de nuevo mientras intentaba recordar qué le había preguntado.

—Por experiencia personal... Sí. Digo no, no había conocido nunca a un crápula, al menos que yo sepa, pero mamá decía... Mi madre me dijo que... —se calló de nuevo al darse cuenta de que su madre preferiría que su pasado no saliera a relucir—. He visto con mis propios ojos el resultado de sus actividades —concluyó.

Parecía estar a la defensiva, pero no era de extrañar teniendo en cuenta que el conde se cernía sobre ella como un ángel vengador. Henrietta se enojó.

—En el asilo de pobres de la parroquia.

La expresión del conde se transformó al instante, más diabólica que angelical.

—Si está dando a entender que he salpicado la campiña de mocosos ilegítimos, está muy equivocada —dijo en tono glacial.

Henrietta se azoró. Lo cierto era que no había oído contar tal cosa de aquel crápula en concreto, aunque naturalmente el hecho de que ella no lo hubiera oído no significaba que... Pero en realidad parecía demasiado indignado para estar mintiendo.

—Si usted lo dice —repuso dócilmente—. No quería insinuar que...

—Aun así lo ha hecho, señorita Markham. Y lo lamento.

—Bueno, era una suposición natural teniendo en cuenta su reputación —replicó ella.

—Al contrario. Nunca han de hacerse suposiciones hasta que se tienen todos los datos.

—¿Qué datos?

—Como usted misma ha puesto de manifiesto, está en mi cama, en ropa interior, y sin embargo no ha sido violada, ni deshonrada en modo alguno.

—¿No? No, claro que no. Quiero decir... Entonces, ¿quiere decir que no es un crápula?

—Señorita Markham, no tengo por costumbre defender mi carácter, ni ante usted ni ante nadie —repuso Rafe, furioso.

Podía ser un crápula, en efecto, aunque detestaba aquel término, pero distaba mucho de ser un donjuán. La idea de ir por ahí engendrando hijos en busca únicamente de su propio placer le resultaba especialmente aborrecible. Respecto a eso, se ceñía a unas normas estrictas, y se preciaba de ello. Sus escarceos se limitaban a mujeres que entendían dichas normas y que no esperaban nada de él. Sus encuentros eran siempre físicos, no sentimentales. Las mujeres inocentes, aunque tuvieran los ojos como platos y estuvieran tumbadas medio desnudas en su cama, estaban a salvo. Aunque no pensaba decírselo a aquella en particular.

Henrietta se encogió contra la almohada, sorprendida por su cambio de humor. Si era de veras un crápula, ¿por qué se ponía así? Era bien sabido que los crápulas carecían de principios, eran inmorales e irresponsables...

Al llegar a ese punto, sus pensamientos se detuvieron de pronto. Había vuelto al punto de partida. El conde podía ser un crápula, pero no había... Aunque quizá no lo había hecho porque no la encontraba lo bastante atractiva. Una idea extrañamente deprimente. Y ridícula. Como si a ella tuviera que importarle que un afamado crápula no la encontrara lo bastante atractiva para intentar seducirla. Lo cual le recordó una cosa.

—¿Cómo es que estoy en su...? ¿En esta cama, quiero decir? —preguntó.

—La encontré desmayada. Al principio pensé que estaba muerta, y a pesar de lo que haya imaginado, señorita Markham, prefiero que mis conquistas estén conscientes y bien dispuestas. Puede estar segura de que no he hecho intento alguno de propasarme con usted. De haberlo hecho, no habría olvidado tan fácilmente la experiencia. De lo cual también me enorgullezco —añadió sardónicamente.

Henrietta se estremeció. No dudaba ni por asomo que tenía motivos para alardear de sus hazañas. Su expresión la hizo comprender que de nuevo le había leído el pensamiento. Bajó la mirada y tiró del borde de la sábana.

—¿Dónde me encontró?

—En una zanja. La saqué de ella.

Era una revelación tan sorprendente que Henrietta soltó la sábana.

—¡Dios mío! ¿De veras? ¿Lo dice en serio? —se incorporó rápidamente, olvidándose de su dolor de cabeza, y acto seguido se dejó caer sobre la almohada con un gemido de dolor—. ¿Dónde? —preguntó débilmente—. ¿Dónde estaba esa zanja?

—En mis tierras.

—Pero ¿cómo llegué hasta allí?

—Confiaba en que eso pudiera decírmelo usted.

—No sé si puedo —se tocó con cuidado la parte de atrás de la cabeza, donde se había formado un gran chichón—. Alguien me golpeó —dio un respingo al recordarlo—. Muy fuerte. ¿Por qué haría alguien algo así?

—No tengo ni la menor idea —contestó Rafe—. Puede que el responsable se cansara de su petulancia.

La expresión dolida de su rostro no le proporcionó la satisfacción que solía experimentar cuando lanzaba uno de sus dardos y daba en el blanco. En esa ocasión, sintió una especie de punzada de culpa. Lo cierto era que estaba muy pálida. Tal vez la señora Peters tuviera razón, quizá debiera llamar al médico del pueblo.

—Aparte del golpe en la cabeza, ¿cómo se encuentra?

18

La verdad era que se encontraba fatal, pero resultaba evidente por su tono falsamente solícito que no era esa la respuesta que quería oír.

—Estoy bastante bien —repuso ella con cierta acritud—. Al menos estoy segura de que lo estaré enseguida, descuide.

Había sido descortés, lo cual no solía molestarle. Le molestaba, en cambio, que ella no se lo hiciera notar. Henrietta Markham podía ser una deslenguada, pero no era caprichosa. Su franqueza, cuando no rayaba la grosería, resultaba estimulante.

De pronto lo asaltó el recuerdo de sus curvas apretadas contra su cuerpo, cuando la había sacado de la zanja, y le molestó recordar tan claramente aquella sensación.

—Puede usted quedarse tanto tiempo como necesite para recuperarse, naturalmente —dijo—. Lo que quiero saber en este momento es quién la golpeó y, lo que es más importante, por qué la abandonó en mis tierras.

—¿Quiere decir que por qué no eligió un lugar menos inconveniente para arrojarme a una zanja? —replicó Henrietta. Sofocó un gemido y se tapó la boca con la mano, pero era demasiado tarde: ya lo había dicho.

Rafe se rio. No pudo evitarlo: Henrietta Markham era muy divertida, a su modo. Su risa sonó extraña. Se dio cuenta de que era porque hacía mucho tiempo que no la oía.

—Sí, tiene razón —dijo—. Preferiría que la hubieran abandonado en la puerta misma del Hades, pero aquí está.

Tenía una risa bonita. Y aunque fuera descortés, al menos era sincero. Eso le gustaba. Henrietta sonrió indecisa.

—No pretendía ser tan franca.

—Miente usted fatal, señorita Markham.

—Lo sé. Quiero decir que... Ay, Dios.

—Tomar su propia medicina, creo que se le llama a eso.

Henrietta sintió que la banda de dolor que aprisionaba su cabeza se tensaba e hizo una mueca.

—*Touché*, milord. Quiere que me vaya y estoy segura de que tiene cosas que hacer. Si me permite un momento para reponerme, me vestiré y me marcharé enseguida.

Se había puesto muy pálida. Rafe sintió una punzada de compasión. Aunque ella se hubiera refrenado para no decírselo, no era culpa suya haber aterrizado en su puerta.

—No hay prisa. Quizá si comiera algo se sentiría un poco mejor. Y puede que recuerde lo que le ha ocurrido.

—No quisiera causarle más molestias —dijo ella sin convicción.

Él sintió de nuevo que su boca se tensaba en una sonrisa.

—Insisto, miente usted fatal. Venga, lo menos que puedo hacer es darle de desayunar antes de que se vaya. ¿Se siente con fuerzas para levantarse?

El conde no estaba sonriéndole exactamente, pero su rostro había perdido su dureza, como si fuera capaz de sonreír si quería. Además, Henrietta estaba hambrienta. Y él se merecía una respuesta. Así pues le dijo estoicamente que sí, que era capaz de levantarse, aunque con solo pensarlo le daban mareos. Él ya se había encaminado hacia la puerta.

—Milord, por favor, espere.

—¿Sí? —había soltado la sábana en su afán por hacerlo volver.

Largos mechones de pelo castaño y rizado caían sobre sus hombros blancos. Su camisa era de tosco algodón blanco. Rafe vio claramente la turgencia de sus pechos, libres de corsé, y apartó la mirada de mala gana.

—Mi vestido... ¿dónde está? —al darse cuenta de que había soltado la sábana, Henrietta se la subió hasta el cuello y se dijo con firmeza que no había nada de malo en llevar una camisa de algodón corriente que, además, estaba limpia. Pero, limpia o no, deseó sin poder evitarlo que no fuera tan corriente. Se preguntó quién le había quitado el vestido.

—La desvistió mi ama de llaves —contestó el conde en respuesta a su pregunta implícita—. Tenía el vestido empapado y no queríamos que pillara un resfriado. Le prestaré algo hasta que esté seco.

Regresó unos instantes después con una bata grande y palmariamente masculina que dejó sobre la silla, informándole de que el desayuno se serviría medio hora después. A continuación, salió con paso decidido de la habitación.

Henrietta se quedó mirando la puerta cerrada. No conseguía entender a aquel hombre. ¿Quería que se quedara o no? ¿La encontraba divertida? ¿Fastidiosa? ¿Atractiva? ¿Pesada? ¿Todas esas cosas o ninguna? No tenía ni idea.

No debería haber hablado de su reputación. Aunque él no lo había negado exactamente, Henrietta había comprobado cuán irresistible podía ser con esa buena planta y ese algo indefinible que poseía y que la hacía estremecerse. Era como si le estuviera prometiendo algo que ella sabía que no debía desear. Como si solo él pudiera cumplir esa promesa. Henrietta no lo entendía. Sin duda los crápulas eran también bribones. Pero Rafe Saint Alban no parecía en absoluto un bribón. Los crápulas no eran buenas personas, y sin embargo él debía de tener alguna virtud. ¿Acaso no la había rescatado, y no había sido ese un rasgo de nobleza?

Arrugó el ceño.

—Supongo que deben de tener un don para engatusar a la gente. Si no, ¿cómo iban a ser unos crápulas? —se dijo.

De modo que ¿era una suerte que a ella no la hubiera engatusado? No lograba llegar a una conclusión. Lo único que sabía con toda seguridad era que no veía el momento de librarse de ella. Intentó no mortificarse demasiado con esa idea.

Quizá solo quería saber cómo había llegado a su

finca. A ella también le gustaría saberlo, pensó mientras se tocaba con cautela el chichón de la cabeza. La noche anterior. La noche anterior... ¿Qué recordaba de la noche anterior?

El dichoso perro faldero de lady Ipswich se había escapado. Ella se había perdido la cena mientras lo buscaba, de modo que no era de extrañar que estuviera hambrienta. Arrugó la frente, cerró los ojos con fuerza y procuró no hacer caso del dolor sordo que notaba dentro del cráneo mientras intentaba recordar sus pasos de la noche anterior. Había salido por la puerta lateral al jardín de la cocina. Había rodeado la casa y luego...

¡El ladrón!

—¡Ay, Dios mío, el ladrón!

Su mente se aclaró como las ondas de un estanque que, al aquietarse, dejan ver un reflejo diáfano.

—¡Santo cielo! Lady Ipswich estará preguntándose dónde me he metido.

Se bajó con cuidado de la lujosa cama y miró el reloj de la repisa de la chimenea. Los números estaban borrosos. Eran las ocho pasadas. Descorrió las cortinas y parpadeó, cegada por el sol. Las ocho de la mañana.

Había estado fuera toda la noche. Estaba claro que su salvador había salido muy temprano. De hecho, ahora que lo pensaba, parecía no haberse acostado todavía.

¡Seguro que había estado de juerga! Pero sus ojeras denotaban un cansancio más profundo que el mero agotamiento físico. Rafe Saint Alban parecía un hombre incapaz de dormir. Con razón estaba tan irritable, pensó, y enseguida sintió un poco de lástima por él. Tener que vérselas con una desconocida en estado deplorable y en aquellas circunstancias habría puesto a cualquiera de mal humor, y más aún si la susodicha desconocida parecía una... una... ¿qué demonios parecía ella?

Había un espejo encima de la recargada cómoda, delante de la ventana. Henrietta se miró en él con curiosidad. Tenía una mancha de barro seco en la mejilla, estaba más pálida de lo normal y tenía un chichón del tamaño de un huevo en la cabeza, pero aparte de eso estaba más o menos como siempre. Una boca que claramente no era de pitiminí. Unas cejas que no mostraban la más leve inclinación a arquearse. El pelo marrón, demasiado rizado, en agreste desorden. Ojos marrones. Y un vestido marrón que se hallaba en poder de una tal señora Peters.

Dejó escapar un profundo suspiro. Aquello resumía muy bien las cosas, en realidad. Distintos tonos de marrón, eso era su vida entera. Por más que se decía, como le recordaba constantemente su padre, que había muchas personas en peor situación, no lograba consolarse. Y no porque fuera infeliz exactamente, sino porque a veces no podía evitar pensar que la vida tenía que ser algo más, aunque no tuviera ni idea de qué era ese «algo más».

—Supongo que el hecho de que te den un golpe en la cabeza, te dejen en una zanja a la intemperie y te rescate un conde increíblemente guapo debería suponer un auténtico estallido de emoción —le dijo a su reflejo—. Aunque el conde en cuestión sea un caballero andante muy desganado, con un temperamento explosivo y una reputación extremadamente cuestionable.

El reloj de la chimenea dio el cuarto de hora y Henrietta se sobresaltó. No podía sumar a la lista de sus pecados el hacer esperar al conde para desayunar. Echó rápidamente agua de la jarra de la mesilla de noche en una preciosa palangana de porcelana con flores y comenzó a quitarse el barro de la cara.

Casi a la hora exacta, Henrietta entró dando un traspié en el salón de desayunar, con el pelo cepillado y recogido y el cuerpo envuelto en la elegante bata de brocado verde oscuro de su anfitrión. Hasta con las mangas dobladas y el cinturón bien atado a la cintura, la bata la envolvía por completo y arrastraba tras ella como el manto de una reina. La idea de que la tela pegada a su piel hubiera tocado también el cuerpo desnudo de Rafe Saint Alban era turbadora. Intentó no pensar mucho en ello, pero no lo consiguió del todo.

Estaba nerviosa. Y ver la mesa del desayuno puesta solo para dos la puso aún más nerviosa. Era la primera vez que desayunaba a solas con un hombre, sin contar a su querido padre. Y desde luego nunca antes había desayunado con un hombre vestida con su bata. Cuando entró trastabillando en la habitación, se sintió extremadamente torpe y al mismo tiempo muy consciente de su cuerpo, vestida únicamente con su ropa interior y entorpecida por los voluminosos pliegues de la bata.

Él, al principio, no pareció reparar en ella. Tenía la mirada perdida y una expresión sumamente melancólica. Parecía ensimismado. Y estaba guapísimo. A Henrietta se le aceleró el pulso. Se había afeitado y cambiado de ropa. Llevaba una camisa limpia y una corbata recién atada, una levita de mañana muy ceñida, de color azul oscuro, y pantalones de color tostado, con las botas bien bruñidas. Así vestido, parecía mucho más un conde, y resultaba por tanto mucho más imponente. Y aún más atractivo. Henrietta compuso una sonrisa indecisa e hizo una reverencia que distó mucho de resultar elegante.

—Debo disculparme, milord, por mi descuido. Aún no le he dado las gracias como es debido por haberme salvado. Le estoy muy agradecida.

Su voz sacó a Rafe de su ensimismamiento. Otra vez había estado pensando en el pasado. Pero ¡al diablo con su precioso título y su necesidad de un heredero! ¿A quién le importaba, en realidad, salvo a su abuela, si lo heredaba todo algún primo lejano? Si su abuela supiera lo que le había costado ya, dejaría de acosarlo de aquel modo. Miró a Henrietta, que seguía sonriéndole indecisa. Le tendió la mano para que se irguiera.

—Confío en que se encuentre mejor, señorita Markham. Está usted arrebatadora con esa bata. Es muy favorecedora.

—Estoy perfectamente, dadas las circunstancias —repuso Henrietta al enderezarse, pero de pronto le dio vueltas la cabeza—. Y en cuanto a la bata, es usted muy galante por mentir, pero sé que estoy hecha un esperpento.

—Un esperpento irresistible, diría yo. Y ha de creerme, puesto que soy un experto en tales materias.

Su mirada atormentada había desaparecido. Ahora sonreía. No con una verdadera sonrisa, sino con la boca levantada por las comisuras.

—Creo que por fin he recordado lo que ocurrió —dijo Henrietta.

—¿Sí? —sacudió la cabeza, dispersando a los fantasmas que parecían haberse congregado allí dentro—. Eso puede esperar. Tiene aspecto de estar hambrienta.

—Lo estoy. Me perdí la cena por culpa de un perro.

Rafe se echó a reír por segunda vez esa mañana. Esta vez, su risa sonó menos oxidada.

—Bueno, me alegra informarla de que aquí no hay ningún perro que vaya a hacer que se pierda el desayuno —dijo.

La bata daba a Henrietta Markham un aire sensual. Se abría a la altura del cuello, dejando ver parte de su blanco pecho, que debería haber tenido la decencia de ceñir con un corsé. Daba la impresión de acabar de levantarse de su cama. Y en cierto modo así era. Rafe se dio cuenta de que había estado mirándola fijamente y desvió los ojos, un poco desconcertado por su súbita excitación. El deseo solía ser algo que podía invocar y de lo que podía deshacerse según su capricho.

La ayudó a sentarse, tomó asiento frente a ella y mantuvo los ojos resueltamente fijos en la comida. Le daría de comer, averiguaría de dónde había salido y la devolvería a su casa sin perder un instante. Luego se iría a dormir. Y después tendría que regresar a la ciudad. No podía posponer indefinidamente la conversación con su abuela. Un inmenso fastidio, gris y pesado como el cielo de noviembre, descendió sobre él al pensarlo.

No quería pensar en eso. No necesitaba hacerlo mientras tuviera a Henrietta Markham sentada frente a él, con su bata y su historia que contar. Rafe le sirvió café y puso una generosa loncha de jamón en su plato, junto con un huevo frito y un poco de pan con mantequilla. Luego se sirvió un montón de ternera y una jarra de cerveza.

—Coma, no vaya a desmayarse de hambre.

—Esto tiene una pinta deliciosa —dijo Henrietta, mirando con fruición su plato.

—No es más que un desayuno.

—Pues yo nunca he tomado uno tan bueno —

contestó ella puntillosamente, y al mismo tiempo pensó «cállate».

No solía ser muy mordaz, pero esa mañana parecía serlo. Debían de ser los nervios. Pero por lo general no permitía que los nervios afectaran a su comportamiento. Estaba fuera de sí. Aquel hombre la desconcertaba, eso era lo que pasaba. La situación, la bata, él... Sí, decididamente era él. La culpa la tenía aquel hombre, que en ese momento le decía con mirada inquisitiva que, o empezaba a comer ya, o se comería el desayuno frío.

Henrietta empuñó su tenedor. ¿Estaba solo bromeando o de veras creía que era idiota? Hablaba como una idiota. Rafe Saint Alban tenía el don de hacerla sentirse idiota.

Probó un bocado de delicioso huevo y lo observó a hurtadillas, por debajo de las pestañas. Sus ojeras se notaban más a la luz radiante de la mañana, que entraba por las ventanas. Su boca tenía una expresión crispada. Henrietta comió más huevo y cortó un pedazo de jamón de York. Estaba nervioso, además. Incluso cuando sonreía se notaba que lo hacía maquinalmente.

Saltaba a la vista que no era feliz. Pero ¿por qué no lo era, se preguntó Henrietta, teniendo como tenía mucho más que la mayoría? Ansió preguntárselo, pero desistió al mirarlo de nuevo. Rafe Saint Alban era, más que cualquier otra cosa, un hombre hermético, concluyó Henrietta. Ignoraba qué estaba pensando y eso aumentaba su deseo de averiguarlo, y sin embargo vaciló, lo cual era muy extraño en ella, pues desde edad muy temprana la habían animado a decir lo que pensaba.

Un pequeño estremecimiento, esta vez de emoción mezclada con miedo, hizo que se le erizara el vello de la nuca. Rafe Saint Alban no solo era temible. También era terriblemente atractivo. ¿Qué tenía que la hacía sentirse así, fascinada y al mismo tiempo asustada? Empezaba a comprender que, a fin de cuentas, Rafe Saint Alban se merecía su reputación. Si se empeñaba en algo, debía de ser muy difícil resistirse a él.

Henrietta se estremeció de nuevo y se dijo que no debía ser tan necia. ¡Rafe Saint Alban no iba a fijarse en ella! Y aunque lo hiciera, sabiendo la clase de hombre que era, un hombre sin escrúpulos, a ella no le costaría ningún esfuerzo resistirse a sus encantos.

Además, ¿por qué perdía el tiempo pensando en esas cosas? Tenía asuntos mucho más importantes de los que ocuparse, ahora que recordaba lo sucedido la noche anterior. Y antes tenía que saciar el hambre o acabaría por desmayarse, y ella, que se preciaba de ser tan pragmática, no podía permitirse semejante lujo.

Así pues fijó resueltamente su atención en el desayuno.

Dos

Cuando acabaron de comer, Rafe se levantó.

—Traiga su café. Vamos a sentarnos junto al fuego, estaremos más cómodos que aquí. Así podrá contarme su historia.

Henrietta hizo lo que le pedía: se sentó en el sillón orejero y colocó a su alrededor los múltiples pliegues de la bata de seda. Frente a ella, Rafe Saint Alban cruzó elegantemente las piernas, apoyando una bota sobre la otra. Henrietta vio moverse los músculos de sus piernas bajo la tensa tela de sus pantalones de punto.

—Soy la institutriz de los hijos de lady Ipswich, cuyas tierra lindan con las suyas —anunció, intentando olvidarse de sus fornidos muslos y concentrarse en el asunto que les ocupaba.

—Nuestras tierras lindan, en efecto, pero no estamos en buenos términos.

—¿Por qué no?

—Eso carece de importancia.

Su tono debería haberla disuadido de insistir, pero sentía tanta curiosidad que no reparó en él.

—Pero son ustedes vecinos, sin duda... ¿Se debe a que es viuda? ¿Los visitaba usted cuando vivía su marido?

—Lord Ipswich era más bien de la edad de mi padre —contestó Rafe en tono cortante.

—Entonces tenía que ser mucho mayor que su esposa. No lo sabía. Supongo que había dado por sentado que...

—Qué raro en usted —dijo Rafe sardónicamente.

Ella lo miró con expectación. Su mirada llena de curiosidad resultaba desconcertante. Su boca tenía una expresión decidida y tenaz. Rafe suspiró, poco habituado a enfrentarse a preguntas tan insistentes.

—Su excelencia falleció en lo que podríamos llamar circunstancias poco claras y decidí cortar toda relación con su viuda.

—¿De veras?

—De veras —contestó Rafe, y de pronto deseó no haber dicho nada. Estaba claro que aquella pobre ingenua ignoraba por completo el pintoresco pasado de su jefa, y él no tenía intención de revelárselo—. ¿Cómo es que empezó a trabajar para Helen Ipswich? —preguntó, intentando distraerla.

—Vi un anuncio en una revista femenina. Dio la casualidad de que estaba buscando empleo y mi madre me dijo que parecía un puesto respetable, así que lo solicité.

—Entonces ¿había trabajado antes en otra casa?

—No, esta es mi primera experiencia como institutriz, aunque espero que no sea la última —repuso Henrietta con una sonrisa—. Verá, voy a ser maestra y quería tener un poco de experiencia práctica antes de que abra el colegio —su sonrisa se borró—. Aunque por lo que me contaba mi madre en su última carta, aún queda algún tiempo para eso.

—¿Su madre va a abrir un colegio?

—Mi madre y mi padre juntos —Henrietta frunció el ceño—. Al menos ese es el plan, pero he de confesar que sus planes suelen torcerse. El colegio va a estar en Irlanda, es una institución caritativa para niños pobres. Mi padre es un gran filántropo, ¿sabe usted?

Esperó, expectante, pero Rafe Saint Alban no parecía arder en deseos de hablar de la vocación de su padre.

—El problema es que, aunque siempre tiene las mejores intenciones, me temo que no es muy práctico. Le preocupa mucho más el espíritu que el cuerpo y no hay forma de hacerle entender que, faltándoles alimento y una casa caliente, los pobres tienen necesidades mucho más apremiantes que su salud espiritual y muy poco interés en dedicar sus esfuerzos a temas más elevados, como las estatuas de san Francisco, o a hacer un tapiz en honor de la vida de san Antonio, el patrón de los pobres. Le dije a mi padre que harían mejor dedicándose a confeccionar mantas —añadió sombríamente, tan ensimismada en sus recuerdos que no se dio cuenta de que estaba otra vez hablando sin ton ni son—. Pero él se lo tomó a mal. Mamá, cómo no, le dio la razón.

Está convencida de que la clave está en distraer a los pobres de su situación, pero, francamente, ¿cómo va a distraerse uno cuando está muerto de hambre, o preocupado por estar esperando otro hijo al que no puede dar de comer teniendo otros cinco en casa? ¡Lo último que quiere uno es bordar una estampa de san Antonio en su viaje a Portugal!

—No creo que haya muchos pobres que sepan dónde está Portugal —repuso Rafe puntillosamente. El papá y la mamá de la señorita Markham parecían de esos buenos samaritanos a los que tanto despreciaba.

—Exacto —añadió ella con vehemencia—. Y aunque lo sepan... ¿Se está usted riendo de mí?

—¿Le molestaría si así fuera?

—No. Solo que no creo que lo que estaba contando fuera especialmente divertido.

—Era su modo de decirlo. Es usted muy seria.

—Tengo que serlo. Si no, nadie me haría caso.

—Así que, mientras sus padres rezan por conseguir almas, usted prepara la sopa. ¿No es eso?

—No tiene nada de malo ser práctica.

—No, nada. Ojalá hubiera más sopa y menos sermones en este mundo.

—Mis padres no tienen mala intención.

—Estoy seguro de que no, pero lo que quiero decir es que tener buenas intenciones no equivale a actuar bien. Me he cruzado con muchas personas parecidas y...

—No sabía que tuviera fama de filántropo.

—No, tal y como usted ha dicho —repuso Rafe con frialdad—, debo mi reputación principalmente a mis hazañas de crápula. Y ahora me dirá usted que una cosa excluye la otra.

—¿Y no es así? —preguntó Henrietta. Al ver que su rostro se crispaba, titubeó—. Lo que quiero decir es que ser un crápula presupone que uno tiene escasos escrúpulos morales y que... —se interrumpió en vista de la gélida expresión de Rafe—. ¿Sabe?, creo que quizá nos hayamos desviado un poco de la cuestión. ¿Me está diciendo que participa usted en obras caritativas?

Saltaba a la vista que le costaba creerlo. Rafe se dijo que le importaba un bledo lo que pensara.

—Le estoy diciendo que no todo en el mundo es blanco o negro, como parecen creer sus padres y usted.

Su participación en el asilo de Saint Nicholas, su pequeño proyecto personal, era extremadamente importante para él, pero no consideraba que fuera una obra de caridad. Refrenó su ira con cierto esfuerzo. ¿Qué tenía aquella mujer que con tanta facilidad lo sacaba de sus casillas?

—Me estaba hablando del colegio que quieren fundar sus padres.

—Sí —Henrietta lo miró con inquietud—. ¿He dicho algo que le haya ofendido?

—El colegio, señorita Markham.

—Pues, cuando abra, si es que abre, pienso contribuir de la manera más pragmática dando clases.

«Clases prácticas», añadió para sus adentros, acordándose del currículum de su madre con un estremecimiento.

—¿Y ahora está ensayando sus lecciones con los mocosos de Helen Ipswich?

—No son mocosos —respondió, indignada—. Solo son niños con mucho ímpetu. Estoy segura de que usted era igual a su edad, no me cabe duda de que prefería salir a montar a caballo en vez de asistir a clase, pero...

—Cuando tenía su edad, mi padre tenía que animarme a salir a montar a caballo para que dejara mis estudios —comentó Rafe con sorna—. Mi tendencia a esconder la cabeza en un libro le desconcertaba enormemente.

—Dios mío, ¿era usted estudioso?

—¿Otra cosa que considera incompatible con el hecho de ser un crápula, señorita Markham?

De nuevo parecía divertido. Henrietta no entendía sus cambios de humor, pero no pudo evitar responder a su tenue sonrisa con una propia.

—En fin, resumiendo, me gusta ser institutriz y me gustan los niños, aunque su madre sea un poco... bien... mandona. No es que la vea mucho, en realidad. Está claro que una institutriz apenas merece su atención. En todo caso estoy segura de que hay jefas peores, y a los niños les gusto. No me cabe duda de que, cuando se abra el colegio, si es que se abre, me vendrá bien tener cierta experiencia. Está previsto que abra dentro de tres meses, más o menos, y para entonces mis actuales pupilos estarán a punto de marcharse a un internado, de modo que con suerte no me echarán mucho de menos. Al menos, no tanto como yo a ellos.

—En eso estamos de acuerdo. Sé por experiencia que los niños pequeños son notablemente volubles en sus afectos.

—¿Usted cree? —preguntó Henrietta animadamente—. Yo creo que eso es bueno. No quisiera que me tuvieran excesivo apego. Pero ¿qué experiencia tiene usted en esos asuntos? ¿Acaso tiene hermanos?

—No.

Su rostro volvía a tener una expresión hermética.

—Deduzco, pues —añadió— que trabajar como institutriz para Helen Ipswich ha colmado sus expectativas.

—Sí, ha cumplido a la perfección con mi propósito.

—Cuán afortunada es usted. Ahora, si no le importa, retomaremos el tema más urgente, es decir, cómo llegó a mi zanja. Después podrá regresar a esos quehaceres de los que tanto disfruta. Sin duda lady Ipswich se estará preguntando qué ha sido de usted.

—Es cierto. Y los niños también —aunque la idea de regresar a casa de lady Ipswich le resultaba de pronto menos apetecible de lo que debía. Otra habilidad de los crápulas, sin duda: embelesarla a una y hacerla desear pasar más tiempo en su compañía. Henrietta se irguió en el sillón y se tiró del cinturón de la bata—. Bueno, volviendo al tema, como desea, lo que sucedió anoche es que me golpeó en la cabeza un ladrón.

—¡Un ladrón!

Henrietta asintió vigorosamente con la cabeza, complacida por su reacción, que por una vez era la que se esperaba.

—En efecto —añadió—. Al menos, estoy casi segura de que era un ladrón, aunque la verdad es que no lo vi robar nada. Verá, yo estaba buscando a ese horrible perrillo de lady Ipswich.

—¿El que la dejó sin cena?

—El mismo. Oí ruidos procedentes de los matorrales y fui a investigar, creyendo que sería Princesa, así se llama el perro. Entonces oí que se rompía un cristal. Levanté la lámpara que llevaba y lo vi con toda claridad un instante. Después se abalanzó hacia mí y me golpeó en la cabeza. Lo siguiente que recuerdo es haberme despertado aquí.

Rafe sacudió lentamente la cabeza.

—Pero eso es absurdo. Aunque fuera un ladrón, ¿por qué iba a tomarse la molestia de llevarla consigo? Hace falta tiempo y esfuerzo para subir un peso muerto a lomos de un caballo.

Henrietta se puso colorada.

—Me doy cuenta de que no soy precisamente un peso pluma.

—No me refería a eso en absoluto. Son las mujeres las que consideran que estar flaca como un palo es la quintaesencia de la belleza. Los hombres prefieren más bien lo contrario. Su figura me parece sumamente grata a la vista.

Rafe no tenía por costumbre alentar a las mujeres haciéndoles cumplidos que podían malinterpretar, pero Henrietta Markham era tan distinta a cualquier joven que hubiera conocido que habló sin pensar en la repercusión que podían tener sus palabras.

—No me costó ningún trabajo subirla a mi caballo. Lo decía simplemente porque tuvo que ser difícil si se trataba de un individuo muy delgado, o mayor.

O con menos músculo, pensó Henrietta, fijándose de nuevo en el poderoso físico de su anfitrión. Hasta ese momento no se había parado a pensar en cómo la había sacado de la zanja. ¿La habría agarrado por la muñeca o por el tobillo? ¿La había sostenido contra su pecho, o quizá se la había echado al hombro? Y, cuando la había montado sobre su caballo, ¿la había colocado con el trasero hacia arriba? ¿Se le habrían visto las enaguas? ¿Los tobillos? ¿O algo peor? Fingiéndose acalorada por el fuego, se abanicó con ímpetu la cara.

A Rafe no le costó mucho esfuerzo seguir el curso que habían tomado sus pensamientos, y reconoció el momento exacto en que intentó imaginarse cómo la había colocado sobre la silla de Thor. Por desgracia, aquello le hizo pensar también a él en aquel instante. La había colocado boca abajo, cruzada sobre el lomo del animal, con las posaderas mirando provocativamente hacia el cielo. El vestido, que se le había subido un poco, había dejado al aire sus tobillos y sus pantorrillas. En aquel momento no se había dado cuenta de que reparaba en ello. Ahora, en cambio, al pensar en ello, descubrió que podía rememorar las voluptuosas curvas de su cuerpo como si las hubiera observado con toda atención, palmo a palmo.

—¿Por qué —preguntó enérgicamente, refrenando su imaginación—, después de tomarse tantas molestias para raptarla, cambió de idea el ladrón y la abandonó en mis tierras?

—Lo ignoro —contestó Henrietta—. Yo tampoco me lo explico. Quizá pretendiera propasarse conmigo y cambió de idea cuando me vio mejor —dijo con una sonrisa irónica.

—Si fue así, tenía muy mal gusto —repuso Rafe impulsivamente, esbozando una sonrisa.

Su cara se transformó por completo. Henrietta se puso colorada, pero mientras intentaba dominarse la sonrisa desapareció como si una nube hubiera tapado el sol. Desconcertada, cruzó los brazos.

—En realidad no cree una sola palabra de lo que le he dicho, ¿verdad?

La bata se abrió. Rafe vislumbró su carne blanca, rebosando de una sencilla camisa interior de algodón blanco. El crápula que llevaba dentro habría permitido que su mirada se demorara allí. Quería mirar, pero fue precisamente ese deseo lo que lo impulsó a apartar los ojos con decisión. «Ya nada te conmueve». El recuerdo de las palabras de su amigo Lucas le hizo sonreírse amargamente. Era cierto, gracias a Dios, con excepción de la culpa, que todo lo impregnaba. Se había esforzado con denuedo para asegurarse de que así fuera y así pensaba continuar. El deseo ya no formaba parte de su ser. Desear a Henrietta Markham estaba absolutamente fuera de lugar.

—Reconocerá usted que suena inverosímil —le dijo con más desdén del que pretendía—, pero lo que yo opine tiene poca importancia. Creo que lo que más debería preocuparle es si lady Ipswich va a creerla —se levantó resueltamente.

Henrietta Markham había sido una distracción deliciosa, pero había llegado la hora de poner fin a aquel extraordinario paréntesis y que ambos volvieran al mundo real.

—Mandaré que la lleven en mi carruaje. Su vestido ya debe de estar seco —tiró del cordón de la campanilla para llamar al ama de llaves.

Henrietta se levantó apresuradamente. Estaba claro que todo aquel asunto aburría al conde. Que ella le aburría. No debía sentirse herida. A fin de cuentas, era solo una institutriz con una historia absurda, y él un conde con una vida importante y una ristra de bellas mujeres con las que perpetrar sus fechorías. Mujeres que no llevaban vestidos marrones y acababan tiradas en una zanja, esperando a que alguien las rescatara.

—Debo darle las gracias de nuevo por rescatarme —dijo con voz cortante, o eso esperaba—. Le ruego me disculpe por haber abusado de su tiempo.

—Ha sido un placer, señorita Markham, pero permítame un consejo antes de marcharse —le levantó la barbilla con la punta de un dedo.

Sus ojos eran como bronce líquido. Sin duda, su rasgo más bello. Rafe clavó tranquilamente en ellos su mirada, a pesar de que por dentro se sentía agitado. No estaba acostumbrado a ver perturbado su equilibrio.

—No espere que la reciban como a una heroína —dijo con suavidad—. Helen Ipswich no es ni muy crédula, ni muy buena persona —tomó su mano y rozó su dorso con los labios—. Buena suerte, Henrietta Markham, y adiós. Si regresa a la habitación, le diré a la señora Peters que le suba su vestido. Ella la acompañará hasta la puerta.

No pudo resistirse al impulso de besar su mano. Sabía deliciosamente. Su olor y el contacto de su piel hicieron que un dardo de placer atravesara su entrepierna. Soltó su mano bruscamente, dio media vuelta y se marchó sin mirar atrás.

Fue un roce ligerísimo de su boca, pero Henrietta aún lo sentía sobre su piel. Acercó la mano a su mejilla y la mantuvo allí hasta que se disipó el cosquilleo. Tardó largo rato en desaparecer por completo.

Molly Peters, la sufrida ama de llaves de Rafe, era una mujer con forma de manzana y mejillas sonrosadas. Albert, su marido, era el jefe de cuadras. Molly había entrado a trabajar en la casa como criada de cocina cuando aún vivía el conde anterior y había ascendido primero a doncella de salón de atrás, después a camarera de piso y por último a doncella de salón principal antes de servir, brevemente y con resultados desgraciados, como doncella personal de la difunta condesa. Al morir prematuramente su señora, el amo Rafe la había nombrado ama de llaves, nada menos, con su propio saloncito y su propio juego de llaves.

Llevar la casa era una tarea que Molly Peters asumía con orgullo y llevaba a cabo con suma eficacia. De hecho, de haber tenido la oportunidad incluso la habría llevado a cabo con delectación, pero lo cierto era que Woodfield Manor rara vez se había usado como residencia, ni siquiera cuando aún vivía la difunta condesa. Como resultado de ello, la señora Peters tenía poco que hacer y estaba, francamente, un poco aburrida.

La inesperada llegada de Henrietta le proporcionó una grata emoción y desató en ella, normalmente tan reservada, una extraña locuacidad.

—Conozco al amo Rafe de toda la vida, desde que era un bebé —dijo en respuesta a una pregunta de Henrietta—. Era un bebé precioso, y tan listo...

—Guapo sigue siéndolo, de eso no hay duda —se aventuró a observar Henrietta mientras luchaba por enfundarse su vestido marrón, recién cepillado.

La señora Peters frunció los labios.

—Desde luego, no le faltan admiradoras —dijo remilgadamente—. Un hombre como lord Pentland, con esa planta y el título de los Pentland a sus espaldas, eso por no hablar de su riqueza, es lógico que atraiga a las damas, pero el amo es... En fin, señorita, la verdad es que... —miró hacia atrás, como si Rafe pudiera aparecer de pronto en la alcoba—. La verdad es que es un picaflor, como dice mi Albert, aunque yo diría que en realidad son pocas flores las que pica. No sé por qué le cuento esto, como no sea porque parece usted una joven muy agradable y no estaría bien que... Pero, en fin, no es ningún libertino, usted ya me entiende.

Henrietta fingió que la entendía, aunque a decir verdad no estaba del todo segura de cuál era la diferencia entre un crápula y un libertino. Su madre, desde luego, nunca había hecho distingos entre una cosa y la otra. Estaba intentando formular una pregunta que persuadiera a la señora Peters para aclarárselo sin revelar su ignorancia cuando el ama de llaves exhaló un profundo suspiro y chasqueó los dientes.

—No siempre ha sido así, ojo. Yo creo que la culpa de eso es de su mujer.

—¡Está casado! —Henrietta se quedó boquiabierta de asombro—. No lo sabía.

Pero ¿por qué iba a saberlo? Al contrario de lo que pensara su señoría el conde, no era muy dada a los cotilleos. En términos generales, hacía oídos sordos de ellos, por eso le habían dolido tanto las acusaciones de Rafe Saint Alban. De hecho, hacía muy poco tiempo que había oído hablar de su reputación. Había sido un comentario al azar de su jefa lo que la había alertado. Pero, si estaba casado, su conducta era mucho más reprobable. De pronto se sintió un poco traicionada, como si el conde le hubiera mentido, aunque en realidad aquello no era asunto suyo.

—No había oído hablar de su mujer —añadió.

—Eso es porque está muerta —aclaró la señora Peters tranquilamente—. Murió hace ya cinco años.

—¡Así que es viudo! —tenía aún menos pinta de viudo—. ¿Qué ocurrió? ¿Cómo murió ella? ¿Cuándo se casaron? ¿Fue una boda por amor? ¿Quedó él destrozado? —preguntó en rápida sucesión. Solo la mirada de asombro de la señora Peters la hizo detenerse—. Es simple curiosidad —explicó, azorada.

La señora Peters la miró con cautela.

—Se llamaba lady Julia. Ya he dicho más de lo que debía, al señor no le gusta que hablemos de ella. Pero si va a marcharse ya, puedo enseñarle un retrato suyo de camino, si quiere.

El retrato colgaba en el vestíbulo principal. La difunta condesa miraba a lo lejos con expresión meditabunda, esbelta y elegantemente sentada en un rústico balancín adornado con rosas.

—Lo pintaron el mismo año de su muerte —explicó la señora Peters.

—Es... era muy guapa —dijo Henrietta melancólicamente.

—Era guapa, sí, de eso no hay duda —respondió la señora Peters—, aunque la guapura se demuestra con los actos.

—¿Qué quiere decir?

La señora Peters pareció incómoda.

—Nada. Fue hace mucho tiempo.

—¿Cuánto tiempo estuvieron casados?

—Seis años. El amo Rafe era un crío, no tenía ni veinte años cuando se casaron. Ella era unos años mayor que él. Y a esa edad, unos cuantos años son una gran diferencia —agregó el ama de llaves.

—¿Por qué?

La señora Peters sacudió la cabeza.

—Ya no importa. Como dice Albert, lo hecho, hecho está. El carruaje debe de estar esperándola, señorita.

Henrietta echó un último vistazo a las facciones perfectas de la mujer del retrato. La belleza de la condesa de Pentland era innegable, pero la calculadora dureza que denotaban sus ojos no le gustó, y la reluciente perfección de su apariencia la hizo pensar en el granito pulido. Por alguna razón, no le agradó imaginarse a Rafe Saint Alban enamorado de aquella mujer.

Tras despedirse del ama de llaves, bajó la escalinata hasta el carruaje y no pudo evitar mirar hacia atrás por si el conde había cambiado de idea y se dignaba a salir a despedirla en persona. Pero no había ni rastro de él.

Una gran fuente, formada por cuatro delfines sosteniendo a Neptuno, dominaba la glorieta. Como buena institutriz, Henrietta advirtió que había sido modelada a imagen y semejanza de la fuente del Tritón de Bernini, en Roma. Más allá de la fuente, a la que se llegaba subiendo una ancha escalinata, se extendían hermosos macizos de flores y praderas inmaculadas. Al igual que la casa que acababa de abandonar, los jardines rebosaban elegancia, riqueza y refinamiento.

El contraste con el hogar de su infancia no podía ser más chocante. La casa en la que había crecido era húmeda, destartalada y llena de corrientes de aire. La culpa la habían tenido la falta de fondos y otras prioridades mucho más urgentes. El poco dinero que ahorraban sus padres siempre iba a parar a obras de beneficencia. La asaltó de pronto una extraña nostalgia. Sus padres podían ser unos ineptos sin remedio, pero eran buenas personas. Siempre anteponían el bienestar de los demás, aunque nadie se lo agradeciera. Aunque ello significara posponer siempre el bienestar de su única hija. En cualquier caso, nunca había dudado de su cariño. Y los echaba de menos.

Pero Henrietta nunca había sido muy dada a compadecerse de su suerte. Irguió los hombros, subió al carruaje con el blasón del conde grabado en la puerta y comenzó a prepararse para su inminente entrevista con lady Ipswich.

Rafe la vio partir desde la habitación de su dormitorio. ¡Pobre Henrietta Markham! Era extremadamente improbable que Helen Ipswich le diera las gracias por su intento de evitar un robo, en caso de que de veras hubiera intentado evitarlo. Se sentía extrañamente incómodo por haber permitido que regresara sola, como un cordero camino del matadero. Pero él no era un pastor y rescatar a criaturas inocentes de las garras de Helen Ipswich no era responsabilidad suya.

Cuando el carruaje se alejó por la avenida, Rafe se apartó de la ventana, se quitó las botas y la chaqueta y se puso su bata. Al sentarse junto al fuego con una copa de coñac en la mano sintió el tenue olor de Henrietta en la seda de la bata. Un largo cabello castaño colgaba de la manga.

Había sido una distracción agradable. Y deseable también, por extraño que pareciera. Esa boca, esas curvas deliciosas...

Pero se había marchado. Y él también se marcharía, esa tarde. De regreso a Londres. Bebió un sorbo de coñac. Había cumplido treinta años dos semanas atrás. Hacía poco más de doce años que había heredado el título, y casi cinco que había enviudado. Tiempo más que suficiente para recuperar las riendas de su vida, como insistía tediosamente en recordarle su abuela, la condesa viuda. En parte tenía razón, pero por otro lado ignoraba hasta qué punto era imposible lo que exigía de él. Las cicatrices que llevaba en las entrañas eran demasiado profundas. No sentía deseo alguno de infligirle más daño a su ya maltrecha psique.

Bebió otro sorbo de coñac. Había llegado la hora. Su abuela tendría que renunciar de una vez por todas a tener un heredero directo. Otra cuestión era cómo iba a convencerla de ello sin revelarle la ingrata verdad que se escondía tras su renuencia, el terrible secreto que lo perseguiría hasta la tumba.

Cuando el carruaje se detuvo frente a la casa de su jefa, el optimismo natural de Henrietta se había impuesto sobre sus demás emociones. Fuera lo que fuese lo que pensaba Rafe Saint Alban, había intentado evitar un robo. Aunque no lo hubiera logrado, podía describir al ladrón y eso, sin duda, era un logro. Al entrar en la casa, la recibió una atmósfera de alegría contenida. El lacayo, normalmente tan circunspecto, la miró con los ojos como platos.

—¿Dónde se había metido? —susurró—. Decían que...

—La señora desea verla inmediatamente —lo interrumpió el mayordomo.

—Haga el favor de decirle que iré a verla en cuanto me haya cambiado de ropa.

—Inmediatamente —repitió con firmeza el mayordomo.

Henrietta subió las escaleras con el corazón acelerado. Rafe Saint Alban tenía razón: su historia parecía extremadamente improbable. Recordando que no había nada que temer por decir la verdad, una de las máximas de su padre, enderezó la espalda y levantó la cabeza con orgullo, pero al tocar a la puerta se dio cuenta de que había una gran diferencia entre decir la verdad y poder demostrarla.

Lady Helen Ipswich, que reconocía haber cumplido veinticinco de sus cuarenta años, estaba en su tocador. Había sido extremadamente bella en su juventud y se esforzaba con denuedo por preservar una frágil ilusión de belleza juvenil. A la luz parpadeante de las velas, casi lo conseguía. Nacida bajo el plebeyo nombre de Nell Brown, había pasado por sucesivas encarnaciones: había sido actriz, cortesana de altos vuelos, esposa y madre. A decir verdad, su primera experiencia maternal había precedido a su matrimonio en unos quince años. Pero eso solo lo sabían ella, los padres adoptivos del niño y la carísima comadrona que había atendido el parto de su «primogénito» oficial, el heredero de lord Ipswich.

Tras siete años de matrimonio, había pasado de buen grado a un prematuro estado de viudedad. Debido a su pasado, los salones más selectos de la alta sociedad le estarían siempre vedados. Juiciosamente, nunca había intentado que alguien la apadrinara para que se le abrieran las puertas de Almack's. Su vecino, el conde de Pentland, jamás le dedicaba más que un saludo de cortesía y una reverencia fugaz. Pero siendo la viuda de un par del reino y teniendo, para colmo, dos hijos legítimos, se había revestido de un manto de respetabilidad que bastaba para engañar a quienes desconocían por completo su pasado. Incluida la institutriz de sus hijos.

En cuanto a los insistentes rumores de que, tras vaciar los bolsillos de su marido, le había chupado también la vida, solo eran eso: rumores. Lord Ipswich, ya anciano, había sucumbido a una apoplejía. El hecho de que le hubiera sobrevenido en medio de una sesión especialmente enérgica en el lecho conyugal demostraba simplemente que lady Ipswich se tomaba muy a pecho sus deberes como esposa. Su entrega a la causa conyugal había dejado literalmente sin respiración a su excelencia. ¿Asesinato? ¡Desde luego que no! ¿Cómo podía serlo cuando al menos cinco de sus conocidos más íntimos le habían suplicado, dos de ellos de rodillas, que les hiciera el mismo favor. Hasta la fecha, se había negado.

La viuda estaba en su tocador cuando entró Henrietta, sentada delante de un espejo, a la luz implacable del sol de la mañana. El tocador estaba repleto de frascos y ampollas de cristal que contenían afeites de belleza patentados, tales como «Rocío del Olimpo» y «Loción de Dinamarca», una selección de perfumes de Price y Gosnell, varios potes de colorete, tinturas para las pestañas y bálsamos labiales, una maraña de cintas y encajes, cepillos de pelo, un frasco de láudano medio vacío, varios peines de carey, un par de pinzas y numerosas tarjetas de invitación.

Cuanto entró Henrietta, lady Ipswich estaba mirándose ansiosamente al espejo. Acababa de descubrir una nueva arruga en su frente. A su edad, y con su predilección por los hombres más jóvenes, toda precaución era poca. Apenas unos días antes, uno de sus amantes había comentado que la fea marca que le había dejado la cinta de las medias no se había borrado aún cuando lady Ipswich se levantó para volver a vestirse. Su piel no tenía ya la elasticidad de la juventud. El joven había pagado caro su atrevimiento, pero aun así...

Satisfecha por fin con su reflejo y su peinado, se volvió para mirar a Henrietta.

—Así que por fin se ha dignado a volver —dijo con frialdad—. ¿Le importaría explicarme dónde ha estado?

—Si recuerda usted, señora, fui a buscar a Princesa. Veo que consiguió volver sin ayuda.

La perrilla faldera, al oír su nombre, levantó los ojos de su cojín de terciopelo rosa, junto al fuego, y gruñó. Lady Ipswich se apresuró a tomar en brazos al animal.

—No gracias a usted, señorita Markham —acarició al perro bajo la barbilla—. Eres una princesita muy lista, ¿verdad que sí? Sí, claro que sí —dijo antes de clavar en Henrietta una mirada feroz—. Para que lo sepa, mientras estaba por ahí buscando inútilmente a mi preciosa Princesa, alguien entró en la casa. Han robado mis esmeraldas.

—¡Las esmeraldas Ipswich! —Henrietta las conocía bien. Eran un legado familiar, y muy reconocibles. Lady Ipswich les tenía muchísimo cariño y Henrietta las admiraba muchísimo.

—Han desaparecido. Forzaron la caja fuerte y se las llevaron.

—Santo cielo —Henrietta se agarró al respaldo de una silla.

Estaba claro que el hombre que la había raptado no era un caco cualquiera, sino un ladrón de lo más osado. Y ella se había topado cara a cara con él. Incluso podía identificarlo.

—No puedo creerlo —dijo con voz débil—. No parecía en absoluto capaz de una cosa así. De hecho, parecía un carterista corriente y moliente.

Lady Ipswich palideció.

—¿Lo vio usted?

Henrietta asintió con vehemencia.

—En efecto, señora. Eso explica por qué me golpeó. Si lo atrapan, sin duda lo ahorcarán por este delito —al comprender las consecuencias que podía tener todo aquello, le temblaron las piernas. Aquel hombre la había dejado en la zanja para que muriera allí. Si no la hubiera encontrado Rafe Saint Alban... Mascullando una disculpa, se dejó caer en la silla.

—¿Qué aspecto tenía? Descríbamelo —ordenó lady Ipswich.

Ella arrugó la frente.

—Era bastante bajo, no mucho más alto que yo. Tenía un parche en un ojo. Y acento. De algún lugar del Norte. De Liverpool, quizá. Muy característico.

—¿Lo reconocería si volviera a verlo?

—No me cabe duda. Estoy segurísima.

Lady Ipswich comenzó a pasearse por la habitación, juntando las manos y separándolas.

—Ya he hablado con el juez —dijo—. Ha mandado a buscar a un alguacil de Bow Street.

—Querrán hablar conmigo. Incluso puede que gracias a mí consigan llevarlo ante la justicia. ¡Santo cielo! —se llevó una mano temblorosa a la frente, intentando refrenar el aturdimiento que amenazaba con dominarla.

Lady Ipswich soltó un bufido desdeñoso, le lanzó un frasquito de sales y siguió paseándose por la habitación mientras mascullaba para su rebozo. Henrietta olió con cautela las sales y volvió a ponerles el tapón. Volvía a dolerle la cabeza y se sentía mareada. Una cosa era tener un papel trivial en un allanamiento de morada y otra muy distinta desempeñar el papel principal a la hora de mandar a un hombre al patíbulo. Santo Dios, no quería pensar en ello.

—¿Dice usted que la golpeó? —preguntó bruscamente lady Ipswich, clavando en ella una mirada penetrante.

Henrietta se llevó automáticamente la mano al chichón.

—Me dejó inconsciente de un golpe y me llevó lejos. He estado tendida en una zanja.

—¿No lo vio nadie más? ¿Ni a él ni a usted?

—No, que yo sepa.

—Lo cierto es —repuso lady Ipswich, volviéndose a ella con una sonrisa enigmática— que solo tengo su palabra respecto a lo ocurrido.

—Pues sí, pero las esmeraldas han desaparecido y la caja ha sido forzada, así que...

—Así que la solución es obvia —declaró lady Ipswich en tono triunfal.

Henrietta la miró con desconcierto.

—¿La solución?

—¡Está claro que usted, señorita Markham, está compinchada con el ladrón!

Se quedó boquiabierta. De no haber estado sentada, se habría desmayado.

—¿Yo?

—Fue usted quien le dijo dónde estaba la caja fuerte. Usted quien lo dejó entrar en la casa y quien luego rompió el cristal de la ventana de abajo para fingir que había entrado por la fuerza. Usted quien se llevó a mi pobre Princesa en plena noche para impedir que diera la voz de alarma.

—¿Cree...? ¿De veras cree que...? No, no es posible. Es grotesco.

—Usted es su cómplice —lady Ipswich asintió varias veces para sí misma—. Ahora lo veo claro, es la única explicación lógica. No hay duda de que no se parece en absoluto a cómo me lo ha descrito. ¡Un parche en el ojo! ¡Ja! Se lo ha inventado todo para despistarnos. Pues bien, señorita Markham, permítame decirle que a Nell... digo a Helen Ipswich no hay quien le dé gato por liebre. He descubierto su juego y también lo descubrirá el alguacil de Bow

Street que en este preciso momento viene desde Londres —se acercó a la chimenea y tocó el timbre vigorosamente—. No saldrá usted de su habitación hasta que llegue. Y está usted despedida.

Henrietta la miraba boquiabierta. Su lado racional le decía que todo aquello era un absurdo malentendido al que sería fácil poner remedio, pero otra parte de su ser le recordaba su humilde condición social, los hechos tal y como los veía su jefa y cómo había reaccionado Rafe Saint Alban al escuchar su historia. Lo que decía no era en realidad tan verosímil. Y no tenía pruebas para respaldarlo. Absolutamente ninguna.

—¿Me ha oído?

Se levantó con esfuerzo.

—Pero, señora, se lo ruego, no puede creer de verdad que...

—Fuera de aquí —ordenó lady Ipswich en el momento en que se abría la puerta y aparecía el mayordomo, extrañado—. Salga y no se ponga otra vez ante mi vista hasta que llegue el alguacil. No puedo creer que haya estado dando cobijo en mi casa a una ladrona y una embustera.

—No soy una ladrona, y desde luego tampoco soy una embustera —contestó Henrietta, indignada.

Ella jamás decía una mentira, por pequeña e inocente que fuera. Su padre la había educado para que creyera en la verdad a toda costa.

—Yo jamás haría una cosa tan rastrera y deshonesta —dijo con voz temblorosa por la emoción.

Lady Ipswich le dio fríamente la espalda. Henrietta sacudió la cabeza, confusa. Se sentía mareada. Sentía una especie de fragor en los oídos. Juntó los dedos, intentando que dejaran de temblarle, y los notó helados. Lamentó haber dejado las sales en la silla.

—Cuando sepa la verdad, el juez... el alguacil... lo que sea... me creerá. Me creerá.

La risa de lady Ipswich resonó como un cristal haciéndose añicos cuando la miró con desprecio.

—Pregúntese, querida, qué versión es más probable que crean, ¿la suya o la mía?

—Pero lord Pentland...

Lady Ipswich entornó los párpados.

—¿Qué pinta lord Pentland en todo esto?

—Fue él quien me encontró. He venido en su carruaje.

—¿Le ha contado a Rafe Saint Alban ese ridículo cuento de que la secuestraron? —chilló lady Ipswich, que había vuelto a palidecer.

Henrietta la miró consternada. Su jefa no tenía un temperamento precisamente dulce, pero por lo general tampoco era proclive a tales cambios de humor. Estaba claro que la desaparición de las esmeraldas la había trastornado, pensó Henrietta mientras su señora recogía el frasco de sales, aspiraba con fuerza y tosía dos veces.

—No es ningún cuento, señora, es la verdad.

—¿Qué dijo él? —le espetó lady Ipswich.

—¿Lord Pentland? Que... que... —la había avisado.

Se daba cuenta ahora de que se refería a aquello cuando le había advertido que no esperara que la recibieran como a una heroína.

—No creo... No sé qué pensó exactamente, pero sospecho que él tampoco me creyó —reconoció de mala gana.

Lady Ipswich asintió varias veces con la cabeza.

—Es evidente que lord Pentland prestó tanto crédito a su historia como yo. Es usted una sinvergüenza, señorita Markham, y la he descubierto. Ahora, salga de mi vista.

Tres

Mientras subía fatigosamente la escalera hacia su cuarto en el desván, Henrietta luchó por dominar el resentimiento que se agitaba en su pecho. Estaba furiosa y perpleja, pero también avergonzada porque pronto lo sabría todo el servicio. Pero, sobre todo, estaba petrificada.

Se sentó en la estrecha cama de su cuarto en la tercera planta y se quedó mirando la pared de enfrente mientras hacía jirones un pañuelo de algodón nuevecito. La habían despedido. Lady Ipswich la había tachado de ladrona. Sabía Dios qué pensaría Rafe Saint Alban. Aunque eso poco importaba. Seguramente ni siquiera volvería a pensar en ella, como no fuera para congratularse por no haberse implicado en aquel embrollo.

—¡Ay, Dios mío! Si me llevan a juicio, lo llamarán como testigo.

La vería encadenada en el banquillo de los acusados, vestida con harapos y seguramente enferma de fiebres. Sabía muy bien que en prisión uno enfermaba de fiebres. Maisy Masters, que le había enseñado a hacer mermelada de escaramujo, le había descrito la enfermedad con todo detalle. Su hermano había pasado seis meses en prisión, esperando a que lo juzgaran por cazar furtivamente. Maisy, que solía ser muy callada, casi se había puesto parlanchina al hablar de las fiebres que entraban en la cárcel. Primero estaba el sarpullido. Luego, la tos, el dolor de cabeza y la fiebre. Después, las llagas causadas por dormir sobre la paja pútrida y las picaduras de las pulgas. ¡Ay, Dios, y el olor! Olería en el banquillo de los acusados. Maisy le había dicho que olía tan mal que todos los abogados llevaban frasquitos de perfume. Sentiría una terrible vergüenza. Aunque la declararan inocente, quedaría deshonrada. Y si no la exculpaban, tal vez acabara en el patíbulo. Maisy también le había hablado de aquello, aunque ella había procurado no hacerle caso. Se venderían panfletos describiendo morbosamente su horrendo delito; la gente iría a verla, a increparla en sus últimos instantes de vida. Su padre y su madre se...

Respiró hondo.

—Mamá y papá están en Irlanda —se recordó— y por tanto no saben nada de mi aprieto, menos mal.

Lo cual era una suerte, al menos de momento.

Respiró hondo otra vez.

No se enterarían. Nunca lo sabrían. No podía permitirlo. Debía encontrar el modo de limpiar su nombre antes de que regresaran a Inglaterra. Y lo que era más importante: debía impedir a toda costa que le pusieran los grilletes, pues una vez en prisión no tendría ninguna oportunidad de encontrar al verdadero culpable.

Ignoraba, sin embargo, cómo iba a arreglárselas para conseguirlo.

—Se mire por donde se mire —se dijo—, esto no pinta bien. Nada bien —el hecho de que tuviera la verdad de su parte no significaba que fueran a hacerle justicia. La versión de lady Ipswich, por maliciosa que fuese, sonaba a cierta. Y además su jefa tenía influencias.

—Ay, Dios mío. Dios mío —sollozó, acongojada.

Pero no podía llorar. No lloraría. Parpadeó frenéticamente, sorbió por la nariz con fuerza y comenzó a deambular por su dormitorio. Miró por la ventana que daba al jardín de la cocina y se preguntó quién estaría cuidando a sus pupilos. Seguro que la echaban de menos. O quizá Rafe Saint Alban tuviera razón y se olvidarían de ella en un abrir y cerrar de ojos. Aunque tal vez, cuando se enteraran de que era una ladrona, les parecería demasiado impresionante para olvidarse de ella. A fin de cuentas, eran niños. ¿Y si incluso la admiraban equivocadamente por haber cometido un robo? ¿Qué clase de ejemplo era ese? Tenía que arreglárselas para hablar con ellos, para explicárselo. Dios santo, ¿qué iba a hacer? ¿Qué demonios iba a hacer?

Angustiada, se dejó caer de nuevo sobre la cama.

Tal vez al día siguiente lady Ipswich habría entrado en razón. Pero al día siguiente llegaría el alguacil de Bow Street. Cabía incluso la posibilidad de que llegara esa misma tarde. Y se la llevaría a prisión hasta que llegara el día de las siguientes Vistas Trimestrales, para lo cual faltaban dos meses enteros. No podía esperar dos meses para limpiar su nombre. Y aunque esperara, ¿cómo iba a salir airosa, si no tenía dinero para pagar a un abogado que la defendiera? Ni siquiera sabía si tenía derecho a servirse de uno y, si así era, ignoraba cómo buscarlo. Lo más probable era que las autoridades avisaran a su padre y entonces...

—¡No!

No podía quedarse allí, esperando dócilmente su destino. Tenía que marcharse. Irse lejos. ¡Enseguida!

Sin darse tiempo para pensar, sacó del armario su sombrerera y comenzó a meter su ropa en ella sin orden ni concierto. Tenía pocas posesiones, pero al sentarse sobre la tapa en un vano intento de cerrarla, concluyó que tendría que conformarse aún con menos. Dejó su segundo mejor vestido y por fin consiguió cerrar la sombrerera.

Pasó media hora redactando una nota para sus pupilos. Al final, fue de lo más insatisfactoria: solo les suplicaba que la perdonaran por su marcha repentina y les pedía que estudiaran y que no pensaran mal de ella a pesar de lo que oyeran contar.

Cuando acabó, hacía rato que había pasado el mediodía. Los sirvientes estarían comiendo. Lady Ipswich estaría en su tocador. Atándose las cintas de su sombrero de paja bajo la barbilla, se echó su manto sobre los hombros y abrió la puerta con cautela.

Bajó la escalera con el sigilo propio de la compinche de un ladrón, salió al jardín de la cocina por una puerta lateral y de allí pasó al camino de grava que salía de los establos sin permitirse mirar atrás ni una sola vez. Al llegar a la verja enfiló la carretera que conducía al pueblo. Un trecho más allá, se sentó en el tronco de un árbol, de espaldas a la carretera y se permitió el lujo de echarse a llorar.

No era muy dada a sentir lástima de sí misma, pero en aquel momento creía tener derecho a compadecerse un poco. Empezaba a arrepentirse de su comportamiento impulsivo. Estaba muy bien escapar con la vaga idea de limpiar su nombre, pero ¿cómo se proponía hacerlo, exactamente?

Lo cierto era que no tenía la menor idea.

—Y ahora que he escapado, pensarán que eso confirma que soy culpable —le dijo a su zapato. Un lagrimón se estrelló contra el suelo—. Tonta, tonta, más que tonta —masculló, y sorbió por la nariz enérgicamente.

No tenía nadie a quien recurrir. Su único familiar, que ella supiera, era la hermana de su madre, y no podía presentarse en casa de una tía a la que no había visto nunca y decirle que estaba huyendo de la justicia. Además, estaba el detallito de la disputa entre su madre y su tía. Hacía muchos años que no se hablaban. No, esa no era alternativa.

Pero tampoco podía dar marcha atrás. Le había impresionado la facilidad con que su jefa la había declarado culpable, y si sumaba a eso el escepticismo de Rafe Saint Alban, solo le cabía preguntarse si alguien se pondría de su lado si no conseguía pruebas de su inocencia. No, no había marcha atrás. Solo podía seguir adelante. Y lo único que se le ocurría era ir a Londres. El ladrón tendría que librarse de las joyas de algún modo, y sin duda Londres era el lugar más idóneo. Cuando estuviera allí, se... En fin, eso ya lo pensaría por el camino.

De momento tenía que pensar en cómo llegar. Buscó su monedero en la sombrerera y contó cuidadosamente sus riquezas, que ascendían a la friolera de ocho chelines y seis peniques. Miró el montoncillo de monedas preguntándose vagamente si bastarían para pagar una plaza en el coche correo. Entonces se dio cuenta de que haría mejor reservando el dinero para pagar una habitación en una fonda, volvió a guardarlo en el monedero y se levantó cansinamente. No podía quedarse todo el día sentada en aquel tronco. Recogió la sombrerera con la vaga idea de conseguir que alguien la llevara a la gran ciudad y enfiló la carretera del pueblo.

Los campos que bordeaban el camino estaban recién labrados y plantados con lúpulo y cebada, cuyas plantas brotaban verdes y frondosas. Los setos, en los que la madreselva y las clemátides se amontonaban entre zarzamoras cuyas flores blancas aún no se habían abierto del todo, le procuraban sombra de cuando en cuando, protegiéndola de un sol que brillaba radiante en el azul claro del cielo de principios de verano. El paisaje ondulaba suavemente. El aire iba cargado de trinos de pájaros. Hacía un día precioso. Un día precioso para huir de la justicia, se dijo con amargura.

Avanzó a buen paso la primera milla del camino, con la cabeza llena de planes fantásticos para recuperar el collar de lady Ipswich. Las muchas horas que había dedicado a leer a escondidas novelas de aventuras no habían sido en balde. La realidad, sin embargo, se impuso muy pronto. Las asas de la sombrerera se le clavaban en la mano; su manto, la única prenda de abrigo que poseía, estaba pensado para la crudeza del invierno, no para llevarlo con un vestido de lanilla a principios de verano. Tenía la cara muy colorada bajo el sombrero y no se explicaba cómo podía pesar tanto la sombrerera, llevando tan pocas cosas. Una hermosa pradera en la que las dedaleras y los últimos jacintos silvestres formaban vívidos manchones de colores no consiguió llenarla de admiración por las maravillas de la naturaleza. No estaba de humor para apreciar la belleza del campo. Estaba, de hecho, profundamente desanimada.

Cuando por fin se acercó a su destino, estaba convencida de que tenía una ampolla en el pie, allí donde una piedrecilla se había alojado dentro de su zapato. Le dolían los hombros y la cabeza y solo sentía deseos de beber algo fresco y descansar en una habitación a oscuras.

La posada Rey Jorge era un lugar destartalado, situado en un cruce del camino, a las afueras de la población de Woodfield. El deslucido letrero, con su pintura del pobre rey loco, crujía colgado de sus goznes oxidados junto a la entrada del patio, donde un perro sarnoso se rascaba ociosamente la oreja junto a una paca de heno. Mientras inspeccionaba indecisa los maltrechos edificios que formaban la fonda, oyó de pronto reír a un hombre a carcajadas al otro lado de las ventanas cerradas. Llegó a la conclusión de que no podía fiarse de las sábanas de aquel lugar, y mucho menos de su clientela, y se desanimó aún más.

La puerta principal daba directamente a la taberna, lo cual la pilló por sorpresa. El silencio asombrado que siguió a su entrada la convenció de que los clientes estaban tan sorprendidos como ella. Por un instante, mientras agarraba con fuerza el manto alrededor de su cuerpo, miró la multitud de caras que tenía ante sí como un animalillo atrapado en una trampa. Los hombres, por su parte, la miraban como si fuera un ser pescado en lo profundo del mar. El valor casi la abandonó por completo.

Cuando el posadero le preguntó hoscamente qué quería, le salió un susurro. La respuesta del hombre fue decepcionante: el coche correo no pasaba hasta por la mañana y todas las plazas estaban reservadas para los dos días siguientes. El posadero la miró con curiosidad. ¿Por qué no se le había ocurrido preguntar de antemano? ¿Tan urgente era lo que tenía que hacer en Londres? Si así era, seguramente él podía conseguir que alguno de sus clientes la llevara hasta la casa de postas más próxima, donde podía tomar el coche de Bristol, esa misma noche.

Comprendiendo de pronto que cuanta menos gente conociera su paradero tanto mejor, declinó el ofrecimiento e informó al posadero de que había cambiado de idea. No iba a ir a Londres, le dijo. No, definitivamente: no iría a Londres.

Masculló una disculpa, volvió a salir por la puerta y se descubrió en el patio de cuadras, donde esperaba atado un veloz carruaje cuyos caballos se removían, nerviosos. Del conductor no había ni rastro. El faetón estaba pintado de un verde oscuro y reluciente y los radios de sus cuatro altas ruedas estaban adornados con oro, pero aparte de eso no tenía ningún otro distintivo. No llevaba escudo de armas. Los caballos eran dos alazanes perfectamente emparejados entre sí. Sin duda un carruaje tan fino tenía que dirigirse a Londres.

Mientras lo miraba con nerviosismo, una idea temeraria comenzó a formarse en su cabeza. El pescante parecía estar muy lejos del suelo. El asiento descubierto de atrás, sobre el que había una maleta y una manta grande, no era mucho más bajo. El faetón llevaba la capota subida, seguramente porque el dueño preveía lluvia. Si no echaba un vistazo al asiento trasero, ¿y por qué iba a echarlo?, no la vería. Si no aprovechaba aquella oportunidad, ¿quién sabía si se le presentaría alguna otra? El fantasma del alguacil de Bow Street y de las historias de prisión que le había contado Maisy Masters se cernía sobre ella. Sin darse tiempo para pensar, se encaramó al asiento trasero del carruaje, agarrando con fuerza su sombrerera. Se acurrucó cuanto pudo debajo, se tapó con la manta y esperó.

No tuvo que esperar mucho tiempo. Unos minutos después sintió que el carruaje se meneaba cuando el conductor subió a bordo. Casi inmediatamente arreó a los caballos.

¿Solo una persona? Al aguzar el oído, no oyó nada más que el tintineo de los arreos y el traqueteo de las ruedas. El carruaje dejó atrás la puerta de la posada y salió del pueblo con los caballos al trote. Henrietta echó un vistazo fuera de la manta y le pareció que iban en la dirección correcta, pero no pudo estar segura. Cuando pisaron un gran bache de la carretera, apenas consiguió refrenarse para no gritar y se agarró frenéticamente al borde del asiento para no caer al camino.

El conductor aflojó las riendas e hizo restallar el látigo. Los caballos tardaron poco en dejar atrás Woodfield. Mientras avanzaban, Henrietta procuró dominar su pánico creciente. ¿Qué había hecho? Ignoraba si iban hacia Londres y no tenía ni la menor idea de quién conducía el faetón. Tal vez montara en cólera cuando la descubriera. O quizá la abandonara en mitad de la nada. ¡O cosas peores! No quería ni pensarlo.

¡Ay, Dios, había sido una perfecta idiota!

El carruaje cobró velocidad. Los setos, que olían a escaramujo y madreselva, pasaban a todo correr, como un torbellino, cuando miró por el borde de la manta. Más allá, el paisaje estaba cubierto de ondulantes campos de lúpulo. Distinguió un secadero cuyo tejado cónico le recordó al sombrero de una bruja. Cruzaron una aldea, apenas un grupo de casitas de labor con techumbre de bardas alrededor de un molino de agua. Luego cruzaron otra. Granjas. Algún que otro carro de granjero pasó traqueteando en dirección contraria. En un tramo despejado de la carretera, adelantaron a un coche de línea con un súbito acelerón que la obligó a agarrarse a los lados del carruaje.

Magullada, dolorida, agarrotada y otra vez con jaqueca, Henrietta se aferró al asiento y al único hecho que la consolaba: al menos había dado esquinazo al alguacil de Bow Street. Encontró poco más con lo que consolarse mientras atravesaban a toda velocidad una campiña desconocida para ella. Al poco rato dejó de intentar hallar algún consuelo. Los acontecimientos de las veinticuatro horas anteriores por fin le pasaron factura. Agotada y confusa, se sumió en un sueño espasmódico.

Cuando despertó, descubrió que el carruaje había aflojado la marcha. Parecían estar siguiendo el curso de un río, y parecía lo bastante ancho para ser el Támesis. Intentó estirarse, pero se le habían agarrotado las extremidades. Estaba pensando en qué ocurriría si salía de debajo del asiento cuando se apartaron de la carretera pasando por una abertura en medio de un seto.

Un gran prado bajaba hacia el ancho y lento río. El corazón de Henrietta comenzó a latir con fuerza, tanto que estaba segura de que su latido se oía con toda claridad. ¿Debía seguir allí, agazapada, o salir? ¿Debía arriesgarse a que la descubrieran, quizás incluso rogar que le permitieran completar el viaje? ¿O debía escapar con sus limitados fondos y su nulo conocimiento de dónde estaba?

El chasis se ladeó cuando el conductor se apeó de un salto. Era alto. Henrietta atisbó un sombrero de copa antes de que desapareciera al otro lado de los caballos. Los llevó hasta la orilla y los ató allí. Era ahora o nunca, mientras el conductor estaba atendiendo a los caballos. Pero el pánico la dejó paralizada. «Sal, sal», se ordenó, pero sus miembros no se movieron.

—¡Qué demonios!

De pronto apartaron la manta. Parpadeó al ver aquella figura que se cernía sobre ella.

Era tan alto, tan misterioso y guapo como lo recordaba. Y la miraba con el mismo fastidio que esa mañana.

—¡Lord Pentland!

—Señorita Markham, volvemos a encontrarnos. ¿Qué demonios está haciendo en mi carruaje?

Su boca parecía haberse secado, al igual que sus palabras. Buscó ansiosamente una explicación que él considerara aceptable, pero estaba demasiado abrumada.

—No sabía que era usted —dijo débilmente.

—¿Y quién creía que era?

—No sé —contestó, y se sintió sumamente tonta.

Él arrugó el ceño. ¿Por qué tenía que ser precisamente él, con la cantidad de gente que había en el mundo?

—Salga de ahí.

Levantó imperiosamente una mano. Henrietta trató de moverse, pero tenía las piernas entumecidas y las enaguas enredadas en la sombrerera. Con una exclamación de impaciencia, lord Pentland tiró de ella. Por un instante Henrietta se encontró en sus brazos, apretada contra su pecho. Después la dejó de pie sin ceremonias y la sombrerera cayó al suelo, desperdigando su contenido sobre la hierba. Le fallaron las piernas. Se desplomó, junto a su ropa interior, y un instante después rompió a llorar.

La ira que sentía Rafe por haber dado cobijo a un polizonte dio paso a un extraño impulso de reír, porque Henrietta Markham le recordaba absurdamente a una de esas patéticas ilustraciones de niños huérfanos. Recogió las prendas íntimas, los cepillos de pelo, los peines y otras fruslerías, volvió a meterlos en la sombrerera y ayudó a levantarse a su propietaria.

—Venga, deje de hacer ese ruido o se parará alguien que pase por aquí y me acusará de sabe Dios qué horrible crimen.

Lo dijo en broma, pero solo consiguió que se redoblaran sus sollozos. Dándose cuenta de que estaba de veras angustiada, recogió la manta y la condujo a su lugar favorito junto a la orilla del río, donde la hizo sentarse y le dio un gran pañuelo blanco.

—Séquese los ojos y domínese. Llorando no llegaremos a ninguna parte.

—Lo sé. No hace falta que me lo diga, lo sé perfectamente —sollozó Henrietta, pero aún tardó unos minutos en calmarse. Cuando por fin lo consiguió, estaba segura de que presentaba un aspecto deplorable, con las mejillas coloradas y la nariz aún más colorada.

Mientras observaba sus valerosos esfuerzos por reponerse, Rafe sintió que su conciencia, normalmente tan complaciente, se removía y que su ira comenzaba a remitir. Saltaba a la vista que Henrietta había sido despedida. Y, evidentemente, la causa radicaba en su ridícula historia acerca del ladrón. Helen Ipswich, como era obvio, no la había creído. Él no se esperaba otra cosa, pero a pesar de ello había dejado que la señorita Markham afrontara sola su destino. Al verse cara a cara con la patética prueba de que no se había equivocado, sintió remordimientos sinceros. Los grandes ojos de color chocolate de Henrietta Markham seguían anegados en lágrimas. Le temblaba el labio inferior. Pero ni siquiera había llorado después de pasar por el calvario de estar toda una noche en una zanja, a la intemperie. Tenía que haberle ocurrido algo muy grave.

—Dígame qué ha pasado —le pidió.

La ternura de su tono casi la hizo llorar otra vez. Casi daba la impresión de que le importaba. Casi.

—No es nada. Nada que le interese. Es solo que... No es nada —tragó saliva y se miró resueltamente las manos.

El pañuelo de lord Pentland era del mejor hilo, con sus iniciales bordadas en una esquina. Ella no habría podido bordarlo tan bien. Se preguntó quién lo habría hecho. Sorbió otra vez. Al mirarlo de reojo, vio que sus ojos eran azules, no de un gris tormentoso, y que su boca tenía una expresión muy semejante a una sonrisa compasiva.

—Deduzco que ya no trabaja para lady Ipswich.

Henrietta cerró los puños con fuerza.

—Me ha acusado de robarle.

Eso Rafe no se lo esperaba. Por increíble que fuera su historia, no se le había ocurrido pensar ni por un instante que fuera una ladrona.

—¿No hablará en serio?

—Pues sí. Me dijo que estaba compinchada con el ladrón. Que abrí la caja fuerte y rompí una ventana para que pareciera que había entrado por la fuerza.

—¿La caja fuerte? Entonces ¿han robado algo de valor?

Henrietta asintió con la cabeza.

—Una herencia. Las esmeraldas de los Ipswich. El juez ha mandado llamar a un alguacil de Bow Street. Lady Ipswich me ordenó que me quedara en mi cuarto hasta que fuera a detenerme.

Rafe la miró con incredulidad.

—¿Las esmeraldas? Menudo botín para un vulgar caco.

—Exacto. Es un delito de los que se pagan con la horca. Y ella... ella... al acusarme... Tuve que marcharme. Si no, habría acabado en prisión —le tembló la voz, pero consiguió mantener las lágrimas a raya respirando hondo varias veces—. No quiero ir a la cárcel.

Rafe se dio unos golpecitos con la fusta en la bota.

—Dígame exactamente qué pasó cuando regresó esta mañana.

Henrietta así lo hizo, entrecortadamente al principio, en su afán por recordar cada detalle; después con creciente vehemencia a medida que le explicaba las horrendas acusaciones vertidas sobre ella.

—Todavía me cuesta creerlo. Yo jamás haría una cosa así, jamás —concluyó con fervor—. No podía quedarme allí de brazos cruzados y dejar que me llevaran a la cárcel. No podría soportar que le dijeran a mi padre que su única hija estaba en prisión.

—Así que se escondió en mi carruaje.

Rafe tenía otra vez los párpados entornados. Henrietta no pudo adivinar lo que estaba pensando. Nunca se había encontrado con un rostro tan inescrutable, ni con uno que pudiera cambiar tan completamente y de manera tan sutil.

—Sí —contestó a la defensiva—. No tenía alternativa, necesitaba escapar.

—¿Se da cuenta de que al hacerlo me ha implicado, contra mi voluntad, en su pequeño melodrama? ¿Lo ha pensado?

—No. No. No se me había ocurrido.

—Claro que no, porque actúa igual que habla, ¿no es cierto? Sin pensar.

—Eso no es justo —repuso Henrietta, indignada. Sabía que era justo, pero ello la impulsaba aún más a defenderse—. Es culpa suya, me pone nerviosa. Además, no sabía que era su carruaje.

—Por suerte para usted, lo era. ¿Se le ha ocurrido pensar qué podría haber ocurrido si hubiera sido de algún patán? —su boca volvió a fruncirse—. Pero olvidaba que eso no habría empeorado las cosas, puesto que ahora está a merced de un famoso crápula. Piénselo, señorita Markham.

—Lo estoy pensando —replicó ella, enfadada—. Esta mañana estuve más a su merced, en su cama, en paños menores, y aunque intentó hacerme creer lo contrario, en realidad no hizo intento alguno de... de...

—¿De qué? —sabía que estaba siendo injusto, pero no podía evitarlo. Había algo en ella que le exasperaba. Le daban ganas de zarandearla para que perdiera la inocencia, y al mismo tiempo tenía que combatir el impulso contrario de protegerla. No lo entendía. Pero tampoco intentó comprenderlo.

—¿Es posible, quizá, que mi caballerosidad la haya ofendido? ¿Hubiera preferido que la besara, señorita Markham?

Se puso muy colorada.

—Claro que no. Me alegré de que no me encontrara atractiva.

—Se equivoca usted. La encuentro atractiva.

Su tono era burlón, su expresión casi feroz. Su muslo rozaba el de ella. ¿Cómo se había acercado tanto? Henrietta podía sentir su calor, incluso a través de los gruesos pliegues de su vestido y su manto. Aunque él se había afeitado esa mañana, ya se adivinaba una sombra de barba en su mandíbula. De pronto sintió que le faltaba el aire. O como si el aire le hiciera daño en la garganta. Su corazón latía con fuerza. Tenía miedo. Miedo no, exactamente. Era una especie de aprensión mezclada con euforia. Y por la razón que fuese, era una sensación muy agradable.

Ignoraba cómo había dado aquel giro la conversación. Solo podía pensar que Rafe Saint Alban había reconocido que la encontraba atractiva, a ella, a Henrietta Markham. A pesar de que ella sabía con toda certeza que no era bonita. Su madre sí que lo era. Decía siempre que era una suerte que Henrietta no hubiera salido a ella, porque la belleza era peligrosa. Atraía a hombres de poco fiar. Hombres como Rafe Saint Alban. Henrietta, sin embargo, no poseía una belleza peligrosa y aun así Rafe Saint Alban parecía sentirse atraído por ella.

—¿Se ha quedado sin habla, usted que es siempre tan locuaz, señorita Markham?

Estaba tan cerca que sentía su aliento en la cara. Debía apartarse, pero no podía. No quería.

—Yo no...

—Puesto que me considera usted un afamado crápula —añadió Rafe con voz aterciopelada—, parece lo más lógico que haga honor a mi reputación. Es justo, mi deliciosa polizonte, que pague usted el debido precio por aprovecharse de mí. Es la segunda vez que no me deja otro remedio que rescatarla. Me merezco alguna recompensa.

No había sido su intención hacerlo, pero no pareció poder refrenarse. Solo cuando la besó se dio cuenta de hasta qué punto había sido fuerte la tentación de hacerlo. No se había dado cuenta de lo mucho que lo deseaba hasta que besó la comisura de su boca, que se elevaba suavemente, dando la impresión de que estaba siempre a punto de sonreír. Había pretendido que fuera únicamente una pequeña reprimenda, un pequeño castigo, pero tenía una sabor tan dulce, olía tan bien, a sol y a lágrimas, y su boca era tan apetecible que fue él quien finalmente resultó castigado con una explosión de deseo repentino.

Su boca era carnosa, rosada y suave. Un verdadero cojín para besos. Dejó que sus labios se deslizaran sobre los de ella y la besó otra vez: el aperitivo de un beso. Luego, cuando ella no hizo intento de apartarse, le urgió a abrir los labios con la lengua y la besó de nuevo, y por primera vez en mucho, muchísimo tiempo, olvidó dónde estaba, quién era y cómo eran las cosas y zozobró en el sencillo placer de unos labios tiernos y complacientes y en el gozo de un cuerpo suave y acogedor.

Para Henrietta, el tiempo se detuvo a pesar de que los pájaros siguieron cantando y la brisa murmurando en la copa del árbol, por encima de ellos. Su corazón también pareció detenerse. Le daba miedo moverse, no fuera a ser que se rompiera el hechizo. Su primer beso. ¡Y qué beso! Su boca era tan distinta de la suya... Sentía sus manos en sus hombros, en su espalda, apretándola contra él. Dejó que la apretara. Luego se dejó llevar por el placer del beso. Debería haberse escandalizado, pero no. Estaba extasiada.

Cuando la soltó, solo pudo mirarlo fijamente, agarrada a su chaqueta de la manera más indigna. Se llevó la mano a la boca, pasmada.

—Nunca me habían besado —balbució, y se sonrojó.

—Ya lo he notado —repuso Rafe.

—Ah. ¿Ha sido... ha sido...?

—Ha sido muy agradable —demasiado agradable: había provocado en él una reacción desconcertante. Él, que se preciaba de su dominio sobre sí mismo, había sentido florecer en su interior algo semejante a la pasión. No la simple lujuria, sino algo mucho más primigenio, mucho más sensual. Cambió de postura sobre la manta para poner cierta distancia entre ellos y ocultar la prueba indiscutible de su excitación.

—Ah.

—Yo, por mi parte, no soy nada agradable. Haría bien en recordarlo, Henrietta.

Su voz tenía un inconfundible tono de advertencia. Cuando se reía parecía otra persona, pero los postigos habían vuelto a bajar: sus párpados ocultaron sus ojos y su boca se enderezó.

—Creo que eso es lo que le gustaría que pensara —contestó ella osadamente.

—Creía que ya estaba convencida de ello.

Siguió un tenso silencio mientras Henrietta intentaba desesperadamente ordenar sus ideas.

—En efecto —reconoció por fin—, pero ahora no sé qué pensar.

Su sinceridad le pareció admirable, aunque no estuviera dispuesto a emularla ni en sueños. Él también estaba confuso. No debería haberla besado. Había querido que fuera un castigo y el tiro le había salido por la culata. Henrietta había despertado en él algo que llevaba mucho tiempo dormido. Un beso con emoción. No quería besos con emoción, como no quería enfrentarse a la cuestión de qué hacer con ella.

—Me he parado aquí a comer —dijo, poniéndose rápidamente en pie—. Usted también debe de tener hambre. Quizá tener el estómago lleno nos ayude a resolver este dichoso lío en el que me ha metido.

Henrietta lo miró aturdida mientras Rafe se acercaba al faetón y sacaba de detrás de la maleta una cesta en la que no se había fijado. Se tocó los labios, que conservaban aún el cosquilleo de su beso. ¡La había besado! ¡Rafe Saint Alban la había besado, y ella a él! ¡Qué desvergüenza!

¿Verdad? El caso era que no se sentía avergonzada. Se sentía... No tenía ni idea de cómo se sentía. Como si no supiera si estaba de pie o haciendo el pino. Como si su cerebro fuera de algodón. Como si el mundo se hubiera puesto del revés y la hubiera depositado en un país extraño. Como si hubiera bebido demasiado licor de cerezas, o como si estuviera soñando, pues nada de lo sucedido durante las horas anteriores se parecía ni por asomo a su vida normal. Y menos que nada aquel beso.

Se tocó otra vez los labios, intentando sentirlo de nuevo. Embriagador como el vino. Dulce como la miel. Abrasador. Con razón los besos llevaban a la gente por mal camino. Otro beso de Rafe Saint Alban y ella también se dejaría llevar por mal camino. Llevara adonde llevase el mal camino. A un lugar habitado por crápulas.

Crápulas que se aprovechan de muchachas inocentes.

Henrietta se recordó de nuevo que debía mantenerse en guardia. El problema era que una parte de su ser se rebelaba, una parte a la que había hecho cobrar vida el beso de Rafe y a la que no le interesaba en absoluto mantenerse en guardia. Su madre le había dado a entender que lo que les pasaba a las

80

jóvenes inocentes que caían en manos de un crápula era algo sumamente desagradable. Lo que acababa de experimentar era todo lo contrario. Pero sin duda su madre no podía estar tan equivocada.

Rafe puso el cesto sobre la manta, a los pies de Henrietta.

—Suelo parar aquí cuando voy de Woodfield a Londres. Lo prefiero a comer en una posada.

Comenzó a sacar la comida. Había una empanada de carne dorada y crujiente, un pollo asado relleno de cebolla y salvia, huevos de codorniz, salmón frío con gelatina de espliego, queso de Derby y un cestillo con fresas tempranas.

—Santo cielo, hay suficiente comida para alimentar a un batallón —comentó Henrietta, contemplando el delicioso festín desplegado ante ella.

Rafe estaba ocupado con las botellas y los vasos.

—¿Sí? No tenemos obligación de comérnoslo todo, ¿sabe? ¿Prefiere clarete o borgoña? Yo le recomendaría el clarete, el borgoña es demasiado fuerte para comer al aire libre.

Henrietta soltó una risita.

—Clarete, por favor.

—¿Qué le hace tanta gracia?

—Esto. Usted y yo, el conde y la institutriz, comiendo a orillas del Támesis. No había visto una comida campestre tan deliciosa en toda mi vida.

—Es comida bastante corriente.

—Para usted, quizá. Yo estoy acostumbrada a cosas mucho más sencillas.

Rafe cortó dos generosas porciones de empanada.

—Hábleme de su familia.

—No hay mucho que contar.

—¿Es hija única?

—Sí.

—¿Y no tiene otros parientes?

—Tengo una tía, pero no la he visto nunca. La familia de mi madre consideraba a mi padre indigno de ellos. No les gustó que se casaran, y les gustó mucho menos cuando se dieron cuenta de que pensaba pasarse la vida ayudando a otras personas a prosperar, en lugar de hacer eso mismo por su propia familia.

—¿Admira a su padre?

Henrietta se quedó pensando.

—Sí, en cierto modo. No estoy necesariamente de acuerdo con cómo hace las cosas, ni con sus prioridades, pero es fiel a sí mismo. Y a mi madre.

Tenía la mano suspendida sobre un cuenco de fresas. Rafe eligió una y se la metió en la boca a Henrietta. El jugo brilló en sus labios. Rafe se inclinó hacia ella y lo limpió con el pulgar. Ella sacó automáticamente la lengua para lamerse el labio. Rafe sintió que el deseo atravesaba su sangre como un relámpago, excitándolo al instante. Se inclinó más aún y cambió el pulgar por la boca. Un breve contacto, nada más, pero bastó para que los ojos de Henrietta se dilataran, sus labios se ablandaran y la erección de Rafe se endureciera.

—Tiene los labios más apetecibles que he visto nunca, Henrietta Markham, debería saberlo y considerarse advertida. ¿Ha tenido suficiente?

—¿Suficiente? —lo miró sin comprender.

¿Veía él acaso cómo latía su corazón? ¿Cómo se había erizado su piel? ¿Sentía el calor que se había apoderado de ella, seguido de un súbito frío?

—¿Ha comido suficiente? Porque si es así, creo que es hora de abordar la espinosa cuestión de qué demonios voy a hacer con usted.

—¿Conmigo? No tiene que hacer nada más que depositarme en Londres, si hace el favor.

—¿Y qué piensa hacer allí? ¿Esconderse? Este asunto no va a desinflarse así como así, ¿sabe? Esas esmeraldas no son cualquier bagatela.

—Lo sé. ¿Es que cree que soy idiota, además de ladrona?

—Pienso de usted diversas cosas, pero no creo que sea capaz de robar. Es demasiado honrada.

—Ah.

—También se precipita a la hora de expresar sus opiniones y aún más a la hora de juzgar. Saca conclusiones fantásticas basándose en simples habladurías, ve el mundo en blanco y negro y se niega a reconocer la existencia del gris, pero sospecho que, al igual que su padre, es fiel a sí misma. No creo que sea una ladrona.

Hasta ese instante, Henrietta no se había dado cuenta de lo mucho que le importaba su opinión, a pesar de que fuera un crápula.

—Entonces, ¿me cree?

—Pobre Henrietta, ha pasado un espantoso calvario estas últimas horas.

—Siempre hay gente más desgraciada que uno mismo —contestó ella con firmeza—. Es lo que dice mi padre.

Rafe no pareció muy convencido, y se preguntó qué pensaría el padre de Henrietta del embrollo en que estaba metida su hija.

—No tanta. ¿Es usted consciente de que al huir ha empeorado una situación mala de por sí?

—Lo sé, pero...

—Considerarán su huida una prueba de que es culpable.

—Lo sé, pero no se me ocurría otra forma de...

—Debería entregarla a las autoridades, dejar que afronte la situación. A fin de cuentas, es inocente. El problema es que, con sus actos, se ha inculpado usted misma y, lo que es peor, me ha implicado a mí.

—Pero nadie me ha visto subir a su carruaje y...

—Saben que yo la encontré. Saben que fui yo quien la envié de vuelta a casa de Helen Ipswich. Cuando se sepa que me marché de Woodfield más o menos a la misma hora de su desaparición, hasta un alguacil de Bow Street sacará la conclusión lógica. Me ha puesto en una situación insostenible. No puedo entregarla sin arriesgarme a que me culpen de ser su cómplice, pero tampoco puedo, en conciencia, abandonarla.

Rafe no era hombre dado a actos caballerescos. Ni tampoco a actuar impulsivamente, pero el arrojo enternecedor de Henrietta Markham, su sincero horror ante las acusaciones vertidas contra ella y el peligro real que afrontaba lo empujaron a actuar en contra de su inclinación natural. Quisiera o no, estaba implicado en aquella farsa. El hecho de que su implicación lo obligara a posponer la ingrata tarea de hablar con su abuela era solo un pequeño aliciente.

—No me queda otro remedio. Voy a ayudarla —dijo, asintiendo con la cabeza para sí mismo. Era el único modo.

—¿Ayudarme a qué?

—A encontrar al ladrón. Las esmeraldas. Lo que haga falta para limpiar su nombre.

—Eso soy perfectamente capaz de hacerlo yo sola —dijo Henrietta indignada, a pesar de que le había dado un vuelco de alegría el corazón al oírle.

—¿Cómo?

—¿A qué se refiere?

—¿Tiene contactos en el mundo de la delincuencia?

—No, pero...

—¿Tiene idea de cómo seguir la pista de un bien robado?

—No, pero...

—Reconózcalo, Henrietta, no tiene ni la más mínima idea de cómo hacerlo, ¿no es cierto? No tiene ningún plan.

—No, ninguno.

Rafe esbozó una sonrisa, complacido. Que lo hubiera reconocido era una pequeña victoria, pero importante. Le gustaba que no mintiera ni siquiera tratándose de un asunto tan delicado.

—Entonces es una suerte que yo sí tenga uno —añadió.

—¿Sí?

—Obviamente, necesita alguien que la ayude —repuso Rafe, dejando que su sonrisa se hiciera más amplia—. Un hombre con contactos en los bajos fondos, que sepa encontrar una joya robada, al ladrón o ambas cosas, a ser posible.

—Obviamente —contestó ella, un tanto aturdida—. ¿Ahora va a decirme dónde puedo encontrar a ese hombre?

—No hace falta que lo busque. Ya lo ha encontrado. Soy yo.

Cuatro

—¿Usted? —preguntó Henrietta, incrédula.

Lo miraba como si acabara de escaparse de un manicomio.

Una vez más, Rafe tuvo que morderse el labio para refrenar una sonrisa.

—Tengo un conocido en Londres muy bien relacionado con ese mundillo —explicó Rafe—. Para alguien que conozca cómo funcionan las cosas, no será difícil seguir el rastro de un botín tan valioso como las esmeraldas.

—Tiene que estar tomándome el pelo. ¿Cómo es que conoce a esa persona? Y aunque la conociera... quiero decir, aunque la conozca... No lo entiendo. ¿Por qué quiere hacerlo?

—Dadas las circunstancias, no me queda más remedio que ayudarla a resolver este embrollo —la idea le resultaba extrañamente atrayente, pero eso prefirió no decírselo. De hecho, apenas lo reconocía ante sí mismo.

Henrietta negó con la cabeza enérgicamente.

—Le estoy muy agradecida por su generosa oferta, pero esto es responsabilidad mía.

—Cometerá un grave error si rechaza mi oferta de ayudarla.

Ella se mordió el labio.

¿Qué alternativa tenía, a decir verdad? ¿Qué era peor: ponerse en manos de un crápula que tal vez tuviera malas intenciones respecto a su virtud pero que parecía decidido a ayudarla a limpiar su buen nombre, o arriesgarse a acabar en prisión y condenada, quizá? ¿De qué servía la virtud si la deportaban o la ejecutaban? Y a fin de cuentas tampoco iba a entregarle su honra. Su virtud no iba a ser el pago por su ayuda. ¿Verdad? ¿O acaso besarlo podía considerarse un primer pago por ayudarla? ¿Tendría que pagar un precio más alto? ¿Esperaría él algo más?

Aquello eran tonterías. Fueran cuales fuesen sus expectativas, ella no cedería, y si de algo estaba segura era de que jamás la forzaría. Podría haberlo hecho esa mañana.

Con él estaba completamente a salvo. Siempre y cuando estuviera segura de sí misma. Y lo estaba. Claro que sí.

Asintió con la cabeza para sí misma. Rafe Saint Alba era el menor de dos males, saltaba a la vista. La única alternativa sensata. Sería una necia si no aceptaba su oferta.

—Tiene razón, no tengo elección —dijo.

—Es usted muy sensata, señorita Markham.

—Me gusta pensar que sí.

—Entonces, ¿confiará en mí?

Vaciló, alertada por una extraña nota que había advertido en su voz.

—Confiaré en que me ayude, sí.

—Es usted muy cautelosa y muy sagaz, Henrietta: una respuesta equívoca.

—Lord Pentland...

—Rafe a secas. Creo que es hora de que nos dejemos de formalidades.

—Rafe. Te sienta bien.

—Gracias. Permíteme devolverte el cumplido. Nunca había conocido a ninguna Henrietta, pero el nombre te viene como anillo al dedo.

—Gracias. Supongo. Me llamaron así por mi padre.

Rafe la miraba de un modo que le daba escalofríos, como si estuviera al borde de algo. ¿De veras estaba pensando en ponerse en manos de un desconocido increíblemente guapo y con mala reputación?

—¿No te espera nadie en la ciudad?

Rafe se lo pensó.

Estaba su abuela, con su lista de posibles esposas esperando su aprobación. Y sin duda habría sobre su escritorio un montón de invitaciones con el filo dorado, pues la Temporada estaba en su apogeo. A pesar de su conocida reclusión, su «exclusividad», como gustaba de llamarla Lucas, la asistencia de lord Pentland a cualquier fiesta, baile o velada era todo un logro para la anfitriona, de modo que seguía recibiendo invitaciones a troche y moche.

—La verdad es que, con la excepción de Lucas, no creo que haya una sola persona que vaya a echarme de menos, ni un solo compromiso social al que me apetezca asistir.

—¿Quién es Lucas?

—El honorable Lucas Hamilton, uno de mis más antiguos amigos. Nos conocimos en las cataratas de Tívoli cuando los dos estábamos haciendo nuestro Gran Tour por Europa. La Villa de Adriano está cerca de allí, ¿sabe?, así que es la visita de rigor, aunque debo decir que me decepcionó. Descubrimos que teníamos ambos previsto viajar a Grecia y volvimos a coincidir allí. Sus conocimientos sobre la antigua Grecia dejaron los míos a la altura del betún. Es mucho más estudioso que yo, aunque se lo calle. Prefiere que se le conozca por sus hazañas en el cuadrilátero.

—¿Boxea?

Rafe se rio.

—Profesionalmente, no, aunque es probable que estuviera dispuesto a hacerlo si se lo ofrecieran. No, Lucas es siempre un caballero y solo boxea con otros caballeros como él en el Jackson's, practica la esgrima en el Angelo's y es capaz de ganar bebiendo a cualquier caballero que acepte el desafío.

—Parece un personaje muy interesante —dijo Henrietta, indecisa.

—A veces, cuando no estoy cerca para vigilarlo, acaba con algún que otro rasguño.

—Es una suerte que pueda contar contigo.

La sonrisa de Rafe se borró.

—Soy su amigo, no su guardián. Por razones que solo él conoce, Lucas parece empeñado en destruirse a sí mismo. Y acabará por hacerlo, esté yo ahí o no para cuidarlo. ¿Sabes?, no sé por qué te cuento esto. En cualquier caso, solo tardaremos un par de días en aclarar este asunto de las esmeraldas. Lucas podrá valerse solo hasta entonces.

—¿Cómo sabes que solo tardaremos un par de días?

—Unas esmeraldas tan notorias y un ladrón tan fácil de reconocer han de haber dejado un rastro inconfundible, si uno sabe dónde buscar. Estoy seguro de que enseguida encontraremos la pista de las joyas o del ladrón. O, al menos, de que la encontrará mi amigo.

—Te agradezco mucho tu ayuda. De veras.

—Y yo me alegro de poder ofrecértela —repuso Rafe, y le sorprendió su sinceridad.

Henrietta iba vestida de manera atroz, con un vestido marrón mal cortado y peor cosido. Nunca había visto un lazo de sombrero tan torcido, pero lo miraba como si su vida dependiera de él, y Rafe supuso que de momento así era, en efecto.

Fuera lo que fuese lo que le deparaban los días siguientes, estaba seguro de que no se aburriría. Ansioso de pronto por ponerse en marcha ahora que se había comprometido, comenzó a desatar a los caballos.

Sentada a su lado en el estrecho asiento del faetón, Henrietta advertía vivamente la presencia de Rafe. Sus muslos se rozaban. Tocó por error la mano con la que sostenía el látigo. ¿Estaba loca por marcharse con él así? No sabía casi nada de él, excepto que era un aristócrata rico y un crápula, y que besaba de maravilla, seguramente por ser un crápula. Y sin embargo allí estaba, sentada tranquilamente (más o menos) a su lado. ¡Debía de estar loca! Sin duda la institutriz que llevaba dentro así lo creía, pero curiosamente cada vez le costaba menos desoír su vocecilla.

¡Qué extraña estampa debían formar, ella con su manto viejo y su sombrero pasado de moda y él el colmo de la elegancia! Contó al menos seis volantes en su capa de viaje. Sus guantes eran del ante más fino de York; los pantalones de ante se ceñían tan perfectamente a sus piernas que parecían cosidos a ellas; y sus botas negras estaban rematadas por una franja de piel marrón clara, lo cual, según había oído contar a uno de sus pupilos, era el último grito. Avergonzada de su vestimenta, se ciñó la manta de viaje alrededor del cuerpo, intentando ocultarla.

—¿Tienes frío?

—No. No. Solo estaba pensando que me habría gustado que mi ropa fuera más a tono con este carruaje tan elegante —contestó Henrietta—. Me temo que las institutrices no están acostumbradas a vestir de seda y encaje.

—Por si te sirve de consuelo, opino que la seda y el encaje te sentarían muy bien —comentó Rafe, y luego se preguntó por qué lo había dicho. Era una imagen tentadora. Sus pensamientos parecían derivar cada vez más hacia lo carnal. Tal vez fuera hora de que eligiera una nueva amante de entre las muchas voluntarias dispuestas a aceptarlo. La idea lo llenó de hastío.

Henrietta, que no estaba pensando en camisones de encaje, sino en vestidos de seda, tenía una expresión melancólica.

—Nunca he tenido un vestido de seda, ni he ido a un baile. Aunque de todos modos no sé bailar. Y además mi madre dice que una mujer es mucho más que sus vestidos.

—Obviamente, tu madre no ha visitado Almack's un miércoles por la noche —repuso Rafe con sorna—. ¿Y tu padre? ¿Qué opina de esa cuestión?

Henrietta soltó una risilla.

—No creo que haya salido nunca el tema.

—¿Nunca? —preguntó Rafe con fingido asombro—. ¿Es que tu padre no aspira a buscarte un buen marido?

Henrietta se crispó, pensando que su pregunta dejaba entrever cierta crítica.

—A mi padre, un marido al que hubiera conocido en un baile no le parecería especialmente idóneo.

—Qué interesante —dijo Rafe con ironía—, y cuán contrario a la opinión de todos los papás que conozco.

—Eso no significa que esté equivocado, y no hace falta que te pongas tan grosero.

—Te pido disculpas. No era mi intención mofarme de tu padre.

—Sí, claro que sí —contestó ella enérgicamente.

Rafe no estaba acostumbrado a que la gente dijera lo que pensaba, y menos aún las mujeres. Pero Henrietta no se parecía a ninguna mujer que hubiera conocido hasta entonces.

—Tienes razón —reconoció—, pero procuraré no volver a hacerlo.

—Gracias.

—No hay de qué. Por lo menos ahora sé por qué has alcanzado la respetable edad de... ¿veintiún años...?

—Tengo veintitrés.

—De veintitrés años sin casarte. La mayoría de las jóvenes de tu edad se considerarían prácticamente unas solteronas. Debes aprender a bailar, Henrietta, mientras todavía estás a tiempo.

Supo que estaba bromeando porque vio tensarse su boca como si refrenara una sonrisa.

—Te equivocas completamente —dijo con petulancia—. Mis padres ya me han presentado a varios jóvenes interesantes.

—¿Y qué ocurrió? ¿Ninguno se atrevió a dar el paso?

—Si te refieres a si se declararon, la respuesta es sí. Y todos ellos eran sumamente dignos y formales.

—Y por tanto insoportablemente sosos y aburridos.

—¡Exacto! ¡Ay, mira lo que me has hecho decir!

—Henrietta Markham, debería darte vergüenza.

—Me da vergüenza —se mordió el labio, pero le resultaba imposible no reírse cuando Rafe la miraba así—. ¡Ay, Dios! Sé que debería estar avergonzada, pero...

—Pero eres una romántica, quieres enamorarte locamente y en realidad no te avergüenzas porque te decepcionen los jóvenes dignos y formales a los que te ha presentado tu padre.

—¿Qué tiene de malo eso? Todas las mujeres quieren enamorarse locamente. Quiero decir que el respeto y la formalidad están muy bien, pero...

—Tú quieres enamorarte.

—Sí, claro. ¿No es lo que quiere todo el mundo?

—Desde luego es lo que dicen, aunque rara vez sea cierto. La gente dice «te quiero» cuando cree que así conseguirá lo que le interesa.

Seguía sonriendo, pero su sonrisa parecía haberse congelado.

—Eso suena muy amargo —repuso Henrietta, pensando en la bella mujer del retrato. Tocó su manga con ademán compasivo—. Sé que no lo dices en serio. Seguramente es porque sigues sufriendo.

—¿De qué estás hablando?

—La señora Peters me habló de tu esposa.

—¿Qué te dijo exactamente?

—Solo que había muerto muy joven. Me enseñó su retrato. Era muy guapa.

—No quiero hablar de ella —replicó Rafe—. Veo que tendré que tomar medidas para asegurarme de que mi ama de llaves comprende el valor que concedo a la discreción.

—Bueno, la verdad es que no fue culpa suya, sino mía. Me sorprendió que no hubieras dicho nada de... Le dije que no sabía que estuvieras casado y entonces me contó que eras viudo y que... Ay, Dios, lo siento mucho, no quería meter en un lío a la señora Peters. No era mi intención entrometerme.

—Y sin embargo lo has hecho. No toleraré que se fisgonee a mis espaldas.

—No estaba fisgoneando, era simple curiosidad. Es bastante natural preguntarlo. A fin de cuentas, tú acabas de hacerme preguntas parecidas acerca de mi familia.

—No es lo mismo —contestó, cortante.

—Muy bien, entonces me quedaré callada —Henrietta apretó los labios, cruzó los brazos y se recostó en el asiento, fijando su atención en el paisaje—. Calladísima —añadió unos minutos después.

Había vuelto a meter la pata, saltaba a la vista,

pero ¿cómo iba a saber qué era lo correcto? ¿Qué le pasaba que ni siquiera soportaba una conversación completamente normal acerca de su esposa muerta? Aquella mujer bella y de mirada implacable que seguramente lo había conocido antes de que adquiriera el descreimiento que ahora llevaba encima como una especie de armadura.

Removiéndose en su asiento, lo miró a hurtadillas. No le gustaba que le interrogaran, ni que le contradijeran. Y menos aún dar explicaciones. Un hombre así ¿podía enamorarse de veras? Claro que tal vez antes, hacía años, había sido distinto. Tal vez años atrás había sido feliz. Ahora desde luego no lo era. ¿Qué le había ocurrido? La pregunta, que había tenido en la punta de la lengua casi desde el momento en que lo había visto por primera vez, se negaba a desaparecer.

Siguió observándolo desde debajo de su sombrero. Hacía cinco años que era viudo. Cinco años era mucho tiempo. El conde de Pentland podía elegir a cualquier dama casadera que se la antojara, de eso no había duda. ¿Por qué no había vuelto a casarse?

—¿Cómo dices?

Solo cuando habló Rafe se dio cuenta, horrorizada, de que había formulado la pregunta en voz alta. Lo miró con pasmo, demasiado perpleja para contestar.

—No tengo deseos de volver a casarme.

—¿Nunca, quieres decir? —preguntó, incrédula.

—No, nunca —su tono era glacial, pero como era propio de ella, Henrietta no pareció darse cuenta. Estaba tan asombrada que ni siquiera lo notó.

—Pensaba que tendrías que casarte, aunque solo fuera para tener un heredero al que dejar el título. A no ser que... Ay, no se me había ocurrido. ¿Tienes ya un hijo?

Parecía una pregunta bastante natural, dado que había estado casado, pero vio de inmediato que a Rafe no se lo parecía. Su semblante pareció volverse de granito.

—Tampoco se te ha ocurrido pensar que tu impertinencia no conoce límites —respondió, e hizo restallar el látigo para poner a los caballos al galope.

Pasó una hora. A Henrietta le pesaba cada vez más el tenso silencio, la furia que bullía dentro del hombre sentado rígidamente a su lado. Era consciente de haber tocado una herida muy íntima y dolorosa. Saltaba a la vista que Rafe se había replegado sobre sí mismo. Casi podía ver el oscuro nubarrón que pendía sobre él. Sabedora de que era ella quien lo había provocado, aunque hubiera sido sin querer, se sintió incapaz de reunir el coraje necesario para ponerle remedio, por miedo a que volviera a rechazarla.

Era casi de noche cuando llegaron a las inmediaciones de Londres. La carretera estaba cada vez más transitada y Rafe tuvo que concentrarse en la conducción. Los carros y las carretas se disputaban el espacio con traqueteantes coches de línea, calesas y otros vehículos de recreo. El coche correo pasó a toda velocidad, levantando una nube de polvo.

Henrietta estaba cada vez más tensa. Aunque el ruido y el ajetreo de la carretera resultaban emocionantes, estaba preocupada.

Por de pronto, no tenía casi dinero. Una cosa era aceptar la ayuda de Rafe y otra bien distinta ser una carga para él. Ignoraba cuánto podía costar una noche en una fonda de Londres, pero sospechaba que su escaso capital no alcanzaría para pagar más que una o dos noches.

Se aclaró la garganta.

—Me estaba preguntando si nos reuniremos con tu... amigo esta misma noche.

Él no apartó los ojos de la carretera.

—Con suerte, sí.

—Y después de hablar con él, ¿iremos...? ¿Irás...? ¿Qué piensas hacer después?

Rafe, que había conseguido pasar sin peligro entre un carromato cargado de barriles de cerveza y un calesín, se arriesgó a mirarla.

—No tengo intención de abandonarte si eso es lo que te preocupa.

—No es eso. Bueno, solo en parte. Pero querrás ir a tu casa de Londres, ¿no?

—No he mandado aviso. Además, no puedo ir allí todavía, por si el alguacil, al no encontrarme en

Woodfield Manor, decide venir a Londres para entrevistarse conmigo en mi casa de Mount Street. Por lo visto son muy tercos una vez encuentran un rastro. Así que ya ves, no tengo más remedio que quedarme contigo y hacerte compañía.

—Supongo que no, visto así —repuso Henrietta, y se dijo con firmeza que el alivio que sentía se debía a que necesitaba tener una cara conocida cerca y no a que le hiciera ilusión que esa cara fuera precisamente la suya.

Había oscurecido cuando cruzaron el río y era noche cerrada cuando se detuvieron frente a El ratón de campo, en Whitechapel. Era una posada pequeña pero sorprendentemente limpia y bien cuidada. Las habitaciones daban a un patio central, y la amplia y bulliciosa taberna arrojaba al fresco aire nocturno un murmullo de voces masculinas. Rafe condujo directamente el carruaje a los establos, se bajó de un salto del alto pescante y ayudó a Henrietta a apearse, sacó la sombrerera de ella y su maleta y entregó las riendas al mozo que aguardaba, al que dio también una moneda. Después llevó a Henrietta no a la entrada principal, sino a una portezuela lateral desde la que penetraron en un pasillo mal iluminado.

—Si no te importa que te lo diga, este parece un sitio un tanto extraño para que lo frecuente un hombre como tú.

—Pero sin duda, Henrietta, de un hombre como yo cabe esperar que se codee con la chusma.

Por una vez, ella se negó a picar el anzuelo. Estaba muy nerviosa, ahora que por fin se hallaban en Londres. De la taberna les llegó el súbito estallido de una canción. Una criada pasó a toda prisa con un gran cubo de ascuas. Rafe abrió una portezuela que había bajo la escalera y, diciéndole tajantemente que esperara allí, que no saliera de la habitación hasta que él volviera y que bajo ningún concepto hablara con nadie, arrojó el equipaje a sus pies y se marchó sin otra palabra.

Hacía calor en la salita, que olía a cerrado. Henrietta se echó el manto hacia atrás y se quitó los guantes. Luego pegó la frente al cristal polvoriento de la ventana. Fuera, en el patio de cuadras, se oía el tableteo de los cascos de un caballo. En el pasillo se oyó una risilla sofocada y una voz de hombre pidiendo a una tal Bessie que fuera a buscar una fregona. ¿Dónde estaba Rafe? Dibujó ociosamente un signo de interrogación en el cristal. ¿Por qué era tan infeliz? Dibujó otro. ¿Por qué le costaba tanto hablar de su vida? Otro. ¿Y por qué...?

Se abrió la puerta con un chirrido. Henrietta se sobresaltó. Rafe apareció ante ella, sosteniendo en alto una lámpara.

—Creía que te habías olvidado de mí —borró los signos de interrogación con un guante, turbada al verlo.

Rafe cerró la puerta y se apoyó contra ella.

—Hay una buena y una mala noticia. Me temo que Benjamin ha salido, pero Meg, su esposa, asegura que volverá mañana por la mañana.

—¿Y la buena noticia?

—A pesar de que esta noche va a celebrarse un combate de boxeo muy esperado a menos de una milla de aquí, Meg ha conseguido reservarnos una habitación.

—Una habitación. ¿Solo una, quieres decir?

Rafe asintió con un gesto.

—Tenemos suerte de que haya una. Esa también es la mala noticia, me temo. Vamos a tener que compartir habitación.

—Ah. ¿No puede pasar uno de los dos la noche aquí? —señaló la salita vacía. No había más muebles que una mesa endeble y un estrecho sofá—. Estoy segura de que yo podría... —dijo, indecisa.

—No. La puerta no tiene cerradura. Sería peligroso, teniendo en cuenta la clase de clientela que atrae este sitio. Además —añadió, apartándose de la puerta y tendiéndole la mano—, estás agotada. Ha sido un día muy largo. Necesitas descansar y vas a hacerlo en una cama. Si lo que te preocupa es tu virtud, permíteme asegurarte que estoy demasiado cansado para tratar de librarte de ella —añadió, y la condujo fuera de la habitación—. Esta noche, al menos.

—Supongo que es una broma, aunque sea una broma de mal gusto.

—Todavía no lo he decidido.

Sin darle tiempo a contestar a su ambiguo comentario, la llevó por el pasillo y por un tramo de escaleras que conducía al piso de arriba. La habitación era pequeña, pero limpia, con una silla de madera, un aparador y una mesilla de noche sobre la que se alzaba un espejo manchado.

Había una cama. Una sola cama. Y no muy ancha, notó Henrietta.

—Yo dormiré en la silla —dijo, intentando refrenar su nerviosismo.

—Tonterías.

—O en el suelo. Puedo estar comodísima en el suelo si le pides a Meg unas cuantas mantas más.

—Henrietta, solo puedo hablar por mí, pero lo sucedido estas últimas doce horas, aunque fascinante, me ha dejado completamente agotado. En lo último en lo que pienso en estos momentos es en el trato carnal. Permíteme asegurarte que ni Helena de Troya me tentaría esta noche. Y tú también debes de estar exhausta, después de lo que has pasado.

Asintió, indecisa.

—Entonces estamos de acuerdo. No es necesario que ninguno de los dos duerma en el suelo. Compartiremos la cama, yo no me desnudaré y, por respeto a tu pudor, pondremos una almohada entre los dos.

¿Hablaba en serio o en broma? Henrietta llegó a la conclusión de que hablaba en serio. Y se alegró, porque estaba agotada. Llamaron a la puerta y entró una criada llevando un jarro de agua caliente. Rafe, que estaba acostumbrado a bañarse todos los días y se sentía sudoroso y polvoriento después del viaje a Londres, se obligó a hacer lo que dictaba la caballerosidad, pues notó que Henrietta miraba la jarra con anhelo. No fue la primera vez ese día que antepuso las necesidades de Henrietta a las suyas propias. Y le resultó más fácil de lo que habría imaginado.

—Te dejo para que te asees —dijo—. Voy a ir a encargar la cena.

Al quedarse sola, Henrietta se quitó el sombrero y el manto, los zapatos y las medias y se aseó todo lo posible. Hurgó en su sombrerera y sacó un camisón de franela roja descolorido que le pareció lo bastante voluminoso y feo como para desanimar hasta al más resuelto de los crápulas. Ignoraba qué hacían exactamente los crápulas como Rafe y a qué se refería este al hablar de deseos carnales. Su madre le había hecho creer que eso era solo cosa de hombres. Y sin embargo, cuando pensaba en cómo la había besado, en cómo se había sentido al lamer el jugo de fresa de su dedo, experimentó de nuevo un estremecimiento y un hormigueo, además de una especie de anhelo indefinible. ¿Sería aquello deseo carnal?

Rafe interrumpió sus cavilaciones al regresar con la bandeja de la cena.

—Es el menú corriente, el de media corona. Poca cosa, me temo —dijo mientras buscaba en vano una mesa. Por fin dejó la bandeja sobre la cama con cuidado.

—¡Media corona por una comida! Santo cielo,

no sabía que fuera tan caro. Me temo que no puedo... El caso es que como huí y no me pagan hasta finales del trimestre... Lo lamento, pero no tengo dinero suficiente —dijo Henrietta—. Y ahora supongo que no van a pagarme.

—No hay por qué preocuparse del dinero. Yo tengo más que suficiente.

—Claro que hay que preocuparse. Ya estoy en deuda contigo.

Rafe suspiró.

—Debí imaginar que también en esto me llevarías la contraria. Muy bien, si insistes, puedes devolvérmelo cuando regresen tus padres, pero la verdad es que no hace falta.

—Claro que sí —respondió Henrietta con decisión—. Es lo más justo.

Era refrescante encontrar a una mujer decidida a pagar todo lo suyo. Era una novedad, desde luego, y sin embargo a Rafe le molestó, porque cuanto más afirmaba Henrietta su independencia, más deseos sentía de velar por ella.

—En estos momentos no tengo ganas de discutir por unos cuentos chelines. Vamos, la cena se está enfriando.

Se sentaron al borde de la cama a comer, Henrietta con los pies recogidos bajo su camisón de franela. Nerviosa por la cercanía de Rafe, procuraba desesperadamente no pensar en lo que iba a ocurrir a continuación y por tanto era incapaz de pensar en otra cosa.

Rafe, por su parte, empeñado en tranquilizarla, se puso a charlar de esto y aquello. Vio complacido que ella comía más o menos bien y que al final de la cena estaba tan relajada que incluso bostezó. Él, en cambio, distaba mucho de estar relajado. Con su camisón áspero y descolorido y su mata de rizos cayéndole desordenadamente por la espalda, Henrietta le parecía irresistible. ¿Cómo era posible que un tejido tan grueso y opaco lo invitara a fantasear con las delicias que había debajo?

Cuando acabaron de comer, dejó la bandeja al otro lado de la puerta y cerró con llave. Luego abrió la cama y puso una almohada en el medio.

—Intenta dormir un poco —dijo, apartando la mirada cuando Henrietta se subió a la cama y se arropó hasta la barbilla.

A pesar de que estaba agotado por su noche de insomnio y por el largo día, comenzó a preguntarse si después de todo no convendría que durmiera en el sillón de abajo.

Henrietta intentó descansar, pero de pronto se sentía despejada. Procuró no mirar a Rafe mientras se quitaba la chaqueta y el chaleco, sacaba su leontina y su caja de rapé y daba cuidadosamente cuerda al reloj antes de colocarlo todo bajo la almohada. Intentó no mirar cuando se lavó la cara, se restregó minuciosamente las manos y se lavó los dientes. Él parecía ajeno a su presencia. Henrietta lo miró a hurtadillas cuando se sentó al borde de la cama para quitarse las botas, maldiciendo en voz baja. Dedujo que estaría acostumbrado a que su ayuda de cámara se encargara de esas cosas. Luego les llegó el turno a sus medias. Se levantó para quitárselas y las arrojó al suelo con descuido, junto a su maleta, donde sin duda habría dos o tres pares más. Al sacarse la camisa de los pantalones de ante se le marcaron los músculos y, al levantar la barbilla para quitarse la corbata, que también fue a parar al suelo, Henrietta vio su fuerte cuello, sus pómulos bien definidos y el recto perfil de su nariz, perfecta y sin un solo abultamiento. Cuando se agachó para limpiar el polvo de sus botas, vio sus largas piernas y su trasero musculoso, marcado por la suave piel de los pantalones.

Luego Rafe recogió la lámpara de aceite y se acercó descalzo a la cama, y Henrietta cerró los ojos con fuerza. Él apagó la lámpara. Crujió la cama y el colchón se hundió bajo su peso. Henrietta se quedó rígida, sin atreverse apenas a respirar o a moverse. A su lado, Rafe suspiró, cambió de postura y volvió a suspirar.

No estaba más cerca de ella que en el asiento del faetón, ni llevaba mucha menos ropa, y sin embargo la situación le parecía extremadamente íntima. Ilícita. Oía su respiración profunda y constante. Sentía el olor de su jabón, de su ropa interior. Un leve aroma al cuero de sus pantalones. Y otro olor. Un olor viril que la hizo pensar en su propio olor a mujer. Su cuerpo duro y sólido la hizo consciente de sus propias curvas. Estaba acostada junto a Rafe Saint Alban, a quien había conocido esa misma mañana. Rafe Saint Alban, que en un solo día la había rescatado dos veces. Rafe Saint Alban, el hombre más formidable, atractivo, cínico, fascinante y viril que había conocido nunca. Aunque no había conocido a muchos. Y sin embargo, se dijo mientras agarraba con fuerza la sábana y Rafe se volvía para ponerse de espaldas a ella, estaba segura de que, por más hombres a los que conociera, ninguno sería como él.

Poco a poco comenzaron a pesarle los párpados. La respiración de Rafe, profunda y rítmica, resultaba hipnótica. Y pese a que estaba convencida de que no podría pegar ojo, se quedó dormida al poco rato.

A su lado, Rafe permaneció despierto, pendiente del mullido abultamiento envuelto en franela roja que había a su lado. Nunca compartía su cama. Iba a visitar a sus amantes a sus habitaciones, del mismo modo que siempre había visitado a su mujer en la suya.

Julia... Por primera vez en cinco años se permitió pensar en ella. Fue como intentar conjurar a un fantasma. Apenas se acordaba de cómo había sido en vida, aunque no le costó en absoluto reconocer la mezcla de humillación y remordimientos que su nombre suscitaba invariablemente en él. La acostumbrada letanía de «ojalás» desfiló por su cabeza con el orden y la precisión de un regimiento bien entrenado. Ojalá su padre no hubiera muerto tan prematuramente. Ojalá él no hubiera estado tan abrumado por la responsabilidad. Ojalá no hubiera acabado de regresar de su Gran Tour por Europa, lleno de emociones y escarceos amorosos. Ojalá Julia hubiera sido más joven. Ojalá él hubiera sido más viejo. Ojalá le hubiera puesto más empeño. Ojalá no hubiera forzado su separación. Ojalá no hubiera vuelto a aceptarla. Ojalá, o bien ojalá no. Era siempre lo mismo. El resultado nunca cambiaba. Su mala conciencia no cambiaba. Era su carga más pesada, y sin embargo hacía tanto tiempo que la acarreaba que se había acostumbrado a ella. Nunca desaparecería.

A su lado, respirando suavemente, había un bulto delicioso y de olor dulcísimo. Henrietta no tenía ni la belleza ni el linaje de Julia, pero no era ni fría, ni débil. Sus defectos no parecían proceder de la vanidad o el egoísmo. Nunca mentía. Decía lo que pensaba. Y lo que sentía. Y lo que le faltaba en estatura, le sobraba en ímpetu. Cualquier otra mujer se habría resignado a su destino, se habría apresurado a aceptar su oferta de ayudarla. Henrietta, en cambio, estaba hecha de una pasta mucho más dura.

«Una ingenua», la habría llamado Julia, mirándola desde lo alto de su recta y aristocrática naricilla. Pero no era una ingenua; era, simplemente, inocente. Su ansia de vida, su *joie de vivre*, sus labios deliciosos, tenían algo que revelaba una sensualidad latente. Sus maravillosas curvas lo envolverían por completo. Sus labios dulcemente curvados le ofrecerían consuelo.

Rafe se volvió inquieto hacia la almohada. Ojalá fuera Helena de Troya y no Henrietta Markham la que estaba acostada a su lado. Así le habría sido más fácil dormir. Todavía no lo entendía. Por más que se dijera que no podía tocar a Henrietta y que, por tanto, tampoco podía desearla, su cuerpo se negaba a obedecerle. Su miembro erecto se apretaba contra la suave piel de sus pantalones. ¡Qué incómodo era dormir vestido! ¡Y qué incómoda era la cama! ¿Y qué decir de aquel maldito deseo que no alcanzaba a explicarse? Jamás conseguiría dormir. Jamás...

Henrietta despertó suavemente. Con los párpados aún cerrados, sintió que la luz del alba se colaba por el fino visillo. La posada comenzaba a cobrar vida. El traqueteo de un coche de punto precedió a los gritos de su conductor, llamando a los pasajeros. El clamor de una campana anunció la llegada del carromato de la basura. Fuera, en el pasillo, alguien estaba silbando. Henrietta trató de moverse, pero no pudo. Tenía algo muy pesado sobre la cintura. Sintió otro ruido, un suave golpeteo junto a su oído. Abrió los ojos y volvió a cerrarlos enseguida. Era un brazo que la sujetaba. Un pecho que servía de cojín a su cabeza. El brazo de Rafe. El pecho de

Rafe. Y no había ni rastro de la almohada que él le había prometido interponer entre ellos.

Estaba prácticamente tendida sobre él, como una lapa pegada a una roca. Su rodilla izquierda estaba atrapada entre sus piernas. Entre sus muslos. Notaba el vello áspero de sus pantorrillas. Y su piel desnuda. Su piel de hombre. ¿Cómo demonios había ocurrido aquello?

Tenía los pechos aplastados contra su costado. El brazo derecho de Rafe la apretaba contra su cuerpo. Su mano izquierda parecía estar metida en el hueco de su camisa y su brazo derecho estaba en algún lugar debajo de los dos. Intentó cambiar de postura, pero Rafe farfulló algo y la agarró con más fuerza. Se movió y él apartó el brazo de su cintura, la agarró del trasero y la apretó contra sí. Parecía... parecía...

Duro. Musculoso. Sólido. Fuerte. Inofensivo.

Inofensivo, no tanto. A fin de cuentas, era un hombre. De eso Henrietta era muy consciente. Intentó moverse solo un poco, lo justo para apartarse de él, pero solo consiguió que la agarrara con más fuerza, y aunque sabía que debía resistirse lo cierto era que en realidad quería darse por vencida. Así que se quedó allí tumbada, muy quieta, diciéndose que se movería enseguida. Pero todavía no.

Rafe olía a sueño. Allí tumbada, con los ojos cerrados, dejó que su cuerpo se relajara. Pero su cuerpo no quería relajarse. Se sentía vivo. La curiosidad, su mayor defecto, se apoderó de ella. ¿Por qué Rafe sentía de manera distinta? ¿Cómo sentía un hombre? ¿Qué sentía aquel hombre en concreto? Preguntas, preguntas y más preguntas.

Perezosamente, mientras se decía que en realidad no era ella, con los ojos bien cerrados para poder engañarse, se embarcó en una tímida exploración. A fin de cuentas, tenía ya la mano izquierda debajo de la camisa de Rafe. Solo tenía que desplazarla un poco. Hasta su hombro, y de allí a la dura pared de su pecho. Contornos bien definidos, rematados por pezones duros, pero planos. Siguió bajando por la línea cóncava de sus costillas, hasta el valle de su estómago. Sintió su respiración bajo la palma de la mano. Sintió el calor de su piel. Su vientre firme y tenso. El hueco de su ombligo, la aspereza del vello, más abajo.

Retiró rápidamente la mano, asombrada por su propia osadía. Se dijo que ya había visto y sentido suficiente. Y luego empezó otra vez. Regresó a su vientre, donde dejó que se demoraran sus dedos, disfrutando del contraste entre la piel suave y el vello rasposo que bajaba desde su ombligo y desaparecía bajo la barrera formada por la cinturilla de sus pantalones.

Una gota de sudor resbaló por el valle de sus pechos. Se dio cuenta de que sus pezones se habían puesto duros como avellanas y se apretaban contra la franela de su camisón. Le cosquilleaban como si reclamaran atención. Sin permitirse pensar en lo que estaba haciendo, se apretó contra su pecho. La recorrió un estremecimiento delicioso. Estaba aún más sofocada que antes.

Pasó la palma de la mano por el cálido vientre de Rafe. Escandalizada pero incapaz de detenerse, intentó imaginarse sus propios pechos desnudos y apretados contra su piel. Mientras lo imaginaba, un escalofrío semejante a un pequeño relámpago la recorrió desde el vientre hasta la fuente de calor que notaba entre las piernas.

Pese a que había leído mucho, tanto sobre cuestiones consideradas adecuadas para una señorita como sobre otras que le estaban vedadas, seguía teniendo una idea muy vaga acerca de lo que Rafe había llamado «deseos carnales». Su madre nunca había entrado en detalles al respecto. Y las mujeres del asilo para pobres que habían sido víctimas de hombres sin escrúpulos tampoco habían tenido a bien explicarle en qué consistía todo aquello. La idea que se había formado era, por tanto, absolutamente negativa. Nada la había preparado para experimentar aquel placer, aunque, pensándolo bien, suponía que debía de ser placentero porque, si no, ¿por qué era la perdición de tantas mujeres?

De pronto, sin embargo, entendía a la perfección cómo era posible que el deseo carnal hiciera perder a una persona sus inhibiciones, mandar al garete la precaución y comportarse de la manera más indecorosa. Entendía que aquel sentimiento de expectación, ardiente y estremecedor, aquel cosquilleo en los pechos, pudiera ser adictivo. Entendía por qué podía persuadirse fácilmente a una persona de que fuera un poco más allá, y luego otro poco más, hasta que era ya demasiado tarde para detenerse.

Ella, sin embargo, iba a detenerse. No iba a rendirse tan fácilmente. De hecho, estaba a punto de parar cuando Rafe se movió. Levantó el brazo de su cintura, pero solo para agarrarla de la barbilla. Levantó el brazo de su trasero, pero solo para que su muslo cubriera el de ella. Su boca se movió, pero solo para cubrir la suya. Luego suspiró. Y la besó.

Su boca era cálida. Sus labios, inesperadamente suaves, y la leve aspereza de su barba un contraste delicioso. La besó con delicadeza, como si entre tanto no dejara de recordarse que no debía hacerlo. Como si supiera que no debía hacerlo pero no pudiera resistirse. Había soportado estoicamente su inocente exploración de su cuerpo. Se había resistido a alentarla, pero no la había detenido. No podría haberlo hecho, como ahora no podía dejar de besarla y de saborearla, hundiendo la lengua en el calor de su boca. Era tan suave y dulce como recordaba. Sus labios eran aún más apetecibles. Y su cuerpo se amoldaba perfectamente al suyo.

Demasiado perfectamente.

Se detuvo. No quería, pero se detuvo haciendo un ímprobo esfuerzo... y enseguida se arrepintió. Pero aun así la soltó y se apartó de ella.

Henrietta abrió los ojos. ¿Estaba dormido o solo fingía dormir? ¿La había besado porque quería o había sido una respuesta automática a sus caricias?

—Te advertí sobre esos labios tuyos —murmuró Rafe.

Ahí estaba su respuesta. Debía sentirse avergonzada porque había estado despierto todo el tiempo, y sin embargo no sentía vergüenza. La virtud, decía siempre su madre, era de por sí una recompensa. Y Henrietta la había creído, a pesar de que siempre le había costado más que a su madre sacrificar su escaso dinero por una buena causa, remendar el vestido del último invierno en lugar de encargar uno nuevo o llevar medias de lana en vez de llevarlas de seda. Ahora descubría que aquel era quizás otro asunto sobre el que convenía dudar de las opiniones de su madre. En aquel instante, la virtud le parecía un concepto extremadamente sobrevalorado.

—Rafe, yo...

—Henrietta —dijo él mirando hacia atrás—, hay veces en que es mejor no intentar explicarse, y esta es una de ellas. Baste decir que voy a hacer lo correcto, por una vez en la vida y con gran esfuerzo. Pero permíteme advertirte que la próxima vez no lo haré. Ahora, vuelve a dormirte.

«¿La próxima vez?». Abrió la boca para decirle que, en lo que a ella respectaba, no habría una próxima vez, pero como no estaba segura las palabras se le helaron en la boca. No solo dudaba de su capacidad para resistirse a la tentación, sino también de su deseo de resistirse a ella. Se inclinó y vio que Rafe tenía los ojos firmemente cerrados. Tal vez fuera preferible no negarlo. Tal vez él vería su negación como un reto. Se estremeció al pensarlo y luego fingió que no se había estremecido. Los actos eran más elocuentes que las palabras, se dijo con firmeza. No habría una próxima vez. Volvió a tumbarse en su lado de la cama, cerró resueltamente los ojos y procuró concentrarse en las esmeraldas de lady Ipswich.

Cinco

El exsargento Benjamin Forbes, patrón de El ratón de campo, era un hombre atezado con una cicatriz de sable que le iba desde la comisura del ojo izquierdo hasta el lóbulo de la oreja, parte del cual había perdido en la campaña peninsular. Aunque no era alto, tenía una constitución fuerte, de recios hombros y ancho pecho.

A fuerza de levantar barriles de cerveza y de algún que otro rifirrafe con clientes pendencieros de su posada, había conseguido mantener sus musculosos antebrazos de soldado de infantería al pasarse a la vida civil. Su casa era honrada, pero estando donde estaba, cerca de los arrabales de Gravel Lane y Wentworth Street, era inevitable que a veces las cosas se desmandaran. Su temible gancho de izquierda se encargaba, en todo caso, de poner fin a cualquier discordia.

Estaba en la taberna cuando entraron Rafe y Henrietta en su busca. Con la camisa arremangada y cubierto con un gran delantal de cuero, observaba con ojo de águila cómo recogía las jarras de peltre el mozo que lo ayudaba.

—¡Lord Pentland! —exclamó y, haciendo salir a toda prisa al chico, cerró con firmeza la puerta de la taberna—. Meg me ha dicho que estaba aquí. Lamento que no nos viéramos anoche. Tuve que ocuparme de un asuntillo.

—Benjamin —Rafe lo saludó con una de sus raras sonrisas y estrechó su mano calurosamente—. Tienes buen aspecto. Esta es Henrietta Markham. Henrietta, el sargento Forbes.

—Encantado de conocerla, señorita, y ahora soy el señor Forbes a secas, si no le importa. Hace ya unos cuantos años que dejé el ejército —dijo mientras miraba a Henrietta con curiosidad y les hacía tomar asiento junto al fuego recién encendido.

Pidió café recién hecho y panecillos y sirvió a Rafe una jarra de espumosa cerveza. Henrietta, intrigada por la amistad entre aquellos dos hombres y azorada por lo que pensaría Forbes de su relación con Rafe, bebió un sorbo de café. Como de costumbre, la curiosidad se apoderó de ella.

—¿Hace mucho que conoce a lord Pentland, señor Forbes?

—Va a hacer seis años, señorita. Podría decirse que le debo mi medio de vida.

—¿Sí?

—Tonterías, Benjamin —dijo Rafe—. Exageras.

—No le haga caso, señorita. Estaba muy mal cuando conocí a su excelencia. Verá, había pasado toda mi vida en el ejército. Cuando me dieron la pensión, no sabía desenvolverme solo —se rio con amargura—. Aunque la pensión, desde luego, no era gran cosa. Su excelencia intervino y me ayudó a establecerme aquí.

—No fue nada, era lo menos que podía hacer. Te lo habías ganado, al menos por lo que a mí respecta, y me devolviste hasta el último penique —consciente de que Henrietta lo miraba con curiosidad, Rafe bebió un largo trago de cerveza.

—Es un buen hombre, esa es la verdad —añadió Benjamin, señalándolo con la cabeza—. A pesar de esa reputación que tanto se esfuerza por mantener.

—Ya basta —dijo Rafe.

—Y además tampoco le gusta que le den las gracias —dijo Benjamin con una sonrisa socarrona—. Pero si ni siquiera en Saint...

—He dicho que ya basta, Benjamin —dijo Rafe, cortante—. Tú no sueles ser tan parlanchín. Y a Henrietta no le interesan tus elogios.

Henrietta, a la que en realidad interesaban, y mucho, las revelaciones del posadero, hizo amago de protestar, pero se calló al ver que Benjamin sacudía la cabeza.

—Le pido disculpas —dijo—, no sé qué mosca me ha picado, pero he pensado... En fin, no es asunto mío. Ahora, dígame, ¿qué puedo hacer por usted?

—Nos interesan unas esmeraldas. Un collar muy fácil de reconocer. Henrietta ha sido acusada de robarlo.

Benjamin, como era de esperar, se quedó pasmado y la miró con curiosidad. Tenía clase, eso saltaba a la vista, aunque fuera peor vestida que Bessie, la chica de la taberna. Benjamin no se explicaba qué hacía con el conde, cuyos gustos solían ser más sofisticados en cuestión de mujeres y que, en cualquier caso, nunca había llevado allí a ninguna de sus amantes.

Pero mientras escuchaba a Henrietta describir las circunstancias del robo, comenzó a comprender por qué el conde se sentía atraído por la señorita Markham. No era tanto por su belleza como por el modo en que cobraba vida su cara cuando hablaba. Sus ojos brillaron de rabia cuando le habló de las acusaciones que se habían hecho contra ella. Hablaba con todo el cuerpo, con las manos y hasta con los rizos, que brincaban de indignación. Su expresión se suavizó, en cambio, cuando habló de la vergüenza que aquello supondría para sus padres. Y al hablar de cómo había acudido el conde en su auxilio, sus ojos reflejaron algo más que admiración. Si su excelencia no se andaba con cuidado...

Pero su excelencia siempre era muy cauto, lo cual hacía todo aquello mucho más inexplicable. ¿De veras se había dejado llevar por un impulso caballeresco?

—Bien, ¿y en qué puedo serles de ayuda? —preguntó Ben cuando la interesante señorita Markham concluyó su extraordinaria historia.

—Vamos, vamos, Ben, seguro que es evidente.

Los peristas y los cacos que frecuentan tu taberna tienen que conocer a ese hombre al que acaba de describir Henrietta. Y las esmeraldas de los Ipswich no son precisamente un botín del montón.

Benjamin se rascó la cabeza.

—Descríbamelo otra vez, señorita.

Ella obedeció y Benjamin se acarició pensativamente la cicatriz de la cara.

—Bien, sin duda no será difícil encontrar su pista si uno sabe dónde buscar. ¿Y las esmeraldas?

Henrietta arrugó la nariz.

—El engarce es antiguo, óvalos de oro unidos, cada uno con una gema en el centro, rodeada de pequeños diamantes. La gema central del collar es muy grande, y hay además dos pulseras y un par de pendientes.

Benjamin sacudió la cabeza.

—Es casi imposible vender joyas tan reconocibles sin despertar sospechas.

—Entonces debería ser bastante fácil encontrar al ladrón, ¿verdad? —preguntó Henrietta ansiosamente—. Usted lo encontrará, ¿verdad que sí, señor Forbes? Rafe... Lord Pentland estaba seguro de que sí, y para mí sería una inmensa alegría.

—Haré todo lo que pueda —dijo Benjamin, dando unas palmaditas en la mano de Henrietta—. Pero tendremos que actuar con discreción. En los bajos fondos, a la gente que mete la nariz en asuntos ajenos suelen arrancársela de un mordisco, usted ya me entiende.

—No quisiera que corriera usted peligro.

Benjamin se rio de buena gana al oírla.

—Yo sé cuidar de mí mismo, descuide.

—Bien, si está seguro, entonces le estoy sumamente agradecida —repuso Henrietta con vehemencia.

—Es a lord Pentland a quien debe darle las gracias, señorita. No haría esto por ningún otro hombre de Inglaterra. Pero puede que tarde unos días en saber algo.

—¡Unos días!

—No es el fin del mundo —comentó Rafe—. Siempre y cuando Ben pueda seguir dándonos cobijo, aquí estás a salvo de los alguaciles.

—Tiene razón, señorita —dijo Benjamin—. A nadie se le ocurriría buscarla aquí. Será mejor que se queden en la posada hasta que dé con el paradero de ese ladrón. Y ahora, si me disculpan, tengo cosas que hacer.

—Gracias, Ben —dijo Rafe, tendiéndole la mano.

—Ahórreselas hasta que tenga algo que agradecerme —contestó Ben hoscamente. Sacudiendo la cabeza, salió de la taberna en busca de Meg, su mujer.

Al quedarse a solas, Rafe interrogó a Henrietta con la mirada.

—Bien, parece que estamos condenados pasar juntos un par de días más. ¿Crees que podrás soportarlo, Henrietta? —agarró su muñeca y la obligó a mirarlo a los ojos—. Yo, por mi parte, estaré encantado de ser tu carabina.

Ella se sonrojó.

—Este sería un buen momento para que me asegures que sientes lo mismo, Henrietta.

Se arriesgó a mirarlo, vio aquel brillo inquietante en sus ojos y apartó la mirada, pero aun así sintió de nuevo aquel hormigueo de emoción. El calor comenzó a extenderse desde su muñeca, que él tenía asida. Su piel parecía tirar de ella, como si quisiera acercarse a él.

—¿Qué vamos a hacer? —preguntó, y se sonrojó vivamente—. Para pasar el rato, quiero decir. No podemos quedarnos aquí todo el día, ¿no?

—¿Pegados el uno al otro, quieres decir? ¿Es que no te fías de ti misma, Henrietta?

Sabía que era injusto, pero no podía resistirse al impulso de bromear con ella. Le gustaba verla sonrojarse, y al mismo tiempo se preguntaba a qué obedecía su rubor. Le gustaba cómo se lamía la comisura del labio inferior, asomando apenas la punta de la lengua. Le gustaba cómo brillaban las pintas doradas de sus ojos, su cara de pasmo, de euforia y de expectación.

Acarició su muñeca con el pulgar y sintió acelerarse su pulso. Deslizó la mano un poco por debajo de la manga de su vestido y acarició la delicada piel de su brazo. Henrietta cerró los ojos. Entreabrió los labios. Acarició la concavidad de su codo, y le extrañó no haber reparado nunca en lo erótico que era aquel pliegue. Sería delicioso lamerlo, se dijo, y encontrar otros parecidos.

—El caso es, Henrietta, que tienes que confiar en ti misma, porque de mí no puedes fiarte, eso está claro —dijo, y atrayéndola hacia sí sobre la mesa se apoderó de sus labios.

Ella dejó escapar un suave suspiro. Se estremeció cuando deslizó la lengua por sus labios y gimió cuando las lenguas de ambos se tocaron. Su boca, sus besos, su sabor eran suaves como el terciopelo, misteriosos e infinitamente tentadores. Aquella sensación otra vez. Aquel anhelo. Más hondo esta vez, dentro del vientre. Intentó arrimarse, pero la mesa estaba en medio. Golpeó con la mano la jarra de cerveza a medio beber, que se volcó, y los dos se apartaron de un salto.

Ella respiraba agitadamente. Al mirar a Rafe, notó con cierta sorpresa que él también parecía agitado. Su pómulos altos y angulosos estaban sonrojados. Sus ojos parecían más oscuros, como una tormenta nocturna, y la inclinación de sus cejas realzaba su ceño fruncido. Tenía el pelo alborotado. ¿Era ella quien se lo había revuelto? No se acordaba. Parecía tan seductor como sus besos. Tan peligroso como su reputación. No parecía desatado, ni fuera de sí, pero daba la impresión de que podía llegar a estarlo, y eso precisamente era lo más excitante de todo.

Henrietta notaba un hormigueo en los labios, un latido en los pezones. Sentía un tenso nudo en el vientre. Nunca se había sentido así. Ignoraba que pudiera experimentar aquella sensación. Nunca había imaginado que existiera algo parecido, fuera lo que fuese. Un deseo ávido, una necesidad ardiente por otra persona.

Se llevó una mano al cuello y notó cómo palpitaban sus venas. Vio asombrada que Rafe apartaba la mesa y se levantaba. Se abrió la puerta de golpe y el grito de sorpresa que soltó la criada hizo reaccionar a Henrietta. Rafe se enderezó la corbata como si no hubiera pasado nada, saludó tranquilamente a la perpleja criada con una inclinación de cabeza y, tomando a Henrietta de la mano, la hizo salir de la habitación.

Lo siguió automáticamente a su dormitorio. Supuso que iba a besarla otra vez, pero en lugar de hacerlo agarró su manto, que descansaba sobre el respaldo de una silla, y se lo echó sobre los hombros. Después le caló firmemente el sombrero en la cabeza.

No se había equivocado respecto a la fogosidad natural de Henrietta. Poseerla en ese instante sería lo más fácil del mundo, y también lo más deseable y delicioso. Pero no lo haría, maldición.

—Creo que acabamos de probar que sería sumamente insensato por nuestra parte estar demasiado pegados. Lo que nos hace falta es una distracción y un poco de aire fresco —dijo resueltamente, y le subió la barbilla para atarle el lazo del sombrero, intentando no mirarle los labios. Si se concentraba en el feo sombrero, tal vez su persistente erección acabaría por desaparecer.

—Solo ha sido un beso, Henrietta —dijo en tono tajante—. Uno de tus primeros besos. Cuando hayas probado unos cuantos más, estoy seguro de que te volverás más indiferente a estas cosas, como todas las jóvenes de tu edad —recogió su sombrero—. Bueno, ¿quieres ver los monumentos de Londres o no?

—¿No te preocupa que nos vea algún conocido tuyo? —preguntó Henrietta cuando salieron del patio de la posada a la calle principal.

Rafe la agarró del manto y tiró de ella justo a tiempo para apartarla de las salpicaduras de barro que levantó el carro de un lechero al pasar.

—Londres es una gran ciudad, seguro que no nos costará trabajo evitar a mis conocidos. De todos modos, no vamos a ir a ningún sitio que esté especialmente de moda. ¿No quieres ver los monumentos más conocidos? —mientras lo decía, se preguntó a sí mismo si acaso se había vuelto loco, pues sin duda Henrietta querría ver todos aquellos monumentos que él procuraba evitar, y tendrían que mezclarse con burgueses y patanes.

—Claro que sí, pero dudo que tengas mucho interés en ellos —contestó ella con su franqueza habitual.

Y, como era ya costumbre, Rafe reaccionó tomando un camino que normalmente jamás habría tomado.

—Será esclarecedor ver la metrópolis a través de tus ojos —comentó.

—Quieres decir que así podrás reírte a mi costa.

—No —le levantó la barbilla para verle la cara, que el horrible sombrero había dejado en sombras—. Puede que tus opiniones me hagan gracia porque son distintas y estimulantes, pero jamás me río de ti, ni me burlo de ti.

—Lo sé. Por lo menos, casi todo el tiempo.

Rafe refrenó una sonrisa.

—Bien, ahora que estamos de acuerdo, ¿estás dispuesta a ponerte en mis manos?

Henrietta asintió con la cabeza.

—Sí, gracias, me gustaría.

Allí fuera, en medio de la bulliciosa calle, bajo un cielo gris velado por un paño de humo de carbón, se dio cuenta de que Rafe había tenido razón al insistir en que salieran. Necesitaba tomar el aire, aunque el ambiente de Londres, cargado y maloliente, no pudiera calificarse precisamente de «fresco».

Tomaron un simón para ir al centro, bajaron por Threadneedle Street y pasaron ante el pórtico del Banco de Inglaterra. Se apearon en Cheapside, pues Henrietta se quejó de que no veía nada a través de la ventanilla polvorienta del coche, y siguieron a pie, lo cual era una novedad para Rafe. Henrietta caminaba alegremente a su lado y lanzaba exclamaciones de admiración al ver los edificios, los montones de carteles impresos que cubrían las paredes y los vendedores callejeros que ofrecían sus mercancías en cada esquina, ajena al peligro que suponían las ruedas de los carruajes, los cascos de los caballos y las manos de los carteristas. Varias veces tuvo que tirar de ella para que no pisara algún espantoso charco mientras admiraba embobada la arquitectura. Al final, le dio el brazo firmemente y la atrajo a su lado para impedir que, sin darse cuenta, se pusiera delante de un carruaje en marcha.

Le gustaba tenerla allí, tan cerca. Le gustaba que lo bombardeara con preguntas, sin dudar de que podía responder a todas. Le gustaba también que confiara implícitamente en que él la protegería, aunque que no parecía sentir temor alguno. Le gustaba que disfrutara tan abiertamente del ambiente de la bulliciosa ciudad. Se detenía delante de todas las tiendas para mirar los escaparates. Modistas, sombrererías, pastelerías, orfebrerías, papelerías... Todo le gustaba por igual, y lo mismo se embelesaba ante un despliegue de plumas para escribir que ante una panoplia de cintas, botones y encajes.

Frente a Saint Paul se disputaban el espacio mendigos, quincalleros, cacos y panfletistas. Henrietta, al ver a un sucio rapaz cuyo perro infestado de pulgas hacía patéticos esfuerzos por bailar a dos patas, hurgó en su bolsillo en busca de su monedero.

—Por amor de Dios, guarda eso —se apresuró a decir Rafe, pues al instante se vieron rodeados por una pequeña multitud que les tendía las manos en actitud suplicante.

—Pero el niño...

—Seguramente forma parte de una banda organizada. Los hay a cientos, si no a miles, y muy pocos son auténticos. Espera, no malgastes tus recursos, que ya me has dicho que son escasos —lanzó hábilmente un chelín al niño del perro y aprovechó la distracción para hacer subir a Henrietta por el corto tramo de escaleras que conducía a la catedral.

—No tenías por qué hacer eso —dijo ella mientras volvía a guardarse el monedero y se sacudía el manto.

—Bueno, antes de que lo añadas a esa lista de deudas que estás haciendo de cabeza, permíteme decirte que era un regalo. Y no te molestes en negarlo: sé que esa lista existe.

Henrietta esbozó una sonrisa temblorosa.

—Está bien. Y gracias. Confieso que me he alegrado de que estuvieras conmigo ahí fuera, ha sido agobiante. No sabía que hubiera tantos pobres. Es sorprendente. Al principio no entendía por qué todo el mundo caminaba tan deprisa, mirando al suelo o al cielo. Pensaba que era solo para darse importancia, pero ahora me doy cuenta de que es porque no quieren ver lo que les rodea.

—Y tal y como te he dicho —contestó Rafe con sorna—, la mayoría de los pedigüeños, y especialmente los más agresivos, son unos estafadores, créeme.

Henrietta lo dudaba: le parecía que eso era justamente lo que decía la gente cuando quería justificar su indiferencia, pero aunque Rafe podía ser frío y cínico, no era cruel, de eso no había ninguna duda.

—Pareces estar muy bien informado sobre la vida en las calles de la ciudad.

Él se encogió de hombros.

—Es de dominio público. Bien sabe Dios que los hay a montones. Los más pequeños empiezan robando misales y pañuelos de seda. Luego pasan a trabajos más lucrativos, ayudando a robar en las casas y los muelles. Muchos de ellos son niños expósitos, aunque a algunos los venden sus familias a los delincuentes.

—¡Los venden! Santo cielo, no hablarás en serio —se había creído bien informada acerca del tema de la pobreza, gracias a la labor de sus padres en los asilos para pobres, pero en realidad solo conocía la pobreza en el campo. Allí, en la ciudad, la magnitud del problema escapaba a su comprensión.

Rafe tenía una expresión sombría.

—Hablo muy en serio. No dudo que algunos tengan demasiadas bocas que alimentar, pero otros solo quieren el dinero para gastárselo en ginebra. Y aunque siempre cabe el riesgo de acabar en el patíbulo, no es peor la vida de un ladrón que la de un deshollinador. Las bandas, al menos, cuidan de los suyos. Los deshollinadores, en cambio, procuran que sus chicos estén bien flacos.

—Pareces tan... tan resignado... ¿No puede hacerse nada para ayudar a esas familias y evitar que tengan que vender a sus hijos?

—¿Qué propones, Henrietta? ¿Que los adopte a todos? —sabía por experiencia que era inútil intentar encontrar la solución a los males de la sociedad. Hasta la pequeña contribución privada que hacía ahora era una simple gota en medio del océano. A menudo tenía la sensación de que no servía de nada.

La acritud de su tono sorprendió a Henrietta.

—¿Es que no te importa? Tiene que importarte. Si no, no sabrías tanto de ese tema —lo miró fijamente, pero el sombrero oscurecía su cara—. No te entiendo. ¿Por qué finges que no te importa cuando salta a la vista que no es así?

Rafe sintió el impulso de encogerse de hombros y cambiar de tema, pero quizá porque los grandes ojos de color chocolate de Henrietta estaban llenos de compasión, quizá porque se negaba a pensar mal de él, prefirió explicarse:

—Porque si a un niño no lo quiere su familia, no se puede hacer gran cosa al respecto.

—Es terrible decir eso.

—La verdad es a menudo terrible de contemplar, y pese a todo hay que afrontarla —y él debía afrontarla todos los días, a pesar de los fondos y el tiempo que invertía en intentar remediar aquella lacra.

—Yo pensaba que, a mi humilde manera, a través de la educación, podía cambiar las cosas, contribuir a que mejoren —dijo Henrietta con tristeza—. Ahora veo que sería solo como hacer un pequeño arañazo en la superficie de un problema mucho más hondo.

—Perdóname, Henrietta, no era mi intención desilusionarte. Tu altruismo te honra. No permitas que te contagie mi descreimiento, no quisiera llevar eso sobre mi conciencia.

—He de reconocer que resulta un poco descorazonador oír un punto de vista tan lúgubre acerca del mundo.

—Entonces pensemos en cosas más agradables. Ven, tienes que ver la cúpula de Wren, es extraordinaria, un espectáculo que quita el aliento.

Había vuelto a asumir su expresión inescrutable. Henrietta, sin embargo, conocía cada vez mejor los matices de su semblante. Siempre tensaba un poco la boca cuando intentaba no demostrar emoción. Y su tono se hacía más lacónico cuando no quería hablar de algo.

Lo siguió rápidamente por la nave de la catedral. Las preguntas se agolpaban en su cabeza, pero si algo había aprendido en el poco tiempo que llevaba con Rafe Saint Alban era que interrogarlo directamente rara vez daba resultado. El tema estaba zanjado de momento, pero Henrietta lo añadió a la creciente lista de cosas que estaba empeñada en descubrir sobre él antes de que llegara el momento de decirse adiós: cómo era que sabía tanto del trágico destino de los niños expósitos, por qué había ayudado a Benjamin Forbes a montar su negocio, por qué rehuía a lady Ipswich y qué había ocurrido durante su matrimonio con la bella lady Julia para que estuviera tan decidido a no volver a casarse. Y luego estaban sus contradicciones. La nobleza y la compasión que demostraba no casaban bien con su reputación.

Tenía tantas preguntas pendientes de respuesta que no se le ocurrió formularse algunas a sí misma: qué haría exactamente si Rafe volvía a besarla, o por qué, si de veras creía que su reputación era cierta, seguía confiando en él. A instancias de Rafe, miró hacia arriba y contuvo la respiración al ver la magnífica cúpula de Saint Paul, que parecía llenar por completo el cielo.

Después de visitar la catedral, tomaron otro simón para ir a la Torre de Londres, donde Henrietta se estremeció al ver la Puerta de los Traidores y la Torre Sangrienta. Tras contemplar debidamente las joyas de la Corona, declaró que, en su humilde opinión, eran más bien vulgares. Rafe sugirió que tal vez no debiera examinarlas desde tan cerca, no fuera a ser que le entraran ganas de robarlas, y ella se echó a reír y afirmó que joyas tan ostentosas como aquellas se las dejaba a hombres con acento del Norte y parche en el ojo, lo cual hizo que el alabardero que custodiaba la sala los mirara con cara de reproche.

Por el módico precio de un chelín, que Henrietta añadió a su lista de deudas, les enseñaron la Casa de Fieras, pero Henrietta se entristeció al ver el estado deplorable en que se hallaban los animales enjaulados.

—El oso gris parece que tiene ganas de llorar —le susurró a Rafe—. Y mira esos pobres leones, ¡qué cara de pena tienen! Es una vergüenza tener enjaulados a animales tan orgullosos. Habría que hacer algo.

—¿Quieres que los libere? No creo que a los habitantes de Londres les apetezca que anden sueltos por las calles. Quizá tengan un aspecto patético, pero estoy seguro de que aun así podrían armar una buena carnicería.

—¡No me refería a eso!

—O quizá lo que propones es que matemos dos pájaros de un tiro: soltar a los leones y alimentarlos con esos pillastres callejeros. No me parece una idea muy humanitaria, pero estoy seguro de que habrá políticos que la apoyen.

—Deja de reírte de mí —dijo Henrietta refrenando una sonrisa.

—De ti no, contigo —contestó Rafe mientras salían de la Torre del León—. Es distinto.

—Lo sé, pero estoy tan poco acostumbrada a las dos cosas que me cuesta recordarlo. Seguro que para ti es distinto, debes de tener un montón de gente con la que reírte, pero yo...

—No, la verdad es que no creo que tus padres, por muy rectos que sean, sean muy divertidos —comentó Rafe.

Henrietta intentó sofocar una risilla, pero no pudo.

—¡Ay, tienes razón! Mucho me temo que la rectitud excluye el sentido del humor. Creo que yo debo de tener muy, pero que muy poca rectitud.

—Y yo me alegro muchísimo de que así sea —

repuso Rafe, y de pronto se llevó su mano enguantada a los labios—. Porque a pesar de lo que puedas pensar, en mi vida tampoco abunda la gente con la que pueda reírme.

—Debes de tener amigos.

Rafe paró un simón y ordenó al conductor que los llevara de vuelta a Whitechapel.

—Montones de ellos. Al menos, montones de conocidos —contestó—, pero dado que tengo cierta fama de soso y antipático...

—No entiendo por qué. Me parece imposible ser al mismo tiempo soso y un crápula —vio que su sonrisa se borraba y se arrepintió al instante de sus palabras—. No quería decir que...

—Sé exactamente lo que querías decir —dijo Rafe en su tono más antipático—. Pero pensaba que, después del tiempo que hemos pasado juntos, ya sabrías que no conviene creer todo lo que se dice de mí. Obviamente, me equivocaba —sintió por un momento el impulso de sacarla de su error, pero entonces tendría que explicarle el porqué, y no podía soportar la idea de abrir esa herida. Recurrió, en cambio, a su vieja armadura de altivez—. Si tuvieras mi título y mi riqueza, tú también serías antipática. No tienes idea de lo que es ser el blanco de todas las señoras con hijas casaderas y de cualquier pisaverde que afirma ser primo de un primo tuyo y se cree que el conde de Pentland puede franquearle las puertas de la sociedad elegante. Eso por no hablar de los que dicen ser amigos tuyos solo porque están sin blanca y necesitan que les eches un cable para salir del arroyo.

Henrietta se acobardó al oír su vitriólica respuesta, pero pese a todo dijo:

—Pero, Rafe, no todo el mundo es así. La mayoría de la gente...

—La mayoría de la gente es exactamente así. No he conocido a casi nadie que no pretenda aprovecharse de los demás de un modo u otro, y sé por experiencia que, cuanto más elevada sea tu posición, más intentarán sacarte.

—Es una forma terriblemente cínica de ver las cosas.

—Y también terriblemente certera —opinó Rafe con hastío.

—No, nada de eso —dijo ella, tajante—. No digo que no haya gente que sea como tú dices...

—Bueno, algo es algo.

Henrietta lo miró con enfado.

—Pero hay muchas otras personas que no son así, solo que tú no les das una oportunidad.

—Por la sencilla razón de que la única vez que puse mi confianza en alguien, me lo agradecieron engañándome.

Furioso consigo mismo por aquella revelación, Rafe cerró los puños y volvió a abrirlos rápidamente. Santo cielo, ¿qué tenía Henrietta que le hacía decir esas cosas?

—Fue hace mucho tiempo y no quiero hablar de ello —añadió enérgicamente.

—Otra cosa de la que no quieres hablar —comentó Henrietta, igual de enfadada que él—. Lo añadiría a mi lista, solo que es ya tan larga que me cuesta recordarla. ¿Cómo es que te permites vetar todos los temas de conversación y sin embargo me interrogas con toda libertad? ¿Quién se aprovechó de ti hasta el punto de amargarte así el carácter?

—No quiero hablar de eso, Henrietta, ni ahora, ni nunca, y menos aún en el asiento de un simón.

—El conductor no puede oírnos. ¿Quién fue? —insistió ella, tan fuera de sí por el enojo que no se dio cuenta de que estaba pisando terreno especialmente resbaladizo.

—Mi esposa —gruñó Rafe.

—Ah —la respuesta fue tan inesperada que de pronto se quedó sin habla.

—Sí, «ah», ni que lo digas. Julia se casó conmigo por mi dinero. Y por el título, desde luego. Un título tan antiguo, y con tantas tierras... Se casó conmigo porque era uno de los pocos hombres que podía darle la posición a la que se sentía con derecho por su belleza. ¿Contenta?

—Rafe, yo no quería...

Pero él levantó las manos, enfadado.

—Sí, claro que querías. Te dije que lo dejaras estar y has seguido erre que erre.

La mala conciencia disipó la furia de Henrietta. Lo miró con impotencia, espantada por haberle hecho tanto daño sin querer. Tenía la cara rígida por el esfuerzo de no demostrar su emoción, y los labios

casi blancos. Nada la había preparado para aquello.
¡Maldita fuera su lengua!

—Lo siento de veras, Rafe —dijo cuando el
simón se detuvo frente a la posada.

Rafe arrojó unas monedas al conductor, la sacó
casi a rastras del coche y entró en la posada.

—Vete a la habitación. Voy a pedir que te suban
algo de cena.

—Pero ¿y tú? ¿No vienes? —preguntó ella con
una vocecilla—. Rafe, por favor...

Pero él ya se había ido.

Pasó una noche espantosa. Aunque debía estar
hambrienta por la larga excursión por la ciudad,
apenas pudo probar el pastel de pichón que le sir-
vieron. Cada vez que oía pasos en el pasillo conte-
nía la respiración, pero nadie se detenía ni vacilaba
al pasar ante su puerta.

Afligida, se preparó para meterse en la cama. Ni
siquiera el lujo de tener una jarra entera de agua caliente para ella sola logró animarla.

Rememoró una y otra vez su última conversación con Rafe, intentando encontrar el momento
exacto en que podía haber cambiado de tema, haber
esquivado aquella cuestión, haber dicho algo distinto o con más tacto, pero no sirvió de nada. La
sorprendente confesión de Rafe la había pillado
completamente desprevenida. Ni siquiera lo había
sospechado. No podía sospecharlo. Era inútil fusti-

garse por ello o sentirse culpable. ¿Cómo iba a saber una cosa así?

La lógica, sin embargo, no le sirvió de consuelo. A sabiendas o no, había abierto una vieja herida y se sentía fatal. Se puso el camisón de franela rojo, se peinó, se lavó los dientes y se metió en la cama, que de pronto le pareció mucho más grande y fría que la noche anterior. Procuró refrenar las lágrimas, pero cuando el reloj de la iglesia de enfrente dio la medianoche, se tapó la cabeza con la manta y dejó que una sola lágrima escapara de sus ojos enrojecidos. Y luego otra. Y otra. Después sorbió resueltamente por la nariz, prohibió salir a la lágrima siguiente y comenzó a sentir ira.

No contra Rafe, sino contra aquella mujer. Contra aquella mujer bella y de ojos fríos. ¿Cómo se había enterado él? ¿Cuándo había destrozado ella sus ilusiones? ¿Hasta qué punto la había querido? Esa era la pregunta que más le costaba contemplar, aunque lo explicaba todo. Con razón no quería volver a casarse. La señora Peters le había dicho que lady Julia era unos años mayor que él. ¿Había jugado con él, se había reído de él? Henrietta rechinó los dientes. Habría sido un golpe atroz para su orgullo. No era de extrañar que fuera tan hermético, que fuera tan hosco. Le habían hecho daño. Y saltaba a la vista que no pensaba exponerse de nuevo a ese peligro.

Un matrimonio así debía de haber sido muy infeliz, se dijo Henrietta sombríamente. ¿Se había alegrado él cuando murió lady Julia? ¿Había sentido alivio? ¿O se había sentido culpable? A veces la gente se sentía culpable cuando deseaba algo atroz y sucedía. Tal vez por eso Rafe seguía teniendo a la vista el retrato de su difunta esposa, como una especie de doloroso recordatorio, una especie de penitencia.

Tal vez por eso tenía aquella fama de donjuán. Sin embargo, su reputación no se correspondía con su conducta. De hecho, cuanto más lo pensaba, más le chocaba que el Rafe que ella conocía tuviera aquella fama. No era de los que se cobraban venganza de esa manera, sino más bien de los que se lo callaban todo enterrándolo muy en el fondo de su ser... que era exactamente lo que había hecho él. ¿No era, pues, el mujeriego del que hablaban las malas lenguas? Pero ¿acaso no había siempre fuego donde había humo? Henrietta no lo entendía. Seguramente nunca lo entendería.

El reloj de la iglesia dio la una. ¿Dónde estaba Rafe? ¿Pasaría fuera toda la noche? Tal vez hubiera quedado libre otra habitación. Cuando le había preguntado a Benjamin Forbes dónde estaba Rafe, el posadero se había limitado a sacudir la cabeza. ¿Significaba eso que lo sabía o que no?

¿Dónde se había metido? Su maleta seguía allí, se dijo esperanzada. Claro que para alguien tan rico como Rafe, ¿qué importancia tenía una maleta de más o de menos? Seguramente las tenía a montones en su casa de Londres. Lo más probable era que estuviera allí.

Bien, si la había abandonado, aunque no acababa de creerse que hubiera sido capaz, tendría que aclarar aquel asunto ella sola.

—Es lo que iba a hacer de todos modos, antes de que apareciera él —se dijo con firmeza mientras ahuecaba la almohada—, así que no tienes por qué desanimarte.

Pero aunque sabía que Benjamin Forbes haría todo lo posible por ayudarla, no era lo mismo que tener a Rafe de su parte. Solo hacía unos días que lo conocía, pero la perspectiva de no volver a verlo la llenaba de melancolía.

Una chispa de indignación se encendió en su pecho. ¿Cómo se atrevía a hacerle aquello? ¿Cómo se atrevía a hacerla sentirse así, fuera lo que fuese lo que sentía, y a dejarla luego en la estacada? ¡Cómo se atrevía!

Golpeó de nuevo la almohada. Después metió la cabeza debajo, intentando dejar de pensar. A continuación, comenzó a preocuparse pensando en cómo iba a salir adelante con el poco dinero que tenía. Y finalmente, agotada de tanto pensar, se quedó dormida.

Seis

La despertaron unas horas después, al alba, unas sacudidas en la puerta del dormitorio. Se incorporó asustada y pensó que debía de haber estado soñando. Pero oyó de nuevo aquellas sacudidas y un instante después alguien comenzó a aporrear la puerta.

Temblando, se apartó de la cama, agarró el candelero de peltre y se acercó a la puerta sin hacer ruido. El picaporte temblaba.

—¡Váyase! —siseó en voz tan baja que no le extraño que el picaporte volviera a sacudirse—. ¡Váyase! —repitió con más fuerza—. O grito.

—Abre la puerta, Henrietta.

—¿Rafe?

—Maldita sea, abre la puerta antes de que la eche abajo.

Se alegró tanto de oírle que le costó abrir la cerradura. Con el candelero todavía en una mano, se asomó al pasillo. Rafe estaba apoyado contra el marco de la puerta.

—¿Dónde has estado?

Él empujó la puerta y entró tambaleándose. Henrietta notó entonces el olor a coñac de su aliento.

—¡Has estado bebiendo!

—Tu capacidad de observación nunca cesa de asombrarme —farfulló Rafe mientras avanzaba a trompicones hacia la cama—. En efecto, he estado bebiendo, Henrietta Markham. De hecho, he bebido copiosamente.

—Eso salta a la vista —contestó ella. Cerró la puerta y descorrió las cortinas para que entrara la luz gris del alba.

—He bebido muchísimo —añadió Rafe mientras se dejaba caer en la cama—. ¿Y sabes qué? No ha sido suficiente —intentó levantarse, pero resbaló.

Henrietta lo agarró antes de que cayera al suelo. Con gran esfuerzo consiguió volver a sentarlo en la cama, pero Rafe intentó volver a levantarse de inmediato.

—Más coñac, eso es lo que necesito.

—Eso es lo último que necesitas —repuso Henrietta, empujándolo con más fuerza.

Rafe cayó de espaldas, con una cara de sorpresa que la hizo reír.

—¿De qué te ríes?

—De nada —contestó, tapándose rápidamente la boca.

—Me gusta cómo te ríes, Henrietta Markham —dijo Rafe con una sonrisa ladeada.

—A mí también me gusta tu risa, Rafe Saint Alban, aunque no te rías muy a menudo. Deberías intentar dormir. Mañana tendrás una terrible jaqueca.

—Ya la tengo —masculló él—. Hay demasiadas cosas desagradables dando vueltas dentro de mi cabeza. Y todo por tu culpa.

Enternecedor. No era una palabra que normalmente habría asociado con él, y sin embargo ese era el aspecto que tenía, con el pelo de punta, la corbata torcida y arrugada y el chaleco medio desabrochado. Tenía las mejillas sonrojadas y una mirada soñolienta. Parecía más joven y de algún modo más vulnerable, con los brazos estirados como si se rindiera y una pierna extendida sobre la cama y la otra colgando por el borde. Henrietta se acercó un poco.

—Me tenías preocupada, Rafe.

—Ven aquí.

Antes de que pudiera quitarse de su alcance, la agarró por la muñeca y tiró de ella para que se tumbara a su lado. Henrietta se quedó sin respiración. Estaba segura de que ahora era ella quien tenía cara de pasmo.

—¡Ja! Te está bien empleado, Henrietta Markham.

—Suéltame, Rafe. Y deja de llamarme así.

—Henrietta Markham. ¿Cómo voy a llamarte, si no? ¿Señorita Markham? Creo que ya no estamos para eso. ¿Hettie? No, tú no eres Hettie. Hettie es nombre de tía abuela o de criada. ¿Henry? No, no, qué va. Demasiado femenina para eso —de nuevo la pilló por sorpresa, tumbándola sobre él—. Qué bien —murmuró mientras pasaba las manos por su cuerpo—. Tienes un trasero precioso, ¿lo sabías?

—Para, Rafe, estás borracho.

—Estoy un poco achispado, pero puedes tener la seguridad de que eso no me impide apreciar lo delicioso que es tu trasero. Y he de añadir que tocarlo es deliciosamente delicioso —la apretó con más firmeza contra sí y, aunque sabía que estaba bebido, Henrietta no tuvo más remedio que estar de acuerdo con él: aquello era deliciosamente delicioso. Los botones de su chaqueta se le clavaban en las costillas. Notaba su leontina y su reloj en el estómago. Su mentón le raspaba la mejilla. Olía a humo, a tabaco y a hombre. A Rafe.

Había también otra cosa que se le clavaba en el muslo. Se retorció en un intento poco decidido de escapar, pero él siguió asiéndola firmemente por el trasero y aquella cosa se volvió aún más dura. Henrietta comprendió entonces lo que era y se acaloró de golpe.

Tenía los pechos aplastados contra el torso de Rafe y aun así notó que sus pezones se endurecían. Confió en que Rafe no lo notara. Se retorció otra vez diciéndose que en realidad estaba intentando escapar, pero solo consiguió que él gimiera, y ella gimió también al notar que su miembro erecto se apretaba con más insistencia contra su muslo.

El camisón de franela se le estaba enrollando en las piernas. Quizá, si esperaba, Rafe se quedaría dormido. Levantó la cabeza con cautela y se encontró con el brillo vivaz de sus ojos azul pizarra.

—¿Qué vas a hacer, Henrietta? ¿Retorcerte un poco más? Tienes mi permiso para hacerlo.

—¿Dónde has estado, Rafe?

—Tenía la cabeza llena de recuerdos venenosos. Pensé en lavarlos con coñac. Pero no funcionó —se encogió de hombros—. ¿Creías que te había abandonado?

—No. Sí, bueno, solo un momento. Pero... no. Dijiste que ibas a ayudarme, así que sabía que volverías. Esperaba que volvieras. Aunque podría arreglármelas perfectamente sola.

—Pero dije que me ocuparía de ti —masculló Rafe—, así que aquí estoy. No tienes idea de cuantísimo me gustaría ocuparme de ti en este momento, Henrietta Markham. Te dije que no te fiaras de mí, ¿verdad?

A ella se le encogió el estómago de emoción al comprender lo que quería decir. Rafe comenzó a pasar una mano por su espalda, arriba y abajo. Henrietta se estremeció y volvió experimentar aquella sensación, aquel cosquilleo, aquella inquietud. ¿Cómo lo conseguía Rafe?

—¿Conseguir qué? —masculló él, y Henrietta se dio cuenta de que había vuelto a hablar en voz alta—. ¿Te refieres a esto? —añadió con una sonrisa traviesa, y de pronto posó las manos sobre su espalda y su trasero, pero sin que hubiera ninguna tela en medio.

—¡Rafe!

Una sola caricia a lo largo de la espalda y comenzó a respirar agitadamente. Otra, y sintió que no podía respirar.

—Rafe —repitió, solo que ahora no fue una protesta sino más bien una súplica.

Una súplica de la que él pareció hacer caso, porque la hizo tumbarse de espaldas y comenzó a acariciar sus costados y su vientre.

—Rafe —dijo con un gemido.

Él también gimió. Rodeó sus pechos con las manos, acarició con los pulgares sus pezones duros y erectos y Henrietta se retorció arqueando la espalda. Le subió un poco más el camisón. A la luz perlada y gris de la mañana, su piel se veía traslúcida. Era tan exuberante, tan sensual y deseable como había imaginado. Agachó la cabeza, ansioso por meterse uno de sus pezones en la boca. Sintió que su barba raspaba la tierna piel de su pecho.

De pronto se vio a sí mismo, despeinado y oliendo a coñac como un crápula. Se detuvo. No podía hacer aquello. Henrietta no se lo merecía. Los demonios a los que había despertado, los demonios que exorcizaría el hecho de hundir su verga en la carne húmeda y acogedora de su sexo, no eran los demonios de Henrietta. No la utilizaría así, por más que lo anhelara.

Anhelo... Aquella palabra resonó en su cabeza cuando le bajó el camisón y se apartó de ella, sentándose tembloroso en el borde de la cama. Anhelo.

Un término que no solía asociar consigo mismo, y sin embargo era lo que sentía al mirarla. El anhelo de unirse a su cuerpo. El anhelo de intimidad. El anhelo de sentir algo, lo que fuese. De dar y recibir a cambio. Y también el anhelo de lo que había perdido para siempre. La inocencia. El optimismo. El idealismo. La fe en el amor. Henrietta tenía aún todas esas cosas. Él no podía privarla de ellas, así no.

—No puedo —dijo en voz alta.

—¿Te encuentras mal?

Unos brazos suaves rodearon su cuello. Sintió el calor de su cuerpo en la espalda. El cosquilleo de sus rizos en la mejilla. Cerró los ojos y gruñó. Henrietta había pensado que hablaba literalmente, a pesar de que su erección saltaba a la vista.

¡Qué dulce ironía! Debía sentirse aliviado: era preferible que creyera que era incapaz de hacerle el amor, antes que traicionarse a sí mismo por completo. Porque ella tenía razón, a fin de cuentas: no era el individuo frío y hosco que creía ser.

—Rafe, ¿estás enfermo? —preguntó, arrodillándose delante de él y tocándole la frente.

—Enfermo hasta la médula, Henrietta Markham, así es como me siento.

—Deja que yo cuide de ti.

Dejó que le quitara las botas. Dejó que lo ayudara a quitarse la chaqueta y el chaleco, pero no los pantalones. Dejó que lo metiera en la cama, que le humedeciera la frente y lo arropara con esmero.

Cerró los ojos cuando se tumbó a su lado sin tocarlo, pero sin poner tampoco la almohada entre ellos. Le daba vueltas la cabeza. Cerró los ojos con más fuerza. Lo esperaba el dulce olvido inducido por el coñac. Sucumbió de buena gana a sus cantos de sirena.

Despertó sobresaltado. Le estallaba la cabeza, parecía tener tierra en los ojos y sentía náuseas. Había bebido gran cantidad del coñac francés de Benjamin, mucho más de lo que solía beber, pues detestaba emborracharse. Agarrándose la cabeza, se levantó y solo entonces cayó en la cuenta de que estaba solo. Buscó a tientas su reloj, que seguía guardado en el bolsillo del chaleco, vio que faltaba poco para el mediodía y masculló una maldición, confiando en que Henrietta no hubiera cometido la imprudencia de salir sola de la posada.

Henrietta... Al ponerse la camisa, recordó lo ocurrido y soltó un gruñido. ¿Qué le había dicho? Mientras se lavaba la cara con agua tibia, le vinieron a la cabeza fragmentos de la conversación. Hizo una mueca. La había dejado sola toda la noche. Henrietta tenía motivos de sobra para estar enfadada con él, pero no le había dicho ni una sola palabra destemplada. Al recorrer la habitación con la mirada, vio con inmenso alivio que su desvencijada sombrerera seguía en el rincón y su manto encima de la silla.

Pidió más agua. Cuando le llevaron un jarro bien caliente, se quitó la ropa y se restregó vigorosamente antes de afeitarse. Se puso una camisa, una corbata y unos pantalones limpios y casi volvió a sentirse humano. Lo bastante humano como para estremecerse al recordar el cuerpo suave y sensual de Henrietta pegado al suyo. Para imaginar lo que podría haber ocurrido si no hubiera parado. Para sentirse al mismo tiempo aliviado y perplejo por haber parado.

Entonces se acordó de por qué se había emborrachado y volvió a gruñir. Mientras luchaba por ponerse las botas, los remordimientos volvieron a apoderarse de él, aún más agobiantes que antes. Sin duda porque se había permitido recordar a qué obedecían.

¡Maldición! De pronto comprendió hasta qué punto se había estado escondiendo. Comprendió que sus defensas eran solo eso: barreras, pero no soluciones. Que el hastío perpetuo que sentía no era aburrimiento, sino infelicidad.

Se puso la chaqueta, se cepilló el pelo y pensó en recurrir de nuevo a la botella de coñac. Pero la botella no había funcionado. No entendía por qué tantos hombres de su posición social optaban por emborracharse con frecuencia. Lo único que se conseguía era tener náuseas y sentir la cabeza como si fuera un huevo a punto de romperse. Beber, en cambio, no te permitía escapar, ni olvidar. De hecho, cuanto más bebía más recordaba, más presentes se le hacían todos los detalles insignificantes que se había esforzado por borrar de su memoria.

La culpa de todo la tenía Henrietta, aunque no hubiera sido su intención avivar los rescoldos de su mala conciencia. Recordaba claramente su cara de horror. Ella ignoraba que estaba pisando terreno prohibido. ¿Cómo iba a saberlo? Pero, irónicamente, era también el bálsamo, pues había sido ella y no el coñac quien finalmente le había procurado el dulce olvido que buscaba. Henrietta tumbada encima de él, debajo de él, riendo, besándolo, vestida con aquel espantoso camisón de franela y sin él. Eso sí que era algo delicioso con lo que distraerse, y no el coñac.

Exhaló un profundo suspiro y bajó al salón de café. Necesitaba desayunar.

—Y tráigame una jarra de cerveza inmediatamente —le dijo a la moza que servía las mesas.

La cerveza llegó unos segundos después, y también llegó Henrietta con su vestido marrón y sus ojos marrones, ese día, más de color canela que de color chocolate, pensó Rafe, fijos en él.

—¿Te duele mucho la cabeza?

Rafe intentó esbozar una sonrisa.

—Me duele horrores —dijo—, pero me está bien empleado. ¿Ya has desayunado?

—Hace siglos. He estado ayudando a Meg a hacer el pan.

—¿Acaso tus talentos no tienen fin?

—Bueno, para la mayoría de la gente hacer pan

es una habilidad elemental, no un talento —repuso Henrietta mientras se sentaba frente a él y servía café para los dos de la jarra que acababa de llevarles Bessie—. Talentos de verdad, no tengo ninguno. No sé tocar el piano. De hecho, mi madre dice que carezco por completo de oído. Y aunque sé coser, no sé bordar.

—Ni tampoco bailar —le recordó Rafe.

—Bueno, supongo que no —repuso ella—, porque en realidad nunca he tenido oportunidad de averiguarlo.

—¿Te gustaría tenerla?

—¿Me enseñarías? —preguntó ella con un brillo en la mirada—. Aunque no creo que tengas mucha paciencia como maestro, y menos en este momento. Seguramente acabarías poniéndote furioso conmigo —pareció entristecerse—. Estoy segurísima, porque siempre acabas furioso conmigo. No sé cómo lo...

—Yo tampoco lo sé —contestó Rafe—. Quizá sea tu tendencia a decir las cosas más escandalosas.

—No es esa mi intención, es solo que...

—Dices lo que piensas, lo sé —bebió un sorbo de café. Estaba caliente y amargo—. Pese a lo que puedas pensar, me gusta. Casi siempre. Me estoy acostumbrando. Es estimulante, a su manera. Como este café —bebió otro sorbo.

El dolor de cabeza empezaba a remitir. De pronto se dio cuenta de que Henrietta no se había quejado ni una sola vez de su dolor de cabeza desde aquella aciaga mañana en que la había encontrado en la zanja, y el suyo tenía que haber sido mucho más fuerte. Y a él no se le había ocurrido preguntarle. Bebió un poco más de café.

—Lo siento —dijo.

Ella lo miró con sorpresa.

—¿Qué sientes?

—Anoche no debí marcharme así y dejarte sola.

—Le pediste al señor Forbes que velara por mí. Y lo hizo.

—Eres muy generosa. Más generosa de lo que merezco.

—Y tú debes de tener una resaca horrorosa. Si no, no me harías tantos cumplidos —repuso Henrietta, riendo.

Rafe no se merecía su comprensión. Por un instante, sintió el extraño deseo de ser digno de ella.

—No tengo por costumbre beber tanto —dijo—. Tienes todo el derecho a enfadarte conmigo.

Henrietta sonrió.

—Fue un consuelo saber que por la mañana tendrías el castigo que merecías.

Rafe sonrió un instante.

—Entonces deberías estar satisfecha, porque, en efecto, estoy pasando lo indecible.

—¿Te duele mucho? ¿Quieres que vaya a buscar una compresa?

—Santo cielo, no. Lo que necesito es comer algo, con eso bastará —soltó su mano y se recostó en el asiento estirando las largas piernas.

—He oído al señor Forbes decirle a Meg que te hiciera tres huevos, que ibas a necesitarlos —le informó Henrietta.

—Benjamín Forbes es un hombre muy sabio.

Ella agarró un cuchillo y volvió a dejarlo sobre la mesa. Rafe estaba más pálido de lo normal. Tenía los párpados hinchados. Se había cortado al afeitarse. Un cortecito muy pequeño, justo debajo de la oreja.

—Anoche estuve un rato enfadada contigo —confesó—. Lo siento, Rafe, pero no podías esperar que supiera...

—Tienes razón.

—¿Sí?

Estuvo a punto de echarse a reír al ver su cara de pasmo. Pero no se rio, porque sabía que aquello pintaba una estampa lamentable de su persona. Un hombre hermético. Imposible de conocer. Se había preciado de esas cualidades. Eran su armadura. Ahora Henrietta la había traspasado y él, de pronto, sentía alivio. Casi se alegraba. Tenía la impresión de que estaba despertando de un profundo sopor. No había despertado del todo, pero aquello había bastado para que dentro de él se agitara la esperanza. La esperanza, por ejemplo, de volver a disfrutar del día, en lugar de soportarlo simplemente.

—Sí. Esta vez tienes razón, Henrietta —dijo, sonriendo de nuevo. Cada vez le costaba menos sonreír. Sería por la práctica. Eso también se lo debía a Henrietta.

A Henrietta, que seguía jugando con su cuchillo, lo que significaba que algo le rondaba la cabeza. Rafe esperó.

Ella notó que la miraba fijamente pero no se atrevió a levantar los ojos. Después de que él se durmiera, se había quedado acostada, despierta, hasta que había empezado a oír ruido de cacerolas en la cocina. Mientras oía su respiración, había tenido que resistir el impulso de acurrucarse a su lado. Aunque nunca había creído seriamente que la hubiera abandonado, el alivio de tenerlo otra vez allí era inmenso. A pesar de lo que sabía de él, o de lo que creía saber, a pesar de las advertencias de su madre y de sus objeciones a su forma de vida, no era inmune a sus encantos. Nada de eso.

Desde el instante en que había puesto por primera vez sus ojos en él, había sabido que era peligroso. Y no solo por su reputación, sino por cómo era. Rafe le había advertido varias veces que no se fiara de él, y varias veces ella no le había hecho caso. Tampoco había hecho caso de la vocecilla interior que la avisaba del peligro. Era un manojo de contradicciones, casi tanto como él. Antes de conocer a Rafe Saint Alban, su vida había sido siempre muy sencilla y clara. Ahora, en cambio...

Tomó de nuevo el cuchillo y comenzó a trazar formas en la mesa de madera con la hoja. Ahora nada estaba tan claro. Cuanto más conocía a Rafe, más le gustaba, más atraída se sentía por él, y sin embargo lo entendía aún tan poco... Sabía ya, pese a todo, que no era un donjuán sin escrúpulos. Lo ocurrido esa noche lo demostraba.

¿Por qué había parado? ¿Por qué no había parado ella? Al mirarlo por encima de la mesa arañada, se preguntó si se acordaba siquiera. Ella se acordaba a la perfección. Esa noche habría podido entregarse a él voluntariamente. Sin pensárselo siquiera hasta que hubiera sido ya demasiado tarde. Había descubierto una faceta de su ser que no creía que existiera. Una faceta que se adueñaba de sus principios y su moral y los desdeñaba. Al menos, hasta que se había hecho de día. Esa noche, no se había reconocido a sí misma.

Y eso, se dijo con una espantosa sensación de fatalidad, demostraba hasta qué punto le había entregado ya su corazón. Debía tener cuidado. Debía estar mucho más alerta contra sus propias debilidades. Asintió con la cabeza decididamente como hablando para sí misma y se sobresaltó cuando él le quitó el cuchillo.

—Sería preferible que dijeras sencillamente lo que estás pensando, Henrietta —comentó al quitar el cuchillo de su alcance—. Corres peligro de cortarte.

—No es nada.

—O sea, que se trata de anoche.

Se puso colorada.

—¿Cómo lo sabes?

—¿Preferirías que fingiéramos que no pasó nada?

—Sí. No.

—No, tú no eres de esas jóvenes que fingen, ¿verdad? Es una de las cosas que me gustan de ti.

—¿Sí?

Rafe se rio.

—No pongas esa cara de sorpresa, no es la única. Me gusta cómo te chupas el labio de abajo cuando intentas morderte la lengua para no decir algo que sospechas que debes callarte. Te enredas el pelo alrededor del dedo corazón cuando estás pensando y arrugas la nariz cuando te ocurre algo desagradable. Nunca te quejas y siempre piensas en los demás antes que en ti misma, incluso cuando, como esta mañana, no se lo merecen. Eres al mismo tiempo exasperante y enternecedora, pero por lo menos no eres predecible. Nunca sé qué vas a decir a continuación, igual que no lo sabes tú. Justo cuando me dan ganas de zarandearte, me haces reír, o me miras de ese modo que me da ganas de besarte. De hecho, hay aspectos de tu personalidad que encuentro irresistibles, Henrietta Markham.

—Ah.

—Siempre dices eso cuando he dicho lo contrario de lo que esperabas. Anoche, Henrietta —añadió Rafe en tono más suave—, estaba borracho, pero no incapacitado. Necesitaba un afeitado y apestaba a coñac y a malos recuerdos. Tú mereces algo mejor, mucho mejor que eso.

—Ah —su tono la conmovió. Sintió un nudo en la garganta. Parpadeó varias veces, enternecida por su preocupación—. Gracias —dijo en voz baja.

Rafe le apretó la mano.

—Es la verdad. Eres una persona extraordinaria, Henrietta Markham, y el hecho de que no parezcas darte cuenta de ello es quizá lo que más me gusta de ti.

La puerta de la sala se abrió de pronto y entró Bessie con su desayuno: un gran plato de jamón, tres huevos y la primera de las hogazas que Henrietta había ayudado a hacer.

—Justo a tiempo —comentó Rafe, empuñando sus cubiertos—. Sospecho que o me mata, o me cura.

Benjamin fue a verlos después del desayuno para darles noticias.

—Todavía no he averiguado en firme quién robó las esmeraldas ni dónde han ido a parar —dijo—, pero no desesperen. Mañana espero noticias de un par de peristas.

Henrietta pareció desconcertada.

—Un perista es un hombre que vende bienes robados —le explicó Rafe—. Y antes de que lo preguntes, no te conviene conocer a ninguno. Eso vamos a dejarlo en las capaces manos de Ben.

—¿Qué vamos a hacer hoy, entonces, si no se me permite conocer a siniestros personajes de los bajos fondos?

—Bueno, seguro que se me ocurre algo para entretenerte —contestó Rafe con una de sus raras sonrisas—. Déjamelo a mí.

La llevó al circo Astley, en Lambeth, cuya función incluía un número de monta de caballos a pelo y una recreación de la batalla de Waterloo. Aunque Rafe solía aborrecer tales espectáculos, hasta él tuvo que reconocer que los caballos estaban soberbiamente entrenados. Pese a todo, apenas apartó los ojos de Henrietta, que, apoyada en la barandilla de su palco, lo miraba todo con los ojos como platos y las mejillas coloradas.

Se había propuesto hacerle pasar un día divertido, a modo de disculpa. Una experiencia novedosa para él y sin embargo extremadamente gratificante, pues Henrietta lo encontraba todo fascinante y su entusiasmo era contagioso. La absoluta fe que demostraba Henrietta en que pudiera responder a todas sus preguntas, desde cuál era el último grito en cuestión de vestimenta: faldas más abombadas, cinturas más estrechas, a cuál era el estado de salud del rey, que estaba confinado en Windsor con gota, le parecía conmovedora, más que molesta. Y lo que según algunos de sus iguales habría sido un día de tedio intolerable acabó siendo uno de los más entretenidos que recordaba desde hacía muchísimo tiempo.

Después de la función comieron en una fonda. Rafe solo tuvo que insistir un poco para convencerla de que le contara parte de su historia. Como de costumbre, se mostró muy humilde. Rafe dedujo que había sido feliz pero había vivido bastante descuidada. A sus padres parecían preocuparles más sus buenas obras que el bienestar de su única hija, pero como recordaba lo susceptible que se había mostrado ella respecto a su padre, prefirió no decir nada. Acordándose de la expresión de anhelo con que había mirado los trajes de algunas de las mujeres del público, que eran imitaciones baratas de los vestidos de la alta sociedad, deseó de pronto poder regalarle uno, pero sabía que no debía proponérselo. Sus principios le impedirían aceptarlo, y además ello la haría avergonzarse de su tosco y feo vestido. Y aunque Rafe detestaba aquel vestido, formaba hasta tal punto parte de ella que había llegado a sentir por él algo parecido al cariño.

Siguieron hablando mucho después de haberse comido el cordero en salsa, ajenos al ir y venir de los clientes de la fonda y a sus miradas curiosas, él tan bien vestido, tan apuesto y serio, y ella tan vivaz y tan toscamente ataviada. Hablaron y rieron y se juntaron aún más cuando oscureció y encendieron las luces. El dueño de la fonda se atrevió por fin a decirles que hacía rato que era hora de cerrar.

—Dios mío, ¿tan tarde es ya? —dijo Henrietta, parpadeando al salir a la calle en sombras mientras Rafe paraba un simón—. Gracias, he pasado un día maravilloso.

El muslo de Rafe rozó el suyo cuando se sentó a

su lado en el simón. Vio oscilar la cabeza del conductor delante de ella a través de la ventanilla, vagamente consciente de que estaban cruzando el río. Debía estar cansada, pero nunca se había sentido tan viva. Notaba el calor de la pierna de Rafe a través de los pliegues de su manto. Sus hombros se rozaban. Aunque iban callados, ambos se sentían a gusto en aquel silencio.

Bueno, del todo no. Ella estaba demasiado pendiente del hombre sentado a su lado. «Irresistible», había dicho Rafe que era. Nunca había pensado que pudiera ser irresistible. Le gustaba que Rafe pensara así, pero también la ponía nerviosa, pues temía no estar a la altura de sus expectativas y sabía que ni siquiera debía intentarlo.

Ese día había conocido otra cara de Rafe, una que le gustaba muchísimo y que podía llegar a gustarle aún más. Una faceta suya que, de nuevo, contradecía su reputación. Ella había pensado que era muy sencillo: Rafe era un crápula y, por tanto, carecía de principios. Y sin embargo lo que había visto de él era casi exactamente lo contrario. No lo entendía. Ya no le creía capaz de comportarse deshonrosamente, y sin embargo él no lo había negado.

Henrietta se mordisqueó el labio. Pensándolo bien, cada vez que había salido a relucir el tema había sido ella quien lo había acusado de ser un crápula, y él se había negado a hacer comentarios. ¿Habría sido quizá demasiado atrevida? Era un defecto que tenía, y lo sabía.

Cuando entraron en el patio de El ratón campestre y Rafe la tomó de la mano para ayudarla a apearse, volvieron a asaltarla las dudas. ¿Por qué la señora Peters, su ama de llaves, la había advertido contra él si no había ningún motivo?

Entró tras él por la puerta lateral y lo siguió por el pasillo. La corriente que entraba por la puerta de la taberna hacía temblar las llamas de las lámparas. Al mirar su alta figura, sus anchas espaldas, la pulcra línea de su pelo, sintió de nuevo aquel cosquilleo de expectación. Otra contradicción, quizá la más flagrante: el deseo físico que sentía por él. Un deseo que parecía no depender de su cabeza. Sabía que no debía desearlo, sabía que era un error, y sin embargo su cuerpo se empeñaba en lo contrario.

¿Estaba bien o mal?, esa era la pregunta clave. Ojalá conociera la respuesta. Ojalá las cosas no fueran tan complicadas. ¿O quizás era Rafe el complicado? ¿O ella era muy simple? Rafe decía que veía las cosas en blanco y negro, y se lo había demostrado varias veces.

—Adelante, sube, yo voy a ver si Ben tiene noticias —dijo él, interrumpiendo sus cavilaciones.

Se oyó un grito de furia en la taberna, seguido por otro aún más fuerte.

—Parece que está ocupado —dijo con una sonrisa de sorna—. Quizá no sea el mejor momento para interrumpirlo.

Subieron las escaleras hasta el santuario de su habitación. Rafe puso la lámpara de aceite junto a la cama y corrió las cortinas. Henrietta se desabrochó el manto y lo colocó sobre la silla, se despojó de los guantes, desató las cintas de su sombrero y se lo quitó. Rafe arrojó a un lado su chaqueta y se aflojó la corbata. Una entrañable escena doméstica. Lo pensaron los dos al mismo tiempo. Se miraron, sonriendo y desviaron los ojos, avergonzados por aquella intimidad, o reacios, quizá, a reconocerla.

—He pasado un día muy agradable, gracias —dijo Henrietta al agarrar su cepillo de pelo.

Rafe sonrió.

—Yo también lo he disfrutado —dijo.

—Confiesa que no te lo esperabas. No creo que frecuentes mucho el circo.

Su sonrisa se hizo más amplia.

—Lo confieso, pero aun así me he divertido. Tienes el don de hacer que hasta las cosas más tediosas resulten estimulantes.

—Porque soy muy inocente.

—Porque eres tú, Henrietta.

Dejó su cepillo.

—¿Eso es un cumplido?

—Sí.

Volvió a empuñar el cepillo, lo miró distraídamente y lo dejó de nuevo.

—Rafe, quería... Bueno, no sé si quiero, pero siento que debo hacerlo. No lo entiendo y eso me está confundiendo, así que... —lo miró con impotencia, intentando ansiosamente encontrar el modo de decírselo sin que se pusiera de inmediato a la defensiva.

—Tú también me estás confundiendo. No tengo ni idea de a qué te refieres.

Se mordió el labio. Si vacilaba ahora, al día siguiente la asaltarían los mismos interrogantes, y además aún tenían que pasar la noche juntos, y aunque él no tuviera ninguna intención hacia ella...

—Rafe, ¿de veras eres un crápula? —casi vio cómo se crispaba: juntó las cejas, levantándolas hacia arriba, y su mirada se volvió tormentosa.

¡Ay, Dios! ¿Por qué había tenido que soltarlo así?

—No pretendía... Olvida lo que he dicho.

—Pero lo has dicho, así que es evidente que te preocupa.

—Pues sí —contestó con resolución—. Sencillamente, no lo entiendo.

—¿Qué es lo que no entiendes, exactamente?

Si lo tocaba, se pondría rígido y frío como el hielo. Aunque de todos modos no dejaría que lo tocara. Las barreras eran invisibles, pero Henrietta las veía de todos modos.

—A ti —contestó sin amilanarse—. No entiendo cómo alguien con tu reputación puede ser tan... tan... En fin, no te comportas en absoluto como un crápula.

—¿Y cómo se comporta un crápula, Henrietta?

—Pues... pues... Mi madre dice que seducen a mujeres inocentes.

—Y tú madre lo sabe de buena tinta, ¿verdad?

—Pues sí —repuso Henrietta, exasperada por su

tono sarcástico—. Lo sabe porque a ella la sedujo uno. ¡Uy! —se tapó la boca con la mano, pero era demasiado tarde, así que soltó lo demás—: Era muy joven. Él le prometió matrimonio. Huyeron juntos y él la abandonó.

—Después de seducirla, supongo.

Henrietta se puso colorada.

—No hace falta ponerse tan cruel.

—Pero sin duda esperas que sea cruel, ya que me comparas con el hombre que sedujo a tu madre —repuso Rafe.

Ella cruzó los brazos. Esta vez, le sacaría la verdad.

—Tú no eres cruel —dijo con firmeza—. No eres cruel, ni irresponsable, ni superficial, ni egoísta.

Rafe no le hizo caso.

—¿Qué le pasó a tu madre?

—Estaba destrozada. Es muy guapa, no como yo, y tenía grandes perspectivas, pero todas se fueron al garete. Se retiró a vivir al campo. Fue allí donde conoció a mi padre, él se enamoró de ella y ella aceptó casarse con él. Luego riñeron con la familia de mi madre porque mi padre no era rico ni tenía título y...

—¿Tu madre sí?

—Creo que es de buena familia, pero no los he visto nunca. La desheredaron, no porque la hubiera seducido un crápula de noble cuna, sino porque se casó con mi padre —aclaró, indignada—. Lo que le ocurrió fue terrible, espantoso. Ha conformado toda su vida. Aunque es feliz con mi padre, hay veces en que está tan triste... No te lo imaginas.

Rafe podía imaginárselo.

Una mujer bella pero ya mayor, obsesionada con algo que había ocurrido hacía más de veinte años y tan atrapada en su propia tragedia que era incapaz de asumir cualquier responsabilidad. Se lo imaginaba a la perfección, porque se había casado con una mujer parecida.

—Conque tu madre te ha llenado la cabeza de historias trágicas acerca de donjuanes y seductores, ¿eh?

—Me ha enseñado que hay que evitar a esos hombres. Que no tienen moral. Que...

—Así que no solo soy un seductor de muchachas inocentes, sino que tampoco tengo moral. Me sorprende que confíe usted en mí, señorita Markham.

—A eso me refiero precisamente, lord Pentland. Confío en ti. Es evidente que eres un hombre honorable.

—Por favor, Henrietta, no me pintes más blanco que la nieve.

—No lo hago, pero tú dejas que te pinten tan negro como la noche y no entiendo por qué —contestó con vehemencia.

—No tengo intención de explicarte cómo soy.

—¿Por qué no? Yo te explico cómo soy constantemente. ¿Por qué no quieres decirme...?

—Porque no es asunto tuyo.

—Pero aun así me importa.

—¿Por qué?

—Porque sí —esperó, mirándolo con enojo, y al ver que no cedía soltó un gruñido furioso—. No te entiendo y por eso mismo no me entiendo a mí misma —añadió—. ¡Por amor de Dios! Ya que quieres saberlo, es solo que no puedo explicarme lo que siento... lo que quiero... lo que... lo que ocurrió anoche. Anoche, cuando me besaste, quise que... y luego, cuando paraste, deseé que no lo hubieras hecho. Y sin embargo sé que eres un crápula, así que no debería desearlo. Pero lo deseo y eso es lo que no entiendo —se enjugó una lágrima con el dorso de la mano—. Y si eres un crápula, ¿por qué no me has seducido? Eso tampoco lo entiendo.

Sus ojos marrones brillaban, llenos de lágrimas. Respiraba entrecortadamente. Estaba colorada de rabia y de vergüenza. Rafe comprendió que le había costado mucho hablarle del pasado de su madre, aunque no tanto como confesarle su deseo. La furia que sentía se disipó como una nube de vaho. Dio un paso hacia ella e intentó agarrar su mano, pero ella lo apartó.

—Tu sinceridad me avergüenza, Henrietta.

—No era esa mi intención.

—Por eso es tan eficaz —contestó, remiso.

—Odio tener que pensar mal de ti —confesó ella en un susurro.

—Quieres considerarme un hombre honorable, ¿no es eso, Henrietta? —preguntó él ásperamente—. ¿Quieres que niegue mi pasado para no sentirte mal?

No puedo hacer eso. No soy un santo, Henrietta. Mi reputación de crápula no es infundada.

Ella tragó saliva. Sintió que se hundía por dentro. Rafe se pasó los dedos por el pelo y se quedó mirando el techo.

—Puedo decirte la verdad, si quieres.

Siete

«¿De veras voy a hacerlo?».

—No puedo negar mis actos, pero puedo explicarlos.

«Por lo visto, sí» . Dio una rápida vuelta por la habitación. Le importaba que ella lo entendiera. De pronto reconoció ante sí mismo lo mucho que le importaba su opinión, el daño que le hacían sus suposiciones. ¿Cómo era posible que se hubiera vuelto tan importante para él? No lo sabía. Solo sabía que así era. Contárselo sería un alivio, aunque no una liberación. Quería decírselo.

Dio otra vuelta por la habitación. Henrietta estaba aún de pie en el centro, con su vestido marrón y sus ojos marrones, mirándolo. Tenía que decirle la verdad, se lo debía. Tomándola de la mano, la condujo a la cama y se sentó en una silla, frente a ella. Parecía tan frágil... Y sin embargo tenía dentro un núcleo de acero que le daba fuerza y resolución, una certeza moral sólidamente fundada que Rafe envidiaba. Tal vez no estuviera de acuerdo con todas sus opiniones, pero al menos tenía opiniones y creía en ellas sinceramente. Era íntegra, y la admiraba por ello.

Se reclinó en el cómodo asiento de madera y tuvo que refrenar el impulso de apagar la lámpara y hacer su confesión en la oscuridad.

—Solo tenía diecinueve años cuando me casé con Julia —dijo—. Lady Julia Toward. Ella tenía veintitrés, la misma edad que tú ahora.

Henrietta lo escuchaba atentamente. Su voz era apenas un susurro, pero sonaba llena de amargura, como una cuchilla oxidada entre los pétalos de una flor.

—Era muy bella —continuó—, muy bella y, aunque yo no lo sabía, muy inestable. Había estado prometida dos años antes, pero su novio había muerto. Cuando la conocí, pensé que lo había superado. Eso dijo. Yo quise creerla. Cuando deseas mucho algo, consigues convencerte a ti mismo de cualquier cosa.

Silencio. Henrietta esperó, refrenando el impulso de protestar. Odiaba las implicaciones de lo que estaba contando. A pesar de las evidencias, se había convencido tontamente de que Rafe no había amado a su mujer.

—Yo acababa de volver de mi Gran Tour por Europa y era muy ingenuo —su voz sonó más fuerte—. Antes de marcharme de viaje, mi padre me había advertido contra el peligro de las mujeres seductoras que encontraría en el Continente, pero a decir verdad a mí me interesaba más la historia antigua. Pasé el tiempo visitando ruinas, todas las que había en Grecia y en Italia. Mi padre murió inesperadamente mientras yo estaba en el extranjero. Cuando volví a Inglaterra, fue para heredar el título. Siempre había sabido que sería mío, pero no esperaba que fuera tan pronto. No estaba muy unido a mi padre, pero su muerte prematura me entristeció y me causó una honda impresión. No tenía a nadie más, ¿comprendes? No tengo hermanos y mi madre había muerto años antes. Estaba mi abuela, que todavía vive. Fue ella quien me instó a casarme, alegando que necesitaba ayuda para llevar las riendas de mis heredades, y allí estaba Julia, en posición ideal para hacerlo. La perfecta señora, así era Julia. Para eso la habían educado. Era muy bella y decía amarme. Y yo estaba deseando enamorarme. Así que nos casamos.

—¿Fuisteis felices? —preguntó Henrietta. Era horrible por su parte, pero quería que respondiera que no.

Rafe se encogió de hombros.

—Al principio, sí. Me cuesta recordarlo, es como recordar una obra de teatro muy confusa, pero sí, supongo que debimos de ser felices. O al menos que lo fui yo. Julia... —se interrumpió con un profundo suspiro—. La verdad es que ignoro cómo era Julia en realidad, ¿sabes? Había días en que parecía contenta y días en los que simplemente se refugiaba en el silencio. Se encerraba en su habitación durante una semana y luego salía sonriendo y hacía como que no había pasado nada. Me colmaba de atenciones y luego, cuando la tocaba, se quedaba como un témpano. Me llevaba a rastras a todas las fiestas a las que nos invitaban, no dejaba que me moviera de su lado, y luego le daba por ignorarme. Si bailaba con otra, armaba una escena, y en cambio no me permitía hacer ni un solo comentario acerca de su cohorte de admiradores. Y, créeme, eran muchos. La aterrorizaba que su belleza se desvaneciera. Estaba obsesionada con su aspecto. Era la fuente de su poder —se pasó los dedos por el pelo—. Ahora lo veo todo claro, pero en aquel momento fue muy distinto. En aquel momento, me cansé de sus rabietas y de sus lágrimas. Me cansé también de que físicamente pareciera arder en deseo y luego se mostrara fría e impasible. Dejé de visitar su habitación. Dejé de desearla. Dejé de preocuparme por sus cambios de humor. Dejé de quererla.

Silencio de nuevo, un silencio sumamente incómodo, lleno de espectros y fantasmas. Con la mirada fija en su pasado, Rafe se obligó a revivir aquellos días apartando poco a poco los vendajes hechos jirones que cubrían sus heridas.

—Fue culpa mía, sobre todo —agregó con amargura—. No me importaba lo suficiente y ella lo notaba. No me quería, pero le daba miedo perderme y sabía que me había perdido. Llevábamos dos años casados, poco más o menos. Notaba que me había vuelto indiferente a ella como solo puede serlo la juventud más cruel. Así que intentó que le prestara atención de la única forma que sabía: poniéndome celoso —había estado acariciando rítmicamente la mano de Henrietta, pero de pronto se detuvo—. Se buscó un amante. Cuando me enteré, lloró y suplicó, me pidió perdón, pero cuando vio que me mostraba inflexible, las cosas se torcieron. Me dijo que nunca me había querido. Que se había casado conmigo solo por el título y el dinero. Que solo había amado a un hombre en su vida y que estaba muerto. Me dijo que jamás podría satisfacerla, que había llevado a incontables amantes a nuestra cama antes que a aquel y que no era lo bastante hombre para ella. Ni para nadie.

Le temblaba la voz. Respiraba agitadamente, como si hubiera estado corriendo, y un sudor frío corría por su espalda. Pero ya había empezado y necesitaba acabar, por más que le doliera. Sintió de pronto una punzada de humillación cuya intensidad lo pilló por sorpresa. Fue seguida rápidamente por un sentimiento de vergüenza al recordar cómo le había hecho sentir Julia. Había olvidado el cruel aguijón de sus pullas, que tan certeramente se habían clavado en su ego juvenil, lacerando su yo más inocente y destruyendo temporalmente su confianza en sí mismo. Hacía mucho tiempo que se había jurado a sí mismo demostrarle que se equivocaba, hacía mucho tiempo que había dejado de creer que tenía algo que demostrar, y sin embargo por un instante volvió a sentirse como entonces.

—Ahora sé que fue simple palabrería —añadió—, con el único fin de herirme, pero entonces no lo sabía. La odié por lo que había dicho. Puse fin a nuestro matrimonio en ese instante. Una separación formal, pero discreta. No envié noticia a la prensa, ni a sus acreedores. Julia fue desterrada a una finca remota, con una renta holgada con la que vivir, pero ese fue castigo suficiente para ella: el alejamiento de la sociedad, de sus banalidades y de los admiradores que alimentaban su ego. La castigué porque creí que había sido sincera. Y después, para mi eterna vergüenza, seguí castigándola porque me sentía culpable. En realidad nunca la había querido. No debería haberme casado con ella, ni ella conmigo, y sin embargo estábamos atados el uno al otro, casados sin estarlo, en una especie de limbo. Mantuve la situación porque me sentía culpable. Por haber fracasado. Me castigué a mí mismo tanto como a Julia. Sentía que merecía la infelicidad tanto como ella.

—¿No podrías haberte divorciado?

Rafe sacudió la cabeza con vehemencia.

—No. Dios, no. Habría necesitado permiso del parlamento, eso por no hablar de que nos habríamos convertido en la comidilla de la alta sociedad. No, eso habría sido demasiado drástico para las familias de ambos —agachó la cabeza y la apoyó en las manos—. Tienes que recordar que era muy joven. No me estoy excusando por lo que hice, solo estoy haciendo lo que me has pedido: contarte el porqué.

Me sentía muy culpable por no haber hecho feliz a Julia y muy humillado por sus burlas. Decía que no podía hacer feliz a ninguna mujer. Y eso me dolía. Me prometí a mí mismo que no permitiría que nadie volviera a hacerme daño. Y... me empeñé en demostrarle que estaba equivocada.

Vaciló al llegar a aquel punto. Hacía tanto tiempo que no se permitía recordar que nunca se había cuestionado los pasos que había dado para aliviar su sentimiento de humillación. Tras tomar la decisión, había actuado y así había seguido, sin reflexionar. Ahora, al contar lo ocurrido bajo la mirada despejada e inocente de Henrietta, reflexionó y se descubrió en terreno menos sólido de lo que creía.

—No fue tanto una venganza como... como... no sé, supongo que fue un medio de reparar mis defensas, de reconstruir mi ego. Te juro, Henrietta, que no he perjudicado a nadie por el camino. Nunca he seducido a una mujer que no estuviera dispuesta a compartir mi cama y he tomado todas las precauciones necesarias para no engendrar ningún hijo, pero no puedo negar que ha habido muchas mujeres a lo largo de los años. He aprendido a servirme del sexo como una especie de escudo. A utilizarlo como espita, como un mecanismo de liberación que me impide sentir.

Era una confesión dolorosa, y a Henrietta le dolió en el alma verlo tan acongojado, pensar que había sido alguna vez tan vulnerable y distinguir aún algún atisbo de esa vulnerabilidad. Sentía una profunda antipatía por la bella mujer que le había hablado de manera tan cruel, pero no estaba tan ciega como para pensar que la culpa era solo de Julia. Lo más doloroso de la confesión de Rafe era escuchar la opinión implacable que tenía de sí mismo.

—Tengo mis propias normas, mi propia moralidad si quieres —continuó él con aspereza—. Nunca he tenido problemas para ceñirme a ellas. No frecuento a mujeres que tengan expectativas más allá de la relación física. No me acuesto con jóvenes inocentes, ni con mujeres vulnerables. No permito que haya auténtica intimidad. No me mires así, Henrietta. Créeme, uno puede compartir su cuerpo con alguien y no sentir nada por esa persona. Es posible dar y recibir placer físico sin sentir verdadero deseo. Soy un crápula, Henrietta, pero no de la clase que piensas.

—¡Ah, Rafe! ¡Cuánto me gustaría que no lo fueras! —hasta ese momento no se había atrevido a reconocerse a sí misma cuánto lo deseaba. No se había percatado de cuánto deseaba que le diera una explicación que borrara cualquier mancha de su pasado hasta que Rafe había dejado claro que no podía hacerlo.

Se sintió dividida, conmovida hasta las lágrimas por el sufrimiento de Rafe. Pero también sentía rabia por el modo en que Julia había destruido su inocencia y por la forma en que se había vengado él.

—Sé que es un tópico, pero aun así es cierto: dos errores no hacen un acierto. Ojalá no te hubieras comportado así.

—Pero ¿entiendes por qué lo hice, Henrietta?

¿Lo entendía? Rafe había disipado en buena parte sus prejuicios contra él, de eso estaba segura. No era ningún crápula. Y sin embargo lo era. Tenía un buen motivo para sentir como sentía, pero ¿bastaba eso para justificar sus actos?

—Lo siento. Lo entiendo, sí, pero no puedo excusar tu comportamiento, Rafe. Sé que no me corresponde a mí juzgarlo, yo no me casé con Julia, pero aun así... —sacudió la cabeza—. Has sido tan sincero conmigo que no puedo mentirte. Es solo que... No sé. Dime qué ocurrió después de que os separarais. ¿Qué fue de Julia?

La tristeza que vio en los ojos de Henrietta le hizo sentir algo parecido al remordimiento, aunque sospechaba que se debía más al dolor de desilusionarla que al arrepentimiento por lo que había hecho en el pasado.

—Vivimos separados tres años. Poco a poco fui relajando los términos de nuestra separación. No la quería, pero me importaba lo suficiente como para desear que fuera feliz, así que cuando me propuso una reconciliación y me juró que era lo que quería, no me opuse del todo. Sentía el impulso de negarme, pero Julia insistía y mi mala conciencia y mi abuela también. Verás, aún estaba pendiente la cuestión de tener un heredero. Así que nos reconciliamos y entonces... —se levantó de nuevo. Se quitó la corbata y la arrojó al suelo—. El error fue mío desde el principio. Para poner fin a esta lamentable historia, ella murió trágicamente. Hace casi exactamente cinco años. Y a pesar de que mi abuela ha emprendido una campaña decidida para que vuelva a casarme, no volveré a hacerlo. Fue todo demasiado penoso. No quiero volver a pasar por eso. Soy más feliz estando solo.

Henrietta entendía ahora cuál era el verdadero castigo que se había impuesto a sí mismo. No solo se había acorazado contra el dolor, sino que se sentía indigno de experimentar cualquier sentimiento. De pronto todo tenía sentido.

—¿Estás seguro de que eres más feliz? —preguntó con suavidad, a pesar de que ya estaba segura de la respuesta.

Rafe vaciló.

—Lo estaba. Pensaba que sí hasta que apareciste tú —reconoció con una sonrisa renuente—. A veces tengo la sensación de que me has agarrado y me has lanzado al aire y aún no sé si he aterrizado, ni dónde. Lo odio y me pone furioso, pero también me hace reír y me hace desear más. Tú has sido sincera conmigo, Henrietta, deja que lo sea yo también. No sé cómo lo consigues, pero haces que me den ganas de incumplir mis propias normas. La verdad es que me lo estás poniendo muy difícil. En fin, ahora ya lo sabes. Me gustaría ser como quieres que sea, pero no soy así ni puedo serlo.

Ella le tapó la boca con los dedos.

—Siempre me estás diciendo que no piense en blanco y negro. Deberías aplicarte la lección. Eres mucho más de lo que crees, Rafe. Ojalá no tuvieras una opinión tan pobre de ti mismo. Lo admitas o no, eres mi caballero andante y tienes algunas cualidades sumamente nobles.

Arrodillándose en la cama, rodeó su cuello con los brazos. No era como debía ser, no era como podía ser, pero era Rafe y ella no lo cambiaría por nada del mundo aunque pudiera. La embargaba una intensa necesidad de reconfortarlo y sentía un alivio inmenso por poder explicar sus propios sentimientos, por haberlos casi legitimado. Agotada por el proceso, comenzó a cobrar conciencia de sus deseos físicos. Sintió cómo palpitaba el pulso de Rafe en su garganta. Sintió su olor, ya tan familiar, y quiso sentir su sabor. Rafe no era el único que tenía problemas para ceñirse a sus propias normas. Ansiaba sus besos. Anhelaba sus caricias.

Deseo, eso era lo que sentía. Sin darse cuenta, se arrimó a él y sintió subir y bajar su costado contra sus pechos. Deseo... ¿De veras era tan malo? Conocía la respuesta, pero prefirió ignorarla.

—Henrietta, si sigues haciendo eso, no me responsabilizo de las consecuencias.

Pero ella no quería que lo hiciera. No quería pensar. Quería sentir. Quería que él sintiera. Se apretó contra él y lo miró.

Sus ojos azul pizarra se clavaron en ella. Henrietta intentó desviar la mirada, pero él le levantó la cara.

—Henrietta, no quiero...

—Sí que quieres. Lo has dicho. Y yo también quiero. Sé que no debería, pero quiero. No puedo remediarlo.

—Santo cielo, Henrietta...

—Bésame, Rafe.

La besó con vehemencia. Se apoderó bruscamente de su tierna boca y al besarla sus dudas se disiparon. Aquello estaba bien. Su beso se hizo más hondo. La apretó contra sí, la rodeó con los brazos y aquel dulce olvido volvió a embargarlo.

Mientras Rafe la besaba, Henrietta sintió girar sus sentidos como un torbellino. Él la había besado antes con ternura, provocativamente, como si le prometiera algo más. Esta vez, sin embargo, la pasión estuvo presente desde el principio. No tuvo tiempo de pensar, solo pudo responder, derretirse entre sus brazos mientras la besaba con ansia, hundiéndole la lengua en la boca de un modo que la hacía temblar, que la llenaba de ardor y la hacía estremecerse al mismo tiempo.

Rafe le desabrochó el vestido mientras la besaba y se lo bajó por los brazos. Ella lo ayudó, no le importó mostrarse impúdica, quería librarse del vestido tanto como lo deseaba él. Rafe se quitó la chaqueta y el chaleco. Ella quedó con la camisa de algodón y él comenzó a acariciarla por encima de la tela mientras con los labios trazaba un sendero desde su boca a su cuello y de allí al valle de sus pechos. Al mismo tiempo pellizcó con los dedos sus pezones hasta endurecerlos y hacerla gemir.

Rafe dijo su nombre, lo susurró con voz ronca, jadeando tanto como ella. Dijo su nombre como si fuera bella. Su forma de tocarla la hacía sentirse bella, apasionada, temeraria. La hacía sentir que había algo delicioso esperándola si él seguía besándola y acariciándola. Pasó las manos febrilmente por su espalda, sintió el calor de su piel a través de la camisa, pero no le bastó con eso, así que tiró de la camisa para sacársela de los pantalones y tocar su piel.

Rafe la besó otra vez. Su boca, ardiente y llena de promesas, la embriagaba. Henrietta lo besó con el mismo ardor, con idéntica pasión. Se estremeció más violentamente cuando la atrajo hacia sí y sintió el peso de su miembro erecto apretado contra su muslo.

Estaba tumbada en la cama y él la miraba con ojos brillantes y turbulentos. Tenía la cara sofocada y el cuello de la camisa abierto. Un vello suave y oscuro salpicaba su pecho. Henrietta no recordaba cuándo se había quitado la corbata. Ni las botas. Rafe se arrodilló en el suelo, le desató las ligas y le bajó con delicadeza las ásperas medias de lana, como si fueran de finísima seda. Besó su tobillo, la vena que palpitaba levemente junto al hueso.

Henrietta se estremeció. El ardor inundó su vientre. Su cuerpo se tensó como si se preparara para algo. Rafe la atrajo hacia sí y le desató la camisa, liberando sus pechos. Besó de nuevo su boca, esta vez con mayor ansia. Metió los dedos entre su pelo rizado y agreste y murmuró su nombre. Luego comenzó a besar sus pechos lamiendo el pezón, primero uno y luego el otro. Tomó sus pechos con las manos, pasó su ardiente lengua por cada pezón, sucesivamente. El cuerpo de Henrietta se tensó como la cuerda por la que había caminado el funambulista del circo Astley. Experimentó la misma sensación de euforia embriagadora, de precariedad.

Se estremeció, sintió calor y frío. Arqueó la espalda. Clavó los dedos en su piel. Rafe se había quitado la camisa. Ella frotó la cara contra el áspero vello de su pecho mientras acariciaba febrilmente su cuerpo, los marcados músculos de la espalda, la línea de las costillas, la suave concavidad de su vientre. Cuando él lamía, ella lamía también, y lo oyó gemir cuando ella gemía. Se apretó contra él con indolencia y al sentir su verga dura y larga deseó más.

Él la empujó de espaldas sobre la cama y le quitó los pololos. Luego besó la tierna piel de sus muslos. ¿Qué iba a hacer? A Henrietta no le importó: solo quería que siguiera. Rafe le separó las piernas. Ella estaba tensa, expectante.

—Rafe... —se retorció sobre la cama. Se arqueó hacia arriba cuando él besó otra vez su muslo—. Rafe —dijo con mayor urgencia, como una súplica. Tiró de sus hombros.

Él estaba tan excitado que sentía dolor. Ella estaba tan lista que no hacía falta esperar. Nunca había visto a una mujer tan excitada. Nunca había sentido aquella ansia. Ella era perfecta, sensual, voluptuosa, y estaba esperándolo. Su verga palpitó. Se le encogió el estómago. Nunca había deseado tanto a una mujer. Nunca. Así que, en nombre del cielo, ¿por qué dudaba?

—¿Rafe?

Besó su boca, su boca infinitamente deseable, y ella lo rodeó con los brazos. Rafe se dio cuenta de que confiaba en él. Absolutamente. Se desasió de su abrazo, pese a sus protestas. Besó sus pechos y ella dejó de protestar. Besó la suave redondez de su vientre y la sintió temblar. Luego hundió los dedos en el dulce paraíso de su sexo y lo notó húmedo y caliente, tan listo para él que su resolución estuvo a punto de hacerse añicos. La oyó decir su nombre y entonces la besó en el lugar que un momento antes habían ocupado sus dedos y la oyó proferir un gemido de sorpresa y de placer. Se olvidó por completo de sus propias necesidades y por primera vez en su vida gozó al plegarse a las de otra persona.

Henrietta abrió los ojos de par en par mientras la besaba allí. Y allí. ¡Ah, Dios, y allí también! ¿Qué estaba haciendo? ¿Debía...? ¿Aquello estaba bien? Luego cerró los ojos pesadamente cuando volvió a besarla y se rindió a las sensaciones que despertaban sus caricias. Había creído que no podía sentir más placer, pero su cuerpo le demostró lo contrario.

Todo se reconcentró allí donde su boca la besaba, su lengua la lamía y sus dedos la acariciaban. Se sentía cada vez más tensa, más acalorada, subiendo cada vez más. No podía respirar. Se oía gemir, decir su nombre una y otra vez:

—Rafe, Rafe, Rafe, por favor, por favor...

No sabía por qué, sin embargo. Luego, él volvió a lamerla y comprendió el motivo, porque eso era justamente lo que quería, y cuando él paró tuvo ganas de gritar. Él volvió a hacerlo y ella gritó en el instante en que la tensión se volvió excesiva y se hizo pedazos, se deshizo en un estallido de placer y volvió a deshacerse cuando él la lamió de nuevo sujetándola contra su boca, besándola otra vez hasta que se sintió flotar y acurrucarse alrededor de su cuerpo, al tiempo que descendía del plano de éxtasis en el que había habitado durante unos instantes. Después, Rafe besó su boca, acarició su pelo, dijo su nombre y la besó como si de verdad la amara, como si de veras fuera irresistible.

Henrietta abrió los ojos y vio los suyos llenos de una pasión inconfundible. Estaba tan pegada a él que sentía latir su corazón. Esperó, sabedora de que había más. Sentía su miembro duro y rígido a través de sus pantalones.

¡Todavía tenía los pantalones puestos!

Rafe se rio y ella se dio cuenta de que otra vez había hablado en voz alta.

—Lo sé —dijo.

—Pero...

—Es mejor así.

—Pero tú...

—Estoy más que satisfecho si tú lo estás —contestó. Y lo decía en serio—. Duérmete, Henrietta —acarició su pelo, sus hombros. Agarró su trasero y la apretó contra sí. Después acarició su espalda. Besó sus párpados, la punta de su nariz. Aunque su verga palpitaba aún, se sentía casi saciado, extrañamente colmado.

La respiración de Henrietta había empezado a aquietarse. Sus manos se habían aflojado. Rafe echó la áspera manta sobre los dos. Otra noche constreñido por aquellas malditas calzas, y sin embargo no le importó. No estaba cansado en absoluto, pero no tenía intención de moverse.

Henrietta frotó la mejilla en el hueco de su hombro. Estaba flotando otra vez, en una nube de deliciosa felicidad.

Al despertarse a la mañana siguiente, sintió el latido reconfortante del corazón de Rafe. Seguía acurrucada a su lado, con una pierna entre sus muslos. Se quedó muy quieta, disfrutando de su cercanía, de la solidez de su cuerpo, de su olor y su calor. Él tenía una mano posada en su cintura y la otra en su trasero. Advirtió vagamente otro sonido. Un golpeteo insistente en la puerta. Era Benjamin y estaba claro que tenía noticias.

Ciñéndose la sábana alrededor del cuerpo, se

sentó en la cama. Rafe ya se había puesto una camisa limpia, y ella era muy consciente de su propia desnudez.

Sentado al borde de la cama, mientras se ponía las botas, él procuró ignorar el irresistible bulto de su cuerpo, a unos pocos centímetros del suyo. Estaba acostumbrado a evitar cualquier signo de intimidad, pero le gustaba aquella cercanía: despertar juntos, vestirse y empezar juntos el día. Al menos, le gustaba con Henrietta. Ella tenía el pelo aún más rizado a la luz de la mañana. Su piel era trigueña, más que blanca. Le gustó ver que tenía los labios un poco amoratados por sus besos. Dejó caer la bota.

—Rafe... Benjamin está esperando.

Pero la besó de todos modos y, cuando ella le rodeó el cuello con los brazos y resbaló la sábana de modo que sus pechos se apretaron desnudos contra su camisa, la besó de nuevo. Henrietta se desasió de mala gana. Su cuerpo se estremecía ya, expectante. La pasión que compartían era embriagadora. Le sonrió y Rafe sintió que su sonrisa agitaba algo dentro de él.

Fue un sentimiento de lo más extraño. Henrietta lo había juzgado, pero no lo había encontrado culpable. Confiaba en él. Y le tenía cariño. Quizá demasiado. Rafe no había pensado en eso. No lo había pensado en absoluto. ¿Por qué demonios no lo había pensado?

La mala conciencia borró su sonrisa. Porque no

había querido pensar en ello. Se volvió hacia el espejo de afeitar.

—Solo tardaré un momento. Voy a bajar a encargar el desayuno, así podrás asearte tranquilamente.

Se cerró la puerta y Henrietta salió de la cama. La magia de la noche se había desvanecido, dejando el amanecer gris de la realidad. Aquellos dos días habían sido solamente un vuelo de la fantasía.

Si Benjamin tenía buenas noticias, tendrían que volver al mundo real. Pero había conseguido olvidarse hasta tal punto de las acusaciones que pesaban sobre ella que ignoraba qué forma adoptaría su regreso a la realidad.

No tenía ninguna fuente de ingresos. Aunque lograra limpiar su nombre, era en extremo improbable que lady Ipswich volviera a aceptarla en su casa y, sabiendo lo que sabía ahora sobre su pasado, Henrietta tampoco estaba segura de querer volver allí. Podía marcharse a Irlanda si pedía dinero prestado a Rafe para comprar el pasaje, pero la sola idea de enfrentarse a sus padres y del caos inevitable que los rodearía la hizo desistir.

Mientras se ataba las ligas y los cordones de los zapatos, una lágrima cayó en su mano.

—El caso es —le dijo a su melancólico reflejo al secarse la cara con una toalla que olía al jabón de afeitar de Rafe—, el caso es que aunque desde luego no lo amo, tampoco quiero que se marche aún. Aunque sé que debería —sorbió por la nariz, agarró su cepillo y comenzó a peinarse la enredada cabellera con tanto ímpetu que no le extrañó que de nuevo se le saltaran las lágrimas.

Dejó el cepillo y comenzó a ponerse horquillas al azar en el pelo.

—Va siendo hora de que afrontes los hechos, Henrietta Markham. Rafe Saint Alban se marchará muy pronto de esta posada, quizás hoy mismo, y regresará a su privilegiada vida en Londres. Harías bien en pensar qué vas a hacer ahora, aunque no tengas que preocuparte por ir a la cárcel. Lo cual no es todavía seguro.

Se puso una última horquilla y contempló el desalentador resultado.

Tendría que valer así. Respiró hondo varias veces, se recordó que había miles de personas que se hallaban en peor situación que ella y salió de la habitación.

Rafe estaba esperándola en el salón de café con un opíparo desayuno desplegado ante él.

—Ben vendrá enseguida —dijo mientras la ayudaba a tomar asiento. Luego le sirvió café.

Henrietta untó con mantequilla una rebanada de pan y lo miró. Tenía una expresión impasible.

—Si nos trae buenas noticias, podrás irte a casa —dijo animadamente.

—¿A casa?

—Tendrás montones de cosas que hacer, un sinfín de fiestas a las que ir y cosas así. Y además será un alivio dormir por fin en tu propia cama.

Rafe, que estaba a punto de comerse un trozo de filete de ternera, dejó el tenedor suspendido en el aire a medio camino de su boca.

—¿Tantas ganas tienes de librarte de mí?

—No, claro que no, pero soy consciente de que ya has perdido mucho tiempo...

Rafe dejó el tenedor sobre el plato sin comerse la carne.

—No lo considero tiempo perdido —bebió un sorbo de café. No había pensado en regresar a su vida solitaria. No estaba preparado—. De todos modos las cosas no son tan sencillas. Aunque Ben haya encontrado la pista del ladrón, es poco probable que el rufián esté dispuesto a confesar el robo, y menos aún con la amenaza de la horca pendiente sobre él.

—Ah —Henrietta mordió su pan con mantequilla—. No lo había tenido en cuenta.

—Vamos a esperar a ver qué nos dice Ben —dijo Rafe en el instante en que su anfitrión entraba en la sala.

Benjamin les contó que, a través de una misteriosa red de contactos, había dado con un hombre que se parecía mucho al ladrón de la descripción de Henrietta.

—Se hace llamar Larry el Estofado. Por su aspecto parece ser el tipo que dices, desde luego, pero es un caco de poca monta. Roba alguna que otra pieza de plata, a eso es a lo que se dedica Larry el Estofado, no a las joyas, y desde luego no ha intentado vender nada que se parezca a ese collar de esmeraldas que me ha descrito, señorita. Si las esmeraldas estuvieran en venta, me habría enterado —Benjamin se tiró del lóbulo de la oreja—. No sé, es un caso muy raro. Hay algo en todo esto que me da mala espina.

—Bueno, solo hay un modo de averiguarlo y es hablar con él. ¿Puedes traerlo aquí, Ben? —preguntó Rafe.

Benjamin negó enérgicamente con la cabeza.

—No querrá venir. Pensará que es una trampa y huirá, y nos encontraremos como al principio. Tendrá que ir usted a hablar con él.

Rafe apartó su plato vacío y se levantó.

—¿Dónde puedo encontrarlo?

Henrietta también empujó su silla.

—Dónde podemos encontrarlo, quieres decir. Voy a por mi manto.

—Señorita, por Dios, usted no puede ir. Déjelo mejor en manos del conde —dijo Benjamin, mirándola con perplejidad—. Larry el Estofado vive en esa cloaca de Petticoat Lane. Es un sitio horrible, lleno de ladrones y asesinos, por no hablar de las mujeres de mala fama. Le ruego me disculpe, señorita, pero, verá, ese arrabal no es sitio para una dama.

—Ben tiene razón, Henrietta, esto tendrás que dejármelo a mí.

—No.

—Henrietta...

—Señorita...

—No. Voy contigo —dijo con decisión—. Soy la única que ha visto a Larry el Estofado. Si no voy, ¿cómo vas a saber si es el mismo individuo? Y además —añadió antes de que Rafe pudiera responder—, es mi cuello el que corre peligro de acabar en la horca, no el tuyo. Quiero oír en persona lo que cuente ese hombre.

—Es poco probable que diga nada a no ser que reciba una buena recompensa. Una recompensa que no puedes pagarle en estos momentos —contestó Rafe.

Henrietta pareció desanimarse.

—No había pensado en eso.

Rafe exhaló un profundo suspiro.

—Haz lo que quieras, Henrietta, pero si conseguimos salir de Petticoat Lane solo con unos cuantos soberanos menos, podremos considerarnos afortunados. Voy a dejar aquí mi reloj y mi caja de rapé. Tú también harías bien en dejar cualquier cosa de valor que tengas. Los ladrones que hay allí son capaces de robarte la ropa que llevas puesta si no la llevas bien abrochada.

Henrietta soltó un gritito.

—¿Quieres decir que puedo ir contigo?

Él suspiró, pero estuvo a punto de esbozar una sonrisa.

—Si no te llevo, me seguirás de todos modos y

prefiero tenerte a mi lado, donde al menos pueda verte. Anda, ve a buscar tu manto. Pero no me culpes a mí si lo que ves te da pesadillas.

El arrabal de Petticoat Lane era en extremo sórdido, una conejera de estrechos callejones y callejas sin salida en la que las ruinosas casas de vecinos se inclinaban precariamente las unas hacia las otras como si intentaran besarse, borrachas. La poca luz que, tamizada por el humo acre de las chimeneas, penetraba por entre los empinados tejados la tapaban las cuerdas de tender llenas de harapos que colgaban de las ventanas. Detrás de los edificios, un laberinto de escaleras de madera, precarios rellanos y escalerillas podridas permitía a los vecinos desplazarse sin ser vistos por aquel dédalo de viviendas, tabernas y tugurios en el que ningún policía se atrevía a entrar. Los arroyos de las calles estaban repletos de los hediondos desperdicios que se arrojaban desde las ventanas rotas, tapadas con papel marrón. Perros infestados de pulgas se rascaban vigorosamente, gatos esqueléticos hurgaban en vano entre los montones de basuras, en los que hordas de golfillos descalzos, demasiado pequeños aún para dedicarse a una vida de delincuencia más seria, habían rebuscado ya varias veces.

Arrebujada en su manto, Henrietta pisaba con cuidado entre los desperdicios y procuraba no respirar hondo, pues el hedor era insoportable. Se alegraba enormemente de que Rafe estuviera a su lado, y se mantenía todo lo pegada a él que era posible sin que tropezara con ella. La pobreza y la degradación que veía a su alrededor la habían dejado muda de asombro y horrorizada porque pudiera hallarse tal grado de miseria a escasa distancia del Londres rico y opulento que le había mostrado Rafe. Nada, ni siquiera los pordioseros de Saint Paul, la había preparado para aquello. Ignoraba que tanta gente pudiera llevar una vida tan mísera en la propia capital del país, y de pronto, al pensar en las opiniones que a veces expresaba con tanta petulancia, se sintió muy pequeña. No sabía nada. Resolvió informarse más una vez hubiera pasado todo aquello. Encontrar el modo de cambiar de verdad las cosas sería su meta. Y cuando lo encontrara, se dijo enérgicamente, se sentiría mucho mejor.

Benjamin caminaba tranquilamente delante de ellos, sin mirar a derecha ni izquierda, con un grueso bastón en la mano derecha.

—Por cierto, Meg me contó esta mañana lo que hiciste por el señor Forbes —comentó Henrietta.

—Meg debería mantener la boca cerrada. No fue nada.

—A Meg no se lo parece, ni tampoco al señor Forbes. Me dijo que, de no ser por ti, el señor Forbes habría muerto de hambre.

—Exagera. Y además, si Benjamin no hubiera acudido en mi auxilio, es más que probable que me hubieran matado.

193

—Cinco, dijo Meg que eran. Cinco atracadores. Y en pleno Piccadilly, nada menos.

—Sí, pero eran las dos de la madrugada.

—¿Qué hacías en la calle a esas horas?

—Dar un paseo. Solo estaba dando un paseo — había sido la noche en que Julia le había dado la noticia. Incapaz de creerla, desconcertado por las emociones contradictorias que lo embargaban, había salido a pasear para despejarse. La emoción más inmediata y arrolladora había sido la perplejidad. En realidad, no había creído que pudiera ocurrir. No había pensado que pudiera hacerse realidad. Pero a la perplejidad siguió rápidamente la desesperación, pues a pesar del poco tiempo que hacía que se habían reencontrado, sabía ya que había sido un error volver con Julia. Y como resultado de ello se enfrentaba a un error aún mayor, a una equivocación de proporciones colosales con la que tendría que cargar.

Notó un tirón en la manga y se dio cuenta de que se había parado en medio de Petticoat Lane.

—Estabas en las nubes —dijo Henrietta.

—Y si no nos damos prisa perderemos de vista a Benjamin —repuso él, corriendo una cortina delante de sus recuerdos—. Vamos, apretemos el paso para alcanzarlo. No conviene que nos perdamos en este barrio.

Henrietta ardía en deseos de preguntar por qué tenía de pronto aquella expresión atormentada, pero había asuntos más apremiantes de los que ocuparse.

Como los golfillos que tiraban de los faldones de la chaqueta de Rafe y de su manto y los miraban con ojos enormes y suplicantes. Sabía que sería un error darles dinero, que se verían asediados y sin embargo se le encogía el corazón al verlos.

—Tiene que haber algo que pueda hacerse por esos pobrecillos —le dijo a Rafe—. Están tan sucios y tan hambrientos...

—Y hay demasiados, ya te lo dije.

—Sí —contestó con tristeza—. Pero...

—Ya estamos aquí —dijo Benjamin delante de ellos, señalando un callejón oscuro—. Subiendo por esas escaleras de allí. Y ojo, agárrense fuerte, que están que se caen de la pared.

Subieron los tres cautelosamente hasta el primer piso de la casa de vecinos. Benjamin llamó vigorosamente a una puerta con el bastón y se oyeron ruidos al otro lado, pero la puerta permaneció cerrada.

—¡Larry! ¡Larry el Estofado!

Ocho

La puerta se abrió ligeramente, lo justo para que una cara se asomara a la penumbra de la escalera.

—¿Quién es? ¿Qué quiere? ¿Qué hace esa mujer aquí?

Antes de que pudieran impedírselo, Henrietta dio un paso adelante.

—Soy la... la mujer a la que golpeó en la cabeza y abandonó en una zanja dándola por muerta —dijo—, y usted es el bruto que me atacó —dio un violento empujón a la puerta y el ladrón, sorprendido, se tambaleó hacia atrás.

Henrietta aprovechó la ocasión para entrar rápidamente, seguida por Rafe. Benjamin se quedó fuera, vigilando.

La casa, oscura y agobiante, estaba llena del humo que arrojaba una chimenea sobre la cual había suspendida una gran olla de hierro. La olla, que también humeaba, olía a algo rancio. Larry el Estofado era bajo y enjuto, con una sorprendente mata de pelo rubio rojizo y cejas extremadamente hirsutas. El parche que cubría su ojo derecho era de cuero negro y se ataba por detrás de la cabeza. A pesar del calor que hacía en la habitación, Larry vestía un grasiento gabán negro, además de chaqueta de pana verde, chaleco azul marino y una camisa que en algún momento había sido blanca, pantalones de nanquín y botas, una de las cuales dejaba ver el dedo gordo de su pie.

Como no tuvo más remedio que dejar entrar en su guarida a la mujer y a su acompañante, se retiró a su taburete junto al fuego.

—No sé de qué me está hablando —le dijo a Henrietta en tono quejumbroso—. No la había visto en toda mi vida.

Henrietta, que lo había reconocido al instante, exclamó:

—¡Embustero! —y se acercó con decisión al taburete sobre el que se encogía el ladrón—. Lo habría reconocido al instante hasta sin el parche. Ese gabán, para empezar —dijo, arrugando la nariz—. Reconozco su olor.

Larry pareció indignado.

—Este gabán me lo dio Jack el Honrado en persona. Miren qué bolsillos, bolsillos de señorito tiene este gabán. Aunque para lo que me sirven...

—Desde luego son lo bastante grandes para guardar la cosa con la que me golpeó en la cabeza —replicó Henrietta con indignación. Se echó el manto hacia atrás y puso los brazos en jarras con la cara colorada por el calor opresivo de la habitación y el ardor de su furia.

Al verla enfrentarse así al hombre que la había atacado, Rafe sintió una punzada de orgullo, aunque no estaba muy seguro de que su táctica fuera a serles muy útil. Pensó de pronto que, de no haber salido a cabalgar tan temprano, de haber podido dormir a pierna suelta aquella noche, no habría encontrado a Henrietta. Y ella podría haber muerto. Le ardió la sangre al pensar que aquel hombrecillo patético, de cuya existencia había dudado, era el responsable. No se le ocurría nada más satisfactorio que molerlo a palos.

Cerró los puños con fuerza, pero logró refrenarse. Agrediendo a Larry el Estofado no conseguiría las respuestas que buscaban. Unas respuestas que podían conducirlos al meollo de aquel turbio asunto, pues nada más ver a Larry se había dado cuenta de que no era precisamente un cerebro criminal. Aquel hombrecillo no era más que un ratero de tres al cuarto. Ben tenía razón: allí había gato encerrado.

—¿Quién te metió en esto? Me niego a creer que tengas el cerebro, la habilidad y hasta las agallas que hacen falta para llevar a cabo un robo tan audaz. Vamos, habla de una vez.

Larry retrocedió tambaleándose, perplejo.

—¿Qué robo? ¿Qué robo? ¿De qué demonios está hablando?

Henrietta le lanzó una mirada desdeñosa.

—Lo sabe perfectamente. Las esmeraldas.

—¿Qué?

—Las esmeraldas de los Ipswich. Las joyas que robó.

—¡Las esmeraldas de los Ipswich! —Larry el Estofado volvió a dejarse caer en su taburete—. No fui yo. ¡Yo no las robé! No sé a qué... ¿Qué quieren decir?

—Ya basta —dijo Rafe enérgicamente—. Se acabó el juego. La señora Markham se acuerda perfectamente de usted. Queremos la verdad. Puede decírnosla a nosotros y puede decírsela a las autoridades de Bow Street. Hay allí un alguacil que estará encantado de escucharlo.

—¿Un alguacil? —Larry el Estofado los miró a uno y a otro con el semblante macilento bajo la mugre—. ¿Me está diciendo la verdad?

—Se lo aseguro. Lady Ipswich avisó a los alguaciles la mañana después del robo.

—Horas después de que me golpeara usted en la cabeza y me diera por muerta —añadió Henrietta indignada.

—Yo no quería... Se puso usted en medio. Me entró el pánico. No pretendía... Yo no robé las esmeraldas, lo juro. Ella me lo prometió. Me prometió que era todo una farsa. No pensé... ¡Maldita Norah! ¡La muy zorra!

—¿Quién?

—¿De qué diablos está hablando?

—¡De ella! —gruñó Larry—. Fue ella.

—¿Henrietta? —preguntó Rafe, incrédulo.

—¿Quién? No, la maldita lady Ipswich. Fue ella quien me contrató.

—¡Lady Ipswich! Pero eso es absurdo... ¿Por qué iba a querer robar sus propias joyas? —Henrietta miró desconcertada a Rafe—. ¿Y por qué iba a acusarme luego si sabía perfectamente que...? No lo entiendo.

—Descríbame a esa mujer y dígame cómo se conocieron —ordenó Rafe—. Necesito pruebas de que no se está inventando ese cuento para salvar el pellejo.

—Solo hablé con ella dos veces —dijo Larry hoscamente—. Fue en los tribunales, dijo que estaba buscando a alguien para que le hiciera un trabajillo poco convencional, sin hacer preguntas. Se ofreció a buscarme un testigo que me exculpara, y lo hizo, y me ofreció además una buena paga, así que... Ya les digo, solo hablé con ella dos veces, pero luego hice averiguaciones por ahí y me enteré de que era ella. Lady Helen Ipswich. Me encargó que fingiera un robo en su casa de campo y desapareciera. Que es lo que habría hecho si aquí la señorita no se hubiera puesto en medio y hubiera abierto la boca como si fuera a ponerse a gritar a voz en cuello. Tuve que golpearla.

—Podría haberla matado.

—Ya se lo he dicho —replicó Larry el Estofado, volviéndose a Henrietta—, me entró el pánico. No era mi intención hacerle daño, señorita.

—¿Y no robó nada?

—Ni siquiera llegué a entrar en la dichosa casa. Se lo juro por la vida de mi madre: yo no robé esas esmeraldas.

—Dudo que conceda usted mucho valor a la vida de su madre —repuso Rafe—, pero aun así le creo.

—Imagino que las vendió ella misma.

—Sospecho que tiene razón. Probablemente en Rundell & Bridge, en Ludgate Hill —dijo Rafe—. Según creo tienen varios reservados en la trastienda para tales asuntos.

—Sigo sin entender —dijo Henrietta en tono quejoso—. Entonces, ¿por qué me acusó de ser cómplice de este hombre?

Larry pareció sorprendido.

—¿Eso hizo?

—Evidentemente, le asustó que pudieras identificar al ladrón —contestó Rafe—. Y por desgracia este ladrón en concreto es muy fácil de reconocer. En lugar de arriesgarse a que lo encontrara y se destapara el pastel, decidió hacerte encerrar donde no pudieras perjudicarla.

—Hay que reconocerlo, señorita —dijo Larry, asintiendo enérgicamente con la cabeza—, nos ha utilizado a los dos como a un par de primos.

—Sí —dijo Henrietta con voz trémula.

Rafe le rodeó los hombros con el brazo. Estaba muy pálida y temblaba, impresionada por la perfidia de Helen Ipswich.

—¿Qué ocurre, mi valerosa Henrietta? —preguntó él animosamente—. Ven, no vayas a desmayarte ahora, el suelo está muy sucio.

—No voy a desmayarme —dijo ella con una débil sonrisa.

—Claro que no —ansioso por salir de allí, Rafe se volvió de nuevo hacia Larry—. Tal vez le hagamos otra visita si Helen Ipswich se niega a hacer lo correcto, aunque confío sinceramente en que no. No tengo ninguna gana de volver por aquí. En todo caso, le conviene quedarse por aquí hasta que hayamos aclarado este asunto, por más ganas que tenga de desaparecer. Preséntese mañana en la posada El ratón campestre. Para entonces ya sabremos si tenemos que persuadir o no a Helen Ipswich. Le pagaremos por las molestias, desde luego, pero a cambio le exijo que mantenga la boca bien cerrada y no le cuente a nadie lo que ha pasado hoy. El señor Forbes me informará si no lo hace y le aseguro —añadió con aplomo— que no podrá usted evitar las consecuencias —agarró al ladrón del pescuezo, aunque Larry el Estofado intentó apartarse—. ¿Está claro?

Larry dejó escapar un gorgoteo ahogado mientras hacía débiles aspavientos.

—Estupendo —dijo Rafe. Lo soltó y dejó que cayera al suelo—. Me tomaré eso por un sí. Vamos, Henrietta, creo que ya no tenemos nada que hacer aquí.

La agarró del brazo y salió sin mirar atrás. Caminaba tan enérgicamente cuando volvieron a salir a Petticoat Lane que tanto Henrietta como Benjamin tuvieron que esforzarse para seguir su paso, y aunque las preguntas zumbaban en su cabeza como un enjambre de moscas, a Henrietta le faltaba el aire para formularlas. Cuando estuvieron de nuevo en Whitechapel Road, Rafe paró un simón y la ayudó a subir. Henrietta se sorprendió porque había un corto trecho a pie hasta la posada, pero también se alegró, porque le temblaban las piernas.

—Benjamin te acompañará a la posada —dijo Rafe, e hizo una seña al posadero para que montara con ella. Después cerró la portezuela.

—Pero ¿adónde...? ¿Qué vas a hacer? —preguntó Henrietta, bajando rápidamente la ventanilla.

—Ir a hablar con Helen Ipswich, suponiendo que haya vuelto a la ciudad.

—Entonces voy contigo.

—No. Esta vez, no. Estás muy alterada por todo esto, como es lógico. Además, cabe la posibilidad de que Helen Ipswich te haga detener si te presentas en su puerta.

—Pero ¿qué vas a decirle? ¿Cómo vas a conseguir...? ¿Qué piensas hacer? Rafe, no quiero que...

—Henrietta, mírate, no estás en situación de enfrentarte a nadie. Por una vez, confía en mí y deja que me ocupe solo de este asunto.

—Confío en ti —afirmó ella—, pero...

—Entonces actúa en consecuencia —contestó él tajantemente, y le hizo una seña al conductor para que arrancara.

Los caballos se pusieron en marcha. Asomada a la ventanilla, Henrietta vio que Rafe paraba otro simón que iba en dirección contraria.

—¿Cree usted que tardará? —le preguntó a Benjamin, consternada.

El posadero le dio unas palmaditas en la mano.

—No más de lo necesario, no se preocupe.

Eso era muy fácil decirlo, pensó Henrietta.

Al final, Rafe tardó mucho más de lo que esperaba. La casa de lady Ipswich en Londres estaba situada en Upper Brook Street, justo al otro lado de Grosvenor Square, frente a su mansión de Mount Street. En el cruce de Mount Street con Park, se encontraron con un atasco provocado por un faetón de pescante alto cuyos caballos se habían encabritado. El conductor, impaciente, hacía caso omiso de los intentos de su mozo por tranquilizar a los caballos y los fustigaba furioso con el látigo. Un carruaje y un birlocho intentaban pasar, uno por cada lado del faetón, y los porteadores de una silla de manos gritaban órdenes contradictorias en un vano intento por ayudar. La calle tardó casi quince minutos en despejarse, durante los cuales Rafe no dejó de ver frente a él el pórtico de su propia casa. Curiosamente, no se paró a pensar en su extensa provisión de ropa limpia, en las sábanas almidonadas y el colchón de plumas de su cama, ni siquiera en la posibilidad de darse un buen baño de agua caliente. La desangelada y fría habitación que compartía con Henrietta en El ratón campestre le parecía mucho más acogedora que aquella casa. Su propia mansión, ricamente amueblada y cubierta de suntuosas alfombras, no le atraía lo más mínimo, pues en ella no encontraría a Henrietta.

Si su visita a Helen Ipswich daba resultado, Henrietta se vería libre de peligro esa misma noche. Libre para marcharse. Libre para seguir con su vida. Sin él.

Iba a echarla terriblemente de menos. Le sorprendió darse cuenta, y no supo qué le asombraba más, si el hecho en sí mismo o que fuera precisamente Henrietta quien le inspiraba un sentimiento tan extraordinario.

La echaría de menos, sí. ¿Cómo demonios había ocurrido aquello? Lo ignoraba, pero de algún modo, en apenas un par de días, estar con Henrietta Markham se había vuelto una adicción. Ella le hacía reír. Veía el mundo de una manera distinta y refrescante desde detrás de aquellos grandes ojos marrones. Además, le gustaba cómo lo miraba. Y cómo le hacía sentirse. Aquellos labios suyos, infinitamente deseables... No, no había bebido lo suficiente de ellos, ni mucho menos. Se excitaba con solo recordar su cuerpo tendido bajo el suyo.

No estaba preparado aún para dejarla marchar. No quería hacerlo. Tenía que encontrar el modo de que se quedara con él un poco más. Mientras el simón se detenía delante de la casa del difunto lord Ipswich, Rafe se estrujó el cerebro buscando una solución. Obviamente, no podía ponerle una casa como si fuera su amante. Por excitante que fuera la idea de cubrirla de sedas y encajes, de regalarle algunos de los lujos de los que siempre se había visto privada, sabía que no debía sugerirle tal componenda. Henrietta ni siquiera accedía de buen grado a que pagara su estancia en la posada, de modo que era muy improbable que estuviera dispuesta a que le pagara el alquiler de una casa. Y, en cualquier caso, le parecía mal. No sabía muy bien por qué, pero así era. No, no podía proponerle que fuera su querida. Tenía que haber otro modo.

—¡Maldita sea, tiene que haberlo!

Al ver que un lechuguino se paraba en medio de la calle para mirarlo, se dio cuenta de que Henrietta le había contagiado su costumbre de hablar consigo mismo en voz alta. Al ver que aquel mismo lechuguino lo miraba atentamente a través de su monóculo, advirtió que presentaba un aspecto algo desaliñado. En Whitechapel había sido la viva imagen de la elegancia, comparado con las gentes que habitaban el lugar. Allí, en Mayfair, su chaqueta arrugada y sus botas deslustradas le daban una apariencia francamente desastrada. Miró con nerviosismo a su alrededor y subió las gradas de la casa de dos en dos. Al menos la aldaba estaba puesta, lo que significaba que lady Ipswich había vuelto, como esperaba, a la ciudad.

El mayordomo le informó ceremoniosamente de que, por desgracia, lady Ipswich no estaba en casa en ese momento.

—La señora —añadió— ha ido a la exposición anual en Somerset House, milord. Tal vez si tiene la amabilidad de venir más tarde o dejar su tarjeta...

—Prefiero esperarla —dijo con firmeza, y entregó su sombrero y sus guantes al asombrado mayordomo, al que no le quedó otro remedio que conducirlo al salón de la planta baja y ofrecerle un refrigerio.

Rafe había declinado el ofrecimiento del mayordomo de llevarle té, madeira, clarete y coñac y había pasado la hora siguiente paseándose por el salón con cuidado de no acercarse a las grandes ventanas que daban a la calle, por si algún transeúnte levantaba la mirada y lo reconocía. A medida que se alargaba su espera y disminuía su paciencia, la fría rabia que lo había embargado en casa de Larry el Estofado volvió a dominar su ánimo.

Aunque no había podido darle un puñetazo al ladrón, estaba decidido a vengarse en nombre de Henrietta y sus pensamientos habían tomando un rumbo implacable. No podía perdonar a Larry el Estofado por haber maltratado a Henrietta, pero al menos se daba cuenta de que lo había hecho para salvar el pellejo. Lo de Helen Ipswich era harina de otro costal. Saltaba a la vista que su renta de viudedad no bastaba para sufragar su tren de vida, y Rafe sospechaba que sus favores estaban mucho menos solicitados que antes. Sin duda estaba endeudada hasta el cuello, demasiado endeudada para que los pollos a los que podía desplumar pudieran sacarla de apuros. Si no, no habría recurrido a vender las joyas de la familia.

No era nada sorprendente, en cualquier caso. Vender unas joyas tenía que significar muy poco para una mujer que se había visto obligada a vender su cuerpo. En cierto modo, Rafe no la culpaba. Lo había visto muy a menudo: niños nacidos en la más absoluta pobreza que mordían la mano que les daba de comer y robaban comida a sus familias adoptivas. La fuerza de la costumbre, surgida de la necesidad. Entendía que Helen Ipswich no concediera mucho valor a un collar de esmeraldas aunque dicho collar perteneciera desde hacía siglos a la familia de su marido y aunque no pudiera disponer de él, puesto que su legítimo dueño era su hijo mayor.

A pesar de que se negara a frecuentarla, Rafe no sentía animadversión por las mujeres de su calaña. Helen Ipswich, dirían algunos, había sabido velar por sus intereses. Cierto, había mentido y engañado a su marido, lo cual la hacía despreciable y egoísta, pero a ese respecto Rafe no estaba en situación de juzgar a nadie con dureza. Lo que le había hecho a Henrietta, en cambio, era digno del más absoluto desprecio. Y tendría que pagar por ello.

Rafe recorrió el salón por enésima vez. Agarró un espetón de la chimenea y comenzó a blandirlo al ritmo de sus zancadas.

—¡Zorra sin corazón! —exclamó, recordando la cara que había puesto Henrietta al saber cómo la había utilizado lady Ipswich.

Henrietta, a la que le preocupaba más el sufrimiento de sus padres si se enteraban que la posibilidad de pudrirse en la prisión de Newgate. Henrietta, la persona más valiente, honrada y buena que había conocido nunca. No soportaba imaginar lo que podía haber sido de ella si no se hubiera escondido en su faetón.

Se abrió la puerta del salón. Rafe soltó el espetón y notó que lo había doblado por completo.

—¡Vaya! Bonita forma de agradecerme mi hospitalidad —comentó Helen Ipswich, mirando con asombro el espetón doblado—. Deduzco que esto no es un visita de cortesía, milord.

Cuando el mayordomo la había informado de que el conde de Pentland había llegado inesperadamente y estaba esperándola, había sentido en principio una intensa satisfacción. Después de todos aquellos años, su altanero vecino del campo se dignaba ir a visitarla. Quizá por fin fuera a ser aceptada en los círculos de la alta sociedad. ¡Por fin!

Su euforia duró poco, sin embargo. Mientras se quitaba el sombrero y se miraba ansiosamente al espejo de su tocador, varias cosas se concitaron para disipar su optimismo inicial. Eran las cuatro de la tarde y la hora de las visitas matutinas había pasado hacía largo rato. En cualquier caso, los señores solteros no hacían visitas sin acompañantes a no ser que tuvieran un propósito muy concreto en mente, y Helen sabía que Rafe Saint Alban no era uno de esos. Aquel hombre era un crápula, pero no frecuentaba a mujeres como ella. Y pensándolo bien, había rechazado cortésmente la invitación que le había enviado para asistir a su última fiesta. La había rechazado su secretario, de hecho, pues dudaba que la invitación hubiera llegado a ojos del conde. No, fuera lo que fuese lo que había llevado a Rafe Saint Alban a su casa, no se trataba de intercambiar galanterías, ni de ofrecerle tratos indecorosos.

En el salón, al mirar su duro semblante, sus ojos de color pizarra llenos de desprecio, Helen Ipswich tuvo que reprimir un escalofrío. Había pocas personas capaces de intimidarla, pero aquel hombre tenía algo que la advertía de que debía andarse con pies de plomo.

Se abstuvo de tenderle la mano y tomó asiento, colocando sus amplias faldas de color salmón en torno a ella.

—Bien, milord, lamento haberle hecho esperar. Si me hubiera informado de que pensaba venir...

—No he sabido hasta hace muy poco que iba a ser necesario —Rafe permaneció de pie, haciendo caso omiso de su invitación para que tomara asiento—. He venido por un asunto de cierta importancia.

Algo más calmada, Helen Ipswich observó desapasionadamente a su inesperado invitado. Parecía cansado y sus botas distaban mucho de relucir. Tenía también algo arrugada la chaqueta, y en cuanto a su corbata... Parecía habérsela anudado sin mirarse al espejo.

—Hacía mucho tiempo que no lo veía por la ciudad —comentó dulcemente.

—Dado que tenemos muy pocos conocidos en común, no es sorprendente —contestó Rafe, cortante.

—Tengo entendido que estuvo en el campo hasta hace poco, igual que yo. Es una pena que no le pareciera conveniente ir a visitarme allí —añadió Helen Ipswich entre dientes.

—Con suerte, esta será la primera y la última visita que le haga.

—Es usted un impertinente, señor.

—Y usted una farsante, señora.

Lady Ipswich sofocó una exclamación.

—¡Cómo se atreve! —se sonrojó bajo el colorete aplicado con esmero—. No voy a tolerar que me insulte en mi propia casa.

Desconcertada por un instante, rebuscó ansiosamente en su memoria intentando descubrir qué podía tener Rafe Saint Alban contra ella. Entonces se le ocurrió una idea espantosa, pero la descartó de inmediato. Había borrado demasiado bien su rastro. Abrió un abanico y comenzó a agitarlo vigorosamente.

—Le aseguro, milord, que no tengo ni idea de qué me está hablando —dijo con aplomo.

Rafe se obligó a sentarse frente a ella, cruzó las piernas y se tomó unos instantes para calmarse y ordenar sus ideas. Descruzó las piernas y volvió a cruzarlas.

—Entonces permítame que se lo aclare —dijo lacónicamente—. Le exijo varias cosas, ninguna de ellas negociable.

Helen Ipswich levantó una de sus cejas exquisitamente depiladas.

—¿No me diga? Disculpe que se lo diga, milord, pero es usted un impertinente. Hace mucho tiempo que no acepto un trato sin posibilidad de negociación —se permitió una pequeña sonrisa.

Rafe frunció el ceño.

—Como comprenderá muy pronto, señora, si no me hace caso el próximo trato que negocie será con el carcelero de Newgate —ignorando sus protestas, se puso en pie y comenzó a enumerar sus exigencias—. Lo primero que quiero, y lo más importante, es que retire las odiosas acusaciones que presentó contra Henrietta Markham.

Lady Ipswich se llevó una mano a la boca para sofocar una exclamación de horror. No tenía intención de rendirse sin luchar.

—Ah, sí, la señorita Markham —dijo con admirable dominio de sí misma—. ¿No se habrá creído usted ese absurdo cuento que le contó?

—¿Se refiere a que la golpeara un ladrón en la

212

cabeza y luego la acusara usted de ser su cómplice y la amenazara con la cárcel? No solo la creo, sino que tengo pruebas irrefutables de que está diciendo la verdad.

—¿Qué pruebas?

—La mejor de todas: la confesión del presunto ladrón —contestó con cautela y observó la reacción de Helen Ipswich.

Ni siquiera su perfecto maquillaje pudo disimular el tono gris que cubrió su tez. Empezaron a temblarle las manos visiblemente.

—He conocido al caballero al que pagó para que simulara un robo. Responde al nombre de Larry el Estofado. Hemos tenido una conversación sumamente esclarecedora.

Lady Ipswich se quedó boquiabierta y dejó caer su abanico. Pero, haciendo un ímprobo esfuerzo por dominarse, se irguió en la silla y juntó fuertemente las manos.

—Me temo que no le sigo —dijo con voz ronca—. Ignoro de qué está hablando.

La voz de Rafe, en cambio, sonó suave.

—No estaba muy dispuesto a confesar, pero aún estaba menos dispuesto a ir al patíbulo por un delito que no ha cometido. Cuando descubrió que lo había engañado, se mostró ansioso por cooperar. Los hechos son irrebatibles. Pagó usted a ese individuo para que simulara un robo a fin de encubrir sus propios actos. Para entonces ya había vendido las esmeraldas. ¿Qué fue? ¿Una deuda de juego? —notó

213

por su respingo que había dado en el clavo—. ¿No sabe que no debería jugar si no puede pagar, milady? Es de muy mal tono. Pero, claro, ¿cómo iba a saberlo usted?

—Yo no...

Rafe levantó una mano imperiosamente.

—Ni siquiera intente negarlo. Va a retirar la denuncia y a decirle a ese alguacil que no hubo tal robo. Dígale que sus esmeraldas estaban en casa del joyero para que las limpiaran y que se le olvidó. Dígale que lo del ladrón fue un invento de su fantasía febril. Dígale que fue todo una broma de un amigo suyo. Dígale lo que quiera, pero déjele claro que no hubo ningún delito.

—Pero no puedo hacer eso. Quedaré como una perfecta idiota.

—Si no lo hace, quedar como una idiota será la menor de sus preocupaciones. La convertiré en una paria, en una marginada. Y naturalmente me aseguraré de que se sepa que se ha visto obligada a vender las joyas que deberían heredar sus hijos.

Lady Ipswich se llevó las manos al pecho. Rafe se recostó en su silla.

—Afrontemos los hechos: de no ser por la protección que le procura el apellido de su difunto marido, ni siquiera la tolerarían en los márgenes de la buena sociedad, como la toleran ahora. Su reputación es tan endeble como una gasa. Un solo soplido mío y desaparecerá. ¿De veras es lo que quiere?

—No se atreverá.

—Sabe perfectamente que puedo hacerlo y que lo haré.

Lo sabía, desde luego. Una cosa era que el conde de Pentland la mirara con desdén desde lejos y otra muy distinta que la denigrara públicamente. No hacía falta más para que la gente comenzara a formular preguntas incómodas y todos aquellos años de discreción se fueran al garete.

—¿Cómo voy a decirles que fue un error? Y, además, ¿qué demonios le importa usted esa maldita institutriz? ¡Es una don nadie! Ni siquiera...

Rafe se cernió sobre ella antes de que pudiera apartarse. Lady Ipswich se encogió en su silla y se llevó instintivamente las manos a la garganta como si temiera que fuera a estrangularla.

—A diferencia de usted, Henrietta Markham tiene escrúpulos. No solo es inocente, sino que las acusaciones que ha vertido sobre ella son sumamente graves. Era usted responsable de ella y la ha difamado. ¿Acaso no entiende, precisamente usted, lo que es sentirse solo e indefenso? Para usted, el engaño es el pan de cada día. Estoy seguro de que se le ocurrirá alguna excusa plausible que contar a las autoridades. Me importa un bledo cuál sea con tal de que cumpla su propósito. ¿Me he expresado con suficiente claridad?

Helen Ipswich asintió lentamente con la cabeza.

—Y quiero que sea ahora. Hoy mismo. Enseguida. O me temo que empezaran a circular rumores y las imitaciones que sin duda ha encargado de sus malditas esmeraldas serán sometidas a una inspección que no superarán. ¿Eso también está claro?

Otro asentimiento de mala gana. Lady Ipswich se lamió los labios. Los notaba resecos, pese al carmín que se había aplicado poco antes.

—Entonces me marcho, señora. Confío en que nuestros caminos no vuelvan a cruzarse.

—Me aseguraré de que así sea —respondió ella entre dientes—. Haré lo que me ha pedido.

—Nunca lo he dudado —contestó él con desdén—. El egoísmo y el instinto de supervivencia suelen ir de la mano. Usted tiene ambas cosas en cantidad. Le deseo buenas tardes.

La puerta se cerró tras él. Helen Ipswich se quedó sentada un momento mientras buscaba frenéticamente otra salida. No encontró ninguna, sin embargo, y no era muy dada a malgastar energías lamentándose por lo que no podía ser.

Se levantó con un suspiro, tocó el timbre que había junto a la chimenea para llamar al mayordomo y pidió que enviaran de inmediato un lacayo a Bow Street y que no volviera sin el juez o cierto alguacil, pues tenía noticias importantes para ellos. Luego se concentró en idear una historia plausible que contarles.

Henrietta se paseaba por la habitación de la posada y de vez en cuando miraba la hora del reloj de la torre. Le daba vueltas la cabeza. Era terrible que la hubieran acusado falsamente, pero descubrir que había sido a propósito... Apenas podía creer que alguien pudiera ser tan egoísta, tan interesado, y que ese alguien fuera su propia jefa. Y sin embargo debía de ser cierto. ¿Por qué iba a mentir Larry el Estofado?

Esos tres últimos días, en la posada, mientras Benjamin intentaba dar con el ladrón, casi se había olvidado de la vergüenza y el horror que le producían las acusaciones vertidas contra ella. De pronto habían vuelto con toda su fuerza. Cuando pensaba en lo cerca que había estado de que la detuvieran, en la posibilidad de que la hubieran declarado culpable... Santo cielo, tenía la impresión de que iba a desmayarse por primera vez en su vida. Y todo porque lady Ipswich necesitaba dinero. Y no porque lo necesitara de verdad, como lo necesitaba la gente de Petticoat Lane. ¡Eso sí era verdadera necesidad! Y ni siquiera esa pobreza justificaría el poner en peligro la vida de dos personas inocentes. Larry el Estofado podía ser un ladrón, pero no merecía que lo colgaran. A Henrietta le hervía la sangre.

—Ojalá Rafe la haga confesar —dijo con fervor—. Por favor, que la haga confesar y que acabe pidiendo perdón de rodillas —añadió—. Que le haga prometer que va a cambiar. Que ver el error de lo que ha hecho. Ah, y que avise a los alguaciles. Por favor, que los avise de que todo ha sido una farsa.

¿Dónde estaba Rafe? Quizá lady Ipswich no estuviera en la ciudad, después de todo. ¿Habría tenido que ir al campo a buscarla? ¿Y si no conseguía persuadirla para que retirara la denuncia? ¿Y si sencillamente lo negaba todo? Pero Rafe encontraría el modo de convencerla. Seguramente llegaba tarde porque... porque...

¿Dónde se había metido?

El reloj de fuera dio una hora más. El tiempo pasaba muy despacio. Henrietta sacó de su sombrerera unas medias de lana que hacía tiempo que tenía que zurcir, enhebró una aguja y se sentó en la cama. Rafe volvería en cuanto pudiera. Tenía plena fe en él, aunque ignorara dónde estaba y qué hacía.

Dio una pulcra puntada y luego se detuvo con la aguja en el aire. Lo echaba de menos. Y lo iba a echar de menos más aún en un futuro inmediato, cuando acabara todo aquello. De pronto se dio cuenta de que lo que más ardientemente había deseado, limpiar su buen nombre, era lo que iba a privarla de lo que amaba.

Estaba enamorada de Rafe.

¡Santo cielo! Lo quería. Se había enamorado de Rafe Saint Alban. Se le cayó la aguja sobre el regazo. Lo quería. Era ridículo. Imposible. Y absolutamente cierto.

El honorable Rafe Saint Alban, conde de Pentland, barón de Gyle y quién sabía qué más títulos... él, aquel hombre, era el amor de su vida. ¡Claro que lo era!

Claro que lo era. La sonrisa que se había dibujado en sus labios se borró. No podía estar enamorada de él. Pero ¿qué era, si no, lo que sentía cada vez que estaba a su lado? Aquel hormigueo, aquel burbujeo, aquella sensación de que le faltaba el aire... ¿Qué era aquello sino amor? ¿Por qué, si no, lo deseaba solo a él, sino porque lo amaba? ¿Por qué, si no, nunca antes se había sentido así? Porque aún no lo conocía. Porque seguía esperando conocerlo. Porque solo sentiría aquello por él. Solo por él.

Lo amaba. Y el amor lo podía todo, ¿verdad? Sin duda podía redimir y reformar a una persona. Seguro que si él lo sabía, si se daba cuenta, si podía...

—¿Si puede qué, Henrietta? —se preguntó en voz alta—. ¿Quererte?

Se estremeció. Rafe afirmaba que no podía volver a querer. Que no volvería a casarse. Pero también había dicho que Henrietta le hacía incumplir sus propias normas.

—Dijo que había vuelto su mundo del revés —dijo al recoger la aguja—. Que le hacía sentir. Y sin duda un sentimiento puede llevar a otro más profundo.

Llevada por el primer arrebato de optimismo que inspira el amor, pensó que así era. El anhelo desesperado de que así fuera la hizo olvidar cualquier duda. Amaba a Rafe. Ansiaba que él la quisiera. Podía ocurrir. ¡Ocurriría!

El reloj dio otra hora. Estaba tan enfrascada en

sus sueños que su aguja casi no avanzaba por la ajada trama de la media. Apenas notó que pasaba el tiempo hasta que se abrió la puerta. Al ver aparecer a una alta figura, soltó la aguja y la media y se abalanzó hacia dicha figura.

Nueve

—Has vuelto. ¡Cuánto has tardado! Estaba muy preocupada.

Le echó los brazos al cuello sin poder refrenarse y se apretó contra él. Rafe cerró la puerta con el pie pero no hizo intento de desasirse. Cerró los ojos y la estrechó entre sus brazos, apoyando la barbilla entre sus rizos. Era tan delicioso... Se sentía tan bien con ella...

—Lady Ipswich había salido cuando llegué. Tuve que esperar —explicó.

—Pero ¿la has visto? —preguntó con la mejilla pegada a su pecho.

—Sí, la he visto. Y ha hecho falta un poco de persuasión, pero al final lo ha reconocido todo. Va a retirar la denuncia.

—¡Dios mío! No puedo creerlo. ¿De verdad? ¿Es cierto? —lo miró con la cara iluminada. Esa noche sus ojos eran de color chocolate. Parecía como si Rafe acabara de hacerle un regalo de valor incalculable. Y quizás así era.

—De verdad —contestó, y le dio un beso en la nariz—. En serio.

—¿Y voy a verme libre de todas sus acusaciones?

—De todas.

—¡Ay, Rafe! Eres maravilloso. Nunca lo he dudado, pero no sabía cómo y... Pero eres simplemente maravilloso —le dio un beso ferviente en la mano enguantada—. Siéntate y cuéntamelo todo.

Rafe se rio. Arrojó el sombrero y los guantes sobre la mesa, la hizo sentarse en la cama, a su lado, y le contó su entrevista con lady Ipswich. No podría haber pedido un público más entusiasta y agradecido. Henrietta dio palmas, alabó su astucia y se horrorizó ante la perfidia de Helen Ipswich como si estuviera viendo un melodrama. Rafe creía comprender hasta qué punto la había abrumado aquella acusación, pero al ver su alegría se dio cuenta de que había subestimado el peso que aquel asunto había supuesto para ella. Se sintió bien. Sintió que había hecho algo bueno por primera vez desde hacía siglos.

—Así que ya puedes dejar de preocuparte por la cárcel —dijo mientras le apartaba un rizo de la mejilla.

—Y de las fiebres que dan en prisión —contestó Henrietta con una risa. Sentía un alivio tan intenso que le parecía estar borracha—. No sabes cuánto significa esto para mí —puso una mano sobre su hombro y acarició su mejilla con la boca.

Un beso de agradecimiento, nada más. Pero el sabor de la piel de Rafe la hizo demorarse y él movió la cara un milímetro de modo que lo besara en la boca.

—Perdona, no pretendía... Solo quería... —intentó apartarse de él, pero Rafe la sujetó.

Henrietta procuró hacer caso omiso de la punzada de deseo que aceleró su respiración.

—¿Tienes hambre?

—Un hambre de lobo —murmuró Rafe, frotando la mejilla contra la suya.

—¿Quieres que...? ¿Te apetece que le pida a Meg que nos suba aquí la cena?

—No es de eso de lo que tengo hambre —repuso Rafe mientras seguía besándola.

Atrayéndola hacia sí, absorbió con todo el cuerpo su calor, su ternura, sus curvas, su sabor delicioso. La besó y ella lo rodeó con los brazos y lo besó con idéntico ardor. Brotó la pasión y los consumió al instante, ávidamente. La encendieron sus besos, el recuerdo de sus placeres previos la alimentó y los traumáticos acontecimientos de ese día la dotaron de un ápice de desesperación, como si estuvieran al borde de un precipicio en el que ansiaban precipitarse.

Aferrada a él, Henrietta lo besaba y gemía, apretando sus labios, sus pechos, sus muslos contra el hombre al que amaba con frenesí, el hombre cuyo amor deseaba más que cualquier otra cosa. Se arrancaron la ropa y la arrojaron al suelo frenéticamente. Rafe tocó su cara, sus brazos, sus hombros, su talle, avivó su fuego y la hizo arder, abrasándola de tal modo que el lento y suave ascenso hasta su primer clímax pareció insulso en comparación con aquel. Aquel ardor, aquel deseo salvaje, aquella ansia dolorosa y palpitante superaba todo cuanto había soñado. Moriría si no conseguía satisfacerla. Moriría de todos modos, de puro deseo, y no le importaba.

Él mordió su labio. Sus lenguas se entrelazaron. Henrietta oyó vagamente que los lazos de su vestido se rasgaban, sintió un soplo de brisa cuando el vestido cayó al suelo y luego, de nuevo, calor cuando Rafe la levantó en brazos y la dejó caer sobre la cama. Él tenía el pecho desnudo. El sudor brillaba en sus anchos hombros, en sus músculos tensos, en sus tendones. Cuando se tumbó a su lado, Henrietta lo colmó de besos, jadeando frenética, sin importarle la estampa que presentaba, atrapada en aquella ansia elemental de dar y recibir, de absorber a Rafe y dejarse absorber por él, de ascender hasta que ya no pudiera respirar, de arder hasta que se quemara por completo.

Se quitó la camisa precipitadamente. Vestida únicamente con las medias y las ligas, se tumbó en la cama y lo miró absorta mientras él se despojaba de sus últimas ropas. Rafe respiraba agitadamente. Su miembro se erguía maravillosamente enhiesto, curvado y orgulloso, y ella sintió que sus músculos se tensaban, expectantes.

Rafe la besó de nuevo en la boca. Besó sus pezones, lamiéndolos hasta hacerla retorcerse. Hundió los dedos en los pliegues húmedos de su sexo, y Henrietta se retorció más aún. Masculló su nombre. Henrietta se aferró a él, se apretó contra él, lo besó y se retorció de nuevo mientras acariciaba con los dedos su sexo rápidamente. Quería aquello, lo quería a él, enseguida. Lo amaba. Quería que la amara. Quería demostrarle cuánto lo amaba. Si él lo sabía, si se daba cuenta, si veía cuánto, entonces quizá...

—Ya, ya, ya —masculló, agarrándose a él y clavando las uñas en sus nalgas.

Rafe siguió acariciándola con más fuerza, la besó con más ímpetu y ella se sintió al borde del abismo y se aferró a él, esperando jadeante.

—Ya, por favor, ya —dijo con voz entrecortada, agarrada a sus hombros mientras se precipitaba al vacío y comenzaba a caer.

Rafe la besó profundamente. Las contracciones de su clímax eran increíblemente excitantes. Su verga palpitaba, tan dura que pensó que iba a estallar. Y sin embargo tenía que preguntárselo:

—¿Estás segura, Henrietta? —dijo, jadeante—. ¿Estás segura?

—Rafe, por favor. Quiero... Estoy segura. Te lo prometo. Por favor.

Él no pudo resistir más. No pudo esperar más. Levantándole el trasero, se colocó con cuidado y la penetró. Tuvo que parar, esperar y parar, porque al sentirla palpitar en torno a su pene se sintió casi incapaz de refrenarse, y no quería que se acabara aún.

Ella estaba tensa, caliente y mojada. Empujó, traspasó la tenue barrera de su himen y se hundió en su glorioso calor. Entonces contuvo el aliento y dejó escapar un grito ronco. Nunca, nunca, nunca había...

—Henrietta... Ah, Dios, Henrietta... —empujó y gimió y sintió que ella se aferraba a él y lo envolvía por completo. Fue una sensación dulcísima, embriagadora. Empujó de nuevo y Henrietta salió a su encuentro, una y otra vez, como si estuvieran hechos para aquello, como si fuera un secreto que solo ellos compartían.

Ella se había sentido zozobrar en las cotas más altas del éxtasis, pero de pronto comprendió que aquella había sido una falsa cima. Todo él, todo su miembro grueso, duro y aterciopelado estaba dentro de ella, y nunca había soñado que aquel llenarse y vaciarse pudiera ser tan maravilloso. Y cada vez Rafe la llenaba más, encontraba en ella profundidades que no creía que existieran, la llevaba más alto con cada acometida, elevándola en espiral hasta que estuvo realmente en la cumbre, embriagada por hallarse a aquella altura. Rafe la acometió una última vez y ella se precipitó por el borde del abismo y sintió un placer tan intenso que pensó que iba a desmayarse. Después, sintió que su verga se hinchaba y se retiraba justo antes de que alcanzara el clímax, haciéndole proferir un ronco gemido.

La abrazaba tan fuerte que Henrietta no podía respirar. Las lágrimas rodaban por sus mejillas y no hizo intento de detenerlas. Él las lamió y dijo que lo sentía, y ella acarició su pelo sedoso y le dijo que no, que no le había hecho daño, ni siquiera un poco.

Rafe le dio un suave beso en los labios. Apretándola contra sí, pensó que no podría haber expresado lo que sentía ni aunque lo hubiera intentado. Se sentía extraño. Completamente saciado, vacío y al mismo tiempo colmado.

El corazón de Henrietta perdió poco a poco velocidad y por fin pudo respirar normalmente. Yacía aturdida, consciente solo de que Rafe la rodeaba con los brazos, gozando de la euforia que siguió a una experiencia que para ella había sido decisiva.

Había hecho el amor con el hombre al que quería. Durante esos minutos de éxtasis Rafe había estado dentro de ella, habían estado unidos. Habían sido uno solo. Sin duda él también lo había sentido. ¿Verdad? A él le importaba. Le importaba de veras. No la quería pero, pese a todas sus advertencias, mientras yacía allí repleta confió en que algún día pudiera quererla. Era un hombre honorable. No le habría hecho el amor a menos que sintiera algo por ella. Pero ¿qué?

¿Cómo podía estar tan segura de que sentía algo? Para Rafe, aquello había sido desde el principio un paréntesis, una huida de su vida normal. Ella se había jugado desde el principio mucho más. Su buen nombre. Su libertad. No había esperado perder también el corazón. Pero así había sido, irremediablemente.

Apoyándose en un codo, compuso una sonrisa alegre.

—Bueno, esta es la última noche que tenemos que pasar aquí —dijo—. Pensarás que soy tonta, pero este cuartito se ha vuelto un poco como mi hogar.

Rafe se enroscó uno de sus rizos en un dedo.

—No, no pienso que seas tonta, yo también le he tomado mucho cariño a esta habitación, aunque no al colchón, que es incomodísimo. Henrietta, ¿has pensado qué vas a hacer ahora?

Su corazón comenzó a latir con frenesí. Intentó sofocar la angustia, aferrarse a sus certezas, pero de pronto nada le parecía tan seguro como antes. Rafe no iba a quererla. No quería casarse. Lo había dicho claramente, pero ella no había prestado atención. ¿Estaba a punto de rechazarla amablemente? La dicha de su encuentro amoroso huyó de repente como un ladrón de la escena del crimen.

—No lo sé —dijo—. Aunque lady Ipswich retire la denuncia, dudo que vaya a darme una carta de recomendación y sin ella me costará encontrar otro empleo.

—Tengo que reconocer que estos últimos días me he acostumbrado a ser tu protector.

—Ah —su corazón se detuvo y luego comenzó a latir más aprisa. Se sentía de pronto un poco mareada. No se atrevía a abrigar esperanzas, pero de todos modos lo hacía. Se incorporó para verle mejor la cara. Ojos de color azul índigo. Una leve sonrisa.

Ah, Dios, por favor, por favor... ¡Ah, por favor!

—Y me resisto a dejar de serlo tan pronto —añadió Rafe.

¡Tan pronto! Si hubiera estado de pie, le habrían fallado las piernas, derrumbándose como sus esperanzas. No sabía qué le estaba proponiendo, pero no era algo duradero.

—¿Tan pronto? —su voz sonó estrangulada—. ¿Qué quieres decir?

—Dijiste que no querías volver a Irlanda, con tus padres. Imagino que no has cambiado de idea.

—No, no, pero...

—Y por lo que me has dicho, no tienes otros parientes que puedan acogerte en su casa.

—Está mi tía, la hermana de mi madre, pero...

—Seguramente será una viuda entrada en años que vive recluida en el campo, rodeada de gatos.

—Pues la verdad es que...

—No, tenemos que encontrar un sitio en Londres donde puedas quedarte hasta que regresen tus padres. Conmigo no puedes vivir, claro está. Aunque sienta la tentación de proponértelo, sé que sería una indecencia —frunció el ceño y comenzó a dar golpecitos con un dedo sobre la sábana—. ¡Ya lo tengo! —¿por qué no se le había ocurrido antes?—. Tengo la solución perfecta.

—¿Sí? ¿Cuál? —una esperanza irracional volvió a brillar como una vela agitada por una corriente de aire—. ¿Cuál es, Rafe?

—Mi abuela.

—¿Tu abuela? —Henrietta puso mala cara—. ¿Qué tiene tu abuela que ver conmigo?

—Tiene más de noventa años y, en mi opinión, necesita urgentemente alguien que le haga compañía.

—A mí no me lo parece —contestó Henrietta, escéptica. Se había hecho una idea muy precisa de la indomable condesa viuda—. Y aunque así sea, sigo sin entender qué tiene eso que ver conmigo.

—No seas obtusa, Henrietta. Quiero decir que tú serías la perfecta acompañante para ella. Ninguna de las dos tenéis pelos en la lengua, ni os faltan opiniones propias. Creo que os llevaréis perfectamente. Mi abuela vive casi todo el año en Londres. Podría ir a visitarla más a menudo. A fin de cuentas, es mi pariente más cercano —añadió con creciente entusiasmo—. Y aunque es muy anciana, también es muy independiente y se precia de tener un montón de compromisos que atender —dijo, tan entusiasmado por la idea que no se dio cuenta de la cara de horror que había puesto Henrietta al comprender lo que le estaba proponiendo—. No tendrás que estar constantemente pegada a ella y habrá muchas oportunidades para que tú y yo sigamos con nuestro... con nuestro... Para que pasemos tiempo juntos. Querrás seguir viendo Londres —concluyó sagazmente—. ¿Qué puede haber más natural que tenerme a mí por guía? ¿Qué me dices?

Ella no dijo nada. Apenas daba crédito a lo que estaba oyendo, no podía creer que Rafe hubiera malinterpretado hasta ese punto su carácter. Lo que le estaba sugiriendo sonaba mucho a proposición. A proposición deshonesta. ¡Sonaba a lo que propondría un crápula!

—¿Henrietta? ¿Qué te parece?

—No sé qué pensar —dijo, y rezó por que él dijera algo que disipara sus sospechas.

—No quiero separarme de ti. Todavía no. Me he... Seguro que sabes que me he encariñado contigo, Henrietta. Y creía que tú también conmigo.

Se quedó mirándola, atónita. No tenía ni idea de cuánto. Ni idea. Y ella, por su parte, había subestimado su determinación de poner coto a sus propios sentimientos. Él se lo había advertido. Era todo culpa suya.

—¿Henrietta?

—Me estás pidiendo que sea tu amante.

—¡No! Yo no...

—Entonces, ¿qué estás sugiriendo?

—Solo quería... quiero... He pensado que tú querías... —se pasó los dedos por el pelo y arrugó el ceño—. Solo intento encontrar un modo de no poner fin a esto.

—¿A qué? —preguntó ella con aspereza—. ¿Pensabas que si lo disfrazabas de otra cosa no iba a darme cuenta de lo que me estabas pidiendo? ¿De veras crees que me concedo tan poco valor como para aceptar semejante proposición? ¿Y qué me dices de la opinión que demuestras tener de tu abuela, cuya casa serviría de pantalla a nuestro *affaire* sin que ella lo supiera?

—Henrietta, estás sacando las cosas de quicio, yo solo quiero...

—Tenerme disponible cuando se te antoje —repuso ella con amargura—. Sé perfectamente lo que quieres.

—Es una forma muy desagradable de expresarlo.

Henrietta se bajó bruscamente de la cama, recogió su camisa del suelo y se la puso.

—Tu oferta también es muy desagradable.

¿Lo era? No había sido esa su intención. Ahora veía que se había explicado mal, pero, maldición, no había tenido tiempo para pensarlo detenidamente. ¿Por qué no podía ser más comprensiva? Sintió rabia, mezclada con amargura y una punzada de miedo. No podía perderla. Apartando la sábana, se acercó a ella e intentó estrecharla entre sus brazos, pero ella lo apartó de un empujón.

—Por Dios, Henrietta, ¿qué tiene de malo que quiera encontrar una manera de que pasemos un poco más de tiempo juntos?

—¡No! No voy a permitir que...

—¿Qué? ¿Que te convenza? ¿Que te obligue? —el enfado se apoderó de él—. Creía que me conocías mejor. Nunca he...

—No, nunca. Tienes razón —reconoció Henrietta ladeando la cabeza con aire de desafío—. Todo esto es culpa mía. Pensaba que tú.. que yo... Pensaba que... que... —se detuvo, agitada.

—Henrietta, ¿es que no puedes...?

—¡No! Déjame en paz, por favor, Rafe. No puedo. No puedo —se sirvió un vaso de agua de la jarra que había junto a la cama y bebió varios sorbos para calmarse. No era culpa de Rafe, sino suya. No le había escuchado. No había querido escucharle—. ¡Qué idiota he sido! —murmuró.

Él se había puesto los pantalones. Con el pecho desnudo, sudoroso todavía por su encuentro, y el pelo de punta, estaba guapísimo. A Henrietta se le encogió el corazón, lleno de amor. Los ojos de Rafe reflejaban confusión, dolor y rabia. Y también deseo.

Por un instante, Henrietta pensó en decirle que sí. Pensó en renunciar a sus principios y en doblegarse a su voluntad solo para no tener que decirle adiós. Habría tiempo, días, semanas, tal vez incluso meses antes de que se cansara de ella, para volver a hacer el amor, para crear más recuerdos. Pero sería un error. No podría ser feliz sabiendo que lo que hacían estaba mal. Había hecho el amor con él teniendo esperanzas. No podía imaginarse haciéndolo de otro modo. Amaba a Rafe. No degradaría ese amor vendiéndolo. No se embarcaría en una relación tan humillante. Ni siquiera con Rafe. Sobre todo con Rafe.

No le quedaba otro remedio que marcharse. Rafe no le dejaba elección. Sus esperanzas se derrumbaron por completo, haciéndose añicos. Como las heroínas de las novelas de amor que leía, sintió que su corazón se desgarraba. No quería rechazarlo, pero debía hacerlo por su propio bien.

—No puedo, Rafe.

Rafe comprendió por su tono que hablaba en serio.

—¿Puedo preguntar por qué?

—Para mí no es suficiente.

—Henrietta, es más de lo que le he ofrecido nunca a nadie desde...

—Lo sé —contestó—. Sé que es más de lo que le has ofrecido nunca a una mujer desde... desde Julia, pero aun así no es suficiente.

—¿Es por mi reputación?

Ella negó con la cabeza.

—No. Ojalá pudiera, pero no puedo. Si pensara que tú... que te importo lo suficiente, que puedo llegar a importarte, no lo tendría en cuenta. Pero no lo creo y yo... A mí sí me importas. Demasiado para conformarme con menos. Verás, procedemos de mundos distintos. Siempre lo hemos sabido, Rafe, pero aquí lo hemos olvidado. Yo lo he olvidado, al menos —le escocían los ojos, pero no quería llorar. Solo le quedaba su dignidad. Se aferró a ella como a un salvavidas—. Lo siento.

—Entiendo —deseó protestar. Persuadirla. Demostrarle con un beso lo que estaba rechazando, lo que perderían ambos. Pero la armadura que había llevado durante tanto tiempo se lo impidió—. Entiendo —repitió, y se apartó deliberadamente de aquellos grandes ojos marrones para que no vieran su dolor, para que no lo convencieran de algo de lo que después se arrepentiría. Al recoger su camisa del suelo, sintió volver el oscuro nubarrón que había sido su fiel compañero hasta que Henrietta lo había disipado. Casi le dio la bienvenida. Al menos era algo conocido. Al menos sabía cómo manejarlo.

Acabó de vestirse y arrojó el resto de sus cosas a su maleta descuidadamente.

—Creo que es mejor que esta noche duerma en otra parte. Por la mañana pensaremos qué quieres hacer —la miró, deseando que cambiara de idea, que le dijera que no se fuera.

—Lo siento. Ojalá... Lo siento.

Rafe se encogió de hombros.

—Gracias por todo, Rafe. No te vayas así.

—Solo voy al otro lado del pasillo. Nos veremos por la mañana. Buenas noches, Henrietta.

—Adiós, Rafe.

Al cerrar la puerta, Rafe tuvo que sofocar la espantosa sensación de estar perdiendo algo importante, el deseo casi irrefrenable de dar marcha atrás. Cuando se fue en busca de Benjamin, sintió que se estaba alejando para siempre.

Al otro lado de la puerta, Henrietta se quedó paralizada. Su corazón pareció partirse en dos. Pero no podía comprometerse de ese modo, se dijo con firmeza. No podía, porque si lo hacía estaría perdida. Se lo repitió a sí misma una y otra vez cuando comenzó a recoger sus posesiones y a guardarlas en la ajada sombrerera, mientras las lágrimas le corrían por la cara sin que se diera cuenta.

Diez

Dos semanas después

—Bueno, querida, déjame verte bien.

Lady Gwendolyn Lattisbury-Hythe observó a su sobrina a través de los impertinentes de plata que solía llevar colgados de una cinta al cuello. Las gruesas lentes le daban aspecto de pez, pensó Henrietta mientras se movía nerviosa ante su tía. A pesar de que llevaba dos semanas en su casa, durante las cuales lady Gwendolyn la había tratado con suma generosidad y se había negado a hablar de la riña con su hermana, que según ella era agua pasada, Henrietta seguía sintiéndose cohibida ante ella.

Era la viuda de un eminente *whig* que había dividido su tiempo entre los escaños de la oposición en el Parlamento y la mesa de naipes en el Brook's. Afortunadamente para su esposa, sir Lattisbury-Hythe gozaba de una fortuna considerable y tenía buena suerte para el juego. La suerte, sin embargo, se le había agotado tres años antes cuando, teniendo el pie vendado a causa de la gota, se había caído por la escalera principal de su casa de campo y se había roto la cabeza al golpearse con la peana de mármol que sostenía un busto del emperador romano Tiberio.

Julius, el hijo mayor de sir Lattisbury-Hythe, había heredado el título pero no el temperamento de su padre, de modo que se sentía más inclinado hacia el bando *tory* y menos a compartir la fortuna familiar con el Brook's. Con su recatada y taciturna esposa y su prole, que se multiplicaba a ojos vista, el parsimonioso y cabal sir Julius se contentaba con ocupar la mansión de Sussex en la que había fallecido su padre, dejando así a lady Gwendolyn rienda suelta en la casa de Londres, donde su madre disfrutaba de una ajetreadísima vida social y podía lamentarse a sus anchas del anodino carácter de su primogénito.

Hacía ambas cosas con fruición. Sus fiestas y desayunos eran siempre apabullantes. A pesar de sus vínculos con los *whigs*, lady Gwendolyn era íntima amiga de lady Cowper, la más poderosas de las patronas de Almack's, cuyo ingenio era tan agudo y mordaz como el de aquella. Esa Temporada, sin embargo, había resultado algo aburrida para lady Gwendolyn, que, tras haber casado con éxito a sus tres hijas en años consecutivos, se había quedado sin jovencitas a las que presentar en sociedad y solo tenía una nieta de ocho años para la que hacer planes de futuro. Así pues, la inesperada llegada de Henrietta cuando acababa de regresar de una aburrida velada en el teatro de Drury Lane había supuesto para ella una diversión de lo más placentera.

Al llegar a la casa de Berkeley Square sin saber cómo iba a recibirla su tía, Henrietta, por su parte, solo había abrigado la esperanza de encontrar un refugio en el que poder pasar una corta temporada mientras decidía qué hacer. Apenas recordaba aquella primera noche, y de hecho se había mostrado incapaz de dar respuestas coherentes a las muchas preguntas que le había formulado su tía. Por suerte, lady Gwendolyn, mujer eminentemente práctica, solo había tenido que echar un vistazo a su cara pálida y descompuesta para llegar a la conclusión de que al día siguiente habría tiempo de sobra para explicaciones y había mandado a Henrietta a la cama con orden estricta de beberse un vaso de leche caliente y dormir toda la noche de un tirón.

Agotada, Henrietta había aceptado de buen grado. Al día siguiente, aunque estaba todavía apesadumbrada por el peso de su mala conciencia, había decidido no demostrarlo. Había sido una necia. Había permitido que el deseo le nublara el entendimiento y se había persuadido de que Rafe cambiaría solo porque ella así lo quería. Pero las heridas que le había dejado su matrimonio con lady Julia no curarían nunca porque él no permitía que curaran. El cariño que sentía por ella era sincero pero superficial, y Rafe no permitiría que llegara a más. No era incapaz de amar, pero había elegido serlo.

—Y el caso —se había dicho Henrietta estoicamente esa primera mañana en Berkeley Square, al
despertar y encontrarse un cuenco de chocolate caliente junto a la cama y una enorme bañera de cobre
colocada tras un biombo junto a la chimenea de su
alcoba—, el caso es que sería aún más infeliz si me
conformara solo con su cariño y renunciara a su
amor. Tal vez pudiera sacrificarme y sacrificar mis
principios por alguien que me amara, pero no por
alguien que no me ama.

Había tenido mucha suerte al escapar, se había
dicho con firmeza al hundirse en el agua caliente y
perfumada de la bañera.

—O al menos estoy segura de que con el tiempo
me parecerá que he tenido mucha suerte —había
añadido melancólicamente, pues no podía ignorar el
dolor de su corazón—. Estoy segura de que con el
tiempo aceptaré que no podía ser y apenas lo echaré
de menos, ni pensaré en él. Con el tiempo.

Había volcado una tetera de agua caliente sobre
su pelo para aclarárselo y lavar de paso las lágrimas
que corrían por sus mejillas. ¡No lloraría! ¡No sentiría lástima de sí misma! El dolor que sentía era
solo culpa suya. Se había enamorado de un hombre
que había encerrado su corazón en hielo, cuya respuesta al sufrimiento había sido embotarse para no
volver a sentir nada. Debía ser un consuelo saber
que no había sucumbido a la tentación de su oferta.
No permitiría que su amor, su precioso amor, quedara contaminado, mancillado o degradado. Había

hecho lo correcto al separarse de él con su dignidad intacta, aunque no pudiera decir lo mismo de su corazón.

—Y estoy segura de que pronto me sentiré mucho mejor gracias a eso —le había dicho a su reflejo desganadamente, pues era imposible negar que una parte de su ser deseaba no haberse separado de Rafe. Había una parte vergonzante de su persona que habría aceptado la proposición de Rafe sin vacilar, y por más que se armara de determinación sabía que jamás podría acallarla por completo.

—Lo que tengo que hacer ahora es concentrarme en el futuro —había mascullado al ponerse su vestido marrón.

Y así, esa primera mañana, se había puesto a hablar del futuro con su tía y pronto había descubierto que lady Gwendolyn no estaba en absoluto de acuerdo con sus ideas al respecto.

—¡Mi sobrina, una institutriz de tres al cuarto! —había exclamado su tía horrorizada al escuchar la somera explicación de Henrietta sobre cómo había llegado a Berkeley Square después de que la despidieran injustamente de su puesto, omitiendo, desde luego, cualquier referencia a las esmeraldas y al conde de Pentland.

—La verdad es que no me sorprende que tu estancia en casa de lady Ipswich haya terminado mal —había comentado lady Gwendolyn—. De hecho, me alegro de que haya sido así. Ignoraba que tu madre estuviera tan poco informada como para pensar que Helen Ipswich era una persona adecuada a la que confiar a su hija. No voy a decir nada más a ese respecto, pero en cuanto a eso de buscar un empleo parecido... ¡rotundamente no! Y en cuanto a convertirte en maestra en ese colegio de Irlanda... —dio unas palmaditas en la mano de Henrietta y chasqueó la lengua—. Bueno, querida, confiemos en que sea todo una quimera, como las demás ocurrencias de tu madre. No, no protestes, tú eres una chica sensata y estoy segura de que sabes tan bien como yo que es la verdad. Me alegro de que hayas tenido el buen sentido de recurrir a mí, Henrietta. Has de ponerte en mis manos. Creo que puedo encontrarte un futuro mucho más prometedor que el de ser una simple institutriz.

Su tía había sonreído bondadosamente y Henrietta había procurado corresponder a su sonrisa, a pesar de que en ese momento la idea de tener un futuro prometedor le parecía muy lejana.

—Ha sido un gran pesar para mí no haberte conocido hasta ahora —había añadido lady Gwendolyn—. Aunque entiendo la lealtad que le debes a tu madre, me parece una vergüenza que nunca te hayas sentido con libertad de aceptar mis invitaciones para venir a visitarme.

Henrietta la había mirado con consternación.

—Pero nunca he recibido una invitación.

—¡Vaya! Eso explica muchas cosas —había dicho lady Gwendolyn ácidamente—. Seguro que ha sido cosa de tu padre. No lo conozco, pero...

—Ah, no, mi padre no haría... —Henrietta había titubeado—. Creo que ha debido de ser mamá —había dicho, sonrojándose—. Es muy... muy... Tiene opiniones muy severas respecto a los males de la sociedad elegante. Debido a su... a su infortunio.

Lady Gwendolyn se había dado unos golpecitos con los impertinentes en la palma de la mano.

—Bien —había dicho al fin—, tampoco vamos a hablar más de ese tema, pero te aseguro, Henrietta, que me alegra muchísimo que estés aquí.

—A mí también, tía —había respondido Henrietta, dándole un abrazo.

Lady Gwendolyn se sentía adecuadamente recompensada. Henrietta era encantadora y tenía modales excelentes, lo cual resultaba sorprendente teniendo en cuenta que se había criado en el campo. La Temporada había empezado hacía tiempo, pero eso era más bien una ventaja pues había alcanzado una fase en la que todo el mundo acogía de buen grado una cara nueva. El suyo no podía ser un debut formal, pues aparte de que Henrietta se negaba rotundamente a buscar marido, lo cual era una idea de lo más extraña, hasta lady Gwendolyn se daba cuenta de que no tenía autoridad para hacer de casamentera a su sobrina. No, no podía presentarla oficialmente en sociedad, pero de todos modos la mostraría ante el mundo, puliría un poco sus maneras y la vestiría favorecedoramente para que tuviera mejores posibilidades de encontrar marido. Además, sería divertido. Y sin duda su hermana Guinevere se escandalizaría al saberlo, lo cual le daba aún más ganas de salirse con la suya.

Henrietta se había mostrado extremadamente remisa al principio, pues lo último que deseaba era encontrarse con Rafe. Eso por no hablar de que muchos días le costaba un inmenso esfuerzo reprimir el impulso de esconderse en su habitación y no volver a salir. Cada mañana se recordaba que no tenía deseos de volver a verlo. Nunca más. Con el paso de los días lo echaba cada vez más de menos, y cada vez le costaba más disimular. Varias veces se había tropezado con la mirada inquisitiva de su tía y se había visto obligada a improvisar una mentirijilla, alegando que añoraba a sus padres o a los hijos de lady Ipswich.

Pero las excusas se le habían agotado muy pronto. Tras hacer algunas averiguaciones discretas había sabido que la casa de lord Pentland en Londres estaba al parecer cerrada, pues faltaba la aldaba de la puerta y las contraventanas estaban echadas. Si a eso se unía el desagrado que sentía Rafe por la alta sociedad y sus veladas, cabía deducir que era muy improbable que fueran a encontrarse. Henrietta comenzó a preguntarse si pasar un mes bajo el ala de su tía no sería precisamente lo que necesitaba para distraerse y olvidar al conde, de modo que cuando lady Gwendolyn sugirió astutamente que le haría un gran favor acompañándola a diversos compromisos, puesto que sus hijas estaban fuera de la ciudad, Henrietta se dejó convencer por fin y lady

Gwendolyn pudo escribir una carta a su hermana informándola en tono triunfal de que su hija iba a presentarse por fin sociedad.

Las siguientes dos semanas habían sido un torbellino de compras, visitas a la modista y lecciones de baile, una actividad a la que Henrietta se aficionó enseguida, lo cual resultó ser un arma de doble filo, pues no podía evitar acordarse de que Rafe se había ofrecido a enseñarle a bailar, del mismo modo que no podía evitar imaginarse en sus brazos o enojarse con su profesor de baile porque no era Rafe.

Se sentía abrumada por la generosidad de su tía Gwendolyn y por el número de vestidos de mañana, trajes de paseo, vestidos de noche y vestidos de baile que, según ella, eran imprescindibles para una joven de su posición, eso por no hablar de las medias de seda, los escarpines de raso, las botas de cabritilla, los chales, los echarpes, los sombreros, los tocados, los guantes y los bolsos necesarios para complementarlos. Por primera vez en su vida sintió la seda sobre su piel. Sus camisas eran de finísimo hilo y puntilla, y en su guardarropa no había ni rastro de algodón blanco corriente, ni nada de color marrón. De hecho, había resuelto no volver a ponerse nada de ese color.

Deseaba que Rafe la viera con su ropa nueva y al mismo tiempo le daba pánico que la viera. A veces, mientras se anudaba las ligas de las medias de seda o sacudía el volante de encaje de la manga de su vestido, se descubría preguntándose qué pensaría él, qué aspecto tendría, qué haría si... Entonces se le formaba un nudo en la garganta, los ojos se le llenaban de lágrimas y se odiaba a sí misma por ser tan débil.

Acompañó a su tía en una ronda de visitas matutinas. Se sentó en su palco en la ópera, comió helados en Gunter's y ocupó su asiento en el birlocho durante el tranquilo paseo que su tía daba por Hyde Park a las cinco de la tarde.

Asistió a varias fiestas selectas, en una de las cuales conoció a la impresionante lady Cowper, que le prometió introducirla en el exclusivo Almack's. De vez en cuando, las novedades que le ofrecía el deslumbrante mundo de tía Gwendolyn la hacían olvidar aquel cuartito en El ratón campestre, pero casi siempre el contraste era demasiado evidente para pasarlo por alto.

Se sentía como si estuviera viviendo una doble vida. Como si llevara una máscara. Se sentía sola y enfadada con Rafe por sentirse así. Se sentía culpable por no disfrutar cuando tía Gwendolyn hacía tales esfuerzos por entretenerla. Mientras comía, hablaba, asistía al teatro o escuchaba los últimos cotilleos, se preguntaba qué estaría haciendo Rafe en ese instante y con quién. No creía que la echara de menos, aunque ella sí lo echaba de menos a él, desesperadamente. Dormía mal, pero cuando dormía soñaba con él. Se despertaba acalorada y empapada en sudor, llena de un anhelo doloroso. Y una y otra vez, cuando estaba en el carruaje con tía Gwendolyn, creía ver su distinguida figura caminando un poco más adelante, y el corazón le daba un vuelco. Pero nunca era él.

Lo echaba de menos. Lo echaba de menos más que a nada en el mundo. Había tantas cosas que quería decirle... Quería ver su mueca de desdén cuando le contara alguna ruindad de la que había sido testigo, o ver aquella sonrisa que volvía sus ojos de color índigo. Estaba obsesionada.

—Bueno, creo que ya está.

La voz de tía Gwendolyn la devolvió bruscamente al presente y la obligó a componer una sonrisa. La figura del espejo, que parecía una espléndida versión de Henrietta, dio un respingo y sonrió también melancólicamente.

—Disculpa, tía, ¿qué has dicho?

—Estás en las nubes, querida. ¿Estás nerviosa por lo de esta noche? Descuida, no es más que un baile privado, habrá veinte o treinta parejas, poca cosa. Ahora dime qué te parece el vestido. Opino que *madame* Leclerc acertó del todo con el color, aunque sea muy poco convencional para una debutante. Y antes de que vuelvas a decirlo, sé que no eres una debutante en sentido estricto, pero aun así esta es tu primera Temporada. Y todavía no me has dicho qué te parece.

—Apenas me reconozco —dijo Henrietta mientras se miraba con asombro en el espejo. Llevaba el pelo recogido en un moño en lo alto de la cabeza, con varias hileras de tirabuzones que caían delicadamente, como rizos naturales, a ambos lados de su cara. Dos horas había tardado la peluquera en conseguir aquel efecto. Había usado tantas horquillas que Henrietta casi se sentía incapaz de sostener su peso, pero el resultado era sumamente agradable. La hacía parecer más madura y un poco menos ingenua, aunque no sofisticada. El vestido, su primer vestido de baile, era de seda naranja oscuro, cortado a la moda francesa, con la cintura suelta y una falda que se acampanaba desde el cinturón, una silueta que realzaba favorecedoramente sus curvas. Le preocupaba, de hecho, que el escote dejara ver en exceso su blanco busto, pues era tan bajo que dejaba al descubierto sus hombros, formando una línea continua hasta las mangas abullonadas. Tuvo que refrenarse para no subírselas. La modista le había asegurado que, entre su pecho y el excelente corte del vestido, el escote se mantendría en su sitio, pero a Henrietta todavía le costaba creerlo. Un volante del mismo color dorado que el cinturón formaba el bajo del vestido, lastrado con una intrincada filigrana de lentejuelas, la misma filigrana que se repetía en el chal con flecos que tía Gwendolyn estaba echándole sobre los hombros.

—Mi madre dice siempre que la ropa no hace a una mujer —dijo melancólicamente—, pero ya no estoy tan segura de que tenga razón.

—Mi hermana ha tenido siempre muchos pájaros en la cabeza —contestó lady Gwendolyn mordazmente—. La ropa importa, como ella sabe muy bien. Tu madre tenía un gusto exquisito, querida mía, y tú pareces haberlo heredado. Mírate. Sospeché que tenías posibilidades la primera vez que te vi con ese horrendo vestido marrón, pero la verdad es que has superado mis expectativas, Henrietta. Estás verdaderamente arrebatadora.

Henrietta se sonrojó.

—¿Sí? ¿De veras?

Lady Gwendolyn se echó a reír.

—Tendrás que aprender a encajar un cumplido de manera más elegante, querida. Bajar un poco las pestañas, dar las gracias cortésmente, o decir simplemente «es usted muy amable», no parecer ansiosa por oír más halagos.

—Ah, no era eso lo que pretendía. En todo caso estoy segura de que no será... de que no seré... Lo siento.

—Qué tontuela eres. Anda, vámonos o llegaremos tarde. Hay una línea muy fina entre llegar demasiado pronto, como los palurdos, y llegar demasiado tarde, como los borrachos.

—¡No! Es mi primera noche en Londres después de mi regreso, que me aspen si voy a pasarla dando tumbos por un salón de baile con una serie de debutantes cuya conversación es tan insípida como su forma de bailar, solo porque le has prometido a tu hermana que me llevarías —Rafe se sirvió una copita de oporto y empujó la botella hacia su amigo—. No soy un trofeo que exhibir. Al diablo con todo, Lucas, no pienso ir y se acabó.

—Por favor, Rafe, hazlo por mí. Ya sabes cómo es Minerva. Te mira con esos ojos y es como enfrentarse a un basilisco. Le dije que sí casi sin darme cuenta. Solo una hora, te lo prometo. Luego nos iremos al White's.

—Tengo tan pocas ganas de jugar a las cartas como de bailar.

El honorable Lucas Hamilton tomó una pizca de rapé de su elegante cajita de plata, estornudó, tomó otra pizca y se sirvió una generosa copa de oporto. Era un hombre alto y excepcionalmente delgado, de mejillas enjutas y ojos un tanto hundidos, razón por la cual se le conocía con el apodo muy poco favorecedor de «Cadáver».

Tenía, en realidad, una constitución sumamente fuerte, algunos dirían incluso que escandalosamente robusta teniendo en cuenta el maltrato al que sometía a su cuerpo. Tras beberse el oporto de un trago, se sirvió otra copa.

—No estás de humor para casi nada, mi querido amigo. Incluso menos de lo normal, si me permites la observación. ¿Qué mosca te ha picado? ¿Y dónde has estado estas últimas semanas? —preguntó—. Te esperábamos en la ciudad hace siglos.

Rafe se encogió de hombros.

—He estado en el campo. He descubierto que la soledad me sienta bien.

—Pues si no te importa que te lo diga, no tienes

buena cara. De hecho —añadió Lucas—, estás hecho un asco.

—Gracias, Lucas, siempre puedo confiar en tu franqueza.

Su amigo se rio.

—Bueno, alguien tiene que decírtelo —tomó otra pizca de rapé.

Rafe no solo estaba hecho un asco, sino que parecía llevar varios días sin dormir. También estaba más delgado y un poco más irritable de lo normal. A pesar de que habían quedado para cenar a solas, apenas había abierto la boca.

—Bromas aparte, Rafe, estoy preocupado por ti. No será un lío de faldas, ¿verdad?

Rafe se sobresaltó.

—¿A qué viene eso? —replicó.

Lucas levantó las cejas.

—¡Santo cielo! ¡Es una mujer! No me digas que...

—No tengo intención de decirte nada. Y no hay nada que contar —empujó su silla hacia atrás y se levantó—. Si has terminado de saquear mi bodega, vámonos a la dichosa fiesta de tu hermana. Cuanto antes lleguemos, antes podremos marcharnos.

—¿Lo dices en serio? Tendrás que cambiarte, ¿sabes? Minerva insiste en que sus invitados vayan de gala, así que, si no te importa, voy a servirme un poquito más de este estupendo oporto mientras te cambias —Lucas apuró su copa, se levantó tranquilamente y escogió otra botella llena del aparador.

Rafe debía de estar verdaderamente hecho polvo si prefería bailar con insípidas debutantes a intercambiar confidencias con su mejor amigo.

Parado ante el espejo de su tocador, Rafe estaba pensando lo mismo. En las dos semanas transcurridas desde que había llamado a la puerta de la habitación de Henrietta para que bajaran a desayunar y había descubierto que se había marchado, tenía la impresión de haber hecho un viaje de ida y vuelta al infierno.

Incredulidad, eso era lo primero que había sentido al inspeccionar la habitación vacía y ver que su manto ya no colgaba del respaldo de la silla, que en la mesilla de noche faltaban sus cepillos, que la sombrerera había dejado surcos de polvo sobre las tablas del suelo y que la cama estaba pulcramente hecha y con las almohadas bien ahuecadas, como si no quedara ni rastro de su encuentro amoroso. Se había descubierto mirando debajo de la cama, como si Henrietta pudiera haberse escondido allí, pero lo único que había encontrado era la media que ella había estado zurciendo. Todavía la tenía en su maleta.

Ni Benjamin ni Meg sabían qué había pasado. Nadie la había visto salir. La incredulidad había dado paso al miedo. Henrietta no tenía dinero. No tenía dónde ir. La idea de que no tuviera un techo bajo el que refugiarse, de que quizá estuviera deambulando por las calles de Whitechapel, le había aterrorizado. Esa noche había recorrido palmo a palmo aquellas calles, parando a conductores de coches de punto, a serenos y a todo aquel que quisiera escucharle para preguntarles si habían visto a una joven con un manto marrón. Pero nadie la había visto.

Henrietta le había hablado de una tía, pero Rafe ignoraba dónde podía vivir. Había esperado en vano noticias suyas, una nota, una carta, el ofrecimiento de pagarle los gastos que había hecho por ella, cualquier cosa. En su casa de Mount Street, con la aldaba aún quitada de la puerta, el miedo había dado paso a la ira. ¿Acaso no se daba cuenta ella de lo preocupado que estaba? El tiempo se arrastraba inexorablemente. Echaba de menos su sonrisa, su risa, su entusiasmo y su forma de decir lo que pensaba, en el instante en que lo pensaba. Y echaba de menos sus grandes ojos marrones y cómo lo miraba, y sus besos y... Se daba cuenta, aunque le costara reconocerlo, de que la añoraba como si le faltara una parte de su ser.

¡Diablos! ¡Cómo se atrevía a hacerle aquello!

¡Maldición! ¿Dónde se había metido? Encerrado en su casa de Londres, el negro nubarrón de la depresión regresó con renovado vigor, ahora sin ninguna perspectiva de que fuera a disiparse. Por fin dio permiso a su mayordomo para que abriera la casa y fue a ver a su abuela, que se tomó su decisión de permanecer soltero mejor de lo que esperaba. En realidad, pareció preocuparle mucho más la salud de su nieto que su estado civil. Aquella victoria, que antes de conocer a Henrietta le habría reportado cierta satisfacción, ahora no significaba nada para él.

Mientras dejaba que su ayuda de cámara le pusiera la chaqueta negra de gala, lustrara sus zapatos y le diera su sombrero, sus guantes y su bastón, Rafe sintió que su vida era una larga e interminable caminata por un túnel al final del cual no se adivinaba ni un atisbo de luz.

Recorrieron a pie la corta distancia que había hasta Grosvenor Square, Rafe escuchando solo a medias a Lucas, que le iba contando una tediosa historia acerca de la ocurrencia de su cuñado, el marido de Minerva, de echar una carrera entre uno de aquellos nuevos velocípedos y un caballo en Hyde Park a la hora del paseo, carrera que había dado como resultado el que el caballo se encabritara y el velocípedo acabara destrozado.

En Grosvenor Square se encontraron con el embotellamiento habitual de carruajes y sillas de punto. La amplia escalinata estaba iluminada con hachones. Un sinfín de lacayos con librea escarlata aliviaba a los caballeros del peso de sus abrigos, y Rafe y Lucas se sumaron a la cola de invitados que esperaban para saludar a los anfitriones. Rafe respondía maquinalmente a los saludos, inclinaba enérgicamente la cabeza, estrechaba alguna que otra mano y hacía una reverencia cuando era necesario, pero ya estaba contando los minutos para poder escapar de allí. Dos bailes como mucho, pensó. Dejaría en manos de Minerva la tarea de encontrarle parejas convenientes. Al menos se libraría del vals, que a la hermana de Lucas le parecía un baile indecoroso.

El comité de bienvenida era largo: lo formaban Minerva, su marido y varios parientes y allegados. La chica, la sobrina de Lucas por la que se había montado todo aquel follón, había heredado la complexión de los Hamilton y era tan alta, tan flaca y huesuda como su madre y su tío. No parecía tener ni el ingenio de Lucas ni, por desgracia, la mirada de basilisco de Minerva, pero de todos modos conseguiría casarse, pensó Rafe cínicamente mientras esperaba con impaciencia a que ella anotara su nombre en la libretita que colgaba de su muñeca, para bailar la primera danza campesina.

La aglomeración de gente era insoportable. Hacía demasiado calor. Había demasiada luz. Demasiado ruido. Y la bandeja del clarete estaba demasiado lejos. Se abrió paso por una antesala hasta llegar al salón de baile y, mientras buscaba con la vista a alguno de los esquivos camareros, una mujer formidable se acercó a él. Iba vestida de resplandeciente color lavanda, llevaba en la cabeza un turbante malva con plumas púrpura y sostenía ante sus ojos unos impertinentes plateados que le daban la apariencia de un bacalao.

—Lord Pentland.

Rafe hizo una reverencia. Una de las amigas más jóvenes de su abuela. Viuda de un *whig*. Con un hijo aburridísimo y un montón de hijas. Recordó de pronto que la más joven era muy divertida.

—Lady Gwendolyn.

—Pensaba que estaba usted en el campo.

—Como ve, he vuelto.

—No esperaba verlo aquí. Nos regala tan pocas veces con su presencia...

—He venido por complacer a un amigo.

—Ah, el hermano de Minerva, claro. Ese tan larguirucho, ¿cómo se llama?

—Lucas.

—Eso es. No me cabe duda de que Minerva le habrá encasquetado a su hija para que baile con ella. Pobrecilla, se parece demasiado a su madre y tiene aún menos conversación que ella. Se aburrirá usted mortalmente.

Rafe esbozó una tensa sonrisa y se inclinó dispuesto a marcharse, pero lady Gwendolyn le dio unos golpecitos en el brazo con su abanico.

—Espere un momento, quiero presentarle a una persona. Creo que la encontrará mucho más interesante que a su pareja de baile. Tiene la refrescante costumbre de decir lo que piensa, igual que usted. Estoy seguro de que va a gustarle. Es mi sobrina.

—Es usted muy amable, pero me temo que...

—Es la hija de mi hermana, ha venido a pasar conmigo unas semanas. ¿Dónde está? Ah, aquí estás, querida, ¿qué hacías escondida detrás de esa columna? Ven aquí y haz una reverencia. Lord Pentland, permítame presentarle a mi sobrina, la señorita Markham.

—¡Henrietta!

—¡Rafe!

Lady Gwendolyn los miró a ambos. Estaban blancos como sábanas.

—¿Se conocen? No puede ser —pero nadie la escuchaba.

Rafe agarró a Henrietta de la muñeca y echó a andar por entre la multitud, ignorando las miradas curiosas que les dirigían. Henrietta no tuvo más remedio que seguirlo, sin tiempo para respirar, protestar o sacudirse el aturdimiento que se había apoderado de ella al verlo allí. Rafe apartó una gruesa cortina, dejando al descubierto el profundo hueco de una ventana, y tiró de ella. Henrietta parpadeó y se estremeció al hallarse de pronto en aquel rincón fresco y en penumbra después del resplandor de las luces del salón de baile y de su calor agobiante. Rafe la soltó y Henrietta se dejó caer en el mullido asiento de la ventana y miró inexpresivamente a la imponente figura que se erguía ante ella, resplandeciente con su ropa de gala.

Estaba temblando. Su cerebro se resistía a funcionar. Abría y cerraba la boca, pero de ella no salía ningún sonido. Rafe estaba allí. Estaba allí, delante de ella, tan alto y guapo como siempre. De pronto, mientras su corazón latía con violencia, comprendió que se había equivocado, que no podía curarse de él porque allí estaba y ella lo único que quería era arrojarse en sus brazos.

—Rafe, no esperaba... Pensaba que...

—¿Dónde demonios has estado?

Durante unos segundos había sentido un inmenso alivio. Durante el minuto que había tardado en llevarla a rastras hasta aquel rincón relativamente apartado, había sentido un arrebato de alegría que lo había elevado con su fuerza como una ola inmensa. Después, al romper la ola sobre él, había caído del cenit al nadir. Henrietta no estaba muerta. No estaba herida. No la habían detenido y saltaba a la vista que no había intentado llegar a Irlanda por sus propios medios. ¡Qué necio había sido al preocuparse tanto por ella!

La furia se apoderó de él al darse cuenta de que su angustia, tan rara en él, había sido absurda. Después de dos semanas sin saber nada, después de dos semanas maldiciéndola por hacer que la añorara, después de dos semanas atormentado por sueños tan vívidos que se despertaba sudoroso y excitado, le daban ganas de desfogar toda su rabia con ella.

—¿Y bien? ¿No tienes nada que decir? Fui a tu habitación y ya no estabas. No había ni rastro de ti, excepto una media. Nadie sabía qué había pasado. Ni Benjamin, ni Meg, ni nadie.

Henrietta solo pudo mirarlo con perplejidad. No se le había ocurrido que tuviera que darle una explicación.

—Lo nuestro se había acabado —dijo débilmente—. Pensé que marcharme así era lo mejor. Habría sido demasiado doloroso decirte adiós. Para mí, al menos. Creía que era evidente.

—¡Por el amor de Dios, Henrietta! No sabía qué había sido de ti. ¿No se te ocurrió pensar que estaría loco de preocupación?

La agarró de los brazos y la hizo levantarse. Le hizo daño, pero ella apenas lo notó. Le castañeteaban tanto los dientes que apenas podía hablar.

—Creía que no iba a volver a verte. No quería volver a verte —se desasió y se dejó caer de nuevo en el asiento de la ventana—. Claro que no se me ocurrió que fueras a buscarme, Rafe. ¿Por qué ibas a hacerlo? No teníamos nada más que decirnos.

—¿No pensaste que te buscaría? ¡Dios todopoderoso, Henrietta! Sabía que no tenías dinero. Creía que no tenías adónde ir. Sé que no tienes muy buena opinión de mí, pero ¿de veras me crees tan cruel como para no preocuparme por lo que te suceda?

—Lo siento. Lo siento, no podía pensar con claridad. Deba avisarte de que estaba bien y a salvo. No era mi intención preocuparte, al contrario. Te pido perdón.

Rafe se sentó a su lado. Su muslo rozó el de ella, cálido a través de la seda del vestido. Henrietta trató de apartarse, pero él la agarró de la barbilla y la miró fijamente.

—Está usted muy elegante, señorita Markham. Estoy sorprendido. Me hiciste creer que tu tía era una especie de solterona que malvivía en el campo.

—Yo nunca dije eso. No conocía a lady Gwendolyn. Fuiste tú quien dio por sentado que vivía en el campo.

—Y tú no intentaste sacarme de mi error. Sé que lo que te ofrecí no fue de tu agrado, pero no merecía que me trataras con tanto desprecio.

—¡Rafe, yo no...! ¡Yo jamás...! Si tú supieras... —dijo, acongojada—. No fue porque lo que me propusiste fuera indecente, sino por lo que revelaba de tus sentimientos hacia mí. O más bien de tu falta de sentimientos.

—Tú no sabes nada de mis sentimientos.

—Sé que no los tienes.

—¿Crees que no soy capaz de querer a nadie? ¿En qué te basas para hacer esa suposición?

—Creo que no te permites querer a nadie. Creo que te da miedo querer.

—Tienes toda la razón. Si supieras... Si tuvieras idea...

—A eso me refiero precisamente, Rafe: no la tengo. A pesar de lo que me contaste sobre tu matrimonio, sigo sin saber lo que sientes. ¿Por qué estás tan empeñado en negarte la posibilidad de ser feliz?

—¡Porque no me lo merezco!

—¿Qué quieres decir?

—No puedo ofrecerte más de lo que ya te he ofrecido, Henrietta. Has dejado muy claro que no es suficiente para ti y respeto tu decisión. Pero tengo mis motivos.

—¿Qué motivos?

—Buenos motivos, o más bien motivos horribles.

—Entonces cuéntamelos. Explícamelo. Eso al menos sería algo. Por favor, Rafe.

Se quedó mirando unos segundos. Explicárselo. Sería algo, en efecto. Al menos así no tendría tan mala opinión de él.

—¿Por qué no, maldita sea? —dijo bruscamente—. De hecho, voy a hacer algo mejor aún: voy a enseñártelo.

—¿A enseñarme qué?

—Esta noche no, mañana. Iré a buscarte a las diez.

—Pero Rafe...

—Mañana —esbozó una reverencia y se marchó abriéndose paso entre el gentío, ajeno a las miradas de resentimiento que le dirigieron su anfitriona y la hija de esta, que se quedó sin pareja para el siguiente baile.

Cuando Henrietta consiguió recuperarse de la impresión, ya se había marchado. El salón parecía lleno de hombres altos, vestidos con chaqué negro. No ayudó a tranquilizarla el hecho de que estuviera empezando la segunda pieza de baile. Avanzó despacio, pero una joven vestida de rosa le pisó los pies. Desesperada, comenzó a abrirse paso por los márgenes del salón, segura de que si lograba alcanzar la escalera principal podría alcanzar a Rafe antes de que saliera. Pero había demasiada gente en medio. Fue imposible.

—¡Querida!

—¡Tía Gwendolyn!

Su tía le puso una mano en la espalda y la empujó con firmeza hacia un saloncito reservado para que descansaran las señoras.

—Siéntate aquí, querida, mientras pido que nos traigan el carruaje —lady Gwendolyn la llevó suavemente hasta un diván—. Mi sobrina está algo mareada por este calor —les dijo a las otras dos ocupantes del saloncito, una de las cuales estaba arreglando el volante de encaje del vestido de la otra.

Henrietta obedeció. Cuando los avisaron de que el carruaje estaba listo, afirmó débilmente que era capaz de regresar sola a Berkeley Square, pero su tía, cuyo olfato para el escándalo era infalible y cuya preocupación por su sobrina solo podía compararse con su deseo de escuchar de qué conocía Henrietta al altivo lord Pentland, no quiso ni oír hablar del asunto.

Lady Gwendolyn refrenó su lengua mientras duró el trayecto en carruaje. Una vez en casa, dejó que Henrietta tuviera tiempo de cambiarse mientras ella se quitaba las joyas y cambiaba su vestido de baile por una bata. Solo entonces llamó suavemente a la puerta de la alcoba de su sobrina.

Henrietta estaba sentada ante el tocador, mirándose distraídamente al espejo, pero al ver llegar a su tía se levantó de un salto y compuso una sonrisa.

—Querida tía, he estado pensando que quizá quedarme en Londres no es lo que más me conviene, después de todo. He estado pensando que...

—Eso no importa, hija. ¿Cómo es que conoces a Rafe Saint Alban?

—Ah, eso no es nada —dijo despreocupadamente—. Es solo que era vecino de lady Ipswich y nos conocimos de... de pasada, hace poco. No es... no es nada.

—No ha sido esa la impresión que me ha dado. Os mirabais el uno al otro como si hubierais visto un fantasma.

—Es que Rafe... Es que lord Pentland no esperaba verme allí. No sabía que eras mi tía. Supongo que fue por eso.

—Henrietta, querida, ¿te han dicho alguna vez que mientes de pena? Exactamente igual que tu madre. Su cara también es un libro abierto.

—Ah.

—Exacto. Ahora, déjate de embustes y dime qué es para ti Rafe Saint Alban.

Henrietta abrió la boca para hablar, pero descubrió que era incapaz de mentir. Le tembló la barbilla. Sus ojos se llenaron de lágrimas.

—Todo —sollozó—, Rafe Saint Alban lo es todo para mí y yo no soy absolutamente nada para él y... ¡Ay, tía Gwendolyn! ¡Lo quiero tanto...!

Lady Gwendolyn se quedó boquiabierta, como cabía esperar. Buscó a tientas sus impertinentes, en vano.

—Pero ¿cómo es que...? ¿Cuándo? ¿Dónde?

—Por favor, no me pidas que te lo explique.

Pero lady Gwendolyn no cejó en su empeño. Fue como extraer un diente: exigió habilidad y determinación por su parte y causó gran sufrimiento a su sobrina, pero al poco rato ya estaba al corriente de toda la historia.

—¿Te das cuenta, querida mía, que Rafe Saint Alba es un redomado mujeriego? Si esto saliera a la luz sería tu ruina, porque nadie se creería que hubieras pasado tanto tiempo en su compañía sin perder tu virginidad.

—No es un mujeriego —protestó ella—. No se... Solo se... No es ese tipo de hombre. Sé que es un crápula, pero no de la peor especie.

—No sabía que hubiera crápulas buenos —repuso lady Gwendolyn levantando una ceja.

—Pues Rafe sí lo es. Solo que... Él no es... no es un seductor —declaró Henrietta—. Y además no me importa lo que diga la gente, solo que... ¡Ay! No podría soportar que esto te perjudicara, tía, con lo buena que has sido conmigo —rodeó con los brazos a su tía.

Lady Gwendolyn, que no era muy dada a las demostraciones de afecto, le dio unas torpes palmaditas en la cabeza.

—Ea, ea, si tú me aseguras que eres... que eres...

Que no tienes nada que reprocharte en ese sentido...
—dijo, sintiendo que su franqueza de costumbre la
abandonaba.

—No tienes que preocuparte por nada, tía —
contestó Henrietta sin mirarla a los ojos.

Lady Gwendolyn frunció los labios, enormemente aliviada por que Henrietta fuera su sobrina y
no su hija.

—Bien, eso espero —dijo secamente, y rezó
para sus adentros por que así fuera.

Once

Rafe pasó la noche en vela, dando vueltas por su habitación. Se quitó la ropa de noche y se puso una bata de seda.

Recordó entonces la bata de brocado que se había puesto Henrietta aquel primer día en Woodfield Manor. Parecía tan perdida con ella puesta, estaba tan enternecedora... Y él no había podido apartar la mirada de sus labios. Aquellos labios infinitamente deseables.

Sintió que se le encogía el estómago y continuó paseándose por la habitación, cada vez más nervioso. Abrió los postigos y se asomó a la calle. No había ni un alma, ni una luz en las ventanas. A unas calles de allí, en Berkeley Square, Henrietta estaría acostada en su cama. Se preguntó si estaría durmiendo. Si estaría pensando en él. Y qué pensaría.

¡Maldición!

Era demasiado tarde para engañarse pensando que no le importaba. Le importaba, y eso le asustaba, sobre todo porque sospechaba que lo que sentía por ella era muy distinto a lo que había sentido por Julia. Sabía por experiencia lo doloroso que podía ser el amor. No volvería a pasar por eso. Y no permitiría que Henrietta pasara tampoco por ello. No podía ofrecerle la felicidad, eso no estaba a su alcance, pero podía asegurarse de no hacerla más infeliz, aunque para ello tuviera que hacer el sumo sacrificio de renunciar a ella.

Porque no había otra solución. Henrietta había rechazado lo que podía ofrecerle. Aquel era el final. Mejor romper limpiamente, decirle la verdad de una vez por todas, que todo saliera a la luz. Ansiaba desesperadamente que le entendiera. Si no podía tener otra cosa, al menos tendría ese consuelo.

Pero ¿de veras podía soportarlo? ¿De veras iba a hablarle de aquellas cosas vergonzosas e inconfesables, tanto tiempo ocultas, que acechaban como ratas en los rincones oscuros de su mente y que lo reconcomían día tras día? ¿Podría hacerlo? El solo hecho de pensarlo hacía que se le encogiera el estómago. Pero no tenía más remedio. Debía cortar aquello de raíz. Quizás así pudiera resignarse a vivir sin ella.

A la mañana siguiente, las señoras estaban desayunando cuando un enérgico golpeteo en la puerta anunció que había llegado una visita a Berkeley Square.

—Pero ¿quién será a estas horas? —preguntó

lady Gwendolyn, pues era demasiado temprano para visitas matutinas.

No tuvo que esperar mucho para ver satisfecha su curiosidad.

—Está aquí lord Pentland, milady, y solicita una entrevista con la señorita Markham —le informó el mayordomo.

La taza de café de Henrietta tintineó sobre su platillo, vertiendo su contenido sobre el impecable mantel blanco de hilo.

—No estamos en casa —dijo lady Gwendolyn con firmeza—. Vuelve a sentarte, querida, y acaba de desayunar.

—Pero tía Gwendolyn, olvidé decírtelo...

—Henrietta, creía que anoche habíamos acordado dar por zanjado este asunto —repuso lady Gwendolyn con una mirada cargada de reproche—. Dígale a lord Pentland que no estamos en casa —ordenó con firmeza al mayordomo.

—Puede decírmelo usted misma. Claro que salta a la vista que están en casa. Buenos días, lady Lattisbury-Hythe —Rafe apareció en la puerta con el sombrero en una mano y una fusta en la otra—. Henrietta —inclinó la cabeza.

—¡Rafe! Digo lord Pentland. Quiero decir...

—¿Qué se propone usted interrumpiéndonos de esta manera, milord? —preguntó lady Gwendolyn en su tono más altivo, mientras echaba mano de sus impertinentes.

—He venido a llevar a su sobrina a dar un paseo

en coche —respondió Rafe, imperturbable por su mirada de pez.

—Mi sobrina no tiene ganas de ir a dar un paseo con usted. De hecho, no desea volver a saber nada de usted, dadas las circunstancias.

—Estoy seguro de que eso es lo que le gustaría a usted —repuso Rafe, entrando en la salita—, pero lo cierto es que ya habíamos acordado esta cita y puedo asegurarles a ambas que resultará de lo más ilustrativa.

—¿Qué cita? Henrietta, conviene que hagas caso de mis...

Pero Henrietta ya había apartado la silla de la mesa.

—Lo siento, tía, pero debo ir. No puedo... Ya has oído lo que ha dicho Rafe... lord Pentland. Solo por esta vez...

—Si te dejas ver con él en público, puede que con esta vez baste para manchar para siempre tu reputación, sobre todo después del espectáculo que disteis anoche en el baile —respondió lady Gwendolyn con franqueza—. ¡Henrietta! Por el amor de Dios, niña, si tienes que hablar con él, hazlo aquí, en privado. Al menos así estarás a salvo de miradas indiscretas. Pero se lo advierto, milord —añadió volviéndose a Rafe—: la próxima vez que se presente aquí sin previa invitación, no dudaré en ordenar que lo echen sin contemplaciones, por más conde que sea.

—Le aseguro, milady —repuso Rafe— que no

269

volverá a ocurrir. Y le agradezco su ofrecimiento para que hablemos en privado, pero he de declinarlo. Henrietta, ve a buscar tu sombrero.

Parecía muy nervioso. Fuera lo que fuese lo que quería mostrarle, saltaba a la vista que le importaba muchísimo. Henrietta dio un breve beso a su tía en la mejilla y salió sin más dilación.

Diez minutos después, sentada junto a Rafe en el faetón, Henrietta era un manojo de nervios. Con las manos entrelazadas y enfundadas en sus bonitos guantes de color verde esmeralda, a juego con su vestido y su abrigo de paseo, estaba tan concentrada en intentar calmarse tras una noche sin dormir que no se percató de hacia dónde se dirigían hasta que cruzaron el río por el puente de Westminster.

Rafe conducía en silencio, con el ceño fruncido y expresión reflexiva. Dejando Lambeth al este, se dirigieron hacia los muelles. Incluso cuando dejaban de ver el río, tapado por las enormes lonjas que bordeaban su rivera, el Támesis dejaba sentir su presencia en los altos mástiles de los barcos, que se recortaban contra un cielo terroso. Las calles eran estrechas y estaban atestadas de tráfico. Estibadores, marineros, carreteros y empleados del puerto circulaban de un lado a otro, atendiendo cada cual a sus quehaceres sobre un fondo constante de ruido y voces. El penetrante olor de las especias, de la canela y la pimienta, de la nuez moscada y el clavo, el aroma dulzón de los barriles de tabaco, la fragancia del té perfumado de la India... todo ello flotaba en la brisa como una nota agua, superponiéndose a las notas más graves del agua fangosa del río y las calles húmedas y abarrotadas de personas y bestias de carga.

La gente miraba abiertamente el elegante carruaje de Rafe. Henrietta tardó un tiempo en advertir que no lo miraban con asombro, sino porque parecían reconocerlo. Los hombres se levantaban el sombrero para saludar. Las mujeres hacían genuflexiones.

Detrás del carruaje se había formado un grupo de niños harapientos que corrían y se empujaban unos a otros para mantenerse a su paso. A su lado, Rafe levantaba el látigo para responder a los saludos y de vez en cuando saludaba lacónicamente en voz alta. Parecía conocer a la perfección el laberinto de callejuelas por el que circulaban.

No muy lejos del muelle de Saint Saviour, que a su vez se hallaba a escasa distancia del famoso barrio de Jacob's Island, al lado del cual Petticoat Lane parecía una calle aristocrática, Rafe refrenó a los caballos y, cambiando de dirección, cruzó una gran verja de hierro forjado. El tropel de chiquillos los seguía aún de cerca.

El edificio, que parecía ser una casa señorial construida hacía poco tiempo, se hallaba completamente fuera de lugar en aquel escenario. Tenía una entrada espaciosa, flanqueada por cuatro altos pilares, y dos alas idénticas, cada una con tres plantas y una larga galería de ventanas.

Rafe detuvo a los caballos en el estrecho patio y ayudó a Henrietta a apearse. Tras hurgar en su bolsillo, arrojó un puñado de peniques a los niños que se habían agolpado a su alrededor y que formaron una gran algarabía.

—Ten, Frankie, lleva a los caballos atrás —le dijo al chiquillo más alto.

—¿Lo conoces? —preguntó Henrietta, pasmada.

Se encogió de hombros.

—Y les has dado dinero. En Saint Paul me dijiste que...

—Estos niños no forman parte de ninguna banda. Todavía.

—¿Cómo lo sabes?

—Porque conozco a sus familias.

Henrietta puso cara de estupefacción.

—Residencia Hospitalaria Saint Nicholas —leyó en la placa de bronce—. ¿Se puede saber por qué me has traído aquí?

—Quería que lo vieras.

Ella arrugó el ceño y se mordisqueó el labio.

—Eres uno de los patronos del hospital, ¿verdad? Por eso sabes tanto de las bandas de niños de las que me hablaste.

—Soy uno de los patronos, sí. Supongo que podría considerárseme el miembro fundador.

—¿Quieres decir que lo construiste tú?

—Con mis propias manos, no —contestó Rafe

esbozando una sonrisa enigmática—. Y ahora tenemos cada vez más benefactores. Aunque no suficientes, ni mucho menos. Ocuparse de madres pobres a punto de dar a luz a hijos ilegítimos sigue sin ser una causa que la sociedad elegante vea con buenos ojos, como sin duda sabes muy bien por tus obras benéficas —añadió con cierta acritud.

—El asilo para pobres que hay cerca de nuestra aldea no permite que los hijos ilegítimos se queden con sus madres —dijo Henrietta con tristeza—. Dicen que el pecado de las madres contaminaría al niño. Es una de esas cosas sobre las que no consigo ponerme de acuerdo con mi madre.

—Pues aquí se les anima a permanecer juntos.

—No puedo creer que hayas construido este sitio —sacudió la cabeza, asombrada—. Es tan... bonito, tan apacible y tranquilo a pesar de estar rodeado por el tumulto de fuera...

—Está aquí porque aquí es donde más se necesita. Y tiene este aspecto porque queremos que la gente acuda aquí. Nadie nos molesta porque la gente que acude al hospital es también gente de por aquí, gente con muchas relaciones. Protegen a los suyos. ¿Quieres entrar?

Henrietta asintió con la cabeza.

—Si tienes la bondad...

Rafe la condujo a la puerta principal, entró tranquilamente y la llevó a un cuartito.

—Esta es la señora Flowers, la encargada del personal de enfermería —dijo, refiriéndose a una mujer semejante a un gorrión que, vestida de lanilla gris, lo saludó con una sonrisa resplandeciente—. No le importa que dé una vuelta con la señorita Markham para enseñarle el edificio, ¿verdad?

—Desde luego que no. Bienvenida —contestó la señora Flowers, e inclinó la cabeza cordialmente para saludar a Henrietta—. Hemos tenido cinco o seis ingresos desde la última vez que vino, milord. Empezaba a extrañarnos que tardara tanto en volver. El médico nuevo ya ha empezado a pasar consulta y parece haberse adaptado bastante bien, imagino que le agradará saberlo.

—Tienen médicos. Dios mío, eso es muy poco frecuente.

—Lo es en el caso de una residencia, lo sé —repuso la señora Flowers—, y, naturalmente, si la madre prefiere una comadrona, dispone de una, pero por desgracia nuestras pacientes están a menudo enfermas, además de embarazadas. Fue idea de milord, y muy buena, por cierto. El señor conde nos visita todos los meses —añadió dirigiéndose a Henrietta— y siempre trae alguna idea nueva para mejorar las cosas. Ya lo verá cuando le enseñe el hospital, no para de preguntar y de hacer sugerencias. Pero vayan, vayan, y tómense su tiempo.

Mientras seguía a Rafe por las diversas salas del hospital, le asombró la recepción que le dispensaba la gente. Las mujeres, adolescentes algunas de ellas, ya estuvieran en avanzado estado de gestación o con sus bebés recién nacidos en brazos, lo saludaban no solo con deferencia sino con verdadero afecto. Rafe parecía sentirse a sus anchas con ellas, les preguntaba por sus otros hijos y sus maridos. Para sorpresa de Henrietta, muchas de ellas parecían tenerlos. Y admiraba a sus bebés. Del conde distante e imponente no quedaba ni rastro. Rafe parecía haberse despojado por completo de su reserva al entrar en el hospital y Henrietta, que desconocía por completo aquella faceta suya, estaba encantada. Pero lo que de veras le encantó fue cómo sostenía en brazos a los bebés. Sujetaba hábilmente sus cabecitas flojas y miraba los ojitos azules de cada recién nacido con tal ternura que a Henrietta se le saltaron las lágrimas.

—Tiene buena mano con los niños —le susurró una mujer llamada Rose mientras Rafe devolvía a un recién nacido a su jovencísima madre—. No los maneja como si fueran sacos de patatas, como hace mi marido. Con él no tiene usted de qué preocuparse, querida.

—Bueno, no es mi... No estamos... —protestó Henrietta.

—Vamos, está usted loca por él, se ve a la legua. ¡Qué suerte la suya! Tendrán unos hijos preciosos, espere y verá.

Henrietta sacudió la cabeza, se sorbió las lágrimas y pidió permiso para sostener en brazos a la hija de Rose. Al sentir el dulce olor que exhalaba el cuello del bebé, la idea de tener un hijo, un hijo de Rafe, sintió tal arrebato de anhelo que no se dio cuenta de que Rafe estaba mirándola con una expresión cargada de tristeza. Cuando levantó los ojos, él estaba despidiéndose. Después, aguardó pacientemente a que se reuniera con él.

De vuelta en la biblioteca, mientras tomaba el té con la señora Flowers y Rafe atendía algún asunto, Henrietta se sintió aturdida. La señora Flowers no se cansaba de alabar el apoyo que Rafe prestaba al hospital.

—En nuestra opinión, es un santo —dijo—. Y no solo por el dinero que da, señorita Markham, sino por el tiempo. Siempre está dispuesto a escuchar y nunca juzga a los demás. Hay residencias parecidas a esta que no aceptan a mujeres solteras, y menos aún a las que... En fin, a las que no son exactamente respetables, por decirlo de algún modo. Pero aquí, en Saint Nicholas, saben que no vamos a rechazarlas. Lo más importante es que hagamos todo lo posible para que la madre y el bebé estén juntos, sea lo que sea la madre. Y da resultado... casi siempre —añadió con orgullo la señora Flowers—. Naturalmente, tenemos nuestros fracasos —agregó—. Algunas mujeres son incapaces de sobrellevarlo. Y otras... En fin, otras no quieren hacerlo, y no me refiero únicamente a la gente de por aquí. Puede que estemos en el corazón de Bermondsey, pero Mayfair no está muy lejos. Algunos expósitos que encontramos en la puerta de atrás vienen envueltos en hilo finísimo y en mantas de la lana más suave. Intentamos encontrarles un buen hogar, una familia adecuada a nuestros huérfanos. Su excelencia el conde ha conseguido que varios bebés fueran adoptados por trabajadores de su finca. Pero a veces no podemos encontrarles un hogar y entonces tenemos que mandarlos al Hospital de Expósitos de Bloomsbury Fields. No nos gusta hacerlo, claro, pero... En fin, no damos abasto —añadió la señora Flowers con tristeza.

Henrietta recordó las palabras de Rafe: «hay demasiados». Había pensado que era una muestra de crueldad o indiferencia, cuando en realidad Rafe estaba hablando por experiencia propia. Una experiencia mucho más real que sus propios y patéticos esfuerzos por cambiar las cosas. Profundamente conmovida por lo que había visto en Saint Nicholas, comprendió por fin que lo que había tomado por cinismo aquel día en Saint Paul era en realidad simple realismo. En medio de una existencia tan lúgubre, el hospital de Saint Nicholas era un rayo de esperanza, pero muy pequeño.

¡Qué tonta debía de haberle parecido a Rafe! Cuando se acordaba de algunas de las cosas que le había dicho, se sentía una necia. Al acordarse de que aquel día en las callejuelas de Petticoat Lane había resuelto hacer más en el futuro, se dio cuenta de que seguramente Rafe era la persona más adecuada a la que consultar al respecto. Entonces recordó que era poco probable que volviera a ver a Rafe.

—Bueno, será mejor que siga con mis tareas —la señora Flowers se levantó y le estrechó la mano—. Ha sido un placer conocerla, señorita Markham. Confío en volver a verla. Le diré a su señoría que suba.

—Ha sido maravilloso. Tiene que estar usted orgullosa de su hospital, señora Flowers. Nunca había visto nada tan... Gracias.

—No me las dé a mí. Si no fuera por el conde, no habría hospital. Es un buen hombre, uno de los mejores caballeros de Inglaterra, en mi opinión. Pero sin duda usted ya lo sabe. Adiós, señorita Markham.

La señora Flowers salió acompañada por el leve susurro del delantal almidonado que se había puesto encima del vestido de lanilla. Al hallarse sola, sentada en una silla de respaldo recto, Henrietta se quedó con la mirada perdida. Como de costumbre, las preguntas se agolpaban en su cabeza. ¿Por qué la había llevado allí Rafe? ¿Qué demonios tenía aquello que ver con su discusión de la noche anterior? ¿Por qué decía que no se merecía ser feliz?

Se abrió la puerta y entró Rafe.

—¿Has tomado el té?

—Sí, gracias. La señora Flowers ha sido muy amable. La sal de la Tierra, diría mi padre.

Rafe se apoyó en la repisa de madera de la pequeña chimenea que habías tras el escritorio. Iba vestido con suma elegancia, como de costumbre. Llevaba una chaqueta azul oscura, una corbata con un pequeño alfiler de diamante entre sus pliegues blanquísimos y un chaleco de rayas de dos tonos de gris. Los estrechos pantalones que ceñían sus piernas eran también de un suave gris oscuro, y sus botas relucían tanto que Henrietta podría haberse visto la cara en ellas si se hubiera atrevido a mirar. Su pelo negro azulado relucía tanto como sus botas. Y su cara... Su cara era la de siempre. Tenía una pátina de bruñida perfección. Y sin embargo, bajo aquella pátina, había un sinfín de defectos y de contradicciones, así como innumerables cualidades.

¿Quién era Rafe? ¿El conde, el caballero andante, el crápula o el filántropo? El hombre al que amaba. Se le encogió dolorosamente el corazón. Lo amaba, sí, de eso no había duda pese a todo.

—Rafe, lo que has hecho aquí es... Me faltan las palabras. Me siento tan pequeña cuando pienso en lo inútiles que han sido mis esfuerzos en comparación con los tuyos... Deberías estar orgulloso. Ojalá yo pudiera formar parte de algo tan maravilloso. De veras, este sitio es admirable.

Rafe pareció incómodo.

—Me das demasiada importancia. No fundé Saint Nicholas por motivos filantrópicos. No soy un buen samaritano.

—¿Como mis padres, quieres decir? No, sé que no lo eres. Tú eres mucho más práctico. Rafe, me gustaría...

—¡Henrietta!

Ella dio un respingo, sobresaltada.

—Henrietta, no me estás escuchando. No hice esto por razones altruistas. Al menos, no al principio. Lo hice para redimirme —cerró los puños. Tenía los hombros rígidos y parecía presa de una violenta emoción.

—¿Qué quieres decir, para redimirte? —preguntó ella.

—Pensé que si ayudaba a esas mujeres a quedarse con sus hijos, me sentiría mejor. Podría redimirme en cierta manera. Por el hijo con el que no me quedé. Al que no quise.

Henrietta tuvo la horrible sensación de hallarse al borde de una escalera muy empinada sabiendo que estaban a punto de empujarla. No quería saberlo, pero tenía que preguntar.

—¿Qué hijo?

—El mío. Mío y de Julia.

—¿Qué le ocurrió?

Rafe no quería decirlo, pero tenía que hacerlo. Tenía que romper limpiamente con ella, se recordó. De ese modo, podría asimilar su separación. La noche anterior, solo en su alcoba, le había parecido lo posible, sensato incluso. Ahora ya no estaba tan seguro. ¿Podría de veras confesar algo tan terrible? Necesitaba confesárselo para dejarla marchar, pero ¿no acabaría por destruirlo el dolor que iba a sentir?

—Rafe... Rafe, ¿qué fue de él? Del niño.

Se preparó. Era ahora o nunca. No podía seguir acumulando remordimientos. Respiró hondo, trémulo.

—Lo maté.

Henrietta se quedó boquiabierta. Debía de haber oído mal. No podía ser de otra manera.

—¿Lo mataste? —susurró.

—Y también a Julia. También soy el responsable de su muerte.

—No puedes querer decir que... No, Rafe, tú no harías eso. No te creo. Tú no eres un asesino.

—Como si lo fuera.

El suelo pareció moverse. Sintió una especie de susurro en los oídos, como si estuviera oyendo el sonido del mar. Rafe siguió hablando, pero parecía estar muy lejos, tras una pared de cristal. Veía moverse su boca, pero no entendía lo que estaba diciendo.

—Espera. Para. No puedo... Lo siento, no... —se llevó la mano a la frente y respiró hondo varias veces. Aquello era importante. De vital importancia. Demasiado importante para que se desmayara.

Rafe la miraba con preocupación.

—¿Estás bien? ¿Quieres que te traiga un vaso de agua?

Hizo un ademán con la mano.

—No, estoy bien. Por favor, cuéntamelo.

Él se dejó caer en la silla de detrás del escritorio y agarró una pluma.

—¿Recuerdas... recuerdas que te dije que Julia y yo nos reconciliamos después de tres años de separación?

Henrietta asintió con un gesto.

—Dijiste que fue por tener un heredero.

—Nuestra reconciliación fue un error de principio a fin. Yo lo sabía. Sabía que no la quería, que nunca podría quererla. Pero tenía un sentido del deber tan arraigado que no pensé en lo que significaba de verdad traer un hijo al mundo. Como tampoco lo pensó Julia, creo. Cuando me dijo que estaba encinta... —clavó la punta de la pluma en el papel secante de encima de la mesa—. Fue culpa mía. No debía aceptar que volviera. Julia estaba... estaba... Ella lo sabía, ¿comprendes? Era evidente, supongo, que solo me acostaba con ella por un sentido del deber. No, eso no es justo. No hice intento de fingir y ella... No fue culpa suya, para ella fue igual de duro, imagino. Lo siento, no me estoy explicando muy bien.

—Te estás explicando perfectamente, Rafe. Es difícil porque se trata de un asunto terriblemente doloroso. Si fueras más... —se interrumpió, encogiéndose de hombros—. Entonces pesaría menos sobre tu ánimo. Sé lo difícil que debe de ser para ti. Lo sé, te lo aseguro. Te estoy escuchando. Tranquilo.

Hizo una mueca.

—Nunca se lo había contado a nadie, pero necesitaba que lo... El caso es que Julia en realidad no me había perdonado por nuestra separación y creía que yo tampoco a ella por haberme siendo infiel. La verdad es que no me importaba, lo cual era peor aún, más doloroso, desde luego, pero en aquel momento no lo pensé. La estaba utilizando para conseguir lo que quería y ella a mí. Estábamos abocados al desastre. Los dos lo sabíamos. Creo que estábamos empezando a cobrar conciencia de ello, pero para entonces era demasiado tarde. Julia ya estaba embarazada.

Respiró hondo y se obligó a continuar. Frente a él, Henrietta permanecía sentada, completamente inmóvil, con la cara blanca como la tiza. Por una vez no tenía ni idea de qué estaba pensando.

—La noche en que me lo dijo no la olvidaré nunca. Verás, me di cuenta de que no quería tener un hijo. Al menos, un hijo de Julia —bajó la cabeza y la apoyó en las manos—. No me había dado cuenta de lo que significaría —añadió—. Fui tan necio que pensaba en tener un heredero, no en tener un bebé. No había reflexionado sobre el hecho de ser padre. No tenía ni idea. Ni la más mínima idea.

—Pero, Rafe, hoy has sido muy tierno con los bebés del hospital. La cara que ponías cuando los tenías en brazos... Parecías tan conmovido... He pensado, y Rose también, que serías un padre perfecto.

Sacudió la cabeza con vehemencia.

—No, te equivocas. Te equivocas por completo. No me merezco un regalo tan precioso. Tuve mi oportunidad y la desperdicié, no me merezco otra. Entonces no me di cuenta de lo afortunado que era. Solo pensaba en que iba a fracasar... en que los dos, Julia y yo, fracasaríamos como padres. Me asustaba no poder querer al niño porque era hijo de Julia. Me di cuenta de algo que no se me había ocurrido hasta entonces: que un hijo nos ataría a los dos. Y no quería estar atado a Julia.

—¡Ay, Rafe! ¡Ojalá pudieras haber...! ¿Es que no te das cuenta? Lo que sentiste no es tan raro. Claro que estabas asustado, la mayoría de los padres primerizos lo están, pero en cuanto naciera el bebé...

—El bebé no llegó a nacer. No llegó a nacer. Ya te lo he dicho, yo lo maté.

—Y yo te he dicho que no puedo creer que hicieras tal cosa.

—Pero lo hice, Henrietta. Julia siempre había sido inestable, pero con el embarazo sus cambios de humor se agudizaron. Detestaba lo que el bebé estaba haciéndole a su cuerpo. Lo quería tan poco como yo, pero ella era mucho más explícita al respecto. Pensé que era la misma de siempre, que solo intentaba manipularme. No me di cuenta de que estaba al borde de la locura. Creí que sus reproches, que sus acusaciones mezquinas, eran lo mismo de siempre. No le hice caso. No quería. No me importaba. Bastante me pesaba ya mi mala conciencia. Estaba tan enfrascado en mí mismo que no me di cuenta de que los temores de Julia eran reales. A medida que nuestro hijo crecía dentro de ella, se volvió cada vez más hostil. Conmigo. Y con el bebé. Amenazaba continuamente con librarse de él, con tomar cosas... Tuve que pedirle a la señora Peters que la vigilara.

—Dios mío, Rafe, no puedo creer...

—No, no digas nada. Déjame acabar —se quedó mirando el papel secante de la mesa con la mirada perdida, absorto en la pesadilla de su pasado—. Fue en Woodfield Manor. Estábamos solos, con los sirvientes. Julia no quería que nadie la viera hinchada, como decía ella. Estábamos en la segunda planta, viendo el antiguo cuarto de los niños. Julia tenía una de sus rabietas. «Espero que sea una niña», dijo. «Aunque viniendo de ti es más probable que sea un monstruo», añadió. Y siguió así, hasta ponerse furiosa. Nunca la había visto de ese modo, y aun así no me di cuenta de que...

Empujó la silla hacia atrás y se acercó a la pequeña ventana. Siguió hablando de espaldas a Henrietta, atropelladamente, deseando acabar cuanto antes.

—Dijo que quería morirse. Que no soportaba pensar en los dolores del parto. Que moriría de dolor y que prefería matarse a pasar por eso. Siempre estaba amenazando con matarse. Pensé que no lo decía en serio. Le dije que podía hacer lo que quisiera. Se acercó a la ventana. Todavía la veo. Pareció suceder muy despacio, aunque solo fueron unos segundos. Abrió la ventana y saltó. Saltó, sin más. Tan deprisa, sin decir una palabra, sin emitir siquiera un sonido al caer... como sin nunca hubiera estado en la habitación. No me moví. No me moví hasta que oí un grito abajo. Fue el marido de Molly Peters quien la encontró.

Se tambaleó y Henrietta se levantó de un salto para sujetarlo.

—No pude detenerla, pero tampoco lo intenté —añadió Rafe—. Yo la empujé a eso. No la quería. No intenté hacerla feliz. No la deseaba. No quería a nuestro hijo. Yo la maté. Los maté a los dos.

—Rafe, oh, Rafe... No puedo creer... No tenía ni idea de que habías pasado por ese infierno. Es horrible. Horrible. No puedo imaginar cuánto.

Vio de nuevo en su imaginación la escena que él había descrito tan vívidamente mientras luchaba por asimilar el horror de su inesperada confesión. Estaba estupefacta. Absolutamente horrorizada.

—No puedo creer... Dios, por lo que debes haber pasado...

—Mi sufrimiento es merecido.

—Al menos el de Julia terminó —susurró Henrietta más para sí misma que para Rafe—. Tenía que ser tan desgraciada... Pobre mujer, no podía ser responsable de sus actos. Y pobre bebé. ¡Ah, Rafe! Si hubieras tenido la oportunidad, lo habrías querido muchísimo, estoy segura. No me cabe ninguna duda después de haberte visto hoy.

La agarró de los hombros y se obligó a mirarla a los ojos.

—¿Es que no lo ves, Henrietta? Nada de lo que haga, por más bebé y madres a los que salve, podrá reparar lo que hice, la muerte de mi hijo. Yo pensaba que sí. Por eso construí este lugar. Pensé que ayudaría, pero no ha sido así.

La apartó de sí y Henrietta se dejó caer en su asiento y tiró de las cintas de su sombrero. Le dolía la cabeza. No sabía qué decir. La cara de Rafe no reflejaba sentimiento alguno. Saltaba a la vista que la confesión había agotado sus emociones. Ella sacudió la cabeza como si intentara despejar la niebla que envolvía su mente. Tenía que intentar dar sentido a todo aquello. Necesitaba hacerlo, por el bien de ambos.

—Pero te has redimido —dijo despacio—. Y sigues haciéndolo. Es evidente que este hospital está cambiando las cosas. Sin él, dudo que muchos de esos bebés hubieran venido al mundo.

Era cierto, pero no era lo más importante. Necesitaba explicárselo, porque estaba claro que él no lo entendía por sí solo. Culpa. Eso era lo que sentía. Lo que impulsaba sus actos. Naturalmente. Tan sencillo y sin embargo tan complejo. Sintió ganas de llorar, pero se obligó a hablar, a pesar de que tenía la horrible sospecha de que el final de su discurso marcaría su propia derrota.

—Te estás destrozando, Rafe —susurró. Tragó saliva. Tenía la garganta seca. Tosió—. Culpa. Es culpa lo que sientes. Lo que pasó es horrible. Espantoso. No tengo palabras. Tienes parte de responsabilidad, pero no tanta como crees. Julia y el bebé están muertos, y nada de lo que hagas podrá cambiar eso. Pero quizá nunca pudiste hacer nada para impedir que sufrieran. No sé, eso nadie lo sabe, pero sí sé que no tiene sentido que sigas atormentándote. Estás permitiendo que lo que ocurrió te destruya.

Rafe profirió un sonido amargo, una risa diabólica.

—No merezco otra cosa, Henrietta. No me importa lo que sea de mí. Lo que intento es no destruirte a ti también.

Ella lo miró atónita.

—¿A mí?

—Te haría desgraciada. He renunciado al derecho a ser feliz. He renunciado al derecho a amar. Renuncié a esas cosas cuando maté a mi mujer y a mi hijo —se le quebró la voz—. No puedo ofrecerte eso aunque quisiera, y tú no estás dispuesta a aceptar menos. ¿Por qué ibas a estarlo? ¿Lo entiendes ahora?

Henrietta se levantó y, pasando a su lado, se acercó a la ventana y apoyó la frente en el cristal. Le ardía la piel a pesar de que se sentía helada. El miedo que había estado acechando entre las sombras de su mente comenzó a abrirse paso hacia el centro del escenario. Ansiaba desesperadamente ayudar a Rafe. Quería con todas sus fuerzas serle de ayuda, pero no podía renunciar a sus convicciones, y eso sería lo que hiciera si cedía, si no se marchaba.

—Tu renuncia a la felicidad es tu verdadera penitencia, ¿no es cierto? —su voz parecía desprovista de toda emoción. Se sentía ya derrotada, demasiado cansada para continuar a pesar de que sabía que debía hacerlo o se hallaría perdida—. ¿Es eso lo que estás diciendo?

Rafe asintió con la cabeza.

—Sí. Sí, ahora lo entiendo —añadió ella. ¡Y cuánto habría deseado no entenderlo, no ver nada, pues lo que veía era el final, la conclusión inevitable que debía alcanzar! Habló con la precisión de un juez pronunciando una sentencia de muerte—. Desearía con todo mi corazón poder aliviar el dolor que debes de sentir cada día. No puedo imaginar cómo debe de ser. Pero ojalá entendieras, Rafe, que no es todo culpa tuya, que hay un tiempo para arrepentirse y un tiempo para aceptar lo que se te ofrece y hacer con ello lo mejor que puedas —se detuvo para tomar aliento. Sentía dolor—. ¿De veras crees que sirve de algo que te flageles constantemente? ¿No has reconocido ya tus pecados, no has cambiado? ¿No es hora de que te perdones a ti mismo? —añadió con voz suplicante, aunque sabía que estaba pidiendo lo imposible.

—¿Cómo voy a perdonarme?

Estaba demasiado atenazado por la culpa, demasiado ensimismado para que Henrietta pudiera alcanzarlo.

Podía lanzarle una cuerda, pero si él no la asía, si no intentaba ponerse a salvo, también ella acabaría por ahogarse.

—Eso no puedo decírtelo —dijo Henrietta con infinita tristeza—. Lo siento. Desearía con toda mi alma poder decírtelo, pero no puedo, así que parece que estamos los dos condenados a una vida de eterna infelicidad.

—¿Qué quieres decir?

—Creía que ya te habías dado cuenta —dijo cansinamente—. Te quiero. Estoy enamorada de ti —las palabras que tanto había ansiado decirle sonaron vanas e insulsas—. No puedo ser feliz sin ti, así que ya ves, al castigarte a ti mismo me estás castigando a mí.

—¡Henrietta! No digas eso.

—No te preocupes, no volveré a decirlo —repuso, incapaz de evitar que una nota de amargura resonara en su voz—. Sé muy bien que mi amor no significa nada para ti, pero para mí es un tesoro y no voy a permitir que lo destruyas.

—No es eso lo que he dicho. Me refería a que... Henrietta, yo... yo solo...

—Lo siento, no puedo soportarlo más. No puedo. Ojalá pudiera ayudarte. Ojalá te ayudaras a ti mismo. Ojalá quisiéramos las mismas cosas. ¡Dios mío, Rafe! No sabes cuánto me gustaría, pero no puedo conseguir lo que quiero, tú no puedes dármelo y yo no puedo aceptar lo que me ofreces, así que... ¿Es que no ves que es inútil? —se le quebró la voz. No le quedaba esperanza. Estaba tan vacía que ni siquiera sentía dolor. Sentía los miembros abotargados, lastrados por las cosas horribles que le había contado Rafe. Notaba el corazón como un peso en el pecho. Se puso el sombrero. Las lágrimas ardían detrás de sus párpados como ácido.

—Por favor, llévame a casa.

—Henrietta...

Parecía derrotada. Rafe nunca la había visto así. No quería que las cosas acabaran de ese modo. No quería... ¡Dios, no sabía qué quería! Pero Henrietta ya había abierto la puerta. Comenzó a bajar las escaleras agarrándose a la barandilla. Henrietta se marchaba y él no podía hacer nada para detenerla. A fin de cuentas, no tenía nada más que decir. Pero aun así todo aquello le parecía un error, un terrible error.

Hicieron en silencio el viaje de vuelta desde los muelles, cruzando el río por el nuevo puente de Waterloo. Al llegar a Berkeley Square, Henrietta se apeó del faetón sin decir adiós. No soportaba mirar a Rafe. Si lo miraba, se derrumbaría. Y no quería derrumbarse por nada del mundo. Subió rápidamente a su habitación, aliviada al saber que su tía Gwendolyn había salido y tenía previsto cenar fuera con Emily Cowper.

Avisó a su doncella de que no quería que la molestaran hasta el día siguiente. Luego se quitó el vestido y se metió en la cama en ropa interior. Metiendo la cabeza bajo la almohada, esperó a que comenzaran a aflorar las lágrimas, pero no sucedió nada. Le quemaban los ojos y los párpados, pero se negaban a caer. Estaba helada, tiritaba bajo el montón de mantas. Se había quedado vacía de pensamientos y de palabras. Vacía de emociones, se quedó allí tendida, escuchando el tictac del reloj y el pálpito de su corazón, a pesar de que tenía la impresión de que cada latido señalaba otra muerte minúscula, pero insoportablemente dolorosa.

Doce

Rafe regresó a Mount Street sin apenas fijarse en el trayecto. Al llegar, entregó las riendas de su faetón y pidió al mozo que le llevara un caballo inmediatamente. Ceñudo, se puso a pasear de un lado a otro por la escalinata de la casa con la fusta en una mano y el sombrero de copa en la otra. Un conocido que estaba a punto de saludarlo y pararse a hablar con él decidió en el último momento cruzar la calle y esquivar su mirada. Había visto aquella expresión en el semblante de Rafe Saint Alban en alguna otra ocasión y no quería repetir la experiencia, ni presenciar las consecuencias. Sin detenerse a pensar que no iba adecuadamente vestido para montar a caballo, Rafe subió a su montura, despidió al mozo lacónicamente y aguijó al alazán para que se pusiera al trote, camino de Hyde Park.

El parque estaba relativamente tranquilo a aquella hora. Haciendo caso omiso de la prohibición de galopar, Rafe dio rienda suelta a su caballo. Acabaron ambos sin aliento por la carrera. Cuando por fin se detuvieron, caballo y jinete jadeaban agitadamente y Rafe descubrió que no se sentía mejor.

¿Qué demonios le pasaba? ¿Qué diablos había salido mal? Había querido que Henrietta lo entendiera. Y ella lo había entendido demasiado bien. Se puso furioso al pensarlo y dio otra vuelta al parque a galope tendido. Cortar limpiamente, había pensado. Pero el corte no había sido limpio, ni mucho menos, y daba la impresión de que nunca curaría. Aquello no era un final, sino algo mucho más lúgubre.

Un humor sombrío se apoderó de él. El futuro no parecía amargo, sino impenetrable. Y el pasado era igual de brumoso, enturbiado como estaba de pronto por las palabras de Henrietta. Se sentía como si ella hubiera agarrado un libro muy manoseado y hubiera vuelto a escribirlo.

Completó otra vuelta por el parque, esta vez al trote, antes de volver a cruzar la verja. Cuando regresó a Mount Steet, su caballo chorreaba sudor. Con Henrietta, el problema, o más bien uno de los problemas era que nunca mentía. Nunca.

La duda, ese ser sigiloso, se había introducido en su mente, plantando la semilla de una serie de interrogantes que no deseaba formular, y mucho menos responder. Sentado en su sillón favorito, en la biblioteca de la planta baja, rodeado por los libros antiguos que sus antepasados habían adquirido con intención de rellenar los bruñidos anaqueles de nogal, Rafe intentó volver a ordenar el pasado conforme a la imagen que durante tanto tiempo había albergado en su corazón, pero fue como tratar de colocar las piezas de un rompecabezas en el sitio equivocado. Todo aparecía distorsionado. Emborronado.

Y comenzaba a aflorar una imagen distante.

¿Había amado alguna vez a Julia? En su momento había creído que sí, pero ahora... no. Quizás hubiera estado encaprichado de ella, pero no enamorado. ¿Cómo podía estar tan seguro? No lo sabía, pero lo estaba.

Su mayordomo había dejado sobre el escritorio una bandeja de planta con varias botellas. Se sirvió una copita de madeira, pero la dejó a un lado tras beber un sorbo. Necesitaba pensar y para eso era preciso tener la cabeza despejada. Culpa. Al rememorar aquellos primeros días de su matrimonio, reconocía la presencia de la culpa como una sombra. Culpa porque sabía que no amaba lo suficiente a Julia. Culpa cuando, inevitablemente, fracasó en su intento de hacerla feliz.

Culpa, culpa y más culpa por su fracaso y, más tarde, por su incapacidad para poner más empeño. El desmesurado sentido de la responsabilidad que le habían inculcado desde niño no había ayudado a resolver las cosas, sino al contrario. Le habían educado para que sobrellevara cualquier carga. Se había sentido culpable cuando la infidelidad de Julia le había dado la excusa que precisaba para separarse. Y se había sentido tan culpable por ello que había estado dispuesto a volver a intentarlo. Había sido la culpa la que lo había empujado a aceptar la reconciliación, alimentada esta vez por su abuela, cuya insistencia en la necesidad de que tuviera un heredero había acabado por convencerlo. Y se había sentido culpable cada vez que se había obligado a acudir a la cama de Julia y a acostarse con ella maquinalmente sin intentar siquiera endulzarle aquel mal trago. Había sido, a fin de cuentas, el mezquino castigo que le había infligido por su infidelidad. Pero la culpa definitiva había sido el rechazo de su propio hijo. Y las dos muertes a las que había dado lugar.

Culpa... Henrietta tenía razón. Lo estaba destruyendo.

Agarró su copa de madeira, se la llevó a la boca, la miró distraídamente y volvió a dejarla. Henrietta... Qué nombre tan ridículo y sin embargo tan apropiado. Le había dicho que era hora de que se perdonara a sí mismo. ¿Tendría razón también en eso?

Por segunda vez ese día, se obligó a revivir los hechos. Se obligó a hacerse las dolorosas preguntas que tantas veces se había formulado, solo que esta vez intentó responder sin el sesgo de la mala conciencia. Intentó responder como habría querido Henrietta. Como si ella hubiera reajustado la brújula de su moralidad. ¿Era suya toda la culpa? ¿Podría haber hecho las cosas de otra manera? Si se hubiera preocupado más, o menos, ¿habría cambiado algo?

Julia y él no deberían haberse casado, pero lo habían hecho. El deber, las circunstancias y al principio también el afecto y el deseo habían conspirado para unirlos. El deber y las circunstancias habían conspirado para que lo intentaran por segunda vez. Ambos tenían parte de culpa, pero ninguno de los dos la tenía por entero. Henrietta tenía razón también en eso.

¿Y el niño? Su hijo. El hijo de los dos. De haber nacido, ¿de veras lo habría rechazado? Recordaba los innumerables bebés a los que había sostenido en sus brazos desde la fundación del hospital. Eran tan pequeños, tan indefensos, tan confiados... Olían a leche y a ese olor a bebé tan característico. Dejó que lo embargara el recuerdo del anhelo que había sentido en esas ocasiones, del doloroso deseo que se apoderaba de él en esos momentos. La fiereza de su afán de protegerlos. Su pesar cada vez que se los devolvía a sus madres. Su angustia cada vez que veía marcharse a una madre con su bebé.

De pronto sintió un inmenso alivio. No habría rechazado a su propio hijo. Tal vez habría deseado que naciera en otras circunstancias, quizás habría seguido queriendo verse libre de su madre, pero no lo habría rechazado. También en eso había acertado Henrietta.

—¡Claro que sí, maldita sea! —exclamó.

Se sonrió, pues nunca hablado consigo mismo en voz alta hasta conocer a Henrietta. Henrietta Markham, que le hacía enfrentarse a la verdad por dolorosa que fuera, que no había dudado en señalar sus faltas y de cuya compasión, sin embargo, no había dudado ni un instante. Henrietta Markham, que decía que lo quería.

Se incorporó en el asiento. Henrietta lo quería. ¡Estaba enamorada de él! Maldición, estaba enamorada de él. Se lo había dicho ella misma, y había estado tan absorto en aquellas otras cosas que apenas había reparado en ello. Lo quería. Henrietta lo quería. ¡Qué necio había sido por no darse cuenta antes! Si no, no se habría entregado a él. Con razón le había dolido tanto su proposición. Con razón no le bastaba con eso, ni le bastaría nunca. Henrietta lo quería. Y, porque era ella, no se conformaría con menos.

¿Y él? ¡Dios, cómo había embrollado las cosas! Su proposición debía de haberle parecido despreciable, como si le hubiera arrojado su amor a la cara.

—¡Maldita sea! ¡Qué tonto he sido! ¡Qué ciego he estado! —arrojó la copa de madeira al otro lado de la habitación. Se hizo añicos contra la pata del escritorio, salpicando de vino la alfombra.

Todo o nada. Todo o nada. Había elegido nada y de pronto se daba cuenta de que era un error garrafal. Estaban hechos el uno para el otro. Ahora lo veía con toda claridad. Con insoportable claridad, del mismo modo que veía que tenía que hacer algo al respecto, y deprisa. Porque... porque...

—¡Porque la quiero, maldita sea!

La quería. Por eso estaba de pronto tan seguro de que nunca había amado a Julia. Quería a Henrietta y lo que sentía por ella era completamente distinto a cuanto había sentido con anterioridad. La quería. Era cierto. Tenía que ser cierto, porque las rejas de la celda en la que había encerrado su corazón habían empezado a abrirse de repente. Lo único que tenía que hacer era salir a la luz y aceptar lo que se le ofrecía. Perdonarse a sí mismo. Dejar de hacer penitencia y empezar a redimirse. ¿Podría hacerlo?

Cerró los ojos. Inspeccionó detenidamente cada uno de sus pecados y luego se despidió de ellos solemnemente. El pasado no había desaparecido, pero sus cicatrices comenzaban a borrarse. No sentía aún que mereciese ser feliz, pero sí sentía que merecía intentarlo. El amor, el amor por Henrietta sería su redención. De su amor nacería la felicidad. Un futuro que valdría la pena habitar. Quería empezar a habitarlo inmediatamente.

Aquella idea le impulsó a la acción. Si de veras la felicidad estaba al alcance de su mano, alargaría el brazo para agarrarla. Abrió la puerta de la biblioteca.

—Ahora, sin más dilación —le dijo al sobresaltado lacayo.

—¿Señor?

—Mi sombrero, mis guantes —dijo Rafe—. Deprisa, hombre, deprisa.

El lacayo le llevó sus cosas y antes de que pudiera recordarle que esa noche debía cenar con la condesa viuda y no podía presentarse ante ella en pantalones y levita, Rafe salió por la puerta, bajó las escaleras y se dirigió a Berkeley Square a pie.

Tardó menos de cinco minutos en llegar a casa de lady Gwendolyn. Llamó al timbre con impaciencia, entró empujando al mayordomo con impaciencia y exigió aún con mayor impaciencia que saliera de inmediato la señorita Markham.

—La señorita Markham se ha retirado a su habitación, milord —le informó el mayordomo—. Ha dado orden de que no se la moleste. Lady Gwendolyn dijo que...

—¿Dónde está lady Gwendolyn? —preguntó Rafe, olvidando por completo su promesa de no volver a cruzar el umbral de la casa sin haber sido invitado—. Vaya a buscarla, ella despertará a Henrietta.

—Lady Gwendolyn ha ido a cenar a casa de lady Cowper. Creo que la señorita Markham tenía jaqueca, no tenía buena cara cuando volvió —dijo el mayordomo en tono confidencial, aunque empezaba a sospechar que lord Pentland era el responsable de la jaqueca de la señorita Markham.

—Entonces lo que he venido a decirle puede que la cure. Vaya a buscarla.

—Lord Pentland...

—Vaya a buscarla inmediatamente o iré yo mismo. De hecho, si me dice dónde está su alcoba...

—¡Milord, por favor! Se lo ruego, no puedo permitirle que haga eso. La señora me despediría en el acto. Le suplico que espere en uno de los salones mientras intento despertar a la señorita Markham.

—Muy bien, hágalo. Dígale que tiene cinco minutos, o iré a buscarla yo mismo.

Escandalizado y fascinado al mismo tiempo, el mayordomo de lady Gwendolyn subió las escaleras seguido por Rafe. Le mostró un pequeño pero elegante salón y subió al segundo piso, donde llamó indeciso a la puerta de la señorita Markham.

Henrietta estaba todavía despierta. Seguía aturdida por la impresión y aún no había podido llorar. Hizo caso omiso de la llamada, pero esta volvió a sonar, más fuerte e insistente. Envolviéndose en una bata, se acercó a la puerta y la abrió con cautela.

—Le ruego me disculpe, señorita —dijo el mayordomo—. Sé que esto es de lo más irregular, pero lord Pentland está abajo e insiste en verla.

—No puedo verlo, no quiero.

—Señorita, temo que si no lo recibe se...

—Si no me recibes, te sacaré a rastras de esa habitación con mis propias manos —dijo Rafe. Al oírle, el mayordomo, que no se había percatado de que subía tras él, dio un gran brinco.

—¡Milord! No debería...

—¡Rafe! ¿Qué haces tú aquí?

—Henrietta, necesito hablar contigo. Es de vital importancia.

—No, no puedo. No hay nada más que decir.

—Henrietta...

—Milord, si no le importa...

—Márchate, Rafe.

—¡Henrietta! Te quiero.

Resultó difícil saber a quién asombró más su declaración. El mayordomo de lady Gwendolyn se quedó boquiabierto. Henrietta se agarró al pomo de la puerta, soltó su bata y dejó ver sin darse cuenta la camisa de seda y encaje que llevaba debajo. En cuanto a Rafe, estaba tan perplejo que durante un instante no supo qué decir. Él, sin embargo, recuperó el aplomo más deprisa que su público.

—Ahora ya sabe por qué era tan urgente que hablara con la señorita Markham. Puede dejarnos solos y me haría un enorme favor si se cerciorara de que no nos interrumpen —le dijo al mayordomo—. Como puede imaginar, hay ciertos asuntos delicados de los que tenemos que hablar —arrancó la mano de Henrietta del pomo de la puerta—. Creo que sería mejor que hablemos abajo y no en tu alcoba —dijo mientras la conducía de vuelta al salón del primer piso al que lo había llevado el mayordomo.

—Rafe, yo...

—Siéntate.

—Rafe...

—Y escucha.

Se sentó. No le quedó otro remedio, pues le temblaban las rodillas. Rafe tomó asiento a su lado y agarró su mano. Pero la euforia que lo había impulsado a ir allí lo había abandonado, y de pronto estaba tan nervioso que tenía la sensación de que una nube de mariposillas revoloteaba frenéticamente dentro de su estómago.

—Tenías razón —dijo por fin.

—¿Sobre qué?

—Sobre todo —esbozó una sonrisa. Tragó saliva—. Tenías razón, he estado escondiéndome. Tenía miedo —ahora que había empezado, le parecía cada vez más fácil—. Me he estado escondiendo detrás de lo que ocurrió, he dejado que el dolor y la culpa me impidieran ver la verdad. He permitido que la culpa dictara mi comportamiento, mi forma de ser. Me he encerrado en mí mismo para no exponerme de nuevo al dolor. Tenías razón. No he vivido, me he limitado a existir, a acechar entre las sombras de la vida. También en eso has acertado, Henrietta —volvió a sonreír—. Tenías razón en todo.

—Ah.

Rafe se rio. Tomó su mano y la frotó contra su mejilla.

—¿Creías que te estaba escuchando?

—Creía que no querías escucharme —dijo ella con franqueza.

—No quería, pero al final no me quedó otro remedio, porque había algo que deseaba mucho más y hasta que no me enfrentara al pasado no podría conseguirlo.

—¿Conseguir qué?

—A ti.

—Ah.

—Henrietta, sé que no estoy exento de culpa. No soy tan malo como me he pintado, pero tampoco soy un santo. No puedo deshacer el mal que he hecho. No puedo huir de mis errores, pero puedo hacer lo que me has dicho. Puedo perdonarme a mí mismo.

—¿Lo dices en serio, Rafe?

—Absolutamente —contestó, y su sonrisa apareció de nuevo—. Tú me has hecho ver que puedo. Desde que te vi por primera vez, has sido como un rayo de sol que se abre paso entre las nubes. Como un rayo cegador de luz pura que atraviesa una puerta entornada. Supe desde el principio que lo que sentía por ti era distinto, pero me asustaba su intensidad. Me sentía expuesto. Desnudo. Vulnerable.

El corazón de Henrietta latía extrañamente. Le faltaba la respiración. Temía abrigar esperanzas. Al igual que Rafe, veía entrar un rayo de luz por la puerta, pero él seguía aún del otro lado.

—Te quiero, Henrietta. Quiero pasar el resto de mi vida contigo —se arrodilló a sus pies y tomó su mano entre las suyas—. Te quiero y espero... deseo de todo corazón que... que me perdones por ser tan idiota y no haberme dado cuenta antes. Por favor, mi querida Henrietta, dime que no es demasiado tarde.

—¡Rafe! Claro que no es demasiado tarde. Te quiero. Siempre te querré. ¿Cómo has podido dudarlo?

Fue cuanto necesitaba oír. La tomó en sus brazos y la besó. Por primera vez en su vida, dio un beso de amor, el beso de un hombre que ama y cuyo amor es correspondido. La boca de Henrietta le supo aún más dulce. Su abrazo le pareció infinitamente más delicioso. Fue un beso que prometía besos aún por llegar, un beso que iluminó el mundo y disipó la nube que había pendido sobre él durante tanto tiempo.

Volvió a hincar una rodilla en el suelo.

—Henrietta, te pido humildemente que me concedas el honor de ser mi esposa. Amor mío, mi queridísima Henrietta, cásate conmigo.

—¡Rafe! ¡Ah, Rafe! ¿Lo dices en serio? ¿De veras?

La atrajo hacia sí y besó sus párpados.

—Sí, lo digo en serio —besó sus mejillas—. De veras —su naricilla respingona—. Absolutamente — besó las comisuras de su boca risueña—. Te doy mi palabra —su frente—. Te quiero. Te quiero, Henrietta Markham. Te quiero de verdad. Te doy mi palabra.

Ella se había deslizado hasta el suelo. Sus besos se volvieron febriles, sus manos buscaron ansiosas la piel del otro. La bata de Henrietta acabó en el suelo.

—Seda y encaje —murmuró Rafe con una sonrisa traviesa, antes de bajar la cabeza hacia sus pechos, donde el borde de encaje de su camisa espumeaba sobre su piel. Ya había empezado a desatar los lazos de su corsé. Le bajó la camisa para dejar al descubierto sus pezones y, exhalando un suspiro de satisfacción, se metió un pezón en la boca y lo chupó.

Una sacudida semejante a un sobresalto corrió entre los pezones, el vientre y el sexo de Henrietta. Dejó escapar un gemido. Echó la cabeza hacia atrás para apoyarla en el diván. La boca de Rafe la acariciaba deliciosamente. Sus dedos rodeaban insistentemente el otro pezón, extrayendo exquisitas punzadas de placer y oleadas de ardor que la recorrían por entero. La chaqueta y el chaleco de Rafe yacían en el suelo, junto a su bata. Deslizó las manos bajo su camisa y la sacó de los pantalones. Vio claramente la silueta de su miembro largo y duro. Lo acarició a través de la tela y ambos se estremecieron de placer. Lo quería inmediatamente. Dentro de ella. Poseyéndola. Haciéndola suya. Quería sentir la piel de Rafe sobre la suya. Carne con carne. En lo más hondo. Dentro, dura y ardiente.

—Rafe —dijo con ansia, tirándole de la camisa—. Rafe, por favor.

Él comprendió. Se levantó para desvestirse y arrojó descuidadamente su ropa sobre los muebles del salón de lady Gwendolyn: la camisa, sobre la rejilla de la chimenea, los pantalones junto a la pata torneada de una mesa Hepplewhite. Pero ninguno de los dos lo notó. Henrietta se quitó el corsé y la ropa interior sin dejar de mirar a Rafe. Estaba magnífico, desnudo. Se le aceleró el corazón al mirar ávidamente su larga y sedosa verga. De rodillas ante él, la acarició con las yemas de los dedos, luego con la lengua, y su calor salobre hizo que su vientre se tensara y se hinchara, aumentando el ardor que sentía entre los muslos. Agarró su verga y Rafe volvió a gemir.

—Henrietta, no creo que pueda esperar mucho más.

—No quiero que esperes, Rafe.

Él la atrajo hacia sí. La besó en la boca. La apretó contra su pecho y sus muslos envolvieron su miembro erecto. Lo besó de nuevo y luego se tendió en el diván y la hizo tumbarse sobre él. La penetró de una sola, larga y rápida acometida que los hizo contener el aliento a los dos. Era casi demasiado. Rafe sintió que se tensaba, que su verga se hinchaba como preludio al latido del clímax. Agarrándose a la deliciosa curva del trasero de Henrietta, la mantuvo quieta, respiró hondo y resistió la necesidad arrolladora de empujar hacia arriba. Esperó, respiró, la sujetó y, bajando la mano, comenzó a acariciar su sexo mojado.

Henrietta se estremeció. Tensó los músculos alrededor de su miembro, ansiosa por sentir la fricción que desencadenaba el placer más intenso. Una fricción de la que se hicieron cargo los dedos de Rafe, deslizándose sobre el botoncillo duro de su sexo, acercándola al clímax. Henrietta sintió las oleadas que lo precedían. Intentó resistirse, pero era demasiado fuerte, una marea de sensaciones que la azotó, haciéndola gemir y arquearse. Justo cuando pensaba que no podía soportarlo más, alcanzó el clímax y, en el flujo y reflujo de su orgasmo, Rafe la agarró de la cintura, la levantó y la dejó caer, y comenzó a hundirse en ella una y otra vez. La fuerza del clímax la había abierto por completo para él.

Ella siguió su ritmo, jadeante, y se aferró a sus hombros. Se movió sobre él, retorciéndose mientras Rafe la penetraba más profundamente, una y otra vez, y extraía de ella el placer más puro. Con un gemido que parecía proceder de las profundidades de su ser, llegó al orgasmo vertiendo su semen caliente dentro de ella mientras le decía una y otra vez que la quería y la miraba a los ojos con el rostro encendido de amor e iluminado por la pasión.

La besó otra vez. Henrietta nunca había saboreado un beso como aquel. Se sintió al borde del mundo. Nunca había besado así, consciente de que amaba y era amada. De que siempre sería amada.

—Siempre —dijo Rafe adivinando sus pensamientos mientras le apartaba los rizos de la cara para poder mirarla a los ojos.

Ojos marrón chocolate, empañados por el amor.

—Te querré siempre. Te lo prometo.

—Mi querido Rafe, te creo.

—Mi querida Henrietta —miró el desorden que

reinaba en el salón—, ¿te das cuenta de que estamos desnudos en el salón de tu tía y de que aún no has accedido formalmente a ser mi esposa?

Ella se rio.

—Creo que el hecho de que esté desnuda contigo en el salón de mi tía es suficiente respuesta. Dios mío, ni siquiera hemos cerrado la puerta con llave.

—No me importan la puerta ni los sirvientes. Ni tu tía. Deja que te lo pregunte otra vez. Henrietta Markham, ¿quieres casarte conmigo?

Ella contuvo la respiración mientras Rafe le sonreía. Su verdadera sonrisa. De pronto comprendió que iba a verla muchas veces en el futuro.

—Rafe Saint Alban, intenta impedírmelo —contestó.

Epílogo

Era de esperar que los padres de Henrietta acogieran con cierta reserva la boda de su hija con un conocido crápula, por más noble o rico que fuera. Habían llegado a Londres en respuesta a la carta que les había enviado lady Gwendolyn al llegar Henrietta a su casa, y fueron recibidos por la inesperada y sorprendente noticia de su compromiso matrimonial. Para explicar cómo había sucedido tal cosa, fue necesario informarles de la sórdida historia de las esmeraldas de lady Ipswich.

El señor Henry Markham, vestido enteramente de marrón como era su costumbre, era un hombre alto y encorvado como un signo de interrogación. Su cabello, una densa cortina gris a través de la cual se alzaba su cabeza calva como un huevo salpicado de pintas marrones, se enredaba en las patillas de sus anteojos metálicos, impidiendo que cayeran al suelo cuando se deslizaban en exceso por su nariz, lo cual sucedía a intervalos regulares.

Su esposa era igual de flaca que él, pero su pa

recido acababa ahí. No había duda de que Guinevere Markham había sido una mujer extremadamente bella. Todavía lo era, con su cabello rojizo, su impecable cutis, su perfil igualmente impecable y el arco perfecto de sus cejas bajo las cuales miraban el mundo unos ojos del mismo color que los de su hija.

La mirada de Guinevere era, no obstante, menos lúcida que la de su hija. Resentida para siempre por la pérdida de su inocencia a manos de un libertino, prohibió a Henrietta que se casara con un hombre que, según afirmó entre sollozos, solo podía romperle el corazón.

Ni las protestas indignadas de Henrietta, ni la publicación de sus esponsales en la prensa, ni siquiera el anillo de esmeraldas y diamantes que Henrietta llevaba en el dedo anular surtieron efecto sobre la señora Markham. Su hija, cuya paciencia estaba a punto de agotarse, perdió por fin los nervios y le informó tajantemente de que tenía veintitrés años y ella no podía impedirle que se casara con quien quisiera.

Lady Gwendolyn intervino en su encendida discusión y como resultado de ello salió a la luz la verdad sobre el pasado de Guinevere.

—Fue un caso de amor no correspondido, más que de seducción —informó francamente lady Gwendolyn a su sobrina, ignorando las protestas de su hermana.

Al parecer, había sido Guinevere quien había

perseguido a su enamorado. El caballero en cuestión no estaba interesado en sus declaraciones de amor, como no lo estaba en casarse con ella puesto que, de hecho, estaba ya casado.

—Aunque para ser justa —añadió lady Gwendolyn—, la pobre mujer vivía más o menos recluida en su casa de campo con una caterva de niños.

—Yo no lo sabía, Gwen —protestó Guinevere débilmente.

—Sí que lo sabías, Gwinnie, porque te lo dije yo misma —repuso lady Gwendolyn—, pero estabas tan obsesionada por ese hombre que no quisiste escucharme.

—Dijo que me quería.

—No dudo que te lo dijera cuando vio que, a cambio, estabas dispuesta a entregarte a él —replicó su hermana.

—Dijo que se casaría conmigo.

Lady Gwendolyn soltó un bufido.

—Si lo dijo, tú sabías perfectamente que era mentira —miró a su hermana a través de los impertinentes—. Me he callado lo que opino sobre el tema todos estos años, pero no voy a permitir que arruines la felicidad de Henrietta con tus tonterías —se volvió hacia su sobrina—. La pura verdad es que tu madre se escapó con él sabiendo perfectamente que no tenía intenciones honorables hacia ella. Nuestro pobre padre la trajo de vuelta dos noches después de su huida. De cara al mundo estaba deshonrada, naturalmente. El hecho de que empezara a declinar desde ese momento constató su ruina, pero lo cierto es que su declive no se debió a que perdiera la inocencia, sino a que no fue él quien la sedujo.

Guinevere dejó escapar un leve suspiro y se desmayó, cayendo al suelo.

—Déjala —dijo lady Gwendolyn al ver que Henrietta corría a socorrer a su madre—. Siempre ha podido desmayarse a voluntad. A tu madre no la sedujeron, Henrietta, la rechazaron. Por eso se fue a vivir al campo, por propia voluntad, he de añadir. Ignoro por qué se casó con tu pobre padre. Sospecho que él mordió el anzuelo de su trágica historia y se hizo el caballero andante. Todos tenemos esa debilidad. Sean cuales fuesen los motivos, confío en que no eches por tierra sus ilusiones. Nuestro distanciamiento fue culpa de Gwinnie, ¿sabes? Prefirió fabricar su propia versión de los hechos y no quería que yo la delatara. Hace tanto tiempo que nadie la obliga a afrontar la verdad que sospecho que ya no sabe qué es cierto y qué no.

Aquella revelación dejó atónita a Henrietta, pero cuando se la confió a su futuro marido Rafe se rio y la dejó aún más desconcertada al afirmar que siempre había abrigado sospechas sobre el pasado de su madre. No le contó que tenía la convicción de que había cierta semejanza entre su difunta esposa y la señora Markham, pero no fue necesario que lo hiciera. Henrietta llegó a la misma conclusión y por una vez prefirió no decir más sobre el tema.

La señora Markham tuvo que resignarse al matrimonio de su hija. Su marido se mostró mucho más entusiasta. El señor Markham, hombre bondadoso y de buenas intenciones aunque un tanto pedante, había dedicado los años anteriores a trazar un mapa de la pobreza. Gracias a ello, informó a Rafe, sus futuras empresas filantrópicas beneficiarían a quien más las necesitaba. Su futuro yerno se mostró impresionado, lo cual sorprendió a Henrietta. El señor Markham, por su parte, al que no habían impresionado ni el título ni la fortuna de Rafe, se llevó tal impresión al visitar el hospital de Saint Nicholas que decidió pasar por alto la mala reputación del prometido de su hija. Apenas cinco días después de que le pidieran permiso para casarse se lo concedió por fin.

La boda tuvo lugar a finales de junio y se consideró el acontecimiento de la Temporada. Asistió la flor y nata de Londres y quien no recibió una invitación fue considerado un paria, lady Helen Ipswich entre ellos.

Una vez comprometida su sobrina, lady Gwendolyn había sucumbido a la tentación de contar algún que otro retazo de la historia de las esmeraldas a un grupo selecto de conocidos. Helen Ipswich quedó desterrada no solo de los mejores círculos, sino también de los peores, aunque a decir verdad ello no fue obra de Rafe. Para cuando llegó el día de la boda, Helen Ipswich había cerrado su casa de

Londres y enviado a sus hijos al internado y se había retirado al Continente, donde, como lady Gwendolyn informó alegremente a su hermana, con la que entre tanto se había reconciliado, Helen Ipswich se encontraría a sus anchas en el relajado ambiente moral de la corte francesa.

En la ceremonia, las señoras lloraron, los caballeros estornudaron en sus pañuelos, Lucas Hamilton permaneció casi sobrio por respeto a la solemnidad de la ocasión y todos estuvieron de acuerdo en que la boda fue de lo más conmovedora, el novio estaba guapísimo y la novia era un encanto.

Aunque había insistido en que celebraran la boda por todo lo alto, Rafe no se fijó en nada, pues solo tenía ojos para Henrietta. Cuando ella recorrió el corto pasillo de la iglesia de Saint James del brazo de su padre, sintió que el corazón se le henchía de amor en el pecho. El sol no podía brillar más que la sonrisa que le dedicó Henrietta al darle la mano, ni las estrellas podían competir con su mirada cuando él pronunció sus votos matrimoniales y le puso el anillo en el dedo.

El beso apasionado que se dieron, y que escandalizó a parte de la congregación y llenó de anhelo y celos a otra parte, selló sus votos. El banquete de bodas, el ramo de flores de azahar, el champán y los brindis... todo eso pasó en un borroso torbellino mientras permanecían sentados juntos, con las manos unidas bajo la mesa, aguardando el momento en que al fin se quedarían solos.

Más tarde, los recién casados hicieron el amor lentamente, desvistiéndose prenda por prenda, incapaces de apartar los ojos el uno del otro. Dieron comienzo así a su vida de casados alcanzando nuevas cotas de placer.

Pasaron la mayor parte del año en Woodfield Manor. Su felicidad llenó la casa antes sombría de ruidos y risas felices, convirtiéndola de nuevo en un hogar.

—Este sitio se había convertido en un mausoleo —dijo la señora Peters con lágrimas en los ojos—. Y fíjese ahora. Lleno de vida, como debe ser.

El llanto de su adorado primogénito se sumó a su dicha, vino a engrosar una felicidad que, tal y como declaró Rafe la mañana del primer cumpleaños de su hijo, no podía ser mayor.

Henrietta, tendida desnuda en su enorme cama, sonrió lánguidamente a su marido.

—Eso dices cada mañana —dijo—, y al final del día cambias de idea.

Rafe la hizo tumbarse sobre él. El peso de sus suaves curvas surtió el efecto de costumbre: su miembro se tensó entre los muslos de Henrietta.

—Lo sé. ¿A que es asombroso? —dijo, y besó las comisuras de su boca sonriente e infinitamente deseable. Sintió que ella comenzaba a excitarse, notó cómo se humedecía su sexo y se endurecían sus pezones—. Henrietta, cariño, hay un modo de asegurarnos de que vuelva a decirlo también cuando se acabe este día.

Quería estar dentro de ella. La tumbó de espaldas, se metió uno de sus pezones rosados en la boca y lo chupó con fuerza al mismo tiempo que acariciaba su sexo con los dedos, con precisión infalible, haciéndola jadear y arquearse contra su verga enhiesta.

—Rafe...

—Henrietta, nunca me canso de ti, ¿lo sabes?

—Lo sé —dijo con una risa ronca—. Y dentro de un mes así lo sabrá también todo el mundo.

—¿Qué quieres decir?

Los ojos de color chocolate de Henrietta brillaron.

—Henrietta, ¿quieres decir que...?

Asintió con la cabeza.

—¿Estás contento?

—¡Contento! —la besó con ternura—. Creo que no podría ser más feliz. No creía que alguien pudiera ser tan feliz. Te quiero tanto, mi queridísima, mi amada esposa... —besó su vientre suavemente redondeado y volvió a besarla en la boca.

Henrietta lo estrechó entre sus brazos.

—Demuéstrame cuánto —dijo, apretándose contra él.

—Será un placer —repuso Rafe. Y eso hizo.

ANNIE BURROWS
No confíes en un libertino

Se rumoreaba que lord Deben, que necesitaba un heredero y era el libertino más afamado e impenitente de Londres, se había olvidado de su predilección por las amantes casadas y estaba dedicando toda su atención a seducir a jóvenes inocentes y virtuosas. Sin embargo, si lord Deben creía que Henrietta Gibson iba a acudir al chasquido de sus dedos, estaba muy equivocado. Ella sabía perfectamente por qué tenía que eludir a caballeros de su reputación y que nunca jamás podría confiar en un libertino.

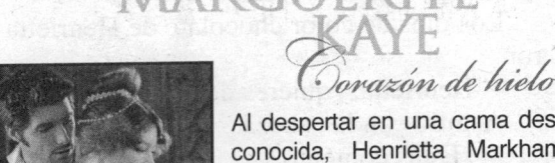

MARGUERITE KAYE
Corazón de hielo

No. 79

Al despertar en una cama desconocida, Henrietta Markham se encontró ante el hombre más sensual y misterioso que había visto nunca. Lo último que recordaba era haber sido atacada por un ladrón…, sin embargo, le pareció mucho más peligroso que su salvador fuera el célebre conde de Pentland.

Desde el fracaso estrepitoso de su matrimonio, por las venas de Rafe Saint Alban fluía hielo. Pero, al conocer a la impetuosa y atractiva Henrietta, su sangre comenzó a calentarse hasta alcanzar el punto de ebullición.

¿Podría la inocencia de Henrietta doblegar a un consumado libertino como él?

¡YA EN TU PUNTO DE VENTA!

BIANCA.

Aquel príncipe azul moderno
se prendó de la hermana equivocada...

ESCÁNDALO
A MEDIANOCHE

KATE HEWITT

N.º 3068

Para evitar que los hoteles Rossi siguieran dando la imagen de ser establecimientos caducos y trasnochados, Alessandro Rossi, el presidente de la empresa, encontró a la *influencer* perfecta y glamurosa para modernizar la imagen de sus hoteles. Sin embargo, fue la hermanastra de ella quien captó toda la atención del millonario.

Liane Blanchard estaba acostumbrada a vivir entre las sombras, pero la tórrida mirada de Alessandro hizo prender las llamas del deseo en su cuerpo. Accedió a tener una aventura con él, porque sabía que era lo único que el reservado Alessandro podía ofrecerle. Los dos se arriesgaban a provocar un escándalo, pero merecía la pena, aunque solo fuera para poder saborear durante un instante el cuento de hadas...

BIANCA™

*Estaba dispuesto a convertirla
en su reina del desierto*

EL BESO
DEL JEQUE

SHARON KENDRICK

N.º 3069

Lo último que se esperaba Hannah Wilson, una sensata camarera de habitaciones, era que el jeque Kulal al Diya la llevara a una glamurosa fiesta. La intensa química que había entre ambos y un apasionado beso los condujo a la noche más maravillosa de la vida de ella… con inesperadas consecuencias. Ahora Kulal estaría dispuesto a hacer lo que fuera para reclamar a su heredero.

BIANCA.

*La propuesta que estaba sobre la mesa...
¡iba acompañada de un anillo de millones!*

SU ACUERDO
CON EL MILLONARIO

LOUISE FULLER

N.° 3070

La socorrista Ondine Wilde casi estuvo a punto de lamentar haber rescatado a Jack Walcott evitando que se ahogara. El multimillonario era tan grosero y arrogante como guapo, por lo que Ondine no esperaba que le diera las gracias. Lo que no se imaginaba bajo ningún concepto era que le propusiera que se casaran.

Jack le explicó que le hacía falta una esposa de conveniencia para asegurarse su puesto de director ejecutivo. Y aunque a ella le costara reconocerlo, necesitaba seguridad económica para su familia. ¿Cuál era la única regla de Jack? Que no intervinieran los sentimientos, lo cual a ella le pareció bien, tras su historia de desengaños. Hasta que la ardiente química entre ambos dejó en papel mojado el acuerdo que habían firmado.

BIANCA

Un hijo inesperado…
con su esposa de conveniencia

LA DESAPARICIÓN DE ELIZABETH

ANNIE WEST

N.° 3072

Para el multimillonario Jack Reilly, el suyo era un matrimonio conveniente. Para Bess, una heredera venida a menos, era un matrimonio por amor. De modo que, meses después, cuando él le ofreció el mundo en bandeja, pero no su corazón, Bess supo que era hora de marcharse.

Decidido a volver a encarrilar su relación, Jack planificó la reconciliación hasta el último detalle. Nunca imaginó que su reunión caribeña sería abrasadora o que Bess querría más de lo que él podía darle. ¿La noticia de que Bess estaba esperando un hijo les daría una razón para luchar por la oportunidad de ser felices?